茶金
GOLD LEAF

創作全紀錄
劇本‧影像‧訪談

徐彥萍　編劇

故事原創
徐青雲、湯昇榮、羅亦婣、徐彥萍、
黃國華、林君陽、張可菱

出　品
公共電視、客家委員會

故事簡介

張薏心是全臺最大茶葉公司「日光」董事長的獨生女，「娶」一個丈夫進門，讓丈夫接管家業與她的人生，是薏心生在張家的使命。不料，「四萬換一元」政策，讓父親吉桑一夕之間債臺高築，薏心也遭到退婚。

人生本該相夫教子，平靜無波的薏心，卻被捲進時代洪流，命運就此改寫，她不得不學會在風向詭譎多變的大時代裡泅泳，拯救父親搖搖欲墜的日光公司；而原本風光帶領臺茶走向世界的父親吉桑為求紅茶大夢延續，投注更大的成本與命運豪賭，不僅在商場角力，更不惜蹚進政治的渾水……。父女倆時而因經營理念不同而衝突、時而攜手共同迎向一場場「茶葉戰爭」。

在那個沒有女商人的年代，薏心是否能努力找到臺灣茶的出路，以及她真正的使命？

這是一個在風雨飄搖的時代裡，窺見人們的掙扎與韌性的故事：一個不認命的客家千金、一個熱愛鄉里的富家螟蛉子、一個尋根尋家，漂泊無依的失意戰俘、一個力爭上游的窮學生、一個沒有自信卻有絕妙配茶功力的女茶師、一個周旋於冠蓋間的雅旦、一個忠黨愛國卻不被重用的將軍、一個懷抱新中國夢的編輯、一個淪為洋行打工仔的中國茶葉大王……他們都是在時代泅泳的小人物，也都如一杯茶：從一片青葉，歷經淬煉，才有了獨一無二滋味！

目次

與茶共舞

公廣集團董事長

陳郁秀

輝煌的年代

臺灣茶，是我們日常生活的一部分，但如果深入了解它，會發現它隱含著你我所不認識的一段風光臺灣的歷史，它曾經兩度是臺灣重要的加工出口與經濟作物，並揚名國際。第一次是在 1858 年後，因為《天津條約》之故，安平、淡水、雞籠、打狗開港，歐美各國紛紛來臺設立商辦，開啟了四十年的國際交流歲月，甚至在 1870 年代遠征美國紐約；第二次則是在日治五十年、第二次世界大戰結束後 1945～1965 年間，史上最嚴重通膨且危機四伏的動盪年代，這時期的臺灣烏龍茶、紅茶、綠茶遍布美歐亞非四大洲，聲名遠播。

位於臺三線上的新竹北埔庄大茶商姜阿新，擁有當時臺灣最大的茶廠與最現代化的設備，他所產製的紅茶具有最佳品質、最

大產量與外銷量，他的事業照顧了幾乎所有北埔庄的居民，極受當地人的愛戴與尊敬。因為洋行生意的需要，招待洽公貴賓，親手興建了「北埔洋樓」，他見證了那個時代的榮景，但最後因時局動亂與產業變遷以及洋行貿易受到通膨與外匯的影響，為了避免波及員工生計，於 1965 年宣布破產，獨自承擔龐大債務，黯然離開心愛的茶廠、洋樓和北埔。他離開前，望著洋樓內心悲傷地感嘆著：「再也回不去了……。」他的奮鬥史令人敬佩，亦讓人不勝唏噓，因為當大環境改變時，命運不一定操之在我。

商戰與商道

《茶金》是一部時代生活劇，背景設定在 1949～1955 年間，此時正是臺灣茶葉第二次躍上國際的年代。故事的內容是以姜阿新為原型出發，以詮釋種茶、製茶、茶廠到外

銷的生產鏈為線，穿插有關茶的專業、商戰的狡詐，再擴展至國家的宏觀層次及外交的參與，清晰地鋪陳那個時代的政治、經濟、社會脈絡全貌，這樣的布局十分難得。

故事中張福吉的女兒薏心，她跨越了舊束縛，歷經一次被退婚、一次主動退婚的衝擊，始終堅持「做自己」的理想，她充滿自信，勇於面對困難又具備解決問題的能力，在政商複雜的明爭暗鬥中，懂得如何做「對」的決定，而且是在攸關整個茶產業存亡的關鍵時刻，她的堅強毅力與行事果斷，對於身處一個封閉不重視女權的時代，為打破重男輕女的觀念，做出最佳詮釋。她克服萬難將臺灣特有的「膨風茶」推向世界舞

台，展現不凡的遠見，以實戰成績贏得父親的信任與讚賞，不僅是位「先進的女兒」，更是位名副其實「女商人」的典範。在這複雜又詭譎的行業中，張福吉和薏心這對父女「誠信」的待人處事之道，也正是令人肅然起敬的「商魂」與「從商之道」。

近年來，公視、華視製作的戲劇節目大多強調傳統產業的深度，較少觸及商業經濟的內涵，而《茶金》編劇直接從商業角度切入，將不為人知爾虞我詐的產業經營與商戰祕辛，刻畫入微；而對於如何嗅到商業的發展趨勢、機會的掌握、貿易談判的技巧、人際交往的算計，乃至於國際商機資訊的汲取、外銷管道的建立，及客戶信任度的判斷等精

采情節，導演以敏感、細膩的手法加以詳盡地描述，可說是近年少見的一部精緻作品。

臺灣唯一本土研製的特色茶「東方美人茶」又名「膨風茶」，茶菁原料係採自受小綠葉蟬（浮塵子）吸食的「一心二葉」之茶芽，萎凋後經手工攪拌控制溫度，自然發酵，使茶葉產生獨特的蜜糖熟果香，因其茶葉白毫顯著，故又稱「白毫烏龍茶」。「東方美人茶」盛產於夏季芒種前後小綠葉蟬繁衍期間，小綠葉蟬怕風、怕雨、怕濕、怕熱、又怕肥料，而且牠只吸食一心二葉部位，時間的控制必須十分精準，也就是小綠葉蟬來食時間點及茶樹剛發出一心二葉的時間必須吻合，膨風茶才能產生；而有時一陣風或一陣雨，細嫩的茶芽就會被打落一地。也因如此，由劇中畫面可一窺製茶工序、茶樹品種、炭火焙茶等技術，亦能充分感受茶人的敬業態度。「東方美人茶」外觀呈現白、綠、黃、紅、褐五色相間，色澤鮮豔亮麗，形狀自然卷曲，宛如花朵；入水又猶如跳舞的飛鳥，茶姿婀娜嫵媚，茶湯橙紅明亮，持久耐泡（十泡），餘韻無窮，可謂色、香、味俱全的「臺灣品牌」。就因它受過傷，所以有其特點，茶與人的境遇相似，傷口，可以讓人脆弱，也可讓人變得勇敢，就如同遇到危機，可能也是轉機，臺灣的命運不也是如此嗎？在受到壓迫時，表現更為堅強淡定，即使地震、颱風不止，也能找到生命出路。張薏心在傳承家業的過程中，展現她這個世代的領導方式，打破成規，努力將「東方美人茶」推向國際，十足代表客家人的「硬頸」精神。

後記

最動盪的時代也是最好的時代，風雨飄搖的過程中，茶金歲月的故事，是個人、家族的努力，也是時代趨勢的推波助瀾，半世紀前爾虞我詐的商戰，國與國之間的互動，七十年後的今天，面貌依然不變。唯一不同的是，我們面臨更多大自然的反撲，現在對我們更為重要的課題是，各司其職、珍惜當下、隨勢轉化，因為生命的亮度操之在我，成就的規模則操之在大環境！危機就是轉機，七十年前如此，今日亦復如此。

一杯茶的際遇

客家委員會主任委員

楊長鎮

從一碗茶湯、一個家族、一座城鎮、到放眼世界，客家山坡上的茶連結了全世界，客家人用一杯茶豐富了人們的生活、更撼動了世界的味蕾和經濟，《茶金》訴說的正是浪漫臺三線上最醇厚的故事與傳奇！

隨著網路討論聲量高漲，首部客家海陸大戲《茶金》，受到全國民眾高度矚目，更讓海陸腔客家人感到驕傲。感謝公視及製作團隊的用心，承蒙拍攝以來當地鄉親一切的協助，更感謝這塊孕育出豐沛人文故事的土地。

《茶金》故事靈感源自真實人物與歷史，描繪 1949 年輝煌的茶金時代，當時臺北大稻埕各國洋行林立，臺灣茶葉出口貿易商彼鄰活絡，茶廠街邊亭下，處處是揀茶人家與茶香；卡車一輛輛，載運著打印著各出口國的茶箱前往海港。當時，茶葉如金，茶金時代映照出臺灣茶業最閃亮的光輝。

一如劇情的轉折，茶葉價值隨著經濟體系震盪，但無論「膨風茶」也好，「東方美人茶」也好，都是世界級的風味，也是最美的臺灣味。《茶金》的製播，不只是打造一部客家時代生活劇，更用「歷史、商戰、茶香與人情」重現新竹北埔山城濃濃的人文雅韻，讓大家重新看見臺灣客家！

今年適逢客委會成立 20 周年，值此之際，臺灣首部「海陸腔」客語旗艦大戲《茶金》，受到大家的喜愛與熱烈討論，也讓「客家」金光閃閃。誠摯邀請全國觀眾朋友共下來看茶金、品茶金，有閒更要到北埔走遊茶金，走進客家庄、走進臺三線，會是最浪漫的事！

在確定以「商戰」為主題後，立刻著手編劇的找尋，正在南非休假的徐彥萍 JULIANA 約了回到臺灣立刻見面，本有專職工作的她，為了《茶金》辭去工作，離開了舒適窩。另，因《茶金》故事有經貿關係與外匯匯兌等專業，同時邀請有財經背景專業、也出版過多本財經小說的作者黃國華，加入編劇團隊；其實，我並不認識國華老師，但是他小說的讀者，他小說中說故事的鋪陳與節奏，很適合《茶金》以商業為本的氛圍，我聯絡他時，很巧他也不在臺灣，正在日本旅遊。顯然，頗有生活品質的兩人，將開始一段另類生活品質的編劇日子。

在劇本創作的過程中，彥萍是最苦命的一個人，每周都有個 deadline，而我追殺的人都是她，因為要討論的內容都是她的電腦打出來的，要是她沒有交，大家就沒得討論；彥萍回憶有次她跟我說：「可不可以這週不交？」我直接說「不可以，因為有一次就有下一次。」她也就死心，繼續在週週催的壓力寫寫寫。彥萍是一位 EQ 絕佳、邏輯清楚、記憶超強與廣讀書籍的夥伴，在編劇團隊一年多的過程中，田調採訪、故事架構、人物角色、分場重點、建立對白……內容太多，從 10 集調整到 12 集，20 多萬字的劇本與參考附註，導演林君陽加入後導修版的討論，《茶金》繼續往下個階段前進。

2020 年 8 月底，《茶金》在臺北大稻埕由君陽執導開拍，我記得那是一個典型臺北燠夏的日子，怕室外聲音的干擾，場景門窗緊閉，劇組與演員們如同在一個高溫 40℃ 的大蒸籠內工作；拍攝期間，我們在臺東池上一同度過中秋，直到 12 月下旬，在低溫中的一個深夜，寒風冷雨伴著我們最後一個場景在臺北殷海光故居殺青。

製作過程中，為了戲劇呈現的質感，導演、美術不斷的「許願」，我們也持續努力的找資源與解決困難，不到最後一刻不放棄。說實話，臺灣的劇組都會面臨大大小小不等的問題，大家也都是關關難過關關過。不過，《茶金》整個拍攝過程，應該鮮少有劇組會如此幸運，那就是我們一路都有神明相隨庇佑，拍到哪裡、廟會慶典就到哪裡，說如影隨形也不誇張；所以，「聲音」的處理，也是一大課題，後期混音處理真的吃盡苦頭。《茶金》拍攝工作團隊近 150 人，經過 114 天環島兩圈多，在 16 個縣市、20 個古蹟以及 10 多個場景與茶園的拍攝，並使用數千人次臨演、10 輛古董車、上千顆動畫特效鏡頭與「夢想動畫」的 LED 棚景等組合完成；後期製作由近 200 位工作成員再接再勵，耗時 200 多天終於完成。這中間，我們遇到了疫情，從疫情開始、從二級到三級，但在每個環節緊密有效能的執行下，每個齒輪既要防疫，也不懈怠進度，完成了《茶金》製作旅程。

《茶金》由公共電視與瀚草影視共同製作以及行銷推廣，又有客家電視一起加入行銷推廣，從企畫一直到宣傳，也是多個新的嘗試與合作模式，不論片尾字幕是排在首位，或是排在末尾，

每個人各司其職、相互補位、不分彼此，結結實實的一個都沒有少的團隊，才有《茶金》作品產出；對於所有參與《茶金》的成員，我衷心感謝，因此，情商編輯將團隊成員也可以在劇本書中列出，聊表一點心意；IP 從戲劇出發，拍攝完成後，今年 9 月出版電視小說，也預計 12 月播畢後出版劇此本創作全紀錄，更有多元周邊商品、行銷宣傳、異業結盟等合作，讓《茶金》、也讓臺灣茶有了更多不同的風貌。

　　《茶金》中有一句臺詞說：「不做世界第一、要做世界的唯一」，雖然，《茶金》是臺灣第一部以 4K/UHD HDR 製作的連續劇，也是首部海陸腔客語為主的戲劇，更被譽為最美的臺劇；但是，希望《茶金》的第一，不會成為唯一，未來，有更多的時代或不同類型的作品、有更多不同語言的戲劇，大家一起來接龍，展現臺灣多元的風貌與紋理豐富的故事。

　　《茶金》播出了，《茶金》旅程的最後一里路，邀請大家一起來參與。無論是：喜歡劇中的一個角色，喜歡戲中的一句話；或是因為看戲而多了與祖父母輩的聊天，或是想知道那個時代而去 Google 過往……。真心覺得，這些都是對《茶金》最有溫度的回饋與鼓勵，更蘊藏著滋味與回甘。

自由創作是
臺灣戲劇最棒的事

製作人
湯昇榮

想藉此序留下《茶金》的產製過程，將一杯茶到一齣戲的誕生，留給讀者一些實質參考。

接到青雲姐的邀約：時代生活、臺三線的茶產業、廖運潘先生的回憶錄以及海陸客家等目標。第一次的討論，我們就確立「商戰」的概念，這雖非什麼大「戰」，但主題在臺劇已視野嶄新，可以一搏。

我特別找來老友徐彥萍 Juliana，她是這次劇本最主要執筆者、是家族茶葉背景的海陸客家人、閱讀與記憶力對對白是她強項，我說服她辭去十年來的工作，專心投入劇本創作，她勇敢的接受了這個挑戰。

青雲姐同時找來黃國華老師，他雖未有劇本創作過，幾部成功的商業小說累積有不少讀者，他的財經、金融、國際知識的博學多聞，給了我們許多關鍵點的提醒。

青雲姐和亦娌帶領小組多次田調、大量的書籍閱讀，分工討論龐雜的茶葉知識、肥料知識、茶金時代下的臺灣食衣住行育樂的社會樣貌，我們還多次翻出臺灣與世界歷史大事件比對，1949 年前後的臺灣金融、百姓議題與世界局勢來建構人物背景。七位主角成形過程非常耗時，個性明確後，我們訂下大時代與政權交替轉換混亂期，幾位血緣無關、背景斷裂的人相知相惜的故事，也隨時提醒校準角色的特性，呼應商人的視角與感受。吉桑與女兒懿心來自家族、政

府、同業、員工、農民、銀行，甚至通貨膨脹、國際局勢與市場帶來的壓力，凸顯他們的為難，於是也由人物的心理層面描繪此劇的核心。

邊走邊整隊，18 個月的劇本工作，戰戰兢兢，處處是理想與現實的交戰。團隊在劇本前期花了長時間反覆討論人物背景與個性、整體故事架構以及 Beat sheet，也讓故事整體有非常明確的故事線。目標是十集劇本，我主張先放手讓彥萍盡情撰寫，因而在層層疊疊過程中引發出極為龐大的故事線，她每次交出的劇本裡頭，如論文般充滿各種註解、舉證照片、數據資料、相關書籍目等鉅細靡遺資料，交出了字數可拍 16 集的驚人劇本量。

這個原創故事團隊就這樣：三位製作人、兩位編劇，加上前後兩位編劇助理，細心的助理邱平將歷史年表、人物、故事、結構表格化供我們綜觀全局。君陽後來在第三輪劇本刪減時，親自動筆撰寫許多橋段，而且都是具有畫龍點睛的厲害效果。

風格定調很重要，青雲姐喜歡日本大河劇寫實的生活感；君陽則拿出電影《教父》開場，我則拿出《王冠》寫實中不失緊繃的張力與美學、《唐頓莊園》人物眾多下故事節奏依然明快流暢、《夜班經理》精緻的場面切換與時空轉換、美國詩人《艾蜜莉》竟然用上了嘻哈音樂、韓劇《我的大叔》兩位主角的相知憐憫、還有《大長今》對於中醫與食療的專業展現，男女主角同樣默默關懷撩起觀眾的揪心。知易行難，這些參考必須與我們故事的人物、核心、寫實的時代背景相互映照，相信大家在劇中都可以窺見我們團隊的設計了。

劇本中諸多從歷史細節尋找線索，線索中再探索線索的交集延伸，那些史料中看似不重要的小細節，或是影響著市井生活的歷史小事，卻安排成為主要人物推動故事的條件，每每團隊討論到這裡就會 High 起來。例如：我們找到 KK 從戰俘和印度大吉嶺茶葉的關聯，又把茶葉與肥料的必然關係、加上我自己祖父曾任大日本海軍通譯官的事實例證、他家人在臺北大空襲時全部罹難，女兒失蹤，讓 KK 的設定更加立體。又如戒嚴時期到「永樂戲院」欣賞京劇是政商名流唯一可以娛樂的地方，夏慕雪的故事線就這樣拉出來了；值得一提的是，林炳炎先生對狄寶賽的豐富史料，美援當年在臺灣的諸多故事，新舊臺幣轉換間加上通貨膨脹帶給張家債務上的壓力，給了我們許多故事養分，又像是韓戰爆發的臺美關係給了慧心推動賣茶葉的機會等等，不勝枚舉。

《茶金》的音樂設計與歌曲製作是我們興奮的挑戰，為了烘托 1949 那幾年的時代樣貌，我們把古今中外十八般武藝都用上了。編劇從真實人物學琴的線索，將慧心的古典鋼琴變成推

動故事的符號，也幫我們定調器樂與曲目的安排，除此之外，還有銅管、雙簧管、豎琴、手風琴、弦樂編制，時代風貌的爵士（從 Swing、Big band、Coltrane……），我們也特別參考了 1949-1953 年的美國排行榜歌曲，從曲式特色下手，希望營造出獨特感極高的音樂質感。另外不能少的臺灣民謠、客家山歌、京劇戲曲、酬神戲，還有那個

年代的流行歌曲……比較特別的是音樂上的想像，我們還採用韓德爾皇家水上音樂、俄國史特拉文斯基的音樂技巧在許多情節的推動上……好玩又有趣啊！這樣的音樂難度與挑戰，跨界音樂頑童柯致豪最適合了，配合他的工作習慣，我常常早上七點開始跟他做音樂，天馬行空的，他也用了竹木的敲擊取代一般西洋的鼓與敲擊樂器，用 Double Bass 來增強緊張感……雖然很磨人，但也是充滿挑戰。幾位金曲音樂人的歌曲都是精心挑選設計的，也謝謝建騏、大為、老丹與春麵、娃娃、若琳、文裕、佳慧，還有 Sony 的惟援、百罡的才華與支援。

雖說靈感來自歷史與真實人物，公共電視與客家委員會給我們完全自由，沒有下任何的指導棋，姜家也表明除了姜阿新之外，請我們避開太多家族人物與事務。故事裡的茶商，因為國際情勢、通貨膨脹、貨幣政策、政治管控的影響下，讓主角們只能隨著一波波的危機，用盡各種可能讓事業持續運作。對於這個原創故事來說，衷心希望觀眾不要因為我們提及某一段歷史、政府、政黨、政權、官員的某一些作為，就要說我們有什麼意識形態或亂貼標籤，那樣真的小看集體創作 18 個月的 writing room 團隊合作。「自由創作」就是臺灣戲劇給大家最棒的事情。

不得不在此讚揚一下剪接林姿嫻，她在素材的掌控、對導演的手法理解、鏡位的選擇、演員表演方法的連貫讓本劇展現多線又流暢的敘事風格，如果大家不時看到ＫＫ和薏心的眼神交流、還有許多群演場有序不紊亂的對跳（盛文公喪禮那場真的很絕），佩服！

語言、特效、音效、混音是我們花最多時間的環節，謝謝整個團隊，謝謝印刻出版認同我們將所有本劇參與人員放在書裡面，讓我們對他們的努力致敬。我知道還有很多缺失與遺憾，妥協與努力都做了。由衷感謝諸多朋友，首先是世詮多媒體的沈東昇先生，在我走投無路的時候給我極大的幫忙，給我振奮的力量。陳郁秀董事長的鼓勵與籌資、中保科技林信孝董事長、客家電視的張壯謀臺長、節目部饒瑞軍經理、夢想創造林家齊董事長。世界柔軟公司的張辰漁製

片、好哥們昇豪、進良幫我奔走尋求資源，也非常感謝鍾佳濱立委、蔣絜安前立委的大力幫忙，瀚賢、玲姐、敏惠、純如、Eric 等瀚草的夥伴忍受我拍攝期的諸多狀況，還有後勤的協助，蘇國興大哥帶領的製片團隊，小卓、Larry、佑璇與公視行銷團隊……

特別感謝富邦文教基金會的冷彬協助，富邦大安藝旅 Folio 安排了「217 號」房成為我們的剪接室，給姿嫻、君陽和我們「福祿壽喜」製作隊（三位製作人以及辛苦又操煩的後期製片羅乙心的工作組合）一個安穩舒適的創作空間。

盛文公要吉桑「乖」、「聽話」，但本劇中的主要角色，好像都不太聽話。
吉桑說：「那是政府的事情，不管日子怎麼變，飯還是要吃，茶還是要飲。」
我們的長輩們，那個時代的人們，日出而作、日落而息，單純地為了生活踏實努力著。

「日光沒有選擇」，就像是劇中主角他們沒選擇地面對大時代給他們的考驗，跟自己奮鬥，跟環境搏鬥。以前人說：「商人無祖國」，歷史上，商人的社會觀感約莫是銅臭味、無法管控、只顧賺錢。社會的推進，全球化影響我們每一個人，然而臺灣商人百年來還是四處奔走求生存，國際政局、經濟競爭、社會波動如常運行，而我們大部分人其實跟他們一樣，都是大時代下的小人物而已。

人生有上坡有下坡，獻給這塊土地、獻給臺灣商人、獻給茶農、獻給那個不畏懼向環境抗衡的時代與人物。

茶葉、仕紳、商戰，
還原時代之美

共同製作人
羅亦娌

　　書寫的同時《茶金》一二集已經首播，與觀眾朋友見面了，這段路能走到這裡，我們已經走了好久好久……猶記得大約三年多前，我與友人吃火鍋的聚餐中，接到製作人青雲姐的電話，自此開啟了我的茶金旅程，到今日都尚未停下腳步，此刻我與夥伴們仍在為後期最後一里路努力著。

　　「茶」在臺灣是如此親切的常民文化，人人都聽過阿里山茶、梨山茶、東方美人茶等等，說到茶業與茶園也能聯想到一些地名，而人手一杯手搖茶更是我們日常的生活慰藉，但對於臺灣茶業與臺灣茶的歷史脈絡甚至生活美學，我們卻是很陌生的。回首故事開發階段，我們閱讀大量資料、實地走訪茶園、茶廠、拜訪茶師等等……雖有原型人物作為靈感，但關於 1949 年的臺灣，文史資料並不多，而臺灣茶業出口貿易、歷史背景、金融知識更是需要不斷努力爬梳，更甚「尋覓」，才能一點一滴將劇本架構起來。透過製作這齣劇的田調與訪察，非常欣喜且意外地，我認識了 1949 年臺灣茶業的風貌，也才知曉原來有那樣一群人——從原料端的茶農、到貿易端的茶販子、茶棧、再到產業面的茶廠、茶葉出口商，是這麼一群人環環相扣地撐起了這段風光的歲月，這樣由下至上各司其職地努力讓我很感動。《茶金》不只是茶業職人劇，談茶以外，在歷史與商戰也有諸多琢磨與刻畫，譬如鮮為人知的美援、四萬換一元、美元匯兌金融風暴等等，這些事我們可能多少聽過，但從未細細了解過，我們的編劇團隊為此在田調上付出許多努力，記得協力編劇邱平曾告訴我，她去編劇彥萍家工作時，是連走路都會在地板踢到彥萍閱讀的論文跟書，後來她家還為此訂做了一個書櫃。我的哥哥曾在看電視時問我「亦娌，編劇又沒有做過三百六十五行，為什麼他們能寫東又寫西？」編劇田調是否紮實，是製作中至

關重要但經常沒有時間成本執行或是被忽視的一環，在故事的初期，我們就花了非常多時間田調，為故事打下堅實基礎。

　　這部戲沒有太多小情小愛，我們定調《茶金》的基本元素：茶業、仕紳家族故事、商戰、歷史，以及最重要的——時代風湧下「堅毅」卻樸實的臺灣人精神，我們想說的是在那段不遠卻有些陌生的歷史中，有著你我的父母輩或祖父母輩的身影，他們走過政治更迭、局勢動盪的年代，卻保有無比單純並堅毅的心努力把日子過下去，他們在乎的是吃飽、存在並勇敢前進，看來簡單的目標，卻道盡了臺灣精神的傳承。製作過程裡，我常想到我的母親，她講流利的海陸腔客語，也講日語，她的「國語」很不好，但她就是那個時代中踏踏實實，努力往前走過來的人其中的一個。不過，我們對於戰後、1950 年代的想像似乎很難與「艱困」脫鉤，對那個年代的印象如歷史課本上穿著美援麵粉袋當作褲子的小童，但那其實是一個富有美學的年代，《茶金》特別把視角聚焦在地方仕紳家庭，與觀眾朋友們一同欣賞一個相對富庶且生活樣貌與我們相對陌生的家庭的生活景況，從建築物到食衣住行的美學展現，都是令人驚豔與欣賞的。

　　田調過後落本階段，編劇團隊更是嘗盡苦頭，我們每個禮拜聚首會議室，從早到晚，一天吃完三餐，會經常還沒開完，第一次參與編劇工作的國華老師常開玩笑道：「劇組跟黑社會很像，很容易進去，很不容易出來。」劇本階段大家都很累很折磨，除了熱烈激辯，更常見的是瓶頸帶來的無語空白，有人會累到發呆、有人會起身動動筋骨，看能不能抖出新想法、有人會望著畫著故事線的白板許久，也有人只是安靜沉思，印象很深某個深夜瞥見導演在會議室中拉

筋暖身提振精神……曾經痛苦的「當下」，現在回想起來都很美很珍貴。到了拍攝階段有更多挑戰，《茶金》是個非常大的劇組，後面有湯哥努力找資源，現場也動輒一兩百人在跑，在這部大機器裡，沒有任何一個組、一個人不重要，沒有任何一顆螺絲可以掉，許許多多的夥伴是幕後的英雄，如美術、造型、攝影、燈光、技術團隊、製片場景……影視拍攝工作本就繁重，但拍攝 1949 年更是困難，我們的場景幾乎都是四散在各地的古蹟，辛苦的製片組開車環島照顧大家；我們考據的照片永遠是黑白的，美術與造型努力巧手生魔法，此外質感師陳新發先生的法蘭克團隊也在視覺呈現做足把關，再加上後製特效團隊細心處理了無數顆鏡頭，讓視覺呈現更臻完美；除了可視的，從對白語言用詞、甚至角色語境的語言選擇、古典配樂製作各個環節都需要細細琢磨；此外，同時擔任客語指導的我，即使是母語也深知海陸腔客語學習並不容易，有些發音確實困難，我們可愛的女主角薏心為了學習發音，有一陣子她的手機裡都是拍攝我的嘴巴與牙齒特寫的影片，我們呈現的也許不是盡善盡美，但我由衷地想大力讚賞所有母語以及非母語演員們的努力。

　　《茶金》是一部很特別的時代劇，我深信不是穿上粗布衣在老街拍攝就能呈現過去，《茶金》是精緻的、重視美學與古典的，是由文本到呈現、由內而外一層一層堆砌起來的，它的一切值得細細品味。我們經常羨慕韓國美國的片子，但從事臺灣影視工作的我們，相信一步步踏實做好，就能一點一點自我突破，直到有一天一陣熱風來襲，將我們每一個人都高高升起，讓自己相信且看見這片土地的美好，也讓世界看到我們的美好。我想深深感謝每一位工作夥伴，最後也感謝不吝給予我們幫助的所有人、勇敢的父母輩與祖父母輩，以及這片美麗的土地。

茶壺裡的
風暴

編劇

徐彥萍（JULIANA）

公共電視要自製一部茶葉商戰片，徐青雲製作人第一次見面就要我離職，我考慮了一個禮拜，決定離職，再加上 Partner 也支持，她對我說了一句動聽的話：「我寧願妳將來後悔，也不要妳遺憾」，就這樣，我離開工作多年的電視臺，跳入了「茶壺裡的風暴」。臺茶外銷史輝煌而綿長，《茶金》是臺灣第一部講客家海陸腔的時代大戲，講述的是 1949 年起臺茶外銷過程中商場上的爾虞我詐，為了這些爾虞我詐，我每個禮拜都有個 deadline，如此過了十五個月，後來想到要去公視開會，我壓力大到頭痛噁心想吐，還差點要分手了，沒想到那些讓我「嘔心瀝血」的文字，居然要出書了，看著它們又讓我想起了兩三年前的事情⋯⋯

田調工作，及一個人的工作坊

為什麼是 1949 ？我豪情萬丈地認為 1949 年臺灣發生巨大變動，整個局勢、社會和經濟都很不穩定，不穩定的大時代下，茶葉戰爭就會有更大的衝突，結果就是有一堆事件要田調，還要調閱各種論文，所幸有「公視」這面招牌，田調過程都相當順利，再加上公視也累積不少人脈，幾乎都可以找到關鍵人物受訪。

田調過程中，發現兩個有趣個案，他們渾身上下都是傳奇，後來也變成故事裡的原型：一個是入贅姜家的大學生廖運潘，一個是接續家業的大學生黃正敏，他們兩人都是臺大畢業的高材生，剛畢業，就面臨了棘手的茶業，一個繼承了臺灣當時最大的茶廠，一個創立了遠東最大的茶廠，他們的年輕歲月，與國府遷臺飄搖的命運、詭變的國際茶市混在一起「拼配」出臺茶

百年外銷史上最後一道輝煌的滋味，他們的故事太精采了！但問題也來了，因為有太多東西想說、想放，集數已由表訂的 10 集，變成了 12 集，但還是超長，最終田調資料轉變為影視時，如何取捨，還是最重要的。

有人說編劇是「一個人的馬拉松」，不管風雨，就是一個人跑完全程，半步都偷不了，但我很幸運，有一個劇本開發團隊陪跑、盯前盯後、幫我看本，像是在上「一個人的工作坊」，到後來我真的非常感謝團隊，逼我每個禮拜都要交稿，再陪我讀本，使我受益良多。

用一杯茶　換來的故事

《聊齋》是蒲松齡用一杯一杯茶換來的故事，《茶金》也是，我們一杯接著一杯，苦思如何在那個時代以她（他）的角度來思考，理解他們的限制與突破，感受他們的悲傷與溫柔，一窺當時的風華。在此我要特別感謝所有協助過這個劇本的茶人，特別是黃正敏顧問、姜麗芝和廖運潘夫婦，願意與我們分享那個時代的故事，以及劇本開發團隊：徐青雲、湯昇榮二位製作人，羅亦娌共同製作人，林君陽導演、黃國華老師、邱平和張可菱的協助，再次感謝大家展現了無比的耐心與無私的協助，否則《茶金》劇本是不可能完成的。

深刻體會
客家世界的美好

編劇
黃國華

　　2018 年年末聖誕節前一天，一封陌生卻又讓我熱血沸騰的簡訊出現在我的電腦，公視製作人徐青雲邀請加入籌備中的編劇製作團隊，我生怕對方後悔，用最快的速度回覆，不到二十四小時就敲定，就此我成為《茶金》團隊的一員。

　　書寫財經書籍、商戰小說十餘年，這齣戲是我首度跨界編劇的處女作，從來沒寫過劇本的我，一頭栽入長達三十個月的創作期 (劇本與小說)。早就聽說公視對劇本要求之嚴格（或龜毛？），投入編劇工作總算領略公共電視超高標準的要求。

　　這齣戲不單純只是茶葉，劇中所跨的 1950 年代前後的政經情勢、金融變化也是戲劇的重要背景，商戰政經所串起的主角與茶業之興衰起伏，這條戲劇線條自然落在具有財經背景的我身上，沒有任何禁忌與設限的公視，讓我盡情發揮所長，不說教也不控訴地把政經背景自然融入劇情，對我而言，這是我十六年創作生涯中最痛快的經驗。

　　故事與戲劇好壞留待觀眾去評論，我只想對觀眾與讀者說，自己何其有幸，能借由戲劇書寫出不該被遺忘忽略的 1950 年代臺灣歷史，不論是榮光還是傷痕，茶金劇本不只是劇本，而是你我父祖生活狀態的還原。

　　經歷客家生活圈（北埔）的多次田野調查，以及三年來與編製團隊（除了我以外都是客家朋友）的共事與學習，對我這個河洛人而言，最大的收穫是重新認識客家文化，並深刻體會客家世界的美好。

大時代的洪流裡
的掙扎奮戰

導演

林君陽

初見

　　那是早在本片上映前兩年，我第一次聽製作人們說起這個故事的原型人物、看著編劇深入田調的史料檔案，這個距今七十年前的茶商故事——客家大家族、東方美人、茶業商戰、四萬塊換一塊的新臺幣伊始、美援外匯⋯⋯翻讀著初稿劇本，時代的風景與挑戰撲面而來。

　　《茶金》的故事開始於 1949，取自和過往類似時代背景的故事不同視角，講的不是漫天戰火裡渡海而來的難民老兵那樣隨風落地顛沛流離，亦非鄉野田地裡莊稼小農、養鴨人家的庶民百態。這回，我們要將鏡頭拉過去看看當時代世家大族的富貴氣韻。

　　作為導演讀著這個精采的故事，被人物吸引的同時，不斷思考著一個創作本質的問題：這個故事與我何干？我既非客家也不懂品茶，也就是一個對商業數字一竅不通的俗人，在這個故事面前，我這個說書人究竟該如何自處？

　　然後我想起了一套書。

　　那是自我有記憶以來就存放在彰化老家二樓客廳酒櫃裡的一整套大美百科全書（*Encyclopedia Americana*），精裝本全英文。小學時我就在那個客廳裡打任天堂遊戲，偶爾回頭，會看到爺爺捧著那厚實的書冊翻閱查找著資料，厚厚的眼鏡掩著眉頭深鎖。

我的爺爺生於日治留學日本早稻田，精通英日語，經常絮絮叨叨地在我看卡通的時候，對我話說從前：在他小的時候，哪個台南的鹽田、哪片山林土地是屬於我們家的、哪間醫院是家裡資助啓建⋯⋯我聽著他的描述，對比著當時的老家，雖不貧窮但也就是開間小文具印刷店的尋常人家模樣，那些爺爺口中帶著書僮赴日讀書乃至戰後大家族家道中落的古早事，聽在幼時的我耳裡，和神話故事差不多。小時候不懂得問，長大了也來不及問爺爺的問題：究竟在那個我來不及參與的年代，發生了什麼事？

後來在田調勘景的過程，實地造訪新竹北埔的姜阿新洋樓、屏東佳冬蕭家古厝以及借景拍攝的各個古蹟建築，親手摸著、親眼看著那些或者仍然華麗或者已經破敗殘朽的木板石磚，都聽到了這樣類似語調的嘆息：這些古早的風華，在大浪淘沙的時局更迭裡，因著各自不同的緣由，已然消逝。

思及此，自己爺爺和《茶金》故事裡吉桑的身影開始重疊，於是我知道了我的原點。《茶金》這個故事讓我心動的原因，是她給了我一道穿越時空的窗，讓我得以窺探那些過去的如何成為了過去？而我們的現在又是怎麼從那裡走過來的？

從 2021 這個現在進行式，回看七十年前的時空，無論是誰——富商權貴或者尋常百姓，在大時代的畫卷上都成了差不多的存在：每個人都只是無足輕重的小人物。

1949 是個什麼樣的時代？

那是前一個政權統治半世紀之後，戰敗離開，重啟新時代的濫觴；那是國民政府來臺之初，政權維穩動盪不安著，不同語言、族群、政體、教育文化背景各不相同的一群人要在這島上找到安身立命的一席之地；那是二戰後，資本主義與共產主義對峙的冷戰初始。

對農民來說，耕田種稻採茶都是看天吃飯；對商人來說，想的不過是買進賣出賺積分錢的生意營生，面對時局政治的規則變化也像是看著天有不測風雲，聲聲嘆息……小人物在時代大勢的流轉中，只得隨波逐流。然而所謂的隨波逐流，是躺著懶著被河水洋流沖去未知的所在？不，那其實是掙扎求生、泳渡奮戰的過程。

依托著時代，但《茶金》並不是一個歷史故事，我們這班戲子伶人並非史家，無能也無意為歷史加注。我們是說書人，所好奇的、關注的永遠是人。以那樣的時代背景，試著去想像一些關於人的故事：

茶廠千金張薏心，大家族的獨生女，上面兩位直系長輩都是沒有血緣關係收養來的螟蛉子。她面對的未來，是要「娶」一個老公，而後相夫教子，安分持家。但這位女子不願只是一個「他人新婦」，於是選擇拒婚、從商，走向「自己的女主人」之路。

張薏心的爸爸張福吉，人稱吉桑，也是個不甘願屈就「養子」身分、就那樣吸鴉片軟爛過一輩子的人。他大手大腳投資、老想著做大生意、在意自己可否有在地影響力，富商的驕傲稟性，其實也是小人物的不甘心。前半生順風順水的他如今老了，紅茶的市場萎縮、產業面臨改革的關卡，面對未來的挑戰，他似乎還遙想著昔日的輝煌。

寶山小茶廠的公子范文貴可是個大學生，他面對的人生課題是，不論在自己原生家庭排行老五的繼承弱勢，或是「嫁進」張家做「老闆的長工」，其實都是配角般的人生，心裡滿是被看輕的「自卑感」。所以當吉桑說「把我的茶傳下去」、「臺茶的未來要交到你的手裡了」，聽著這些，小人物終找到自己可以解鎖、成就人生的可能性。

劉坤凱，KK，他是帶著時代傷痕的人。大戰的餘波讓他失去了家人，他身為戰俘流落印度，返鄉找生死未卜的女兒……他是漂泊無根的。身處中美雙方的夾縫中，作為公事公辦的工具人，他來到北埔，看見自己做的化肥事業可以改變他人（農民）的命運，讓他找到自己存在的價值。

故事開始不久，一把無名火燒掉了吉桑起家的大坪山茶廠，深夜在此做茶的阿土師傅原本可以安然逃離，卻為了捨不得那代表自己與吉桑一生功勳的天皇茶樣，葬身火窟。吉桑抱著摯友茶師的屍體，看著緊摟在懷裡的茶樣，痛心大罵「傻子啊……」。那是感性的人非理智的、違反動物本能的行為，那是人才會有的人性。傻嗎？也許，但這不也就是人之所以為人的可愛可敬？

故事開頭的那把火燒掉了一個時代，後來的人在廢墟裡搗鼓著建起新的世界。歲月荏苒，世代更迭，七十年的時間並非上古洪荒久遠至不可見，相反地，那些遺跡還在，許多建物度過了甚至更久的歲月，屹立在我們如今的世界。時局似乎也並無天翻地覆的改變，想想近幾年的中美貿易戰，臺灣作為一個小人物，在大國博奕的大局裡，被拉扯著脫不開身，不也和那些年一般？

《茶金》裡這些我們虛構的人物——翻轉命運的薏心、好大喜功的吉桑、想家的KK、求名利的文貴、一生追求茗香的山妹茶師、京劇名伶夏慕雪、多情的靳將軍……他們都是在大時代的洪流裡，泅水泅渡的小人物。

一如七十年後的我們。

張福吉（吉桑）
郭子乾　飾

全臺最大茶業出口商「日光公司」董事長，茶金時代的開創者，人稱茶虎。光鮮外表下，掩蓋不了的是眾所周知的張家三房螟蛉子身分，也是他霸氣不服輸的原動力。

張薏心（薏心）
連俞涵　飾

吉桑的獨生女，「娶」一個丈夫進門，是她生在張家的使命，但薏心心底知道，自己並不甘心只做個賢妻良母，她相信人可以有所選擇，只要願意承擔，就能看見不一樣的未來。

劉坤凱（KK）
溫昇豪　飾

懷特公司工程部特別助理，戰爭期間被俘至南洋做戰俘，家人均於於臺北大空襲時罹難，好不容易飄洋過海回臺灣的KK，卻離家更遠了。遊走於多變政商關係的角力間，他要如何安頓自己？

夏慕雪（夏老闆）

李杏 —— 飾

永樂戲院名旦，人稱「夏老闆」。戰時來臺演出，自此回不了家。夏老闆的戲解了無數人的鄉愁，卻解不了自己身為絕世名伶周旋冠蓋間的哀愁。

靳元凱（靳上將）

黃健瑋 —— 飾

對夏慕雪疼愛有加的二級將軍，盼著反攻大陸、盼著回到故土，更盼著夏慕雪回應他的愛慕之情。

羅山妹（山妹）

許安植 —— 飾

恬靜寡言的山妹出身自貧苦的深山茶寮。不識字，卻能精準辨識茶的味道，擁有過人配茶天分，泡水的茶菁到她手裡，轉眼變成四種滋味不同的茶，是日光總茶師認可的製茶天才。

范文貴（文貴）

薛仕凌 —— 飾

出身新竹寶山鄉小茶商人家，即將「嫁入」張家的準駙馬。乖巧敦厚的外表下，潛沉著亟欲功成名就的野心。被迫離家的那一刻，他矢志要證明自己的能耐，他一定會回來！

張福吉
✕
郭子乾

霸氣柔情的風神茶虎

我在戲裡飾演「吉桑」，是一九五〇年代北埔知名的茶商，帶領茶農一起打拚，有「茶虎」之稱。直到看了劇本，我才知道什麼是東方美人茶，也因為這齣戲的關係，我勤練客語到可以用客家話和我媽媽聊天了，真是意外的收穫。

我接到角色的第一件事就是去學客語。上了十堂口說課，回家重聽劇本錄音帶，欸，那個感覺就不一樣了。可是拍到一場講電話的戲我又崩潰了，太多跟茶葉有關的名詞，卡了三個多小時終於拍完時，所有工作人員給我掌聲鼓勵。現在要我講客語我只擔心自己講太好——這樣會不會太臭屁啊？

吉桑的豪氣與柔情

吉桑是一個霸氣的商人，事業有聲有色的時候，走路虎虎生風；遇到危機甚至破產，他最先想到的是如何照顧員工和地方鄉親。吉桑是豪氣的大老闆，我就去觀察做生意的朋友怎麼談事情，觀察他們怎麼判斷時機好壞，我發現大老闆真的敢花錢敢請客，沒錢了就揮一揮衣袖，很瀟灑。我本身的個性是不會去做生意，在戲裡當了一回大老闆，有理想，很敢衝，不拘小節又有愛心，這樣的人格特質我很喜歡。

在戲裡我有一個女兒蕙心，我選了兩個男生招贅，一個是茶農之子文貴，另一個是留

劉坤凱（KK）

✕

溫昇豪

懷抱人道關懷的改革者

《茶金》這部戲最吸引我的地方，是它在各種史觀夾擊下提供了新的視角，透過茶商人家的興衰，讓我們看到一九五〇年代前後近二十年的樣貌，看到在國際局勢影響下的臺灣庶民生活。

我所飾演的 KK 劉坤凱生長於日治時期，臺北帝大化學系畢業後到南洋為日本帝國作戰，被美軍俘虜輾轉到了印度。戰爭結束，美軍來臺協防，KK 也回臺投入化肥工廠的籌建工作。他是美方對臺的翻譯人員，遊走在華府、北京政府以及臺北的國民政府之間，因為他的經歷和多重身分認同，他的生存和思維神祕且獨特。KK 的「戰俘思考」就是「我要活下去」，不管用什麼方式，絕不放過一絲希望。

KK 的妻小在戰爭期間亡故，所以當他回到臺灣後，他的內心是悲傷孤獨的，他連對自己的土地都覺得陌生。對我來說，整齣戲都要維持在這種巨大的心理創傷狀態下，是最具挑戰性的部分。至於相關歷史知識我倒覺得不難，因為一直以來我都在讀史料，彙整起來捏出 KK 的原型，一切都順理成章。

他是自由主義者

KK 是一個自由主義者，他認為政府不應該過度干預市場經濟，蓋化肥廠是為了照顧農民生計，可是政府只想拿美援買軍火反攻

大陸，這是 KK 絕對無法接受的，所以他寫文章批評，以行動反抗，最終招致禍害。我覺得這才是我們在戲裡要討論的。KK 回臺灣找女兒只是一個希望的象徵，占的篇幅很小，如何尋找未來的人生才是重點。

KK 遇到薏心的時候，她還是一個剛開始爭取自主權的年輕女孩，KK 帶她看到世界的樣貌和人生的其他可能，KK 的視角打開了薏心的眼界。對薏心來說，與其說是大叔和蘿莉的愛戀，KK 更像是她的精神導師。夏慕雪之於 KK，就像同是天涯淪落人。她從上海來臺時帶著一個領養的小女孩，KK 在她們身上彷彿看到亡故的妻女的形影，那是一個家的符號；而薏心是新時代女性，

KK 想引領她走向一個更獨立思考的人生。

KK 對薏心說，世界很大，一定要出去走一走；但他會對夏慕雪說，既來之則安之，我們就在這裡落腳吧！故事結局雖然令人感傷，但我認為戲裡想傳達的移民社會應互相包容的概念很清楚，因為包容才會有愛，社會才有繼續前進的動能。

活下去就有希望

首先，李杏是個很認真的演員；再來，她是個很有女人味的演員。穿上旗袍，婀娜多姿的樣子，在螢幕上是極具女性魅力的。我覺得 KK 缺乏母愛，夏慕雪的女人味和母性

的成分對他來說很重要，李杏的肢體語言詮釋得非常好，我希望她在這部戲裡能被大家看見。

蕙心有一股稚嫩感，讀了很多書但未經世事，還沒有社會化的眼睛是清澈的，對世界充滿好奇又帶點恐懼，俞涵相當符合戲裡的人物設定，她的詮釋也恰如其分。

郭哥是前輩，但確實讓我眼睛一亮。平常他因工作關係，一下是柯文哲，一下變韓國瑜，一下又是蘇貞昌，所以他一向能夠很精準的在導演喊卡的時候立刻抽離角色。剛開始對戲時，他的情感表現就是很精準，可以

說收就收；但是後期明顯感覺到他活在吉桑這個角色裡，這是我覺得最大的改變。

KK 懷抱自由主義的理想和社會主義者的人道關懷，「戰俘思考」又讓他能理解每個人都想存活下去的本能。記得當時我跟導演說我不要醜化任何一方，用今日的標準去看七十年前的狀況，我們只需要盡可能反映出那個年代的樣貌。

我很期待每個觀眾能在戲裡找到自己的符號，找到你想要的娛樂，感慨你想要的感慨。

范文貴
×
薛仕凌
強勢回歸的茶農之子

　　我在《茶金》劇中飾演范文貴。文貴是新竹寶山第一個大學生，家裡的生意有四個哥哥幫著爸爸，他只負責把書讀好。畢業返鄉後，文貴被爸爸要求入贅到張家，和薏心結婚；後來知道吉桑的事業也不是那麼順風順水，文貴又被爸爸拉回家。文貴覺得委屈，和爸爸起了衝突，反被逐出家門，也因此開啟他人生的新篇章。

　　感謝飾演我爸爸的吉興哥，告訴我許多客庄傳統觀念，幫助我理解客家父子如何相處。文貴是么兒，個性內向；當他對薏心產生感情時，他開始不能接受爸爸那種唯利是圖的心態。爸爸罵他不成材，叫他滾，文貴就真的滾了。他要向爸爸證明自己可以成

材，向吉桑證明自己配得上薏心。文貴打拚的過程蠻勵志的，情感層次很多，我很喜歡這個角色。

異鄉打滾，衣錦還鄉

　　我把文貴的人生切成幾個階段，造型上也做了不同的設定。隨著文貴的服裝越來越講究，可以看出他心裡是很在意這些的，因為他希望被肯定。除了服飾配件的小細節，他連說話都變得犀利，跟以前沒見過世面時比起來可說是天壤之別。我覺得文貴在不同階段的變化很立體，演起來十分過癮。

　　我印象最深刻的一場戲，是文貴被爸爸趕

出家門的那一段，謝謝吉興哥使出洪荒之力呈現那場噩夢般的衝突，更能合理化文貴離家後的所作所為。文貴當上董事長後，和蕙心針鋒相對的幾場戲也很精采。雖然，那時他是個市儈的商人，但是，內心小劇場也很多。

這部戲製作龐大而且考究，像文貴大學畢業返鄉才開始認識茶文化，包括做茶、泡茶的工序，還有大浪、小浪、揉捻、一心二葉，很多專業的技術性東西。我和俞涵都沒有客庄生長的背景，因為這部戲才去學客語，認識客庄文化、茶的文化，是有一點辛苦，但非常精實，很值得。

情場失意，培養默契

文貴和蕙心的互動頗微妙，他心裡一直有她，她的心裡卻住著 KK。我和俞涵一起上客語課或製茶實習時完全不熟，俞涵提出問題的時候，老師和導演會回應她，可是我不太會搭話；換我問問題的時候，她也都不說話。可是我們明明就坐在隔壁。現在回想起那個畫面，實在太有趣了。後來因為對戲一定要面對面討論，我和俞涵才慢慢變熟，這整個過程和文貴與蕙心的關係變化也有一點相似。

俞涵真的很厲害，除了要學客語，還要練臺語、英語和日語。不但如此，她還要學鋼琴，她要學的東西大概是我的兩倍多吧！有

一場戲是文貴聽到薏心在樓上彈鋼琴，導演拍完問我說，你要不要看看小吉（「小吉」就是俞涵，是客家話「小姐」的意思）剛剛彈琴的樣子。一看之下，哇，好可怕，俞涵不是帶背影或用鏡頭避掉，是真的在彈，那個身段和情緒之飽滿……我懷疑她說沒彈過琴是騙人的吧？

隱形情敵，無緣岳父

在戲裡，文貴和 KK 沒有正面對決，只有擦身而過，文貴心情很複雜地瞪著 KK，當下我瞪到眼睛肌肉快要抽筋。因為 KK 和薏心用臺語對話，俞涵臺語不是那麼流利，昇豪哥常在收工後和俞涵、導演順劇本；我覺得昇豪哥很溫暖，很會照顧人。

郭哥是我在戲裡無緣的岳父，也是送文貴第一套西裝的人。不管是文貴退婚，再次提親，或居高臨下想要壓住所有的人，吉桑身為長輩都盡量包容他。像吉桑幫文貴整理衣服，告訴他男人在外面要吃好穿好，然後又偷偷挖苦他一下，那些情緒的轉換很有意思。我覺得郭哥是情感非常豐沛的人，表演時你可以放心被他牽著走；現在我看到郭哥，腦海裡還是吉桑的樣子。

記得有一次，我和郭哥聊到文貴和對薏心的單戀，郭哥說如果是他的女兒，他一定會叫她選擇文貴，因為文貴才是穩妥的。若要點一首歌送給薏心，我大概會點〈再會啦！心愛的無緣的人〉，但是文貴應該會心痛吧？

當靳元凱在永樂戲院看著空蕩蕩的舞臺，KK 從身後走過來坐在他後面，他哽咽著吐出「胭脂淚，相留醉，幾時重……」李煜〈相見歡〉的詞，那場戲讓我印象深刻。這幾句詞如果讓人聽到的話，他是會被抓去關的，所以表示那個時候他是相信 KK 的。他沒說出口的「自是人生長恨水長東」，儘管有再多的無奈和遺憾，也只能像流水一般前行。這是我幫靳將軍和夏慕雪的人生下的註解。

時代的巨輪和眼淚

為了揣摩靳元凱身處的時代背景，我看了相關紀錄片，感想是如果我在領袖手下做事的話大概會掛掉，因為他講的話我實在聽不懂。我們本來有討論到口音的問題，後來決定靳元凱不要有口音，只在跟夏慕雪對話時講上海話，用對話帶回曾經的上海，所以那是有用意的。

我和昇豪認識很久，卻是第一次合作，對我來說他就像哥哥一樣，他那種很有力量的穩定度，是工作時很大的支撐，我很感謝他的陪伴。我們在花東的戲院拍永樂戲院的戲，每天晚上都聚在一起聊天，聊表演，聊生活，感情相當緊密，到現在也還偶爾聚會。我們都希望以後能真正合作一齣戲。

忍不住要說一件事。其實我和李杏對戲時，都會自動腦補王家衛導演的《花樣年華》，當然我不好意思說我是梁朝偉，只能說旗袍真的很有韻味，像時代的眼淚。

夏慕雪 ╳ 李杏
渴望幸福的落難女伶

時代劇本身就有足夠的吸引力。我覺得《茶金》最精采的地方，在於故事中不同國籍的人說著不同的語言，大家有不同的觀念和文化背景，互相影響、衝突，卻又互相依存。彼此的生命交織出豐富的樣貌，每個人都很重要。

我飾演的「夏慕雪」是上海名伶，十幾歲就成角兒，還有自己的戲班子。受邀來臺在永樂戲院演出時，因國共內戰局勢惡化，回不去了，於是只好留在臺灣。夏慕雪的交際手腕是很好的，見多了世面和各種場合，她有她的生存之道。我覺得她同時也是一個非常壓抑的人，是那個時代造就了她的一生。

夢想的角色整慘了我

因為家族長輩講上海話，從小就聽慣了，所以當我接到這個可以說上海話、穿旗袍的角色時，真的有一種圓夢的感覺，夏慕雪的設定也完全符合我的夢想。沒想到天堂和地獄只有一線之隔，為了演好京劇名伶，可把我整死了。

人家十幾二十年下的苦功，我要在兩個月內至少學個三分像。京劇是以口傳心授的方式學藝，有老師在的時候，我還勉強可以跟著唱做，回家自己練習就慘了，完全不知道在幹嘛，焦慮到極點。在《茶金》裡我要唱〈貴妃醉酒〉、〈拾玉鐲〉，一個雍容華麗，

一個嬌憨伶俐，完全不同。旦角的身段、手勢、眼神，每個動作都要到位；摘花、觀魚、看月亮，都是意象式的表演，一點都不能馬虎。

站在試映院舞臺上時，我緊張到心臟快要爆掉，張嘴說不出話來，牙齒直打顫，直到很後來才感覺到勒頭很緊，鳳冠很重，不過那都比不上我對 hold 不住全場的擔心。我還記得所有細節，真是太難太難了。

她的人生如靜水流深

夏慕雪在國府高官顯貴間搭橋傳話，這是她在社交上的能力，也因此追求者眾。即便她不喜歡，不想去，還是要微笑著出席聚會，不能得罪任何人。她在 KK 和他《民主思潮》的朋友面前最能放鬆做自己，看雜誌看報紙什麼的，和他們有共同的話題，不需要去端架子或應付場面。

君陽導演要的夏慕雪是一個表面平靜不起波瀾，壓抑內心的脆弱和需要的女人。太多事情在她眼皮子底下發生，可是她的情緒不容易被讀出來，因為藏得很深，比如她想要的只是平淡的幸福，穩定的日子，但她的狀況不允許她這麼想，更不用說去追求。要說如何揣摩她的心情，應該就是感同身受吧，希望觀眾能接收的到。

大叔才不會愛上蘿莉

夏慕雪和 KK 是大人，他們都是顛沛流離過的人，小情小愛對他們來說已經不重要了，反而對「家」的嚮往讓他們自然地走在一起。蕙心對 KK 的崇拜是可以理解的，但 KK 對蕙心不會是男女之間那種愛情，夏慕雪看蕙心就是個情竇初開的小女孩啊！

有時我在等戲的時候邊看邊想，這些美術陳設、戲服設計怎麼這麼厲害，把那個年代的樣貌呈現得如此真實。人物刻畫加上戲劇張力，演員們各自為角色努力上課和練習，這些加起來成就了《茶金》這部戲，想著想著就很感動。

教戲的師傅說，眼神是靠盯著燭火「雕」出來的，喜怒哀樂都在眼神裡。當我一身行頭（還是全副武裝？）站在舞臺上，從眼神到手指，從身段到腳步，有那麼一瞬間，我真覺得我就是那個被唐明皇放鴿子，一醉解千愁後悵然返宮的楊貴妃。

演戲就是這麼奇妙的體驗啊！

山 妹
✕
許安植
深山茶寮的天才小茶師

《茶金》故事背景是一九五〇年代新竹北埔，那是臺灣茶葉的黃金時代，主要以一位大茶商吉桑的角度，帶大家認識當時製茶的過程，以及客庄的生活型態。

對我來說，《茶金》是一部茶葉職人劇。我飾演的「山妹」是一個從深山茶寮被挖角到大茶廠的小女生，個性有點羞怯，情感表達卻樸實直接，像鄉下小朋友的天真。她在日光茶廠，一心想要做出好茶，天分加上努力，可說是「天才小茶師」。

山妹這個角色在設定上，關於茶的一切都是非常有天分的。所以當有問題出現時，山妹的反應通常都會比茶廠裡的其他人要快，懂的也很多。

做茶是一件很需要耐心和體力的工作，急不得也慢不得，時間要抓得很精準。從採收茶菁、日光萎凋、室內萎凋，然後要浪茶，就是發酵，如果是綠茶就跳過發酵直接殺菁，用高溫去破壞茶的活性，把味道鎖在茶葉裡。之後是揉茶，拿去乾燥，乾燥完有些還要用炭火去焙茶。山妹在深山小茶寮出生長大，用炭火去烤出那個茶香的過程，很能體現出她沉靜的個性。

最感性的工具人

山妹出場不是在做茶就是在解決問題，但

我本人對茶葉這個領域完全陌生，除了參加劇組安排的實習課，我會上網去查資料學習。客語對我來說也是一大挑戰，試鏡時想說應該 OK 吧，收到老師的客語錄音檔才發現完蛋了，因為有好多好多關於茶葉的專業術語。為了找到身為茶師的手感，我從劇組拿了一個竹編的笳笠，拿笳笠回家主要是要練習浪茶的動作，因為發現沒有茶葉能練習，還跑去公園摘樹葉，一摘就摘了一個多小時，體驗到茶農採茶需要很多專注力和體力。

原本我擔心山妹這個角色像工具人，可是演到最後，山妹變成戲裡最感性的，這部分我覺得很有趣。我想是因為山妹雖然個性怕生，但對做茶的熱情讓她的自信一點點萌發

出來，得到石頭師傅的認可後，過了第一關，那對她是很大的鼓勵。然後每當遇到問題，她就用她那特別的小腦袋去想辦法，怎麼樣可以做出老闆要求的質和量。

我記得山妹有一句臺詞，「我這輩子就做茶了」，這讓我打從心底敬佩她。在那個時代能有這樣子的想法，最後還跑去日本學茶，真的很有決心。不過山妹談戀愛的時候很可愛，那是她回到小女孩的狀態，這個角色也因此更有血有肉。

好好喝杯茶是幸福的

我和郭哥的第一場戲，就是吉桑要把地契交給山妹，洋樓裡的氛圍，視覺上的衝

擊，害我直接爆哭。郭哥的氣場非常強大，非常穩定，他的氣勢可以帶領全部的人，真的就是大老闆（不是慣老闆喔）那種威嚴和溫暖，讓人對他的尊敬油然而生。山妹很崇拜小吉，就是俞涵那個角色，小吉在山妹眼前就像一個女性範本，很多時候是小吉做了一些決定，讓她不得不跟著前進，也因此成長。

山妹這個角色在設定上，關於茶的一切都是非常有天分的。所以當有問題出現時，山妹的反應通常都會比茶廠裡的其他人要快，懂的也很多。其實我自己有幫山妹設計一些小動作，看起來像「內斂的妙麗」，山妹是聰明又天真的，我盡量避免不要表現得太多，以免讓別人覺得她白目或討人厭，畢竟

身為「空降部隊」，已經讓茶廠的人有點反感。因為山妹帶給我的正面回饋，我每天在劇組都好開心，戲殺青後，我覺得自己把山妹的淡定留在身體裡了，很好，很舒服。

很多場戲我們都要喝茶，於是漸漸地我能感受到茶與人的連結和溫度。有一次劇組為演員安排審茶的課程，所有的茶一字排開，我也逼自己讓五感打得更開，去品嚐這杯茶的味道，帶給我什麼感受，形容出各種茶的味道；當天喝到不好的茶身體就有反應了，主要是覺得胃不太舒服；問了老師，老師說，的確這批茶「走水」沒有走好。當下真的蠻開心，彷彿自己真的是什麼天才小茶師～～哈哈哈。

茶金日報

GOLD LEAF
DAILY NEWS

關鍵直擊

日光董座
張福吉
當選茶葉
公會理事長

各種肥料換穀比例
糧食局決予分別降低

臺灣銀行總行公告：
舊臺幣四萬折一元

即日起依「新臺幣發行辦法」，實行舊臺幣四萬元兌換一元新臺幣，兌換時間為每日上午七時四十分至下午四時整，即日起亦停止與大陸地區之金圓券及其他貨幣匯兌業務，並保持美元固定匯率制度，可以一美元兌換新臺幣五元。

戲散人不見
絕世名伶
夏慕雪失蹤

火劫！
日光大坪林廠付之一炬
總茶師羅土生不幸遇難

經部責成國
華日光公司
籌組臺灣綠
茶聯合小組

中美合作新里程碑 日光化肥試車典禮風光舉行
提高糧產 造福農民

東方美人驚豔英國
倫敦茶博會日光茶奪金
「新社長」張薏心辦到了

根絕美鈔黑市買賣
警處隨時派員密查
戒嚴時期擾亂金融違法經營
財產予以沒收

未核可肥料流入市面
北埔茶農中毒不治
警方羈押關係人
張福吉、劉坤凱

信譽蒙塵？
違規使用不法添加物
日光總茶廠遭查封

全臺最大茶廠日光公司破產
張福吉拋售所有財產還債

【茶金風物誌】

「和洋折衷」是日本風混合西洋風的一種樣式，應用在建築、時尚、料理等領域，這次《茶金》更深化應用在時代生活美學中，從美術、造型、劇照到海報、圖像設計，精緻展現日治時代結束後、1949年國民政府遷臺，繼而美國援助臺灣，美國文化引入臺灣，從此開啟東西薈萃，帶動全新視覺感的時尚文化。

打字機

吉桑的菸斗

收音機

刷木箱 mark 鐵板

30年茶樹盆栽

茶樣

茶罐

HOPPO TEA

口光

ORIENTAL BEAUTY TEA

3 LBS. NET WEIGHT

賽鴿背包

鱷魚紙鎮

PLYMOUTH

15-3010

吉桑座車

出口茶木箱

| GREEN TEA | GREEN TEA | GREEN TEA | GREEN TEA | GREEN TEA |

GREEN TEA	GREEN TEA	GREEN TEA	GREEN TEA	GREEN TEA
TO MOROCCO	TO MOROCCO	TO MOROCCO	TO MOROCCO	TO MOROCCO
NET 24 KGS	NET 24 KGS	NET 24 KGS	NET 24 KGS	NET 24 KGS
NO. 0854	NO. 0870	NO. 0861	NO. 0857	NO. 0858
NIKKO CO. MADE IN TAIWAN REPUBLIC OF CHINA	NIKKO CO. MADE IN TAIWAN REPUBLIC OF CHINA	NIKKO CO. MADE IN TAIWAN REPUBLIC OF CHINA	NIKKO CO. MADE IN TAIWAN REPUBLIC OF CHINA	NIKKO CO. MADE IN TAIWAN REPUBLIC OF CHINA

| GREEN TEA | GREEN TEA | GREEN TEA | GREEN TEA | GREEN TEA |

茶金古蹟巡禮

張家洋樓
新竹 北埔姜阿新洋樓

臺灣銀行外匯部
臺北中山堂

日光化肥廠
臺中 大里菸葉廠

ＫＫ宿舍
臺北 殷海光故居

永樂戲院外街景
臺北 迪化街十連棟

濟陽醫院
臺北 向陽學苑

北埔分局
臺北 臺灣新文化運動紀念館

英國茶葉博覽會場
臺北賓館

為了一部劇，蓋了一座茶廠！
製作團隊取景於保存完整的「日月老茶廠」與
「大溪老茶廠」，在「花蓮文創園區」搭建了
美輪美奐的辦公室，結合「夢想動畫」巧奪天
工的 3D 視覺合成特效，打造 1949 年占全臺
灣三分之一出口量的日光茶葉公司。
歷經三年多籌備，長達 114 天環臺取景拍攝，
場景遍及全臺 16 個縣市、20 多處百年文化
重要景點，細膩呈現 1950 年代的歷史氛圍。

張家祖祠
彰化 永靖餘三館

日光茶廠二樓 萎凋區
桃園 大溪老茶廠

日光茶廠一樓 揉捻區
南投 日月老茶廠

張家老宅
屏東佳冬 蕭家古厝

北埔農會　宜蘭 二結穀倉

日光茶廠辦公室／審茶室　花蓮文化創意產業園區

永樂戲院　花蓮 瑞舞丹大戲院

分集劇本

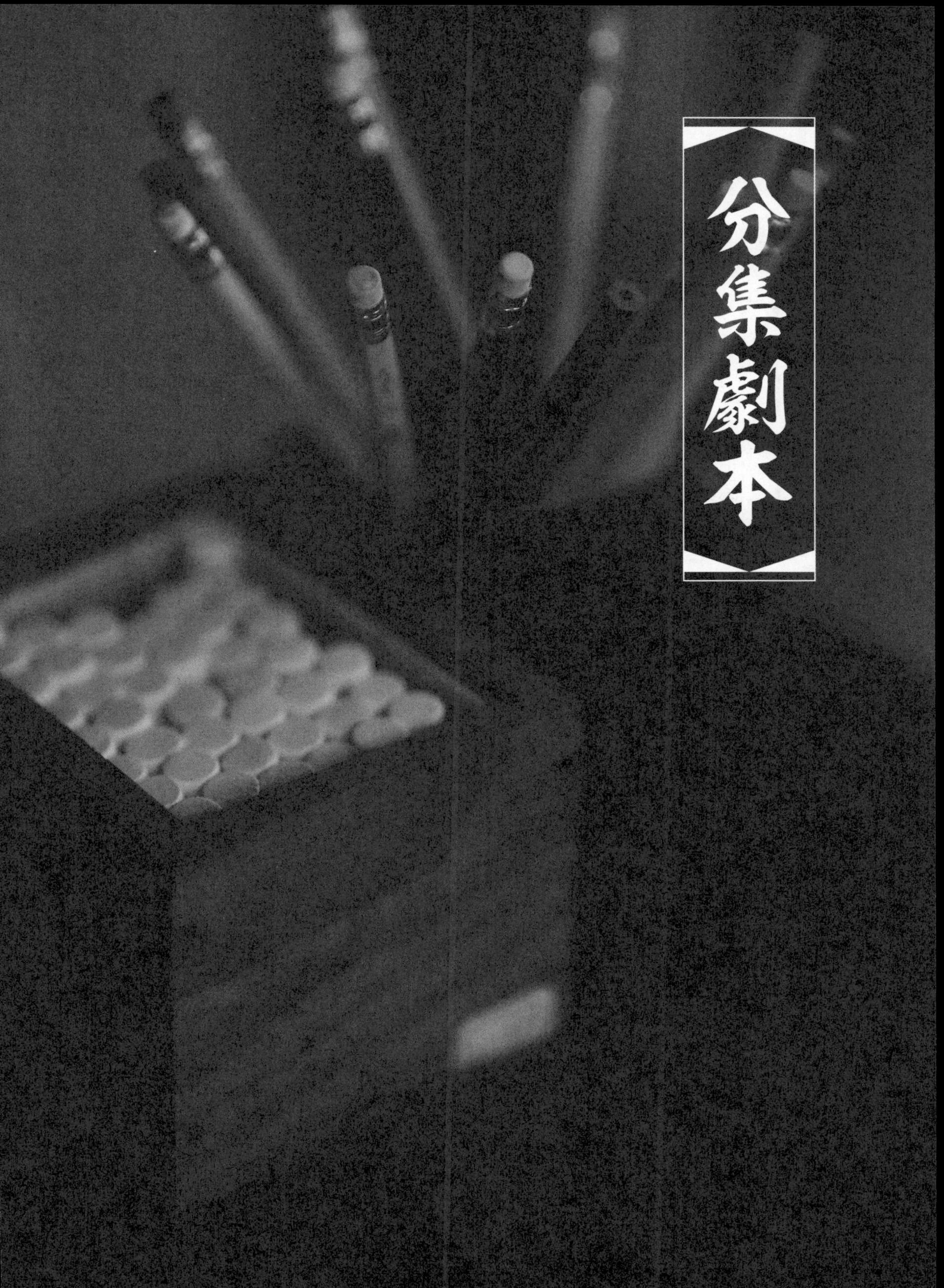

序1　日/外 印度 - 大吉嶺茶園「印度茶區欣欣向榮」

△ 本場全英語對話。
△ 一隻男人的手抓起地上淡巧克力色的砂質泥土，檢查著土壤。

KK：肥力釋放了，要量產了！

　　△ 三個男人坐在土地上，專注看著 KK 手中的土，KK 穿著化肥廠制服（劉
　　　坤凱，三十歲，迪克特助，中美化肥廠經理）、莊園主人希瓦（四十多歲）
　　　和他兒子曼特里（十歲），一旁是一排整齊茶苗，背景是白了頭的喜馬拉
　　　雅山脈。
　　△ 莊主希瓦摘下一片茶葉。

希瓦：這裡冷，茶葉長的特別緩慢，（瞬間一臉得意）正因為緩慢，才讓風味得以
　　　凝聚！

　　△ KK 笑著接過茶葉，本能地將茶葉逆光看葉脈，葉片晶瑩剔透發著光。

KK：看來，風土和天氣，都變成希瓦先生茶香的一部分！
希瓦（指著葉片，真誠）：KK，謝謝你們的肥料！

　　△ 二個男人同時望向前方。
　　△ 前方是開闊山谷，大片茶園綠意盎然，美不勝收。

KK（滿意）：印度茶要量產了！

　　△ 莊主兒子曼特里驚訝地看著 KK 手背上的一片茶葉。

曼特里：茶神！

　　△ KK 手背上是一片「會走路的葉子」（註：葉脩）。

曼特里（比 KK 還興奮）：找到「茶神」的人，會有好運！

序2　日/內 印度 - 宿舍 -「搬家/不想回家」

△ 本場全英語對話。

△ 屋外陽光燦爛，人聲喧譁，但一切與 KK 無關。

△ KK 穿著亞麻衫及西裝褲，一派休閒，一個人坐在桌邊用指甲銼刀挖出指甲縫的泥土，動作優雅而熟練，他環視了宿舍一遍，房內小而幽暗乾淨，一張桌椅，一張鐵床，角落是洗臉架，上面掛著毛巾及一面小鏡子，幾乎看不見私人物品。

△ KK 視線回到書桌上的墨鏡，墨鏡反映著門外過於明亮的地面，明亮的門裡突然出現一個人影。

△ 來者是迪克（三十四歲，俄籍美國人，懷特工程顧問公司總經理）。

△ KK 已立正站好，中指貼在褲縫上，像個軍人般。

迪克（命令）：打包好了？

　　　　△ KK 沒有回答。

迪克：不想回家？

　　　　△ KK 還是沒有回答。

迪克：懷特公司把我調到臺灣去，我要你做我的助理（好聲好氣），臺灣是你的家，讓我們去臺灣吧！

KK：先生，我回去臺灣能做什麼？

迪克：當然是繼續替我蓋化肥廠！

　　　　△ KK 一副不感興趣的樣子。

KK：先生，我不太確定這件事……

迪克：不太確定？看，我們蓋的化肥廠讓印度這個國家富裕了起來，你不回去替你的家鄉做貢獻，太可惜了！

　　　　△ 迪克看向四周，拿起地上的帆布袋，想幫 KK 打包，卻無從下手，因為現場沒有什麼東西像是私人物品。

迪克（張望四周）：還有，我的名字叫迪克，不是「先生」！我跟你說了多少次，只有你跟我的時候就叫我迪克，你是我的得力助手，不再是戰俘！

KK：是的，迪克先生，印度化肥廠後續，還有很多事情要做，我在這可以……

　　　　△ 迪克打斷他的話。

迪克：你不想看到她嗎？

△ KK 像被狠狠敲了一記，頓時無語，看著迪克。

迪克（真誠）：也許她也在找你！

△ KK 思考著可能性。
△ 遠處火車鳴笛聲起。

序3　昏／外 印度 - 小火車「人生旅途」

△ 火車行駛聲。
△ KK 跟迪克二人坐在門邊行李堆上。
△ KK 望著車外，墨鏡裡反映著漸行漸遠的風景，猶如一條沒有止盡的隧道穿過他的眼底，我們看不清他的眼睛，看不出他歸鄉的心情。
△ 空景。一列小火車行駛在大吉嶺山區。

序4　日／外 北埔 - 張家宗祠「展現宗族壓力／女主亮相」

△ 本場全客語。
△ 張家各房子嗣約六十人，男女皆有，零散在堂中。
△ 張家子嗣三五成群低語議論著三房吉桑遲到，對三房方向的蕙心側目。
△ 蕙心（張蕙心，十九歲，張家三房獨生女）看著手裡懷錶時間。
△ 堂前是主祭者伯公（張清文，七十三歲，張家大房大家長），身著長黑布衫，看著前方，有著不容侵犯的威嚴及眼袋。
△ 伯公瞪向三房蕙心，祭祀將要開始，卻不見吉桑人影。
△ 蕙心代表三房迎向伯公眼神，有禮卻不畏懼的模樣。
△ 伯公決定不等了，轉回身。
△ 一旁侍禮司儀 VO：吉時到，各正衣襟！
△ 眾人聽令，張醫師（張大欽，二十四歲，醫師，張家大房孫輩，蕙心堂哥）與其他男性紛紛往堂前走，女性往堂後走，人群由原本散亂變為整齊的陣列隊伍。
△ 第一列有三十多人，第二列也有三十多人；第三列只有二人，即蕙心與盛文公（張盛文，七十一歲，張家三房長者），現場只有盛文公一個人坐著，他歪頭斜眼看著其他人，面無表情，左手拿著香火，一老一少對比二列綿延長隊伍顯得特單薄。伯公捧著祭文一鞠躬，一票子孫跟著躬身。

伯公（唸唱）：伏以（拜），日吉時良，萬事吉祥，六神通利，四道生祥，謹發誠心，立案焚香，香煙沉沉，祖必降臨，香煙郁郁，請神降福，躬身拜請（拜）……

△ 蕙心聽著祭文，看著身旁枯瘦的盛文公，香火插在竹椅縫中，他目細細地

聽著祭文，雙手緊握住膝蓋，他正用意志力控制鴉片癮頭。而他中指、無名指、尾指留著 30 公分長的指甲，特別醒目。」

△ 蕙心思考了一下，伴著伯公的祭文聲，她逆行經過二排男丁子嗣，來到門口，猶如行走在一片深色潮水中迎向陽光。

△ 蕙心問站在門外的管家阿清（張日清，四十歲，張家管家）。

蕙心：到了嗎？

序 5　日／內 山路 - 車上「吉桑／時代背景」

廣播聲入（標準老式北京話）：為確保本省治安秩序，保安司令部即日起全面禁止民眾從事集會活動，禁止遊行請願、禁止罷課、禁止罷工、罷市、罷業等一切相關行為，亦嚴禁以文字標語或其他方法散布謠言、禁止隨身攜帶槍彈武器與危險物品，無論居家或外出，應隨身攜帶身分證，以備檢查；即日起亦禁止聽取大陸地區之廣播，並嚴禁設置私人廣播電臺……

　　△ 吉桑（張福吉，四十八歲，日光公司董事長）穿著體面白色三件式西裝與司機阿榮（林新榮，二十歲，張家小廝）隨著車身搖晃，聽著廣播，吉桑抱著一盆三十年茶樹小盆栽，一臉得意，阿榮把收音機開大聲點，聽著字正腔圓的華語廣播，神情擔憂。

　　△ 以下為客語對話。

阿榮：社長，一直講「禁止、禁止」，到底在「禁止」什麼？今年怎麼這麼多命令下來？

吉桑（霸氣）：沒要緊啦，那是政府的事。

阿榮：會影響到我們做生意嗎？

吉桑：日子怎麼變，飯還是要吃，茶還是要喝！

　　△ 阿榮聽了釋懷，笑了。
　　△ 吉桑把玩著茶樹小盆栽，無事模樣。
　　△ 天上飛過一架軍用運輸機，吉桑透著車窗看見。

序 6　日／外 北埔 - 制高點路口（茶廠門口）「茶金時期」

　　△ 天上軍機飛過，茶廠前的人群看著。
　　△ 戴著鴨舌帽的嗶嗶哥（范姜彬，二十歲，日光茶廠技術師）看了懷錶十一

1　留爪或蓄甲，把指甲留長，是顯示自己的身分很尊貴，表示終日不必做事。

點整，三臺卡車準時出現眼前。

△ 嗶嗶哥將手指放在嘴巴裡面吹了一個響哨，哨音響徹雲霄。

△ 緊接著，炮聲炸天，三臺卡車衝過煙霧瀰漫的火路。

△ 三臺卡車後斗載滿茶袋（裡面是錢）。

△ 路口上七、八個男人如百米賽跑般追著卡車，臉上帶著驕傲與豪情飛奔而來。

序7　日／內 日光茶廠-揉茶區「阿土師出場」

△ 外面傳來鞭炮聲。

△ 揉茶區內，二師石頭（石亮材，三十五歲，日光茶廠二師）正手腳麻利地將濕布包內揉捻好的茶菁袋一股腦兒倒在大竹盤上，大手解塊著，聽見炮聲的石頭心猿意馬想湊熱鬧，解塊動作不平均、不確實。

△ 穿著舊式唐裝的阿土師（羅土生，五十歲，日光公司總茶師）見狀走來，把手湊進茶菁沉靜評估，看了看石頭。

△ 石頭止住動作，知道師父不滿意了。

石頭：阿土師父，我再給機器揉一遍……

△ 石頭準備將茶菁用布包包起，重新揉捻，阿土師看都沒看石頭一眼，揮手示意「去吧」。

△ 石頭點頭，興奮地跑出去。

序8　日／外 日光茶廠-門口「日光的茶金時代」

△ 三臺卡車停定在茶廠門口，林經理（林勤男，四十歲，日光茶廠經理）站定在臺秤旁。

△ 茶廠門口放了很多盆栽，前面一片大空地，茶農、茶販大排長龍，約莫百人，全都是男性，男人笑得開懷，興致高昂，包含太田叔（太田阿正，四十歲，茶販）、良叔（游阿良，五十歲，茶販）、烈伯（徐火烈，四十歲，茶農）等人，大多是鄉下衣著打扮，帶著各種交通工具載錢，如三輪車、牛車、農車等，還有人拎著扁擔。

△ 卡車上，莫打（簡勁，十九歲，日光茶廠技術師）把一袋袋「茶袋」往下丟，石頭及二名茶工在下方接住，男人們幹勁十足，默契十足，好像這種事情已經做了好幾年。

△ 打開茶袋。

△ 裡面是一捆一捆鈔票（舊臺幣）。

太田叔（排第一個）：2億3700萬元。

林經理（看著帳冊，對帳，重複著）：太田叔，2 億 3700 萬！

　　△ 嘩嘩哥把兩個茶袋放在機械臺秤上，看著秤碇撈出大把鈔票。
　　△ 石頭走來看熱鬧的秤錢景況。

吉桑：石頭，過來！

　　△ 石頭跑到吉桑車邊，吉桑抱著茶樹小盆栽在車裡，獻寶似的把小盆栽交給
　　　石頭。
　　△ 石頭看著手中的小盆栽，轉了轉，一頭霧水。

石頭：社長，這是……？
吉桑（得意）：三十年的茶樹頭！給你師父瞧瞧。

　　△ 車子駛離，往家祠方向去。

┌───┐
│　　　序 9　　日／外 北埔 - 張家宗祠「薏心是唯一繼承人」　　│
└───┘

司儀（宣布）：第三房，（頓）向前祭拜！

　　△ 沒有人出列，眾親友面面相覷。
　　△ 薏心看向門外，沒有動靜，雖然緊張，仍鼓起勇氣開口。

薏心：伯公、各位長輩，請大家等一下，我爸應該是路上耽擱了。
伯公（故作慈藹）：我們可以等，可是祖宗可不能等。

　　△ 薏心看著盛文公，香火插在竹椅縫中，雙手緊握住膝蓋頭，歪著頭用意志
　　　力控制鴉片癮頭，她於心不忍。

薏心：請讓我代表三房上香！

　　△ 眾人對薏心挺身而出感到詫異，當中包含了乖巧的張醫師。

伯公：細妹不能代表宗族，不是螟蛉子₂（伯公看著盛文公），至少也得是過門的女
　　　婿……
薏心：各位長輩，我雖然是女輩，我也姓張，我跟各位一樣有一顆崇敬祖先的心，
　　　怎麼不可以代表三房呢？

───────────────

2　「螟蛉子」為養子之意，日治時代戶籍資料亦以「螟蛉子」作養子之註記。

△慧心手裡拿著香，一個人站在光區裡，對著祖宗牌位正要祭拜時，被伯公阻止了，他看見門口有人來了。

△吉桑抽著「鴉片槍₃」一派從容，自堂口走向牌位前，一襲白色西服走在一片深色祭祖服裝中相當顯眼，像是自陽光處走入一片深海黑流中。

△慧心見父親前來鬆了口氣，但抽著鴉片槍實在太招搖。

△兩旁子嗣看著吉桑經過，彼此眼神交流，正反耳語都有：「大大方方吸鴉片來？」「祭祖怎麼能遲到，時辰也不顧，到底是不是張家人啊？」「人家是蜈蚣子，管你什麼時辰」。阿新桑（張秉新，四十二歲，張家宗族親屬）聞言獨排眾議。

阿新桑：福吉很忙，是做大生意的人呢！

△吉桑抽著「鴉片槍」走到堂前跟伯公對上眼，伯公轉身，親手給他點支新香。

伯公（看著火苗）：賢姪，你來晚了！
吉桑：大伯，來得早不如來得巧，吉時，剛好！

△慧心看著父親把抽通的鴉片槍交給盛文公，盛文公顫著手，急忙深吸一口，吉桑心中滿是不捨但不能表現出來，盛文公吸著鴉片按捺著怒氣盯著兒子，父子之間似有心結。

△伯公給過一根香火，吉桑接下，伯公示意司儀開口。

司儀（再次宣布）：第三房，向前祭拜！

△吉桑跟慧心一左一右扶住盛文公，三人拿著香出列，屋頂上一道光剛好斜斜射入祭拜區，三人站在光區裡，對著祖宗牌位三拜。

△眾人旁觀，沉默。

△伯公接過三人香火。

△三根香火被插入爐中，與六十多根香火同在，其中一支新香顯得特別高（其他香火都燒短五公分了），微亮的香火在幽暗祖宗牌位前顯得格外亮眼，我們離香火越來越遠。

```
┌─────────────────────────────────────────────────────────────┐
│ 1. 日／內 美援聯合大樓₄（BIG BUILDING）- 走道 1「中美較量，角色人 │
│              物位階關係介紹」                                  │
└─────────────────────────────────────────────────────────────┘
```

3　鴉片槍若不抽通，隨時會熄滅。

△ 本場為英文對話。

△ 七雙精緻雪亮的男鞋，在走道上快速走著，發出叩叩聲響。

△ 美國駐臺領事 John（J. MacDonald）領著迪克、KK、美國經濟學者及美方達官政要，一行人西裝筆挺，浩浩蕩蕩走在過道上。

△ 領事 John 對著迪克耳提面命。

領事 John： 國務院的意思，從今天開始，臺灣所有美援工作，由你們（用眼神掃過二人）「懷特工程顧問公司」全權主導。

　　△ 兩人後方，唯一東方面孔 KK 和一群老外聽著，試圖理解狀況（他的穿著與氣勢並不輸洋人）。

迪克： 我真的能「全權」主導嗎？

領事 John： 當然，這是我們的錢！

```
............................................................
                2. 日／內 美援聯合大樓 - 走道 2
............................................................
```

△ 畫面緊接：七雙精緻雪亮的男鞋，在走道上快速走著，發出叩叩叩聲響。

△ 國府以副院長（袁盛平，五十六歲，CC 派，留著「蔣介石般的小鬍子」）為首，後方是經濟部長方國仲（約五十歲）、外交部司長陸伯洋（約五十歲）與經濟學者及高官，一群人浩浩蕩蕩走在過道上。

副院長（不耐煩，鄉音）： 打到哪了？

經濟部長（上前，鄉音）： 報告袁副院長，共產黨越過江了。

　　△ 國民政府人員在走道上快速走著。

副院長： 臺灣現在多了一百萬人要吃飯，中國前線更是千萬的人要吃飯！沒米沒糧，沒槍沒彈，這個仗要怎樣打下去？

經濟部長： 美國人有錢！

　　△ 一行人在一道門前停下來，副院長不滿地看著官員們，思忖了一陣。

副院長： 美國人大概會在幣改上做文章？

4　中美聯合大樓，是 1949 年 1 月 5 日由美援會成立臺灣辦事處，座落總統府斜對角的聯合大樓，人稱「Big Building」，1950 年代，中美大樓聯合大樓是美國在臺政治經濟援助的樞紐，可以說是當時真正的權力機構。大樓進駐機構包括懷特公司、經濟合作總署、美援委員會、中國農村復興委員會、美國新聞處等等，中美聯合大樓深刻影響戰後臺灣的走向與命運。

△ 開門，一群人往裡面走。

3. 日／內 臺北總公司「60億元展現人物個性」

△ 萬頭家（萬水來，五十二歲，聚源貿易行〈地下錢莊〉老闆，閩南人）一臉神祕兮兮，拿出一張面額60億的紙鈔，講著不輪轉的客語。

萬頭家（硬講客語）：昨天拿到的，新疆的錢，60億啊！

△ 房內其他三個男人，戴著圓式黑框眼鏡的吉桑表情好奇；穿中式唐裝的阿土師瞥了一眼，氣定神閒地繼續泡茶；小個頭的范頭家（范有義，四十九歲，富記茶行老闆，客家人）穿著不如吉桑派頭，是個油條的鄉下人，一臉難以置信地看著紙鈔。
△ 接著萬頭家將鈔票捲成一捲，點菸，鈔票瞬間燃燒，范頭家驚嘆著。

萬頭家（叼著菸）：這錢在大陸只值15粒米而已。

△ 沒見過世面的范頭家好奇接過60億「火種」，好奇看著被燒個大洞的錢，一旁吉桑倒是一派輕鬆笑著。

吉桑：（對范頭家）范仔，沒要緊，隨便抓一把茶菁還多過這60億！（對萬頭家）萬頭家，今日要跟你商量調錢的事。

△ 萬頭家聽見錢，立刻展現一張笑臉。

萬頭家（笑）：唷……這個時節，利會高一些！
范頭家（接過燃燒的紙幣，緊張）：多高啊？
萬頭家（悠然）：八分囉！
范頭家（驚）：夭壽哦，萬頭家，您是開錢莊還是開黑店啊？

△ 萬頭家不想跟范頭家計較。
△ 這時坐在中間泡茶的阿土師也開口提醒。

阿土師（幫腔）：下個禮拜交茶，就有現金了，還要調什麼頭寸？

△ 吉桑看了一眼阿土師跟范頭家。

吉桑（豪情）：生意做得，一點利息算什麼！
萬頭家（附和）：是啊！做得，就做得！吉桑家大業大怕什麼！
吉桑：土生，我買茶菁要現金，買機器要現金，大坪廠要重新治理起來也要現金。

萬頭家（跟大家打預防針）：時局像這樣亂下去，一百個臺灣也不夠國民政府拿到中國去打仗！錢一直貶下去，你的茶就賺不停！

4. 日／內 美援聯合大樓 - 辦公室「密會／KK 展個性」

　　△ 中、美雙方站在長條桌邊，一邊一國激辯著。5

副院長：「新貨幣」這件事，我中華民國堅決反對！

　　△ KK 做著筆記，看著中美雙方像打乒乓般一來一往。

經濟部方部長：發行新貨幣是很危險的一件事，我們就是因為發行法幣和金圓券失去了中國！

美國經濟學者一：要改變臺灣的經濟，最快的方式就是發行新貨幣！

國府代表一：要不要直接用美金好了？

美國經濟學者一：如果你們同意的話！

領事 John（標準北京話）：臺灣必須切斷與中國貨幣的往來！

　　△ 現場國民政府官員很吃驚，領事 John 的北京話如此流利。

領事 John：新貨幣必須直接兌美元，二十萬換一美元！

　　△ 國民政府官員面有難色，經濟部長臉色一沉，看著美國人，又不敢反對，因為過去的失敗經驗，讓國府不敢再發行新貨幣。
　　△ KK 看著中美雙方收起激情，坐了下來，試著理性討論。

5　1949 年，金圓券急速貶值，上海熱錢大量湧入臺灣，國府軍公費用及各公營事業之資金，多由臺灣省政府墊借，其中以軍政款項最為龐大，導致臺灣金融波動嚴重，物價狂漲，臺灣經濟崩盤，為抑制通膨，切斷與大陸經濟關係，國府於 1949 年 6 月 15 日實施〈臺灣省幣制改革方案〉，明定以 4 萬元舊臺幣換 1 元新臺幣，新臺幣可直接兌回美元。
　1949 年 5 月 4 日美大使館參事莫成德向國務卿艾奇遜說明對臺援助方案，同時要求臺灣當局必須履行下列條件：「1. 美國的海、空軍可以長期租借臺灣的軍事基地。2. 授予孫立人統率臺灣軍隊之職，將目前臺灣軍力中 1/2 至 2/3 的人員送回去（大陸）。3. 臺灣當局必須運用懷特公司的專業人員為顧問。4. 臺灣銀行必須聘用一流的財經學者為顧問（目前顧用英國經濟學者 Cyril Rogers 為適當人選。註：Rogers 於 1948 年來臺）。5. 如果臺灣當局沒有遵照顧問意見，美國政府有權中止一切援助措施。」（《保衛大臺灣的美援》41~42 頁）
　「作者（林炳炎）在第一次訪問狄卜賽時，他強調好幾次，陳誠拒絕美援的態度，似乎是有緣故的。」（《保衛大臺灣的美援》38 頁）
　1949 年 6 月 23 日美援聯會開會，全體支持新幣匯率。會議係下午 3 時在 ECA 分署大廈舉行，有嚴家淦、楊家瑜、楊德恩、徐慶鐘、柯瑞格、懷特經理塔爾林（Henry J. Tarring）。（《保衛大臺灣的美援》108 頁）
　1949 年 6 月 27 日 ECA 分署代署長葛理芬給其上司美國經濟合作署總署長赫夫曼的「臺灣情勢」報告指出：「臺灣經濟繼續惡化……軍隊湧入進一步沖垮臺灣經濟，僅在三禮拜前，財政廳長嚴家淦（「新臺幣之父」）肯定的告訴我，目前的貨幣達到某種穩定情況，不推出貨幣改革……七天後被迫放棄那種想法，軍隊數量，軍人家屬及難民之增加，使日用品短缺，幾乎是上海淪陷的翻版。」（《保衛大臺灣的美援》117 頁）

領事 John：二次世界大戰都結束四年了，中國內戰到現在還沒打完……
副院長：我們也希望戰爭早點結束，要是有足夠的美元，我們一定可以反攻大陸……
領事 John：「反攻大陸」對臺灣人來說沒有吸引力，你去問問，有幾個臺灣人要「反攻大陸」？

　　△大家目光突然投向 KK，因為現場只有他一個臺灣人。
　　△KK 接受到大家目光，收起筆記本，緩緩站起來。

┌─────────────────────────────────┐
│　　　　5. 日／內 臺北總公司「茶虎／入贅」　　　　│
└─────────────────────────────────┘

　　△裡頭煙霧瀰漫，三個男人細細品味「60 億火種」的菸抽起來味道如何？范頭家盤算如何把吉桑這條線顧好，萬頭家看不起小咖范頭家，吉桑抽著菸斗心想「婚事」要如何開口。
　　△阿土師看出吉桑難開話頭，他泡著茶，示意喝茶。
　　△吉桑笑著喝了一口茶。

范頭家（諂媚）：聽說，上一季，張社長多做三臺車的茶，用原價賣給怡和洋行？

　　△吉桑抽著菸，沒有回答。
　　△范頭家一臉吉桑被他人占了便宜的憤慨。

范頭家：三臺車吶，放到今天，等於你送給他一棟房！
吉桑：大家互相啦，多虧怡和洋行幫我外銷到海外，讓我賺了不少錢。

　　△阿土師坐在中間，把泡好的茶分給大家。

范頭家（改變風向）：當然啦，張社長跟怡和聯手，就出口臺灣三分之一的茶，桃竹苗的茶全被您掃掉了，現在大家叫您「茶虎」！
吉桑（豪爽）：什麼「茶虎」？是「茶壺」吧？我只是收茶、賣茶而已。

　　△吉桑正要開口講婚事。
　　△范頭家突然站起身，舉起茶杯敬吉桑，吉桑不知道發生什麼事，也連忙站起，舉杯。

范頭家（恭敬）：張社長是「茶壺」，那我就是「茶杯」！

　　△三人對看，萬頭家笑笑，覺得范頭家這人比他還滑頭。

范頭家（恭敬）：這幾年我跟著你做，從一個茶販子，到今日可以開間小毛茶廠，全是托您的福。

吉桑（有點吃驚）：唔，有義兄你真的開起來了？

范頭家（得意）：是的，公司名叫「富記」，專門為「日光公司」做茶，請多多關照啊！

　　　△范頭家以茶代酒，一口喝下。

吉桑（笑）：「富記」好名字！以後，要叫你「范頭家」囉！

范頭家（笑）：不敢當！喝茶、做茶，我還要跟張社長學習，有事您盡量吩咐！

　　　△范頭家拍著吉桑馬屁，顯示自己的誠意。
　　　△吉桑喝著茶，思考了一下。

吉桑：范頭家啊……

　　　△范頭家笑著「嘿」了一長聲，看著吉桑。

吉桑：今天叫你過來，是有件事情想跟你商量……

------

6. 日／內 美援聯合大樓 - 辦公室「KK 陳述看法，臺灣是中美雙方的交集」

領事 John：劉特助，你說說，你會想「反攻」大陸嗎？

　　　△KK 站立著，看著兩邊人馬，兩邊人馬他都不能得罪，他成夾心餅干了。

領事 John（加碼）：說不定他上過戰場，跟中國打過仗呢！

　　　△迪克聽了，為 KK 感到憂心。
　　　△副院長看著 KK，突然覺得很有可能。

副院長：你，當過日本兵吧？

KK（看著大家）：是的！

副院長：哪一區？

KK：緬甸。

副院長（意有所指）：所以，你跟孫立人 6 將軍交過手囉？

　　　△美方聽到孫立人有點尷尬，因為他們正在「拉孫倒蔣」。

6　美方當時積極運動「拉孫倒蔣」，希望扶植美系的孫立人將軍取代蔣介石。

副院長：打仗，死了才是英雄，你怎麼會活著回來呢？

　　△副院長諷刺 KK 是俘虜逃兵，KK 與經濟部長對視，了然於心。
　　△KK 的戰俘性格頓現，他以過人的冷靜看著眼前難關。

KK（謙和有禮）：每個人都有活著的理由，國家也是。

　　△KK 面向美方領事這邊。

KK：剛才領事問我想不想反攻大陸？我確實想要幫助國民政府重返大陸，而美方希
　　望在遠東防堵共產主義的擴張，所以今天我們才會在這邊。

　　△KK 面向副院長這邊。

KK：現在，還有什麼地方可以提供國府幾千公里長戰線的需求？只有建設臺灣才能
　　提供龐大的軍事需求，只有建設臺灣才能夠防堵共產勢力。

　　△KK 面向二方人馬。

KK：因為我們都希望活下來！臺灣是現在雙方的交集！

　　△KK 示意雙方繼續討論，他默默坐下，拿起筆記本，臉上看不出任何情緒。
　　△現場沒有人講話。

7. 日／內 臺北總公司

　　△范頭家非常激動地握住吉桑的雙手，看著吉桑。

范頭家（興奮不已）：我馬上帶他過來！

　　△范頭家開心地跑了出去。
　　△阿土師悠悠喫茶，早就知情貌，吉桑看著驚愕不已的萬頭家。

吉桑（笑笑）：范頭家做人很積極吧？
萬頭家（還在驚嚇中）：不找一個有錢一點的？
吉桑（豪爽）：錢，賺就有了，肯做、聽話就好了。
萬頭家（悠悠）：我也很「肯做、聽話」啊！

　　△吉桑瞪了一眼萬頭家，「你都幾歲了？」

8. 日／內 教會

△ 教會育幼院裡，小孩慌張害怕亂成一團，各種年齡層都有，二名修女安撫
　著害怕的孩子，拉著他們，排頭是一名洋醫生在注射天花預防針。
△ 打完針的小朋友會到蕙心跟圓仔（林圓圓，十九歲，登麗美安洋裁學院[7]，
　學生，蕙心同學，閩南人）這邊領條小手帕。
△ 蕙心跟圓仔摺著小手帕，以二人可以聽見的音量講話。

蕙心：見過面嗎？
圓仔：沒有！圓的、扁的都不知道，下個月就要過一輩子了！（摺著手帕）就像賭
　　　注一樣！

　　　△ 蕙心想打破圓仔對未來不安的沉悶。

蕙心：圓仔醬運氣一向很好，吃虧的絕對是對方！

　　　△ 二人笑了，圓仔輕輕「嗯」了一聲。

圓仔（轉移話題）：說不定，妳也很快找到真命天子。

　　　△ 蕙心心頭震了一下，看著眼前的小朋友們。

蕙心（打趣）：在育幼院嗎？
圓仔（笑）：誰知道呢？有緣，天涯海角都會遇到。
蕙心（嘆了一口氣）：我的情況有點特殊。
圓仔：是啊，我們是嫁，妳是娶，（笑）所以，遇到妳，吃虧的絕對是對方！

　　　△ 二人相視而笑，笑中帶著離別的苦楚。
　　　△ 此時，一名加拿大修女向蕙心與圓仔求助。

修女：阿修不見了！每次打針都跑不見人影！

　　　△ 蕙心了解情況，自告奮勇。

蕙心：我來幫忙找！

7　登麗美安洋裁學院為教授女子洋裁技藝的花嫁學校，位臺大附近，學生多為時髦的名門閨秀。

△ 蕙心語畢即逕自離開教堂，留下還愣在原地的圓仔與修女。

9. 日／內　臺北總公司「入贅文貴」

△ 文貴（范文貴，二十二歲，范頭家第五子）羞怯地站在門口，不知多久了。
△ 四個男人看著文貴，吉桑滿心歡喜。

吉桑：文貴，坐！

　　△ 文貴不敢坐下。

吉桑：你不坐，那我陪你站著好了。

　　△ 吉桑站起來，文貴趕緊坐下，他看見吉桑和其他人都站著，連忙又站起來。
　　△ 吉桑看著文貴坐也不是，站也不是，笑了出來。

吉桑（笑）：文貴，學商是嗎？

　　△ 范頭家急著回答。

范頭家：是是是，文貴很會讀書，是我寶山鄉第一個大學生！

　　△ 吉桑滿意地看著文貴，文貴被看到不知道要講什麼，又問一聲好。

文貴：是，張社長好！
萬頭家（調侃）：唷，范先生，您公子一直問人好不好？這麼「古意」以後要怎麼
　　　做生意人？

　　△ 萬頭家嘲笑范家父子沒見過世面，令范家父子挺尷尬的。

吉桑：古意好！我就要這種！

　　△ 眾人聽不明白吉桑的意思。

吉桑（開門見山）：文貴，有沒有興趣來我茶廠做事？

　　△ 文貴知道他是要入贅的，羞紅著臉，沒有回答。
　　△ 吉桑見文貴沒回答，范頭家看兒子沒回應，連忙出聲。

范頭家：有有有！他最愛做茶！

吉桑：范頭家，那我們就這樣講定了。

　　　△吉桑伸出手，范頭家連忙握住，他十分想要攀上這門親事。

范頭家（喜孜孜）：好好好！

　　　△吉桑看著興趣缺缺的萬頭家。

吉桑：萬頭家，你看這門婚事如何？

　　　△萬頭家不感興趣，學著范頭家的三疊音。

萬頭家：做得！做得！做得！

　　　△吉桑看向阿榮示意「大小姐人又去哪了」，阿榮收到訊息，連忙離開現場。

```
..................................................................
          10. 日 / 內 教會 - 廁所
..................................................................
```

　　　△蕙心最先去廁所找，推開一間一間都沒人。
　　　△她彷彿聽見什麼，站定原地，頭上傳來咚咚聲響，她走了出去。

```
..................................................................
          11. 日 / 外 教會 - 屋頂
..................................................................
```

　　　△蕙心看見阿修（年約五、六歲）在屋頂上。
　　　△蕙心四處張望，確認四下無人後，脫了鞋一手護著長裙爬上屋頂，阿修未
　　　　料蕙心竟上了屋頂，十分驚恐。
　　　△KK出現在屋簷下，驚訝地看著一位淑女竟然赤腳蹲坐在屋簷上，與阿修
　　　　對話。

蕙心：阿修，你為什麼不要注射？
阿修（聲音在抖）：注射很痛，我會哭，很丟臉……
蕙心：什麼關係，我小時候注射也是會哭啊！
阿修：但是妳是女生啊，女生哭又沒關係，我是男生好丟臉。
蕙心：為什麼男生就不會哭？想哭就哭啊！
阿修：啊……反正我不要注射了啦！

　　　△蕙心與阿修僵持不下，一旁的KK見狀出聲。

KK：你咁知道，注射有分二種……

△ 蕙心與KK對上眼，蕙心詫異這個陌生男子是否目睹她穿裙爬高，KK倒
　　　是不在乎蕙心，只顧哄著阿修。

KK：一種是「很痛」的那種，一種是「比較不痛」的那種，我問過先生了，他只剩
　　二針是比較不痛的……你要哪一種？
阿修：比較不痛那種。
KK：你若是要那種，就要趕快跟先生講，要不然，就被別的小朋友用去了。

　　△ 阿修為了搶不痛的針，趕緊往回爬，卻不慎滑跤，蕙心看著阿修摔落，K
　　　K伸手接住了阿修，此時西裝被阿修扯壞了。
　　△ 阿修很快跳開KK，急著去搶不痛的針。
　　△ 換蕙心遇到了難題，她要爬下屋簷，卻發現跨腳時會穿幫，她捏著裙子，
　　　窘迫地對盯KK說。

蕙心：先生，可以請你轉過去嗎？

　　△ KK明白了，轉過身，並比劃著自己的肩膀。

KK：小姐，不如妳踏我肩膀吧！
蕙心：不用！

　　△ 蕙心很快大動作跨步，學著阿修的路徑跳下，卻「啪」一聲跌坐在地。
　　△ KK見蕙心落在離自己一步的地方，十分驚訝。
　　△ 蕙心一陣刺痛，她的手掌及手肘內側大片擦傷，破皮流血，蕙心忍住痛不
　　　出聲。

KK：還好嗎？

　　△ 蕙心逞強拍掉破皮擦傷的傷口灰塵。

蕙心：沒事。比較不痛的那種。

　　△ KK看著眼前逞強的少女，覺得像個大孩子，感到好笑。

KK：像個小孩一樣。

　　△ KK把手中拎的鞋交給蕙心，笑了笑，轉身離去。
　　△ 蕙心望著KK離去的背影，自覺丟臉又害羞。

12. 日 / 內 教會

△ 阿修在木桌前，已經捲起了袖子，但還是害怕的樣子，他望向蕙心，蕙心給了個鼓勵的眼神。

△ 阿修鼓起勇氣，眼一閉，醫師落針，阿修立刻哇哇大哭，全場孩子笑了出來，紛紛嘲笑男孩「愛哭包」、「愛哭鬼」。

蕙心（佯裝凶狠）：笑什麼？你們難道沒有哭過嗎？

△ 小孩子們停止了訕笑，鴉雀無聲，有人不好意思地搔搔頭，蕙心向小孩豎起大拇指以示鼓勵，打針男孩感到不可思議。

△ 圓仔用手帕幫蕙心簡單包紮，蕙心喊痛。

圓仔：（對阿修）阿修很棒哦！（對蕙心）怎麼就沒看妳哭過？
蕙心：哭又不能解決問題。

△ 圓仔對蕙心做出一個「真拿妳沒輒」的表情，此時，阿榮急急忙忙地趕來。

阿榮：大小姐我們該回去了，社長在找妳！

△ 圓仔示意走吧，這裡有她就可以了。離開前二人擁抱了一下，離情依依。

△ KK跟修女在教會外不遠處目睹了蕙心擺平小朋友，修女示意KK往裡走，KK目送阿榮與蕙心離去後，與修女走進教會辦公室。

13. 昏 / 內 臺北 - 車上（過臺北橋）「蕙心知道自己要結婚了」

△ 父女二人坐在後座，蕙心發現父親心情不錯，父女二人對望一眼，吉桑弄著菸絲。

吉桑：范頭家第五兒子「文貴」，妳還記得嗎？

△ 蕙心想不起來，但有不祥預感，不願與父親有視線交集，轉望窗外。

蕙心：不記得。
吉桑：沒關係，他下禮拜會來日光。
蕙心：……什麼時候決定的？
吉桑：我不是叫妳下午不要亂跑。
蕙心：……對這事，我有「選擇」的權利嗎？
吉桑：早訂晚訂，遲早的事，對妳沒壞處。

△ 原來她是沒有「選擇」的人，蕙心望著窗外，其實早知家族命運綁在她身上，只是這一天真的到來，她仍然沒有準備好。衣袖破了，她檢視手肘上的挫傷。

△ 吉桑見了心疼，但嘴上卻說：

吉桑：怎麼這麼愛玩，愛跑，會痛嗎？

　　　△ 蕙心撫過挫傷的皮膚，拉起衣袖蓋住，不語。
　　　△ 吉桑看著任性的女兒，拿她一點辦法也沒有。

吉桑：阿榮，先去醫院。

　　　△ 阿榮表示「是」，看了後照鏡一眼。
　　　△ 鏡中，父女各自望著車窗外，沒有對話。
　　　△ 車內安靜無聲，窗外風景都與蕙心無關。

14. 日 / 內　教堂 - 修女辦公室

　　　△ 修女翻著一大疊送養的卷宗，每一張文件都是一個戰爭孤兒的去向。

修女：這幾年我們陸續收了幾個 1945 年前後出生的孤兒，但是都已經送養到國外去了。

　　　△ KK 看著文件一張張翻開又闔起。
　　　△ 修女抽出了一張文件，擺到 KK 面前。

修女：這位是唯一符合你女兒描述的個案。

　　　△ KK 慎重翻開文件閱覽，看著其中一張小小的照片，照片上是一個二歲左右的小女嬰，KK 認真看了一會兒。

KK：……不是她。

　　　△ KK 感到失落，又像是鬆了口氣似地，把文件遞還給修女。

修女：活著，就有希望。
KK：……我甚至不知道她是不是還活著。
修女：我說的是你……好幾年不見，我都以為你死在戰場上了。

△ KK 苦笑。

KK：⋯⋯差一點。

---

15. 昏／內 KK 宿舍

△ 這間宿舍，幽暗而乾淨，簡單的一房一廳以及簡單的小廚房，室內幾乎無
　私人用品。
△ KK 坐在一張大製圖桌前叼著菸，他一臉落寞，自皮夾拿出一張照片。
△ 照片中是一張全家福，四個大人跟一個一歲大女嬰（KK、KK 的父母、
　妻子與女兒）。
△ KK 叼著菸，呆望著照片。

---

16. 日／內 張家古宅 - 盛文公房「蟆蛉子父子情結」

△ 管家阿清熟練地解開牆上繩頭，一個吊籃自橫梁緩緩降下。
△ 室內昏暗，像塵封幾世紀的黑，盛文公躺在太師椅上抽鴉片，看著吊籃光
　影在牆面垂降而下，完全不同於「家祭」時的態勢，現在他是一家之主。
△ 蕙心與吉桑恭敬地站盛文公在前方，吉桑向父親報告招贅的消息。

吉桑：⋯⋯阿爸，對方是寶山范頭家第五個兒子，是個大學生，人很古意，很乖！
盛文公：乖？同你這般「乖」嗎？

　　△ 場面尷尬，蕙心替父親感到緊張，沒想到父親耐著性子，繼續笑著說話。

吉桑：人，我今天已經請來了⋯⋯雖然不太合禮數，但大坪廠要翻新，我希望他趕
　　快上手⋯⋯
盛文公（斜眼看著吉桑）：大坪廠？那個天邊霹靂遠的破廠？電上不去，路又崩，
　　翻新來是打算再做一回「愚公移山」？

　　△ 這回，蕙心見吉桑收起笑容，倒是盛文公一派輕鬆的樣子，揮了揮尾指，
　　管家阿清上了兩塊綠豆糕給蕙心與吉桑。

盛文公（輕聲）：人是賺 10 塊花 2 塊，你是賺 2 塊花 10 塊。
吉桑（耐著性子）：要做大生意，全要這麼花。
盛文公（抽著鴉片）：做什麼大生意？你和我全是張家的「蟆蛉子」，精明點！人
　　家沒期待我們做什麼大生意，（對蕙心）管好妳的夫婿，不要讓他做敗家子！

　　△ 聽見「夫婿」的蕙心感到窘迫，盛文公比著綠豆糕示意兩人吃。

吉桑（皺起眉頭）：阿爸！這油耗味都出來了，我叫春姨做新的。
盛文公：什麼都要做新，不要浪費，吃！

△ 蕙心見父親倔著不願吃下綠豆糕，阿公又看著自己與父親，蕙心不知是吃
　 還是不吃好。此時，外頭傳來茶廠的放炮聲音。
△ 吉桑聽著炮聲，忍不住臉上掛著笑意。

盛文公（笑）：哼，人載錢是靜悄悄怕人知，你是放炮炸天怕人不知！

△ 吉桑聽著炮聲，臉上掛著得意的笑容。

吉桑：阿爸，來錢了，我去看看。

△ 吉桑將綠豆糕禮貌地還給管家阿清，點頭致意，隨即踏著腳步要離開。

盛文公（氣音，幾乎聽不見）：風神[8]！

△ 吉桑聽見了父親的話，有點得意地離去。

17. 日／內 美援聯合大樓 - 禮堂「美援聯合會[9]」

△ 現場官媒、外媒，閃光燈此起彼落。
△ 領事 John 和國府袁副院長、尹經濟部長三人笑著，穿著西裝，雙方各執
　 「臺灣美援聯合會」合約，背景是中、美國旗，氣氛歡快。
△ KK 在拍照記錄。

司儀（標準北京腔）：中華民國與美國簽定雙邊協定，美國每年提供 1 億美元援助
　 貸款，進行各項經濟建設，中美將聯合建設臺灣，成為亞太地區反共抗俄民
　 主的堡壘……

△ KK 在側拍記錄，迪克來到場邊的 KK 身旁，看著會場冠蓋雲集，樂觀其

8　客語「風神」原意為「威風」、「神氣」之意，日常口語中亦有諷人「愛現」、「愛炫耀」之意，是可褒可
　 貶的詞語。
9　1949 年 6 月 2 日上午 9 時 30 分在寶慶路與懷寧街交角 ECA 大樓內懷特公司辦公室舉行「臺灣美援聯合會」
　（Taiwan Joint Committee on United States Aid）第一次會議，出席的有：鄭道儒（省府代表）、嚴家淦（省府
　 代表，財政廳長）、楊肇瑜（S.H. Wan，建設廳長。會議紀錄姓名找不到對應人，依新聞寫）、陳清文（交
　 通處長）、徐慶鐘（農林廳長）、李連春（糧食局長）、趙志垚（物質調節委員會主任委員）、柯瑞格（L. F.
　 Craig，ECA 臺灣辦事處主任）、楊德恩（D.T. E. Yang，美援會臺灣辦事處主任）、吳大德（F. Woodard，農
　 復會駐臺代表）、狄卜賽（V. S. de Beausset，懷特公司）。（摘自林炳炎先生著作《保衛大臺灣的美援》）

150

成的樣子。

迪克：老兄，中國和美國成了一樁美事，對吧？
KK（不置可否）：對臺灣是一件大事。

　　△有人邀請迪克入列合影，KK拿起相機按下快門，拍了一張冠蓋雲集的紀
　　錄照，見證一個偉大的時刻到來。

---

18. 日／外 日光茶廠 - 門口 「文貴報到」

　　△炮聲中，文貴提著破舊箱包跨進日光茶廠。
　　△文貴被眼前景象震撼，近百名茶販整齊排成長龍，等著領錢。
　　△文貴下意識拉了拉身上過小的西裝，想看起來稱頭點，他深吸一口氣，提
　　著箱包直直走向茶廠。
　　△文貴正要走向阿土師，卻被嗶嗶哥攔住，打量著他，像是來找工作的。

嗶嗶哥：新來的？
文貴（恭敬）：我叫范文貴，張社長叫我來日光實習 10……
嗶嗶哥（吹了一聲口哨）：我叫嗶嗶哥，我對新人最好了！你手腳乾淨嗎？

　　△文貴張開手掌，表示是乾淨的。
　　△嗶嗶哥白了文貴一眼，是那種「手腳乾淨」，不是這種「手腳乾淨」。
　　△文貴不明白，嗶嗶哥看他忠厚老實樣，算了。

嗶嗶哥：把茶袋（內裝錢）搬上去。

　　△文貴立刻放下箱包，把地上茶袋搬上臺秤，秤著重量。（埋哏，下次回來
　　也是將「茶袋」搬上臺秤。）不料一出力，身上西裝的肩胛處撕裂開來。
　　△不遠處，吉桑領著蕙心來到茶廠，文貴見兩人到來像看見警察一樣自動立
　　正站好，放下錢袋，並緊張地遮住肩胛。

文貴：社長好！
吉桑（叼著菸斗）：文貴，一路辛苦了！
文貴（突然腦袋空空）：一路不辛苦！

　　△文貴跟蕙心二人首次照面，吉桑對蕙心比著文貴。

---

10 茶廠職務分：總茶師、茶師、副手、技術員、實習生（初階學徒）。

吉桑：記得嗎？
文貴（憨厚）：大小姐好！

　　△ 蕙心禮貌性向文貴點頭，隨後便將移開目光。
　　△ 文貴很羞澀，漲紅著臉，眼前女子就是他未來的「妻子」？他不知該看哪裡才好。
　　△ 吉桑笑笑，要文貴放輕鬆。

嗶嗶哥（肘擊文貴）：趕快！沒看到一排人等著領錢！

　　△ 文貴立刻把錢袋搬到臺秤上。
　　△ 吉桑看著文貴身上破了的西裝。

吉桑：蕙心，有空帶文貴去臺北做套禮服，順便做幾套合身的衣服。

　　△ 蕙心突然被委以任務，表示「好的」。
　　△ 嗶嗶哥聽到後，連忙把文貴手中的錢袋接過來，一起放在臺秤上。

嗶嗶哥（恭敬）：你不是來日光實習？

　　△ 文貴木訥笑笑，沒有回答，對自己衣著不得體感到抱歉。

------

19. 日／內 日光茶廠「茶廠小旅行」

　　△ 吉桑叼著菸斗，比個手勢，大夥圍了過來。

吉桑：從今天開始，文貴加入我們日光，大家歡迎他！

　　△ 文貴對所有人鞠了九十度的躬，大家拍手鼓掌，其中拍得最大聲的是嗶嗶哥，似乎想彌補之前的失敬。

文貴：請多多指教！請多多指教！

　　△ 文貴躬身之際，西裝的破口更明顯了，十來位員工發現駙馬爺竟穿了破西裝，看愣了，幾名員工訕笑。
　　△ 茶廠裡面，機器轟隆轟隆響著像火車來了，每個人講話都像在吵架，吉桑、蕙心跟文貴步入茶廠。文貴第一次踏入茶廠，看著四周巨大機器，文貴對茶機具很感興趣，蕙心興趣缺缺，她只是名陪客而已。
　　△ 吉桑對文貴得意介紹著，蕙心則在旁邊聽著。

吉桑（大聲）：我有八間茶廠，我的設備是全臺灣最大、最新的，這間日光是特別
　　　　　　　請日本的建築師設計過的！
文貴（大聲）：我爸有跟我講，日光茶品質好，全省都要日光的「著蝝茶 11」來併
　　　　　　　堆 12，才有辦法賣得好價錢！
吉桑（大聲）：我的茶，品質跟產量全是臺灣第一的，我的茶是賣到全世界的！
文貴（大聲）：是！

　　△ 文貴忍不住看了一蕙心一眼，又怕被發現。

20. 日／外 日光茶廠 - 倉庫前

　　△ 一行人來到倉庫，茶廠工人們搬著茶菁入庫來來去去，文貴驚嘆著眼前倉
　　　庫的規模。

林經理：這個茶不能收！你回去吧！

　　△ 阿土師跟前，是一個小男孩烏子（簡天建，九歲，茶農烏面叔之子），載
　　　著大包茶菁偏著，背後有臺破舊的腳踏車，烏子沒回答，他用不服輸的眼
　　　神，盯著阿土師。
　　△ 阿土師見吉桑前來，打開茶袋給烏子看，文貴也積極湊上學習。

阿土師：茶，一摘下來就開始發酵了，你還塞滿一布袋顛過來，茶葉滿身是傷，你
　　　　自己聞！

　　△ 烏子一聞，眉頭深鎖。

阿土師：小茶販，你的的茶菁做不了茶，很抱歉，不能賣錢。

　　△ 阿土師用眼神示意吉桑，吉桑笑用雙手搭著烏子的小小肩膀，給他當後
　　　盾。

吉桑：不做茶，做肥也可以！五萬收！

　　△ 兩老相視而笑，林經理則悶悶摸著鼻子，打開錢袋點著鈔票。

---

11 即「膨風茶」，「著蝝」指被「蝝仔」（小綠葉蟬）叮咬過的茶，故又稱「著蝝茶」。
12 「併堆」是將不同的茶葉做組合，堆出大堆，是茶師在茶葉商品化量產的情況下，維持茶葉品質穩定的工藝
　　技術。厲害的茶師父不僅能利用併堆維持品質，還能使茶風味更豐富。「併堆」與「焙茶」是茶業加工的關
　　鍵技術。

阿土師（提醒烏子）：不要這麼貪心，要留著縫給茶喘氣，知道嗎？

　　△烏子點頭表示「知道」，點了五萬塊錢，收好，看了一眼吉桑，跟阿土師
　　　恭敬點頭，踩著自行車離去。林經理收著錢袋，邊出聲抱怨。

林經理：還好我不做老闆，也不做茶師，否則日光沒茶可收！

　　△文貴跟蕙心看見吉桑與阿土師宅心仁厚，覺得崇敬。

---

21. 日／外 峨眉湖畔「去吉桑第一個茶廠」

　　△吉桑轎車行經一望無際的茶園。
　　△吉桑、蕙心、文貴在後座，阿土師在前座，阿榮開車。

阿榮：這整個山頭的茶園，都是董事長的。
文貴：整個山頭？

　　△文貴驚訝。

阿榮：董事長的茶園，鳥飛三天三夜也巡不完。
吉桑（對著文貴）：這些茶農全是我們水源頭，要照顧好來。
文貴：好！

　　△車經過茶園，停下，摘茶婦們見到吉桑、阿土師等人熱情揮手；文貴也揮
　　　著手，發現自己在揮什麼，放下坐穩。（註：這景最後一集會再重現，吉桑
　　　把茶園交給文貴）

---

22. 日／外 大坪廠（山上）「光輝及傳承」

　　△吉桑與文貴、蕙心、阿土師、阿榮等一行人騎馬來到山上一間偏僻老舊茶
　　　廠，廠房陳舊卻有古樸氛圍。

---

23. 日／內 大坪廠「光輝及傳承」

　　△進到場內，員工們禮貌地跟吉桑與阿土師招呼。一處電源忽然冒煙，茶廠
　　　員工A趕緊關掉。

茶廠員工A：說幾遍了電壓不夠！這裡開那裡要關，你想嚇死社長？

茶廠員工 B：對不起！對不起！

　　△ 整座茶廠跳電，原本轟隆隆的機器停止運轉，茶廠忽然安靜了下來。
　　△ 文貴看著與新穎的日光廠有著天壤之別的大坪廠，有另一種驚嘆。
　　△ 吉桑安撫了犯錯員工，隨後走近冒煙處仔細視察，珍視的樣子。

吉桑：老地方了！東壞西壞的。

　　△ 一行人來到老審茶臺，地方雖然小小舊舊的，但維護得很乾淨；牆壁上有
　　　阿土師得獎的獎狀及報紙裱框。
　　△ 蕙心仔細看著得獎報紙內文。

吉桑：平時都不知道事情的人，幹嘛看這麼仔細？挑錯字啊？

　　△ 蕙心被父親消遣，故作無事看向別處茶具，此時注意到審茶臺上方一處像
　　　神壇的地方，放著造型奇特的雙層水滴型玻璃茶樣。

吉桑（得意）：那是阿土師為「日本天皇」做茶時，留下的茶樣！

　　△ 文貴與蕙心看著滿牆事蹟，遙想當年茶廠的光輝。

阿土師（泡著茶）：每次有人來，你就要講一遍，不會口渴嗎？

　　△ 審茶臺上一排沖好的茶，阿土師示意請大家喝，吉桑拿了兩杯。
　　△ 吉桑看著滿牆事蹟，遙想著茶廠當年。

吉桑：文貴啊，這是我第一間茶廠，二十多年囉，大坪廠老了，我們也老了（望著
　　四周）我要把它翻新來，交給你……

　　△ 吉桑拿了一個茶杯交給文貴，文貴慎重地接過茶杯。

吉桑：你要把我的茶傳下去！
文貴：張社長，我一定盡我范文貴所能，好好努力！

　　△ 吉桑與文貴將茶一飲而盡。蕙心看著父親把心愛的事業交予陌生的文貴，
　　　她莫名地感到羨慕。
　　△ 吉桑喝著茶，發現了什麼，把茶底 13 翻出來，鋪開，檢視著茶葉，手指頭
　　　輕壓一下。

---

13 「茶底」指沖泡過後的茶葉，可作為茶葉品質鑑定的依據。

吉桑：這「茶葉」……硬身沒有彈性，全是「老茶」？

△ 文貴心想，這種茶梗，阿土師竟可以做成這樣的好茶。

阿土師：社長，這好茶不是我做的，是深山茶寮的細妹。
吉桑：是個細妹？
阿土師：請下山來做茶師，如何？
吉桑：阿土師說行便行吧！細妹做茶也無妨。

△ 蕙心聽著父親與阿土師對話，又品了一口手中的茶。

---

24. 夜／內 洋樓－二樓琴房

△ 自外部看見洋樓內亮著燈。
△ 蕙心身著連身睡衣，坐在側桌前，剪著照片，桌邊擺著不少書籍，放眼望去皆是文學經典，英語日語皆有。蕙心拿起桌上厚厚的剪貼簿，打開。
△ 一打開，全是與父親事業相關的新聞剪貼，新聞從日本時期到中文報紙皆有：「天皇御用茶師－臺灣北埔茶」的剪報、「慶 張福吉先生擔任新竹客運公司董事」、「全臺灣最大茶廠－日光茶廠落成」……
△ 蕙心闔上簡報，嘆了口氣，不明白這一切似乎與她有關，又似乎與她無關。
△ 蕙心看見旁邊的鋼琴。

---

25. 夜／外 橫屋－灶下外

△ 文貴在洋樓外望著二樓琴房，聽著柔美的琴聲，很驚訝。此時春姨（賴春桃，四十五歲，張家廚娘）走來，向文貴莞爾一笑。

春姨：你聽，每次彈琴門窗關緊緊，以為我們聽不到！蕙心就這款性格！
文貴（恭敬）：春姨，我覺得……，小姐彈得好聽……
春姨（笑）：對我，你不用裝！

△ 春姨語畢離去，此時文貴聽見灶房傳來下人的耳語，窗內灶下下人阿榮、團魚（李團魚，二十歲，張家長工）、順妹（鐘順枝，十七歲，張家廚助）雜唸：

阿榮（感受著 OS）：這琴聲……比平時更不成調……聽起來是不中意！
順妹（同意 OS）：想哭！
團魚（好奇 OS）：文貴是誰？社長怎麼會選上他？

156

順妹（八卦OS）：文貴是寶山小茶廠范家第五個兒子，上頭有四個哥哥，家業根本輪不到他……

阿榮（反駁OS）：人家是大學生呢！

團魚（OS）：哼，難怪窮酸味那麼重。

順妹（吐嘈OS）：嫌？你去照照鏡子，你酸得出水呢！

團魚（感嘆OS）：我就是歪命，才來張家做長工，文貴入贅也是來張家做長工。

順妹（OS）：這點我不同意，人家是在大小姐房裡做長工，你是在灶下做長工，不同樣工。

　　△ 大家笑成一團，講主人們的八卦。文貴聽見實情，原來大家是這樣看他的，伴著悅耳的琴聲，他落寞離開現場。

---

26. 日／內 怡和審茶室兼 VIP 室「怡和不下單／人物出場」

　　△ 大家好像在這個空間待一陣子了，經理大衛（五十歲，英國怡和洋行臺灣區經理）拿出酒櫃裡一瓶 XO，大家笑著。

大衛（英國腔）：好事無酒不成！

　　△ 通譯彼得（香港人，三十五歲）笑容滿面為雙方翻譯。
　　△ 大衛輪廓鮮明，為人精明，他倒著 XO，像是在跟蕙心和文貴講故事般陳述著。

大衛：戰爭一結束，我就帶著一瓶 XO 到北埔去找妳爸爸！大衛叔叔我能從一名戰俘，變成怡和洋行的經理，多虧吉桑的茶啊！

　　△ 文貴看著吉桑跟老外做生意的態度，心中感到與有榮焉。

吉桑（笑）：我也是靠大衛，我的茶才能賣到全世界！

　　△ 大衛舉杯，眾人跟著舉起杯子。

大衛：對我而言，這杯 XO，就象徵著怡和洋行跟日光，忠誠的友誼！

　　△ 大家碰杯飲酒。

吉桑、大衛（同聲）：敬茶金時代！

　　△ 吉桑跟大衛豪氣一飲而盡。

△ 文貴對吉桑的豪氣與和洋行往來的派頭很景仰，模仿吉桑一飲而盡，卻被酒嗆到了。

△ 文貴很不好意思，大衛見狀微笑，看著這張陌生的臉孔。

大衛：范先生，你真是一個幸運兒，繼承了全臺灣最大的茶廠，又娶到一個美人。

吉桑：以後文貴望您多牽成！

大衛（笑）：沒問題，等你們結婚，大衛叔叔給你們送二箱上等的 XO！

△ 文貴與蕙心面面相覷，文貴臉紅了，蕙心倒是沒有歡喜。

吉桑（開心）：大衛，下一季的茶要來簽了！

△ 大衛、彼得有點心虛地互看，笑笑舉杯。

大衛：時間到，再來簽！

△ 蕙心聽出大衛的猶豫。

蕙心：大衛叔叔，現在時間還沒到嗎？

△ 大衛有點尷尬「啊」了一聲。

吉桑：妳別管事，帶文貴去做衣服。

△ 吉桑跟大衛再喝一輪。

---

27. 昏／內 江山洋裁店「三人關係微妙」

△ 蕙心跟古老闆（古鼎貴，四十八歲，江山洋裁店老闆，臺北紡織公會理事長，閩南人）顯得非常熟識，蕙心是老客戶了，這是大稻埕一間非常有名，而且很大的洋裁店。

△ 古老闆看著文貴，露出職業笑容。

古老闆（有禮）：你一定就是范先生了，有留過尺寸嗎？

△ 文貴看著蕙心，覺得有點難為情。

文貴：……我沒有做過衣服。

古老闆：吉桑有交代，一定要用最好的料子！

△ 說完，就進去裡面找布料。

△ 蕙心和文貴二人站在布料前，場面安靜尷尬。

△ 文貴望著一匹一匹的布料顏色跟材質，不知如何選擇。

△ 此時KK抱著簡報資料進到西服店，看到一個似曾相識的女性站在布料前，他不太確定地走過去。

△ 蕙心突然見到「屋頂上的男人」嚇了一跳，二人都很吃驚。

KK（有禮）：帶朋友來做西裝？

　　　△ 蕙心望著KK一時無語。

　　　△ 古老闆抱著一堆布匹走出來，剛好聽見。

古老闆（笑）：劉先生，您的衣服做好了。張家大小姐和范先生是來做禮服的！

　　　△ KK聽了有點吃驚，看著蕙心。

古老闆：（對著KK）你等我一下，（對文貴）范先生您先挑一下顏色。

　　　△ 說完，又進去裡面。

　　　△ KK看著蕙心跟文貴二人年紀相近，兩小無猜的模樣。

KK：恭喜兩位！

　　　△ 蕙心似乎想說什麼。

KK：手好點了嗎？

蕙心：差不多了！

　　　△ 文貴發現蕙心眼神直盯KK，覺得不是滋味，他想說點什麼把蕙心的注意力拉回來。

文貴（擠出字）：我選好了，這塊布！

　　　△ 蕙心跟KK看了一眼布料，都沒有說話。

　　　△ 文貴見蕙心倒吸了一口氣。

　　　△ 古老闆帶著一盒禮盒回來了，聽見了，上前察看布料，笑了。

古老闆（笑）：范先生，這個不行，這是裏布！

　　　△ 蕙心覺得很尷尬，文貴更是漲紅了臉，KK接過禮盒。

△ 古老闆又從下方櫃子拿出一件襯衫，秀出腋下縫線。

古老闆：（對 KK）劉先生，這件我也幫您補好，完全看不出來。

　　　△ 蕙心看著那件他為了接小男孩而破洞的衣服。
　　　△ KK 看著衣服，對古老闆表示感謝。
　　　△ 蕙心無言看著 KK 離去的背影，恍神，古老闆主動幫文貴挑選布料。

古老闆：英國海軍藍好了，現在流行，（笑，緩和氣氛）我一定幫你做到合身舒適。

　　　△ 午後時光顯得特別安靜，電風扇吹呀吹的，吹著蕙心髮絲飄逸。
　　　△ 古老闆量著文貴的身體。
　　　△ 蕙心坐在桌邊，拿著桌上江山洋裁的西裝尺寸人形樣板圖寫尺寸。

古老闆：肩闊 19 吋。（註：依演員實際尺寸填寫）

　　　△ 蕙心低著頭，就在人形圖表上填上：19。
　　　△ 文貴看著安靜坐在桌邊的蕙心，她一隻手撐著頭，一手寫著數字，文貴思
　　　　考著想講點什麼話。

古老闆：胸圍 44 吋。

　　　△ 文貴鼓起勇氣，突然用客家話說：

文貴：我會認真做茶、賣茶，一定不會讓妳和妳爸失望的！

　　　△ 蕙心的手停了一下，她聽了有點感動，但沒有回答，把數字填上去：44。
　　　△ 數字慢慢被填滿了，蕙心看著小人形，這就是自己親手訂做的丈夫？
　　　△ 現場沒人講話，氣氛有點僵，古老闆打圓場。

古老闆（調侃）：古伯伯替妳親手訂做的丈夫，一定是合身、好用，又緣投呢！

　　　△ 蕙心被講的有點不好意思，看著人形板，寫也不是，不寫也不是，抬起頭
　　　　剛好跟文貴四目交接，彼此尷尬笑了笑。

---

28. A 日 / 內 張家古宅 - 盛文公房

　　　△ 盛文公閉著眼睛躺在太師椅上，邊休息邊抽鴉片，阿清拿著扇子搧鴉片
　　　　火，兩人的默契與節奏，好像這樣的事做了一輩子。
　　　△ 忽然傳來鞭炮聲隆隆（吉桑又帶錢回來了），盛文公睜眼聽著炮聲。

△ 卡車伴隨鞭炮聲開進日光。
△ 石頭哥、嗶嗶哥和莫打老早準備好機械臺秤，林經理翻著帳冊站在定點，近百名茶農、茶販，在臺秤前自動排成一列，等著領錢，太田叔排第一個。
△ 卡車駛過鞭炮的煙塵，大家驚呆看著停下的卡車，後斗空空如也。
△ 吉桑拎著一只扁扁的公事包下了卡車，頭也不回走進茶廠。
△ 所有人看著吉桑離去的背影，一臉莫名其妙。
△ 林經理歉意地對大家笑笑，揮揮手表示「我去問社長」，迅速離去。
△ 文貴跳下卡車站在車旁，望著吉桑離去的背影。

29. 日／內 日光 - 辦公室

△ 四萬塊換一塊讓張家現金一夜緊縮，各事業部經理齊聚一堂討論對策，席中有林經理、湯經理（湯進東，約四十歲，日光臺北總公司經理）、林業部經理、客運事業部經理。
△ 吉桑拿出一張薄薄的支票給林經理。

吉桑：開始四萬換一塊 14，360 億的貨款變成新臺幣 90 萬。

△ 林經驚訝地捧著一張支票，猶如聖旨。

林經理：這是怡和洋行給我們的貨款？三臺車⋯⋯變一張紙？

△ 吉桑一派氣定神閒，弄著菸絲。

湯經理：臺北兵慌馬亂，到處都換不到新臺幣，有支票就要偷笑了！
吉桑：連怡和洋行也沒辦法，（指著林經理手上的支票）大衛開給我下個月的支票。

△ 林經理立刻檢查支票日期。各事業部經理為自己部門要資源，雜唸吵成一團。

林業部經理：社長，上個月來了張木材單，不多請一些工人不行！
林經理：怡和新約還沒簽，茶菁要不要先停一下⋯⋯
客運事業部經理：不賣茶？我們客運部車子的貸款怎麼還？

---

14 1949 年 6 月 15 日，國府以 80 萬兩黃金，發行 2 億元新臺幣，並頒布「行政命令」以 4 萬舊臺幣兌換 1 元新臺幣，舊臺幣限半年內兌換完畢。

林經理：你們自己不會想辦法嗎？全靠我們茶業部？

　　△ 各事業部經理七嘴八舌吵著，維護自己部門利益，吉桑氣定神閒，抽著菸斗。

吉桑：茶，繼續收！

　　△ 林經理面有難色。

林經理：社長，外面整排的茶農全在等現金，欠茶販、茶農的錢差不多 60 萬了，洋樓尾款還有 30 萬沒付……
吉桑：那 90 萬就打平了。
林經理（激動）：這票是下個月的，「這個月」怎麼辦？萬頭家那邊的利息還沒算呢！
吉桑：沒要緊啦，跟萬頭家借的錢，一年後才要還，（以命令口吻）所有人事費先給半薪，三個月後，再多一成還給員工和供應商……

　　△ 各事業部經理面面相覷。
　　△ 吉桑看著大家，一副無事樣。

吉桑：政府政策初一十五不一樣，新臺幣一定會失敗，到尾又是一堆廢紙，很快又跟以前一樣，不用愁！

---

30. 日／外 日光 - 門口

　　△ 茶廠外收音機傳來陣陣廣播，茶農聚集到廣播機前仔細聆聽。

播報員（標準老式北京話）：即日起依「新臺幣發行辦法」，實行舊臺幣四萬元兌換一元新臺幣，兌換時間為每日上午七時四十分至下午四時整，即日起亦停止與大陸地區之金圓券及其他貨幣匯兌業務，並保持美元連鎖制度，可以一美元兌換新臺幣五元；若有哄抬物價者，一律依法處置；勞工工資方面，即日起，物資供應局聘顧之臨時小工，工薪資亦調整為每日新臺幣 1 元 3 角 7 分……

太田叔（聽不懂國語）：嘰嘰咕咕，到底說什麼？

---

31. A 日／內 懷特公司（三樓）

　　△ 滴滴答答聲，KK 快速打著文件，看見窗外什麼。
　　△ KK 跟幾個洋人把身子探出窗外，好奇看著對街臺銀總行門口擠兌亂象。

△KK嘆了一口氣，國府最終把「新貨幣」搞得人仰馬翻。

31. B 日／外 臺灣銀行外

△臺銀門口擠兌人群中許多人看起來是老闆、仕紳，拎著公事包，模樣著急；後方有零星挑夫與長工，扛著麻袋與滿扁擔的鈔票跟在大老闆後方。
△人群不滿抱怨著：「搞什麼鬼，銀行沒有錢，做什麼銀行！」「四萬塊換一塊，是要我傾家蕩產嗎……」「本來20萬是換2隻蚊，現在我一頭牛變2塊錢！」氣得丟鞋。

32. 日／內 日光 - 雜景（茶廠、辦公室、審茶室）

△吉桑氣呼呼地捧著光禿禿的「三十年茶樹小盆栽」經過做茶的工人們。

吉桑：土生！

△吉桑一路找人，由茶廠行經辦公室，再走向審茶室。

33. 昏／內 日光 - 審茶室

△吉桑抱著「三十年茶樹盆栽」進門質問，阿土師一副無事樣，把審茶杯倒扣過來。

吉桑：土生，你怎麼可以這樣？三十年的盆栽呢！
阿土師：三十年呦？葉子還小的要命，我摘了一上午，做不到三杯。
吉桑：本來是根、幹、枝、葉，層層分明……被你搞到像狗啃樣……難看啊！
阿土師：茶，本來就是要喝，看什麼囉？

△說完，阿土師熟練地翻轉茶蓋，讓蓋子承接住一堆濕濕的「茶底」，接著立刻把鼻子湊近茶底，以嗅入完整的香氣，專注沉靜評估著茶的味道及等級，他端給吉桑這杯「三十年小盆栽茶」。
△吉桑看著眼前茶杯好奇，二人很有默契地同時喝了一小口，連低頭品味的動作都一致。
△二人對坐，吸得簌簌叫，感受著舌尖上的味道[15]，互看一眼。

---

15 「審茶」：吸入茶湯並翻捲舌頭，使茶湯和充分接觸口腔與舌面味蕾，以完整感受茶的香氣與滋味，其動作與品酒類似。

阿土師：澀！
吉桑：苦！

　　　△兩人微笑，好像這樣的事也不是第一次發生了。
　　　△吉桑喝著茶，思量著。

吉桑：細妹做茶師真的行嗎？
阿土師：做茶這件事，要夠努力，也要看天分。
吉桑：石頭呢？
阿土師：石頭……有努力了。

　　　△吉桑笑笑。

吉桑：文貴你怎麼看？
阿土師：嗯……努力是有；天分……還不知道，我們一起看著吧！

　　　△阿土師起身，吉桑用眼神示意問他去哪。

阿土師：開始收著蜿茶了，今晚我得去大坪廠看著。

　　　△阿土師離去的背影。吉桑看著禿頭的「三十年茶樹小盆栽」，再喝了一口
　　　　茶，確實難喝。

---

34. 晨／內 大坪廠「大火燒死阿土師，日光風波開端」

　　　△凌晨，大坪廠內，阿土師在一頂小帳篷前獨自焙茶 16。
　　　△不遠處的電路冒出了小小星火。（註：同 S22 巡視時走火處）
　　　△阿土師完成了一批茶菁，裝入茶袋，滿意的樣子，便開始收尾工作，卻嗅
　　　　到什麼味道。
　　　△阿土師回頭一望，驚見火勢。阿土師拿起茶袋要去撲救火，來到起火點，
　　　　發現火勢已旺無法撲滅。他要逃離前，想起茶廠深處的天皇茶樣，返身衝
　　　　回廠裡。
　　　△火勢逐漸變大。

---

35. 晨／內 洋樓 - 大廳

---

16 即烘焙茶葉，此工序目的在於減少水分，並保留茶葉的香氣。

△ 凌晨，洋樓大廳，空無一人，電話鈴鈴作響。
△ 睡眼惺忪的阿榮接起電話，臉色大變。

---

36. 晨／外 大坪廠（山上）

△ 大坪廠外一片混亂，地上是水痕、焦土，散亂燒焦的茶，或被水淋濕的毛茶，流著茶湯色的地面，後方的茶廠閃著火光。
△ 文貴、石頭哥、嗶嗶哥和莫打及十多名工人在搶救，不斷提水滅火，做出防火線，每個人都灰頭土臉，人聲不斷吆喝著：「小心，快啊！阿土師還在裡面！」
△ 吉桑和蕙心趕到茶廠，見到火勢很吃驚。

---

37. 晨／內 大坪廠（山上）

△ 同時間，茶廠另一處，幾個狼狽的員工扛出一具濕漉漉的遺體，衣服與身體都有被煙燻黑的痕跡，吉桑難以置信看著——那是阿土師。

吉桑（不敢置信）：<u>土生？……</u>

△ 吉桑立刻上前查看，石頭一臉悲戚抱著天皇茶茶罐走向吉桑。

石頭：社長，師傅他……（哽咽）
吉桑（激動）：就為了……這些茶嗎……？
吉桑（哽咽）：傻瓜！就為了這些茶嗎？茶會比命重要嗎？傻瓜！真的是傻瓜……

△ 吉桑跪在阿土師屍體前，老淚縱橫。
△ 蕙心看著悲痛不已的父親，她連想要擁抱父親都做不到。
△ 文貴悲傷蹲在蕙心及吉桑旁邊，全身是灰是傷，他什麼安慰都給不了。

---

38. 晨／內 張家古宅 - 盛文公房「債主上門」

△ 綠豆糕依舊放在竹籃裡，吊在半空中，影子映在牆上。
△ 盛文公徐徐抽著鴉片，跪在他跟前的是一臉悲慟的吉桑；蕙心也低頭站在一旁，氣氛凝重，剛從火場回來的父女倆看上去很狼狽。

吉桑：阿爸，可否借我現錢，我想我要重建大坪廠。

△ 盛文公目細細看著吉桑，沒見過倔強兒子姿態如此低下。

盛文公：建什麼？燒了一個，你還有七個！
吉桑：大坪廠是我的起家處，不能就這樣沒了！

　　△盛文公徐徐抽吐一口鴉片，用鴉片槍筒比著角落的錢櫃。

盛文公：我當家的時候，錢只有進沒有出。
吉桑：阿爸，錢，再借就有了，現在做生意全是錢滾錢。
盛文公：這麼愛「愚公移山」？那麼遠的所在，你作寶，別人作笑話看！
吉桑：我要把大坪廠做成最好的廠。
盛文公：燒了就燒了，人死又不能復生，你還想做什麼？
吉桑（激動）：阿爸，「燒掉的」是我最好的朋友啊！

　　△吉桑激動地一把扯開吊籃的繩頭。
　　△空中吊籃應聲下墜摔爛在地，綠豆糕都碎了。
　　△蕙心很詫異父親在盛怒下的舉動，現場沒有一點聲音。
　　△盛文公一如往昔，情緒無波。

盛文公：從小到大，我只要求你一件事，就是不能做敗家子……
吉桑（打斷）：敗家子？阿爸你只是要我跟你一樣，倒在這吸鴉片而已！

　　△盛文公心事被猜中了，換他不講話。
　　△蕙心從未見過父親與盛文公如此緊繃對峙。此時阿榮急急忙忙地進門。

阿榮：社長！外頭有好多人……來要債！

　　△吉桑聞言驚訝。

盛文公（苦笑）：是哦！就算我抽鴉片一輩子，我可沒欠人半毛錢！（盯著吉桑）

（本集終）

第二集

序1　日／內 山妹家 - 烘焙室「山妹」

△ 房裡非常熱，炭火約60度高溫，又暗，光線自通氣孔射進來，照在山妹背上發著光。

△ 山妹（羅山妹，19歲，後為日光茶廠總茶師）在擊炭，在焙火坑₁裡將木炭搗碎，擊炭聲很有節奏地響著，我們並沒有看見她的臉，但看她做事是一種享受，很有職人感。

序2　晨／內 伯公家「伯公想逼吉桑用祖產換理事長職位」

△ 景觀雅緻的客家傳統宅第，伯公正修剪著小盆栽，氣定神閒。

管家阿清： 大伯公，四萬換一塊，搞到家家戶戶叫苦連天，我們……是不是要賣地？

伯公（想了一下）： 賣什麼地！跟「茶虎」要點虎皮來！

△ 阿清對伯公的反應感到詫異。

1. 晨／內 洋樓大廳「慧心為父擋下這波討債」

△ 慧心跟吉桑搞不清楚狀況，走進大廳，二人由難過轉為驚愕。

△ 管家阿清和春姨指揮著團魚、順妹給在場的人端茶倒水。林經理正在和萬頭家、李師傅（李瑞泰，四十二歲，和榮鐵工廠老闆，閩南人）、太田叔、良叔和其他茶販們溝通，耳語聽到「大坪廠這火太惡」「阿土師前些天還一起喝茶啊……沒想到就走了，唉」「可錢還是得要啊」「張社長總有辦法的」……

林經理： 日光讓大家照顧這麼久了，也從沒欠過各位，可張家畢竟不是銀行啊！沒現錢的事，現下大家不是都沒辦法嗎？

△ 吉桑走入廳，入座打招呼，眾人安靜。（吉桑還是有威嚴的）

1　「焙火坑」是放置焙籠的坑洞，坑內先放上碎木炭，再覆蓋上稻殼使溫度均勻，稻殼燒成白灰無煙燻味後，再放上焙籠烘焙茶。

吉桑：萬頭家、李老闆，兩位一起從臺北過來？這麼巧？
李老闆：聽到你大坪廠出歹事，一定要來一趟，我料都放到你廠裡去了，這燒去了，
　　　　也是要來商量看係怎麼算啊！
萬頭家：「四萬塊換一塊」的命令下來了……

　　　△ 萬頭家拍了拍公告「四萬塊換一塊」的報紙內文，有些著急地說。

萬頭家：新錢半年內要換，若是換不到，我的臺幣攏變廢紙了！

　　　△ 聽到新錢的話題，太田叔代表幾位茶農趕緊說清楚來意。

太田叔：銀行一開門，新錢就被換完了，我們排了好幾日都沒有換到半毛錢！

　　　△ 站在一旁的蕙心看見父親又悲又怒，卻必須安撫債主，聲明立場。

吉桑：各位鄉親，聽我講，我這裡不是銀行，我也沒有新錢。
萬頭家：臺北新錢不夠我是沒辦法了。不過董事長在新竹經營這麼多產業，新竹的
　　　　新臺幣，張家再怎麼說也都該占了大份的吧？

　　　△ 債主們騷動，不滿地看著吉桑，耳語「原來都被吉桑換完了？」

林經理：萬頭家，別亂講話，我們也換不到新錢！

吉桑（按捺著性子）：新錢我是沒有，大家給我一點時間，等我跟怡和洋行簽夏茶約，
　　　　訂金拿到就給各位，大家改天再過來。

　　　△ 吉桑說了就想走。
　　　△ 蕙心聽見了這句話。（註：她必須跟怡和要到訂金）

萬頭家（激動）：等什麼？沒有現錢，張家家大業大，隨便拿出一塊地就好了！
吉桑（火大）：萬頭家，我們生意這麼多年，我張福吉敢會欠你錢？

　　　△ 萬頭家指著門外債權人。

萬頭家（咄咄逼人）：你現在就欠我錢！不止我，也欠他們，還欠外面幾十個人的錢！
　　　　今天你一句「改天再來」，就可以賴帳嗎！

　　　△ 此時吉桑才發現門口外頭還擠了幾十名債主，焦急地議論著：「吉桑賴帳，
　　　　欠錢不還」……
　　　△ 同時，現場債主們也圍住吉桑，大家同時催討，七嘴八舌聽不清楚。

太田叔（為難）：董事長，你不給錢，我們小茶販跟茶農都活不下去啊！

　　△ 大家你一言我一語，心情本來就不好的吉桑受到刺激，蕙心見父親臉漲
　　　紅，快要爆發的樣子。
　　△ 此時文貴從茶廠趕到，在人群裡旁觀。

蕙心：就像萬頭家講的，我張家家大業大！

　　△ 現場突然靜默，蕙心成為焦點。
　　△ 吉桑氣到也不知道要講什麼，望著蕙心。
　　△ 文貴看著蕙心，蕙心看著債權人，她緩緩地吐了一口氣。

蕙心：我能理解大家的擔心，新臺幣才剛發行，大家全急著換新錢，當然換不到！

　　△ 文貴和部分債權人聽了，覺得蕙心講的有道理。
　　△ 萬頭家看到其他債權人好像有點贊同蕙心，急了，因為他就是要吉桑慌
　　　亂，好拿下大坪山產權。

萬頭家：管你新錢、舊錢，欠債還錢，理所當然！

　　△ 債權人又紛紛表示同意萬頭家，蕙心試著解決眼前難關。

蕙心：那當然！「命令」是限半年換完，要是往後每個月（看向父親及林經理），
　　　我們先還各位六分之一的貨款呢？

　　△ 林經理聽到六分之一，不禁皺眉，也不好反駁。
　　△ 吉桑看著女兒說服大家，很詫異，情緒複雜地看著女兒，好像她才是一家
　　　之主。
　　△ 原本激動的債權人聽了，情緒緩和許多。

太田叔：半年剛好還完，至少日光說出解決的辦法！
良叔：是啊，逼死日光，我們也沒好處。

　　△ 債權人們紛紛同意：「是啊，吉桑從沒少給我們一分錢」「也許過陣子就
　　　有新錢可換，走吧！」
　　△ 文貴佩服地看著蕙心，她斡旋成功了。
　　△ 吉桑跟女兒一起送客，不敢相信自己竟要女兒替他圓場。
　　△ 萬頭家不高興，他的目的沒有達成，他杵在現場去留不定，萬頭家扯著嗓
　　　門，想留住債權人，給吉桑壓力。

萬頭家：吉桑，今天你女兒用嘴面替你「還錢」，但是你跟我調了上百億的錢，你不押塊地給我做保證，你請不走我的。

△ 幾名債權人看著萬頭家跟吉桑，吉桑覺得沒有面子。

吉桑：要保證嗎？好啊，我把大坪山過給你！如何？

△ 聽到吉桑要用祖產過戶，在場眾人驚訝。
△ 萬頭家表面驚訝，暗喜在心；管家阿清聽到押地契，不動聲色看著萬頭家。

2. 晨／內 洋樓 - 二樓

△ 吉桑當場寫押條、打了手印過戶給萬頭家，擔任過戶第三方公證人的和榮李老闆尷尬地看著兩人。

吉桑（氣極敗壞）：萬頭家，這 200 甲的大坪山是我的「起家業」，你可得拿好。（此祖產，後過給伯公）

△ 吉桑遞過押條，手指上還是紅泥印，指著萬頭家。

吉桑：我張家只有人上門喝茶，沒有人上門討債！

△ 慈心對父親意氣用事感到無奈，但這種場面她也不便再多說什麼。

萬頭家（商人笑面）：當然相信您還得起，我也就是求個擔保。

3. 日／內 懷特辦公室「要 KK 寫文章」

△ 本場全英文對話。
△ 迪克氣憤地回到辦公室，把東西丟在桌上，KK 抱著文件和中美國旗跟在後面，像是剛開完一個會議。

迪克：我真的受夠「三民主義派」節制私人資本、發達國家資本的想法。百分之八十！臺灣百分之八十是國營事業，簡直跟共產國家一樣！

△ KK 一邊聽著迪克的抱怨，一邊收拾東西。

KK：幾次開會下來，顯然中、美對美援運用有著不同的想像空間。

△KK 一副理所當然的答覆，讓迪克很懊惱。

迪克：我說過一百遍了，美援運用首在公共建設及扶植民間企業，不是為了維護領
　　　導威權，把各種資源握在自己手中！
KK：我認為國府害怕失去對經濟的控制權，進而危及政權。
迪克：難道要講「中文」（二字用中文），他們才聽得懂？

　　　△KK 專注看著自己做的日文筆記，開始打今天的會議紀錄。

KK：先生，今天的會議紀錄，要條列式大綱，還是要逐字稿？

　　　△迪克看著埋首工作的KK 與他的東方臉孔，靈機一動。KK 看著上司有一
　　　　股不祥之感，他更專注打字。
　　　△只有打字機的聲音。

迪克：KK，我們來寫一篇文章，用中文！讓大家明白「美援」該怎麼用！
KK（打著字）：我們懷特公司要造橋、鋪路、蓋水庫、拉電力，蓋化肥廠 2……（「已
　　　經夠忙了」沒有說出口），現在您還打算做刊物嗎？
迪克（逕自思考）：你說得對……

　　　△KK 喘一口氣，逃過一劫。
　　　△迪克在書報架上翻著什麼，找出一本雜誌，是《民主思潮》，給KK。

迪克：這是自由派雜誌，我們投稿到中國人的刊物引發共鳴，用輿論影響政府！

　　　△KK 翻著雜誌，看著滿臉期盼的迪克。

··
4. 日 / 張家洋樓二樓 客廳
··

　　　△吉桑拿了外套，走出書房，看到蕙心和文貴在座。
　　　△吉桑知道他們目睹了大坪山過戶給萬頭家的過程，煩躁。

吉桑：我去阿土師傅家裡看看，文貴，你帶蕙心去臺北怡和把夏茶的單簽了。

　　　△文貴突然被指派任務，緊張。

2　因「懷特工程顧問公司」負責美援運作及各項臺灣建設規畫，故其業務囊括水電交通等基礎建設和各種民生
　工業乃至軍備工作，可以說是「美援時代」促成臺灣經濟建設發展的關鍵單位之一。

文貴：好的，社長。

薏心：伯公要是知道了該如何？

吉桑：……只是給他保管而已，我很快就會把它贖回來。

　　　△薏心看著怒氣難平的父親，欲言又止。
　　　△吉桑被看得難受，盯了薏心一眼。

吉桑：以後不用妳多話！

　　　△說著就直接下樓，此時阿榮上來。

阿榮：社長……伯公來找您。

　　　△吉桑和薏心對望，一波未平一波又起。

---

5. 晨／外 洋樓 - 一樓

　　　△吉桑一下樓，就看見白衣白褲的伯公站在洋樓門口，把玩著他的盆栽。

吉桑（深吸一口氣）：阿伯在這站多久了？不進來坐？

伯公：剛才那麼多人，怕……沒地方好坐。

　　　△吉桑感到伯公的羞辱，心中不是滋味，不想跟伯公廢話，於是開門見山。

吉桑：阿伯，有什麼事？

伯公：大坪廠燒掉了，你好兄弟也不在了……來看看你好不好？

吉桑：謝謝阿伯的關心，大坪廠是燒掉，不過，我還有七座茶廠！

伯公：就是！聽講「製茶公會」要選新的理事長，我想，做理事長多少能多做點生意，有時，接到的全是政府的大單！

　　　△吉桑聽見有點心動，但對伯公的來意感到遲疑。

吉桑：阿伯怎麼這麼關心理事長的選舉？

伯公：我看你押出去不少祖產……

　　　△二人對望，心知肚明。

伯公（笑面）：你選個理事長，好好做你茶的生意，祖宗留下的祖產田產，就交給阿伯替你掌著。

吉桑（笑）：押出去的田產全是我名下的，很快贖回，不用阿伯費心！

　　　　△ 伯公碰了軟釘子，離去前拍拍吉桑。

伯公（笑）：是阿伯多心了，理事長這事情你想清楚！有些忙，阿伯還幫得起！

6.日／內 怡和洋行 - 二樓審茶室兼 VIP 室「代父簽茶，怡和沒單，日光早已欠下巨債」

　　　　△ 現場很安靜，文貴、蕙心跟大衛、彼得坐在對面，蕙心旁邊是一個酒櫃。
　　　　△ 大衛一臉難過看著對面兩個年輕人。

大衛（英國腔）：很遺憾，發生這種事情。吉桑還好嗎？

　　　　△ 彼得翻譯。
　　　　△ 蕙心及文貴表示感謝，二人對望，不知道誰應回話，小尷尬。

文貴（英）：謝謝，董事長忙著處理火災善後，我代日光來簽約。
大衛：我也正想跟日光討論這件事，最近「四萬換一塊」搞得人仰馬翻的⋯⋯

　　　　△ 兩方點點頭，都笑了。大衛看著文貴，突然收起了笑容。

大衛：我原本想今天跟吉桑談的，你看，戰爭結束好多年了，印度、錫蘭、印尼茶產區都恢復生產了。
文貴：大衛經理的意思是⋯⋯
大衛：尤其是印度紅茶現在量產，又好又便宜，臺灣的茶在國際市場已經沒有競爭力了。很抱歉，今年的夏茶，我們不簽了。

　　　　△ 大衛對兩個年輕人感到十分抱歉，起身離去。
　　　　△ 蕙心看著大衛背影，不簽約了？那家中在等的錢怎麼辦？她急中生智，看見了一旁酒櫃。

蕙心（英）：大衛叔叔！

　　　　△ 大衛走到門邊，停下腳步。
　　　　△ 蕙心試著用不太流利的英語直接溝通。

蕙心：生意歸生意，我想替父親感謝你，這些年⋯⋯

△ 大衛站在門邊，看著蕙心倒了兩杯 XO。
△ 蕙心端著兩杯 XO 走向大衛，她的手微微發抖，但試著維持優雅，她將一
　杯端給大衛。

蕙心：您跟父親一起喝了許多 XO，敬你們的「友誼」。

△ 蕙心豪爽一飲而盡，逞強著，臉都紅了。
△ 大衛聽著，他知道她用之前說的話套住了自己，大衛接過酒杯。

大衛：生意歸生意……友誼也是有價碼的。

△ 說完，大衛喝下了那杯 XO。
△ 文貴在一旁搞不太清楚狀況。

---

7. 日／內 臺北總公司

△ 一個豪華的門面，招牌寫著：日光臺北總公司。
△ 臺北總公司的湯經理一臉難以置信，看著坐在對面的蕙心和文貴，文貴坐
　在旁邊，像個小跟班看著蕙心。

湯經理（聲音發抖）：……大小姐，您確定？

△ 蕙心悶悶不樂喝著茶，想平復剛才的心情。
△ 湯經理桌上散亂著一堆報表，他快速打著算盤，試著不要太激動。

湯經理：往年怡和夏茶的單至少 200 萬磅，今年只訂「20 萬磅」？
蕙心：湯經理，怡和說，因為印度、錫蘭、印尼茶區恢復生產了。
湯經理（激動）：可是我們負債 330 萬了。
蕙心（喝著茶）：一碗麵就 20 萬了！
湯經理（快崩潰了）：那是舊臺幣啊，我說的 330 萬是「新臺幣」，大小姐！
蕙心（驚覺）：新臺幣？……等於負債 1 千 300 億舊臺幣……
湯經理（心死）：這些錢可以在大稻埕買下半條街了！

△ 蕙心大驚，這杯茶她喝不下去了。
△ 文貴心中一驚，這是一個他無法想像的天文數字。

湯經理：債權人看得起也同情社長，從上個月開始就同意停止利息，讓社長設法清
　　償債務，（焦慮地看著手中訂單）現在，只有 20 萬磅訂單，要怎麼還錢……
蕙心：早上有一群人上門討債，所以是不同債主？

△ 湯經理不知道蕙心在講什麼。

△ 蕙心跟文貴看著湯經理，無言以對，原來日光早已欠下鉅款。

---

8. 夜／內 日光茶廠 - 辦公室「蕙心惱怒吉桑做事方法」

△ 蕙心跟文貴面色凝重地來到辦公室。

林經理：文貴你終於回來了！

△ 文貴把怡和的訂金交給林經理。

文貴：怡和給的訂金。
林經理（點鈔，驚）：才 5 萬塊？

△ 文貴不知如何回答，看向蕙心。

蕙心：怡和給的訂金就這麼多。
林經理（激動）：不成啊！我們光是欠工人的薪水就超過 4 萬 5 千塊了。

△ 蕙心聽了吃驚，文貴也是，他們再次聽見日光真實財務狀況。

林經理（翻冊子唸著）：傳動帶、修機器的費用、電費……該死的「四萬塊換一塊」，
　　簡直是一堆爛帳！

△ 蕙心在外面跑了一天很累，而且父親也交代過她，日光的事她無權介入，
　　於是打算離去。

蕙心：林經理，這些事你跟社長報告吧！
林經理：剛才社長特別交代，收到錢，這筆款項要先匯出去……

△ 林經理拿出一張紙條。上面寫著：「新竹農會信用合作社甲存 2 號邱繼文
　　兩萬參仟圓」（即邱議員）。
△ 蕙心不明白他的意思。

蕙心：這是什麼錢？
林經理（吸了一口氣）：社長，資助朋友競選縣議員的錢。

△ 疲累的蕙心聽了，整個無名火起。

9. 夜／內 洋樓一樓大廳

△ 薏心手上拿著紙條，一進門就看見吉桑在「換盆」，刷著「三十年茶樹小
　盆栽」的細小根莖，薏心簡直快氣炸了，林經理和文貴跟著薏心進來。

薏心（忍著怒氣）：Papa！

△ 吉桑不搭理薏心，轉著快禿光的小盆栽，目細細地刷土。
△ 薏心拿著紙條正要問父親時，吉桑開口了。

吉桑：換個大盆吶，再長五十年，看你這小傢伙能不能做杯好茶呢？

△ 薏心看著父親的動作，不解，忍住怒氣。

吉桑：土生說得對，茶就是喝的，不是拿來看的。以前，全是你做茶給我喝，這次，
　　換我做茶給你喝。你哦，你這麼喜歡喝茶、打嘴鼓，現在沒人陪你，一定會
　　很無聊，有人可以講話嗎？（講的其實是自己）

△ 吉桑難過地紅著眼眶把茶樹移到新盆裡，手上還帶著傷。
△ 薏心看著難過的父親，她開不了口，倒吸一口氣，把手中緊握的紙條默默
　交還給林經理。
△ 林經理接到紙條，失望地看著薏心。
△ 薏心低著頭閃過文貴，離開現場。

10. 夜／內 洋樓 - 二樓琴房

△ 薏心走進琴房，關上門，臉上是氣，是無奈。
△ 鋼琴就在牆邊，上面放了幾張照片，是薏心與父母的合照。角落有一臺留
　聲機及一排黑膠唱盤、樂譜、譜架和一排整齊的剪貼本，薏心走向窗邊，
　關上窗，希望關住自己的憤怒與無助。
△ 一片黑暗。

11. 夜／內 洋樓一樓大廳

△ 樓上傳來琴聲。
△ 吉桑抽著菸斗，失神地看著禿光的「三十年茶樹小盆栽」，也聽出女兒的
　怒氣。
△ 因為貝多芬的《悲愴》從正常速度慢慢變成急行軍版，曲調全亂了。

△吉桑抬頭看著天花板良久。

---

12. 夜／內 古宅 - 盛文公臥房

△躺在床上的盛文公揉著頭，聽著狂亂不成調的鋼琴聲，示意管家阿清打探發生什麼事。

---

13. 夜／外 洋樓 - 院子

△文貴並沒有離去，反而坐在院子裡看著二樓琴房，聽著《悲愴》，他想給蕙心安慰，卻什麼事也做不了，尷尬。

---

14. 夜／內 洋樓 - 二樓琴房

△聽著琴音，吉桑緩緩走上樓，打開房門，開燈，看見蕙心仍以最快的速度彈著《悲愴》，發洩她不知該往哪去的怒氣與悲傷。
△吉桑走進去打開窗戶，讓空氣流通。
△吉桑看著女兒的背影，她仍以最快的速度彈著《悲愴》。

吉桑：妳要跟我講什麼？

△一個大滑音，音止，蕙心起身。
△父女四目交接，蕙心深呼吸，壓抑怒氣。

蕙心：Papa 可知道，我們已經負債 330 萬「新臺幣」了？

△吉桑明白了，一臉海派，裝沒事樣。

吉桑：做生意的，誰沒欠過錢？生意本來要看得長遠點。

△蕙心吃驚看著樂觀的父親。

蕙心：Papa 上百甲的大坪山也過給萬頭家了。
吉桑（不想談）：有錢再買回來就好了……這些事情，不用妳操心！

△蕙心驚訝地望向父親，輕輕把琴闔上。

蕙心：所以，怡和洋行 200 萬磅的夏茶單變成 20 萬磅，也不用操心？

△ 吉桑聽了倒是沒回答，蕙心與父對望，空氣凝滯。

---

15. 日／內 日光 - 辦公室「沒單的嚴重性」

△ 吉桑與十位經理們在開會，文貴旁聽坐陪，財報會議陷入膠著，氣氛越來越僵。

吉桑：百分之七十的北埔人靠我們日光吃飯，一定要找到單！
湯經理：印度茶來勢洶洶，我問了臺北所有洋行，現在沒有人要收臺灣茶了！
林經理：我們太依賴怡和洋行了，它一抽手，我們一點辦法都沒有。

△ 林經理翻著帳冊。

林經理：現在茶市不好，大坪廠是不是就不要重建了？

△ 吉桑想著，沒有表示。

林經理：不只是大坪廠不要重建，日光也要裁員，要不然公司前途堪慮……
吉桑（慍怒）：堪慮？我什麼風浪沒見過？昭和 8 年大恐慌 3、1935 年大地震 4……再說，政府也不是第一次把錢變薄 5，哪次我沒有挺過來？堪慮？堪慮？你們不會想點辦法嗎？

△ 眾經理像小媳婦般聽著訓斥，現場一陣沉默。
△ 文貴思考著，提出中肯建議。

文貴：「茶」還是可以做，現在賺最多外匯的就是茶。

△ 大家看著小咖文貴在講話，有點驚愕。

文貴（思索）：只是我們沒門路，只跟一家做生意，才會被怡和挾死，這個時節，外面找不到路，就從裡頭找，聽我爸講，製茶公會正在改選理事長，要是社長選得上，跟政府溝通的機會就多，也是一條找單的路……

△ 大家看著文貴，紛紛點頭。

3　指 1927 年 -1933 年（昭和 2 年 - 昭和 8 年）的昭和金融恐慌與全球經濟大蕭條。
4　指 1935 年 4 月 21 日清晨發生的新竹－臺中大地震，是臺灣自實施儀器觀測地震以來，災情最慘重的地震。
5　指戰後金圓券與法幣對臺幣在國府匯兌不當的政策下，導致臺幣加速貶值。

文貴：我只是在想，如何讓日光可以繼續做茶……

　　　△吉桑看著文貴，覺得自己沒選錯人。

吉桑：文貴和蕙心的婚事往前提提吧，趕在土生百日前，我們日光需要沖沖喜。選理事長這事，也得辦起來！

　　　△大家看著吉桑，有些跟不上他的跳躍式思考。

---

16. 晨／內 洋樓 - 二樓蕙心房間「退婚」

　　　△嗶嗶哥、莫打、阿榮、團魚四個大男人喘著氣，合力把蕙心的嫁妝「高檔烏心木眠床」搬到房裡。（註：最後破產，只搬走這張床）
　　　△嗶嗶哥放下，同時吹了一聲口哨，喘口氣。

嗶嗶哥：社長，這樣可以嗎？

　　　△站在門口的吉桑抽著菸斗，看著眠床，抬起一隻手指揮。

吉桑：放正來。

　　　△大家又抬起沉甸甸的烏心木眠床，喬了一下角度。

---

17. 晨／內 洋樓 - 二樓蕙心房

　　　△蕙心臉上和脖子上都塗上一層白色香粉，如藝妓一般。
　　　△春姨拿著咬著細線在幫她挽面。
　　　△細線挾到蕙心眉毛。

蕙心：春姨！痛！
春姨：不能喊痛，婚姻要長遠，女人要學會忍。

　　　△蕙心咬著唇，讓春姨挽面。

春姨（感嘆）：「田頭地尾，灶頭鍋尾，針頭線尾，家頭教尾」，這是做人媳婦的道理……

　　　△蕙心看了一眼春姨，春姨才意識到自己講錯話了。

春姨：是啦，妳是沒媳婦命，（拗）不過，維持張家家業是妳的責任！

△二人沒講話，挽面。

---

18. 晨／內 洋樓一樓大廳「退婚」

△下人穿梭布置會場，現場張燈結彩，氣氛歡快，正中央擺著一張桌子，桌上鋪著紅布，有文房四寶，阿榮和團魚搬著椅子。
△指揮者為模樣親民的邱議員（邱繼文，新竹縣議員，客家人），他著長袍馬褂，手拿著兩張紅紙，對阿榮和團魚比手劃腳。

邱議員：椅子要雙數，不可以單數啊！

△現場吉桑老練地檢查著文貴的海軍藍禮服，看有沒有合身，但第一次穿訂製西裝的文貴並不習慣，動作彆扭。（吉桑穿著也十分正式）

吉桑（很滿意）：古老闆親自做的西裝就是不同樣，整個人派頭起來！

△文貴穿著西裝，一臉靦腆。

邱議員：（笑對吉桑）你是女方家，坐右手邊，（笑對文貴）你代你爸坐對面。

△邱議員邊說邊走到中央桌坐下。

邱議員：我主招婚人，就坐中央。

△紅紙上寫著三個漂亮毛筆字：「招婚書」
△以下邱議員話，配下列畫面：
△此時，邱議員、吉桑、文貴就彩排位置入，邱議員寫著毛筆字，後景是阿榮和團魚忙著排放椅子。

邱議員（邊寫邊唸）：立主招婚字人張福吉，有女名張薏心，現庚十九歲，尚待字閨中，今次憑媒說合匹配與范有義之五子文貴為室……

△文貴恭敬坐在左邊，看著吉桑敬禮點頭，兩個男人都穿著正式，他真的要結婚了，看著眼前一切似乎很不真實。
△吉桑一下想抽菸斗，一下又放下，手上上下下的，就像此刻心情。
△邱議員唸著，注意到吉桑神情緊張。

邱議員（笑）：不要緊張，試走而已。
吉桑（笑）：是走了一件心頭大事！
邱議員（笑）：我要有這樣的女兒，也會捨不得。

　　△吉桑默認，問起邱議員。

吉桑：公會理事的人，都請到了吧？
邱議員：都有，都會來。

　　△吉桑突然不講話了，因為他看見范頭家在屋外。
　　△范頭家帶著大包禮品，走進洋樓，嚇了一跳，是在「入贅彩排」。
　　△文貴見父親來，站起身。

吉桑（驚喜）：唷，親家，來得早呢？
范頭家：……唷……彩排啊？邱議員你也在？
邱議員（笑）：哼，我主招婚人！
吉桑（開心）：范頭家既然來了，來來來，一起走一遍，坐！

　　△吉桑比向左手邊椅子。
　　△阿榮和團魚忙著將范頭家帶來的禮物放在一旁。
　　△范頭家不知道如何開口，經過中央桌子，看見上面三個大字：「招婚書」，
　　　尷尬看著文貴，又看著吉桑。
　　△兩家人一左一右坐著。

邱議員（邊寫邊唸）：雙方言定，范家出花紅酒禮參仟參佰元正……

　　△范頭家坐立難安，忍不住出聲。

范頭家：吉桑，那個……
吉桑（笑）：哦，那「花紅酒禮」只是一個形式，不要也可以。

　　△范頭家聽了，「啊」了一聲，又點頭「唉」了一聲。

吉桑：范……親家，還有文貴啊，倒是我不好意思，茶廠裡阿土師剛過世，婚禮就
　　　從簡來辦。可是你們放心，之後等蕙心和文貴的孩子出世了，我們再來開流
　　　水席宴請鄉親，到時一定風光體面。

　　△文貴聽見生小孩的事，頓時紅著臉，感到很不好意思。
　　△范頭家看著紅著臉的文貴，咬緊牙根，鼓起勇氣，站起身。

范頭家：吉桑，今天來是有件事想跟你私底下商量。

　　△大家面面相覷，不明白是什麼事，文貴不知，邱議員也不知。
　　△吉桑跟范頭家兩人離開現場，走到後面房裡。

---

19. 日／內 橫屋 - 灶腳

　　△打水、捉魚、蒸籠冒著煙，廚房裡面忙翻了，順妹掌廚，又煮又炊忙碌著。
　　△管家阿清要大家不要急慢。

阿清：湯圓、粢粑全備好，今天是張家的大日子，二張桌，二十個人，全是地方有
　　　頭有臉的人啊！

　　△團魚跑了進來。

團魚：快快快，備茶來，范頭家來了。

　　△管家阿清一臉狐疑「范頭家這時來幹嘛？」

---

20. 日／內 洋樓一樓

　　△團魚快步端茶出來，看見吉桑像一尊石像站在門口不動。
　　△吉桑看著范頭家及文貴離去的背影，越想越生氣，壓抑著自己的聲調。

吉桑：團魚、阿榮，把范家帶來的東西全拿到外面去。

　　△坐在中央桌子的邱議員一聽不對勁，事有蹊蹺，不明白發生什麼事。
　　△阿榮猶豫地搬著禮品。
　　△吉桑嫌阿榮動作慢。

吉桑：動作這麼慢，沒吃飯嗎？

　　△吉桑看著桌上「招婚書」紅紙，生氣，轉身上樓。
　　△邱議員一臉尷尬與吃驚。

---

21. 晨／內 洋樓 - 二樓薏心房

△ 吉桑走進蕙心房。
△ 剛挽過面的蕙心，一臉容光煥發，新嫁娘模樣。
△ 父女對望。
△ 吉桑很難堪地開口。

吉桑：……范家的人不會來了！

△ 蕙心和春姨看著吉桑，不明白發生什麼事。

吉桑（打定主意）：妳放心，我絕對會幫妳找一個更好的人家！

△ 父女對望良久。
△ 蕙心心中複雜，「被退婚」不知是該開心還是難過？
△ 吉桑不知道該說什麼，搜著身上的菸草，直接走了出去。

22. 日／外 人力三輪車 - 街上

△ 文貴穿著禮服與范頭家在三輪車上並肩坐著，激烈爭吵。

文貴：為什麼退婚？
范頭家：這婚能結嗎？
文貴：怎麼不能結？
范頭家：張家的債，你背得起嗎？
文貴：背不背得起是我的事，阿爸為什麼不先問我意見？
范頭家：問你的意見？（比著自己的臉）我拉下老臉，找臺階給你下，你還一直想
　　　　站上去，我供你讀書白讀了？

△ 范頭家搖著頭，快氣暈了。
△ 文貴試圖跟父親解釋吉桑的理想。

文貴：阿爸！吉桑要交給我的，不只是日光，還有臺茶的未來啊！

△ 范頭家氣瘋了，覺得兒子腦袋壞去。

范頭家：未來？你是為什麼「來」？你真的那麼想給人招？我以為我是送你去當駙
　　　　馬，結果，是去跟人做牛做馬背債而已！

△ 文貴氣急敗壞地頂撞父親。

文貴：阿爸你根本不懂「茶業」，難怪人家是茶虎，我們是茶猴！

范頭家：你說什麼？

　　△ 從沒頂撞過父親的文貴，被父親斥責，閉上了嘴。

范頭家：要不是那天你回來講，我還真的以為吉桑事業做多大，只是一罐大「茶壺」
　　　　（同音：茶虎）而已，你精點！

　　△ 文貴表情驚愕，原來是自己多話，結束了自己的婚約。

---

23. 日／內 洋樓 - 二樓琴房

　　△ 蕙心把招婚書放在鋼琴譜架上，注視良久。

---

24. 日／內 橫屋 - 灶下

　　△ 橫屋灶下，準備宴會的眾人聽到琴聲（蕭邦第 20 號升 C 小調夜曲），暫
　　　停動作。

---

25. 昏／內 張家古宅 - 盛文公房

　　△ 盛文公目細細抽著鴉片，看著橫梁吊著綠豆糕的竹籃，聽著琴聲，是哀樂。
　　△ 管家阿清在盛文公耳邊嘀嘀咕咕剛才發生的事。

---

26. 日／內 洋樓 - 一樓大廳

　　△ 春姨交代圍魚、阿榮把喜慶的裝飾拿下，聽著琴音，想了想，上樓。

---

27. 昏／內 洋樓一樓大廳

　　△ 吉桑跟邱議員二人坐在主招婚人桌前，沒講話，憂心抽著菸，聽著哀怨琴
　　　聲。
　　△ 石頭哥看見門內張燈結彩，還有琴聲動人，應是個好時機。

石頭（鼓起勇氣，笑著走進門）：恭喜社長！大小姐彈鋼琴真是好聽。

△吉桑跟邱議員望著石頭好一會，一副「你哪壺不開提哪壺」的表情，吉桑
　　　不悅瞪著石頭。
　　△石頭見氣氛不對，收起笑容，把手中的條子拿給吉桑。

石頭：林經理說，阿旺叔想要結清這半年的應付毛茶款。
吉桑（看著條子）：「阿旺叔，壹仟貳佰圓。」心情更糟。（註：山妹家）
石頭：社長，怡和茶要來做，「總茶師」的位子不能一直空著……
吉桑（面無表情）：你有誰好推薦？
石頭：啊？

　　　△石頭不爽，吉桑竟然完全不考慮他。

石頭（悻悻然）：我會打聽看看。

　　　△石頭不悅地離開。
　　　△吉桑折著桌上紅紙，手指頭都染紅了。

吉桑：今日，真是給你見笑了。
邱議員：你講范頭家怎麼講？
吉桑：他講他兒子背不起我們家的債。
邱議員：那現在……（「你要怎麼做？」沒有說出口）

　　　△吉桑看著天花板，聽著悲哀琴聲（蕭邦第20號升C小調夜曲），不知如
　　　　何面對，看著手指紅印，下定決心了。

吉桑：邱桑，你說說，要是我有權，會沒錢嗎？要是我有權，會沒女婿嗎？

　　　△邱議員不明白地看著吉桑。

吉桑：北埔有百分之七十的人靠我吃飯，「製茶公會理事長」憑我的人面，一定選
　　　得上。現在做生意全要靠政治，只有政治才可以保我日光生意興隆！

　　　△吉桑越說越興奮。

------

28. 午／內 洋樓 - 二樓琴房

　　△蕙心彈著蕭邦第20號升C小調夜曲，哀傷。
　　△春姨進門，直接打開窗戶。

春姨：不用彈得那麼悲苦，我知道妳沒那麼想嫁。

　　△ 蕙心有點被識破之感，看著「招婚書」，嘆。

蕙心：我也不知道，我是怎麼想的……

　　△ 春姨收起桌上挽臉的東西。

春姨：妳真的捨不得文貴？
蕙心（彈琴）：不是文貴，就是別人，有差嗎？我沒有半點選擇，這就是我的命吧！
春姨：講到這麼可憐，我只知道命是自己的。

　　△ 春姨一臉慈祥地坐在蕙心旁邊。

春姨：我知，妳本來就沒想嫁，這事對妳沒有差，不過，這事對妳爸就很不同。

　　△ 蕙心看著春姨，但沒有回應。

春姨（起身要走）：妳不做人媳婦，就做個女主人，能幫妳爸爸就幫一點！
蕙心（彈琴）：Papa 又不會聽我的。
春姨：哼！現在整棟樓的人，全在「聽妳的」心事。

　　△ 蕙心突然意識到這個事實，趕緊把琴蓋上。（註：自此蕙心再也沒有彈琴，
　　　直到破產離開那晚，才又彈起蕭邦第 20 號升 C 小調夜曲）

29. 午／內 洋樓大廳「吉桑選理事長，保日光」

　　△ 吉桑十分熱絡招呼著大家，他把「婚宴」變成自己選理事長的拉票飯局，
　　　後景是盛文公早已就坐，阿榮和團魚忙著上菜。

吉桑（笑）：鄉長、理事長、常務理事，大家來吃飯。

　　△ 長袍馬褂的邱議員笑面，在旁幫腔：「坐坐坐」。
　　△ 鄉長、議長、六名公會常務理事、十多名理監事，共二十人出席（六位理
　　　事之後會出現包含閩南人蘇理事與張理事、客家人李理事），大家看著如
　　　同往常的大廳，一點喜氣也沒有，大家交頭接耳，早已聽說剛才發生的事。

伯公：都來了。

△ 穿著白衣服白皮鞋的伯公不請自來，走進洋樓，眾人看見紛紛起身。

△ 伯公看著一桌大菜，直接點破。

伯公：福吉啊，今日是什麼名目來吃這頓喜酒？

　　　△ 吉桑尷尬笑了。

吉桑：請大家吃飯，商討一下臺茶要怎麼做才好？

李常務理事：吉桑？你是，要出來選「理事長」的意思？

　　　△ 吉桑被講到無話可說，看了邱議員一眼。

盛文公：大家坐著吃。

　　　△ 盛文公睒著眼睛看不出情緒，客人們對盛文公也是敬重，示意問好。

伯公：盛文公啊，身體有好一點嗎？

盛文公：托你福氣，也活到現在！

　　　△ 盛文公示意大家坐，但沒人敢坐。

　　　△ 伯公看著盛文公面子，坐下。

　　　△ 在場人士見伯公坐下，才陸續坐下。

盛文公：承蒙大哥牽成。

伯公（端起碗筷，笑）：福吉，一家人怎麼就見外了呢？不是說過的，有些忙，阿伯還幫得起！

　　　△ 吉桑尷尬動筷。

　　　△ 客人都離開了，桌上幾乎沒有動，剩下兩個人（盛文公、吉桑）坐在桌邊，沒講話。

　　　△ 貓食般的盛文公幾乎沒有吃什麼東西，他的碗盤依然乾淨。

盛文公：去請阿伯幫你吧！

吉桑（吃驚）：阿爸，憑我的人面，選個製茶公會的理事長還要靠別人嗎？

　　　△ 盛文公挑著眉，睜開目細細的眼。

盛文公：你的眼睛比我還瞎嗎？看不出，整桌全是他的人？

　　　△ 吉桑無法反駁，打算離去，一起身，不小心撞到一個碗，碗掉在地上竟沒破。

△盛文公目細細盯著兒子看。

△吉桑忍著怒氣，彎下腰撿起來，結果撞到桌子，桌上另一個碗掉下去，摔了一地碎片。吉桑頓時忍不住怒火，用力丟了手中的碗，開始咒罵。

吉桑：什麼夭壽碗？退婚的退婚、討錢的討錢、要地的要地……今日就算我的飯碗全砸碎，我也不會去求阿伯！

△吉桑盛怒離去背影，陷入沉寂。

△盛文公目細細，讀不出情緒。

△蕙心在樓梯間，知道父親真的打死都不願去求伯公。

---

30. 日／內 美援聯合大樓「化肥廠國營與民營之爭」

△KK 做翻頁簡報，配合下列畫面：

KK（翻著簡報）：「吃飯」是個大問題，增加單位面積產量最立竿見影的方法，就是肥料，有了化肥可以增加百分之六十的農業生產量……

△留著小鬍子的副院長領著國府高官（同第一集開會人員）聽著簡報，副院長很感興趣。

副院長（詫異，鄉音）：可以增加一半以上的糧食？

△副院長跟 KK 對望。

KK：是的，為了儘快生產，我們建議在日治時代原有的地基上重建，目前全臺灣只有五個地點能蓋化肥廠……

△KK 翻下一頁，指著紅點標示的五個廠地圖。

副院長（唸著，鄉音）：基隆廠，新竹廠，高雄廠，羅東廠，花蓮廠。

△迪克聽出副院長的「高度興致」，鄭重表示：

迪克：懷特公司建成這五個化肥廠後，將持續主導化肥廠的經營，確保化肥產能的穩定！

△KK 翻譯。

△副院長不苟同地笑了一下。

副院長（鄉音）：非常時期，非常做法，希望美方能夠理解！

KK：如同副院長說的，非常時期，非常做法。化肥跟糧食產量和農民生計息息相關，
　　從興建到營運由懷特公司一手整合，才能達到最高效產能。

　　△KK與迪克與國府幾名高官互望，副院長發現氣氛不對，話鋒一轉。

副院長：當然，這些以後再談，先讓人民吃飽最重要！

31. 日／外 伯公家 - 天井「蕙心碰了軟釘子」

蕙心：這事要請大伯公幫忙！

伯公（笑）：那當然，我也認為福吉是理事長適合的人選！

　　△二人笑，伯公手裡拿著鐵線，固定一盆「斜幹式盆栽」，蕙心在旁幫忙，
　　以為伯公答應了，看著歷經時間滄桑美感的盆栽。

蕙心（笑）：大伯公這盆真的是「斜中生險，險中求穩」。

　　△伯公固定著造型，被蕙心話語打動。

伯公：講得好，「險中求穩」……妳家茶廠一燒掉，債主就上門了，妳又被人（「退
　　婚」二字沒說出口，只是看著蕙心）……妳爸現在應該很煩惱……

　　△蕙心被伯公嘲諷，把鐵線交給伯公，不語，伯公看蕙心安慰她。

伯公：妳不用操煩，這小事，大伯公一定幫！

　　△蕙心釋懷一笑，表示感激。

伯公：不過，有些事情，還是要男人出面才行。

　　△蕙心收起樂觀態度，伯公繼續弄著斜幹盆栽。

伯公：一家人哦，很奇怪，有時候會有一樣的興趣（拔掉一條多餘根脈），甚至，
　　連脾氣都同樣呢！（笑）

　　△蕙心看著伯公把流著汁液的根條，直接丟在地上，她聽出伯公願意幫，但
　　要父親親自來求他才成。

32. 日／內 美援聯合大樓「KK 被指派新任務」

△ 本場全英文。
△ KK 跟迪克二人倚在桌邊，看著簡報圖表上被紅圈圈畫起的新竹廠。

迪克（憤慨）：國府還是緊抓著化肥廠經營權不放。

△ KK 逕自收拾東西，似乎習慣上司的憤慨，迪克憤慨地在新竹廠上畫了一圈又一圈。

迪克：我們得加快腳步！
KK：如果國府的目標是要獨占化肥市場，這間化肥廠的命運恐怕比印度的還悲慘。

△ KK 直接蓋住簡報圖表，不讓迪克再畫圈圈了，這時迪克看見 KK 的臉，想到了什麼。

迪克：我們必須到新竹去！
KK（捲著簡報）：然後呢？
迪克：找到民間投資人！
KK（捲著簡報）：然後呢？

△ 迪克對著 KK 笑，捲著簡報的 KK 似乎明白那個笑容是什麼意思，抱著簡報急著要出去，但他沒有手了，迪克主動幫他開門。
△ KK 停在門邊，想要上司改變主意。

KK：先生，我不認為這是一個好主意，化肥廠牽扯……（「利益」二個字沒說出口）太複雜了！
迪克（笑）：是的，太複雜了！但是，新竹廠地基及結構是最完整的了，而你，會讓「中美新竹廠」成為全臺灣第一個生產化肥的化肥廠！

△ KK 苦惱，抱著簡報出去，這個超好用的工具人又捲進麻煩事。

33. 日／外 山妹家－院子或茶園邊棚架「找到阿土師推薦的新茶師」

△ 阿旺叔（羅旺年，四十五歲，茶販，山妹的父親）一臉歉意。

阿旺叔：天邊霹靂角，怎麼好意思，讓社長親自送錢過來。

△ 吉桑跟阿旺叔站在樹下，阿旺叔手裡拿著一個信封（裡面裝的是錢），阿

△旺叔一臉病容，肚子充滿腹水。

吉桑：阿旺，是我歹勢，應該早點把錢送過來。
阿旺叔：唉，上個月阿土師還來家裡喝茶，沒想到發生這樣的事……

　　　△阿旺叔端出了茶。

阿旺叔：來，來喝茶啦！

　　　△吉桑拿起茶杯，不知道要說什麼，望向四周。

吉桑：種這麼多花啊！

　　　△這是深山裡的家庭茶寮，群山環繞，猶如世外桃源，院子裡有一棵高大的
　　　　茶樹，四周種滿了桂花、茉莉花。

阿旺叔（揉著腰子，笑）：做香片用的，山裡頭，什麼茶全要做。
吉桑：這山裡有什麼好茶師嗎？
阿旺叔：深山裡全是家庭茶寮，自己做自己吃，沒有茶師。

　　　△吉桑笑著點頭，喝口茶，一股熟悉的味道；再喝一口，確定，看著茶湯，
　　　　沉默不語。阿旺叔見狀，以為自己的茶出了什麼問題，連忙往自己的杯子
　　　　看，試喝一口，還好啊？

吉桑：阿旺，這是你女兒做的茶吧？

　　　△阿旺叔讀不出吉桑臉上的意思是褒是貶。

------

34. 日／外 農會 - 門口（夏季）「KK 下新竹」

　　　△一名公務人員陳專員（陳傑夫，三十五歲，農會專員，河北省人）雙手背
　　　　在身後，拿著一張英文小抄，踮著腳，恭敬站在門口等貴客臨門。
　　　△陳專員看著前方，翻了一個白眼，又是那對父子。
　　　△一對父子牽著腳踏車，車上載著兩大袋茶葉（註：毛茶），爸爸是被太陽
　　　　曬得很黑的烏面叔（簡厚生，四十歲，茶農），好像這輩子從來沒有笑過。
　　　　後面是頂著三分頭小男孩烏子，小小年紀也像父親眉頭深鎖，他扶著腳踏
　　　　車走來。
　　　△陳專員揮著雙手把這對父子趕走。這時，一輛黑頭車駛入。
　　　△KK 跟迪克下了車，陳專員堆滿笑容走向兩人，握手。

陳專員（破英文）：（看著迪克）迪克先生？（看著 KK）劉先生？歡迎您們來到北埔農會，我是，陳專員！

　　△ KK 和迪克二人笑著進門。
　　△ KK 看著一對父子牽著腳踏車離去的背影，車上載著兩大袋茶葉，父子走在烈日下。

---

35. 日／外 山妹家 - 院子

　　△ 吉桑一臉吃驚，看著前方。
　　△ 十九歲長得清秀的山妹，站在吉桑面前。

阿旺叔：這個茶是我女兒山妹做的。

　　△ 吉桑不動聲色地把整杯茶喝完，再確認。

吉桑：這茶妳親手做的？

　　△ 山妹不明白陌生人來意，她用眼神跟父親求助，父親點點頭，山妹表示「是的」。
　　△ 吉桑將「茶底」（註：泡過的茶葉）直接倒在茶盤上，鋪開，檢視著茶葉，手指頭輕壓一下。

吉桑：「葉面」硬身沒有彈性，用的是「老茶」。

　　△ 山妹低著頭不講話，以為自家的茶不好喝。

吉桑（拿起另一片茶底）：這是被蟲咬過的蛀芽茶。

　　△ 山妹低著頭不講話。

阿旺叔（搶著解釋）：這邊茶全是副業，農家有心要摘就摘，無心就不摘，茶菁什麼況狀都有……（被打斷）
吉桑：這樣的茶菁，可以做出這麼好喝的茶，阿旺叔你女兒不是普通人哦！

　　△ 阿旺叔聽見這麼高的評價，一時傻了。
　　△ 吉桑很開心，一掃之前不悅，甚至十分激動，因為山妹就是阿土師生前想推薦給他的人，得來全不費功夫。
　　△ 吉桑把自己倒出來的茶底收成一堆，眼裡閃著光。

吉桑：山妹，妳來做我的茶師，好嗎？

　　　△ 山妹全家吃驚。

阿旺叔（笑）：社長開玩笑吧，沒人請女生做茶師的。
吉桑：我是誠心的，妳是阿土師找的人，講，妳有什麼條件？

　　　△ 山妹一時不知該說什麼，父女對望，再同時望著吉桑，無言。
　　　△ 吉桑回望身後的小茶畑，山坡茶園層層疊疊，一片綠意盎然，他跟山妹做
　　　　下約定。

吉桑：做夏茶時，妳來日光，（指著茶畑）那片小茶畑我就送給妳！

　　　△ 阿旺叔全家都很吃驚，以為吉桑是開玩笑。（註：最後一集，吉桑依約把小
　　　　茶畑過給山妹）

---

36. 日／內 農會 - 倉庫

　　　△ KK 和迪克抬頭看著幾乎空蕩蕩的倉庫，角落堆了少許進口化肥和稻米，
　　　　KK 指著天花板及大門，二人討論著機器是否進得來。

KK：陳專員，到時候我們的機器就先借放在這裡。
陳專員（笑面，鄉音）：行行行！只要能增加糧食生產，我們農會一定全力幫忙，
　　　HELP！HELP！

---

37. 日／外 農會 - 門口

　　　△ 一行三人來到門口，陳專員恭送迪克跟 KK 離去。
　　　△ 這時五、六個民眾圍著農會公布欄，討論製茶公會理事長的選舉，你一言
　　　　我一語雜唸。

民眾A：今年熱鬧啊，三個人要選理事長！
茶農A：吉桑做茶三十多年，北埔大半茶農都靠他吃飯，他來做最好。
茶農B：我也選吉桑，做事大氣，不會騙我們小茶農。
民眾A：阿土師走後，日光壞事接連，很慘呢⋯⋯

　　　△ KK 聽著民眾的討論，好奇地來到公布欄前。
　　　△ KK 看著公告上其中一人，吉桑的笑臉，KK 有點吃驚此人名字，他和迪

克互看了一眼。（註：吉桑是他們選定合作的人）

陳專員：這個人的女兒剛被退婚了。

　　　△KK聽了有點吃驚。

陳專員：入贅的男人都去他們家睡過了，現在退婚，誰敢娶她？

　　　△KK看著公告。

陳專員：這回他是踢到鐵板了，公會全講好了，沒機會了！

　　　△KK聽出弦外之音，表示了解，他看著民眾的討論，猜想吉桑的為人。

KK（問迪克）：你覺得，他會跟我們同在一條船上嗎？
迪克（笑）：這麼大的一份禮物，任誰都會心動的。你去拜訪，讓他上船！

┌───┐
│ 38. 日／外 洋樓一樓外「盛文公大生日／KK上門合作」 │
└───┘

　　　△時間推移，鞭炮聲四起。
　　　△從天空往下，看見了一座典雅的老宅院。
　　　△KK提著一瓶Whiskey走入，看著門口。
　　　△門前，戲班子正在唱戲，氣氛熱鬧。
　　　△各階層人群進進出出，但出來的人比較多，現場氣氛歡快，鄉民、遊民、
　　　　乞丐全來湊熱鬧，看戲、吃飯。

KK（看著門口）：應該是快樂時光！

　　　△KK提著Whiskey進去。

┌───┐
│ 39. 日／內 洋樓一樓 拜壽處 │
└───┘

　　　△KK踏入大廳，赫見大大「壽」字，一對壽燭燒了一半多，顯然大生日[6]已
　　　　拜完了，上廳中央的大圓桌鋪了大紅紙，上供三牲、神飯、酒水、果品，
　　　　圓桌上首有張太師椅，盛文公坐在上面。

─────────────────────

6　五十歲後的客家人，「逢一」作壽，如：五十一歲、六十一歲、七十一歲，稱做「大生日」。

盛文公（氣若游絲）：唸來！

　　　△ 管家阿清站在一旁拿出吉桑競選理事長的宣傳單，唸著上面的頭銜，門外
　　　　八音團，背景聲也不斷傳來。
　　　△ 管家阿清的話，配上以下畫面：

阿清：日光公司董事長，新竹客運公司董事長，新竹貨運公司董事長，竹南木材行
　　　董事長，北埔日光棒球隊理事長。

　　　△ 吉桑、蕙心和林經理站在一旁聽訓，見到 KK 進來。
　　　△ 吉桑見到一名陌生人來拜壽，笑笑。
　　　△ KK 眼神接收到吉桑視線，偏頭有禮回應。
　　　△ 蕙心見到 KK 很吃驚，他竟然登門拜訪。
　　　△ KK 有點驚訝，竟看到「屋頂上的女人」，原來她就是吉桑的女兒，他有
　　　　禮回應。現場所有人一臉嚴肅，他不好說話，站在一旁。
　　　△ 穿著盛裝的盛文公躺在太師椅上吸鴉片，吞雲吐霧，細眼看著下面的人微
　　　　妙互動。
　　　△ 盛文公講起話來氣若游絲，穿透力卻很強。

盛文公：事業做這麼大了，棒球隊理事長？還有做我不知的事！

　　　△ 吉桑看著陌生人（KK），大方笑了笑。

盛文公：吞不下去，就不要選了！
吉桑：……阿爸，今日你大生日，要講這事嗎？
盛文公：要等我死才來講，是嗎？

　　　△ 吉桑倒吸一口氣，示意有外人在，給點面子。
　　　△ 盛文公倒是不在意，盯著兒子看。

盛文公：現在全新竹，有誰不知道我們家的事？

　　　△ 盛文公的視線從吉桑流轉到蕙心身上。
　　　△ 蕙心對上盛文公眼神，跟父親一樣低下頭。

盛文公：妳要是男的，就可以省掉很多麻煩，偏偏哦……偏偏我們家也丟不起這個
　　　　臉……

_____

7　臺灣客家音樂，「八音」是指金、石、絲、竹、匏、土、革、木等八種聲音，八音團功能是宴饗、迎賓與祭祀，
　　亦常見在各種歲時節令中。

△ 蕙心正式跟KK打個照面，卻是如此尷尬場面，她恨不得有個地洞鑽下去。
△ KK冷眼旁觀這家三人互動。

吉桑：阿爸，這是面子問題，砸再多錢也要選，這樣日光才走得下去……
盛文公：走不下去，茶廠關一關，不用做了！

△ 吉桑一臉委曲，閉嘴，現場又是一陣靜默。
△ 盛文公斜眼上下打量著陌生男子。

盛文公：年輕人，有什麼事？
KK：今天不請自來，（面向盛文公）除了是來祝壽外，也是想要跟張先生（面向吉桑）談個生意。
盛文公（悻悻然）：又是談大生意？

△ 吉桑心情鬱悶，不知來者找自己有何事。

40. 日／內 日光茶廠

△ 山妹提著簡單行李，跟著林經理來到茶廠。一路自萎凋區走到揉茶區，看著成排運作的機器與工人來去，山妹大開眼界，卻也有些沒自信。
△ 揉茶工作間裡，莫打、嗶嗶哥和五名茶師、工人正在工作。
△ 石頭、嗶嗶哥和莫打，三人有了上回「文貴的經驗」，這回他們知道要先問清楚對方的來歷。

嗶嗶哥：經理，這位很面生，是新來的女工？
林經理：什麼女工！山妹，新來的茶師。

△ 現場茶農及茶廠三人同時愣住。

嗶嗶哥：新來的……
莫打：細妹……
石頭哥：茶師？
林經理：（比著石頭）有問題妳就問二師石頭，他資歷最深。
山妹（點頭示好）：麻煩石頭哥。

△ 聽到「二師」這個字眼，石頭哥不悅「嗯」了一聲。
△ 眼前工廠的壯觀景象讓山妹感到好奇，湊近看揉捻機。

山妹：這機器好大！

　　△ 石頭、嗶嗶哥和莫打看著無知少女，打量著山妹，山妹微微感受到茶人三人組眼底裡的懷疑與敵意。

嗶嗶哥：連傑克遜[8]都不知道，真的能做我們日光的茶師？

---

41. 日／內 洋樓二樓

　　△ 吉桑、蕙心和 KK 走上二樓，KK 本能地環顧四周，中西合璧的建築物。
　　△ 吉桑抽著菸斗，剛被父親教訓過，沒什麼心情搭理他。
　　△ KK 將帶來的酒送給吉桑。

KK：美國的 Bourbon Whiskey

　　△ 吉桑接過，雖感興趣，還帶著戒心審視眼前的男人。

吉桑：我只喝白蘭地。

　　△ KK 知道必須直接切入主題。

KK：我代表美國懷特公司，來跟張先生談化肥合作。
吉桑：化肥？臺灣的化肥全是進口的，又貴又少。
KK：所以，我們必須自己興建化肥廠。
吉桑：要建化肥廠不是那麼簡單，要電，要料，要技術，還很花錢呢！
KK：中美聯合化肥廠由懷特公司出資 250 萬美元，我們正在尋找民間合作人[9]。

　　△ 吉桑仍未放下戒心。

吉桑：民間合作人？不過，我沒有一個事業跟化肥有關。
KK（笑）：有的，日本時代有機合成株式會社[10]地基就在你的土地上，我們請張先生入股，跟我們合作化肥廠的開發案！

8　指紅茶揉捻機，由英國人「威廉・傑克遜」發明而得名，俗稱「傑克遜」。「揉捻」：（客語：鏍茶）目的在於破壞茶葉組織，使茶汁流出，揉捻是紅茶風味形成的重要製程之一。

9　當時許多民營企業，由「工業委員會」負責，自設計、設備、規劃、技術、市場都規劃好，才交給民間投資人承辦，同時提供技術支援，信託局還會協助申請美援資金，一路扶植、輔導，到民營業者能自主營運為止，等於是一手包辦到好，但這樣的條件下還沒有民間業者敢做。

10　為臺灣肥料公司「新竹化五廠」前身，昭和 16 年（1941 年）「臺灣有機合成株式會社」開始建造，但還沒建造完成，日本便戰敗了，臺灣光復以後，鑑於本省化學肥料極度缺乏，美援積極興建化肥廠，國府成立臺肥公司，該會社被規劃為臺肥第五廠，以生產電石類的氰氨化鈣肥料為主。此化肥廠與姜阿新並無關聯。

△吉桑不相信自己耳朵，但他知道這是個大商機。

KK：這間工廠從資金、設計、設備、技術到市場，我們都會一手包辦，再交給張先
　　生經營，只要張先生願意提供土地，您就可以直接入股，成為我們最大的股
　　東。
蕙心（難以置信）：最大股東？

　　△吉桑被引起興趣了，今天總算有點好事發生，連蕙心都可以感到父親的好
　　　奇。
　　△蕙心冷眼旁觀，這分明是圖利他人，有可能嗎？
　　△KK知道對方有興趣了。

ＫＫ：張先生一個人就出口臺灣茶的三分之一，可說是臺灣的「茶葉大王」！

　　△這句話吉桑聽了有中意。

KK（真誠）：現在，您還可以做「化肥大王」！

　　△吉桑思考著可能性。

吉桑：化肥大王？
KK：「生意就是政治」，有了肥料這張牌，張先生在公會講話，自然就更有分量了！

　　△吉桑思慮，把玩著手上的酒瓶。

吉桑：「生意就是政治」說得很有意思。這麼大的生意，美國人讓利，國民政府就
　　　不管？這賭局，不是我不想跟，我是玩不起啊……劉先生，對不住了，讓你
　　　白跑一趟，請回吧！

　　△蕙心本來就覺得這投資風險大，聽到吉桑拒絕，安心。
　　△沒有想到面對這麼大的利益，吉桑竟拒絕，KK繼續說服。

KK：我可以理解張先生的顧慮，但肥料確實是一門好生意，所有的農作物都吃肥，
　　「茶」尤其吃肥，有了這座化肥廠，新竹、北埔茶的產量至少增加五倍！

　　△吉桑被茶葉的產量數字打動，KK繼續加碼陳述著。

KK：中美聯合化肥廠建好，可以請1500名工人，這些都得在當地挑選訓練，就是
　　一千多個當地的家庭可以有工作。

蕙心：但是政治問題又不是我們能解決的。

KK：政治的問題確實有風險，但，哪個投資一定是穩妥的？這廠蓋成了，不只是富你們張家人，而是富一整庄的人。

　　△ 吉桑帶著欣賞的眼光，打開 KK 帶來的 Bourbon Whiskey。

蕙心：我很好奇，劉先生，你在這筆生意裡，又打算賺到什麼呢？

　　△ 吉桑遞過酒杯給 KK。
　　△ 突然被問到的 KK，似乎也是第一次認真想這個問題。

KK：前幾年，我在印度幫美國人蓋化肥廠，當時我是戰俘，沒什麼好選擇的，他們要我做什麼我就做什麼。但看到我做出來的化肥撒進土地裡，茶園量產、稻田豐收，我覺得那些人的命運被我改變了。我想賺的，大概是這個世界竟然因為我，變得再好一點的那份成就感吧。

　　△ 吉桑舉起酒杯致意，兩人喝酒。
　　△ 蕙心看著酒瓶，想起當年怡和的故事裡，大衛也是用一瓶酒開始和父親做生意的。

吉桑：美國酒的味道也挺不錯的。

　　△ KK 笑了。

┌──────────────────────────────────────┐
┊　　　　　42. 日／內 洋樓 - 樓梯間　　　　　┊
└──────────────────────────────────────┘

　　△ 來祝壽的文貴出現在一樓，他站在門邊，看見蕙心正在下樓，她看上去還是那麼沉靜高雅。文貴拉了拉衣服走向她，卻發現她正在送客。
　　△ 蕙心正送 KK 下樓。

蕙心：劉先生？

　　△ KK 回過身，摸著曲線設計的木作樓梯，仰望著站在樓梯上的蕙心，二者看上去都很美。

KK：貴方 11，可以叫我 KK。

────────────────

11 日語，意思為「你」，不知對方姓名與身分時的稱呼。

△ 文貴看見二人互動有點怪，是那名「洋裁店的男子」。

蕙心：一瓶威士忌，換一座化肥廠……應該是魔術！

△ KK 以一種神祕難懂的表情笑了，同時察覺到小女孩的不信任。

KK：建化肥廠當然沒有這麼簡單，可是時間會證明，今天講的這些都會落實到土地上。

△ 蕙心看著 KK 一臉正經。二人就這樣對望了一會兒，蕙心在想，這個男人究竟可信與否？
△ 文貴有點吃味，躲在牆後觀察他們。
△ 蕙心目送著 KK 下樓，但沒看見文貴。

（本集終）

第三集

序 1　夜／內 KK 租屋處「KK 寫文章」

△古典樂從收音機傳來。

△一盞孤燈下，KK 一手拿著菸，背對著我們用鋼筆寫字，文章斗大標題「美援在臺灣之我見」。

序 2　日／外 基隆港 ₁（時：1949 年 10 月）

△本場全英文。

△日正當中，長長的汽笛聲，劃破天際。

△KK 站在港邊翻著美軍用的臺灣地圖，上面點了很多黑點及線條，他抬頭往上一看，整個人籠罩在船身巨大陰影之下。

△船桿上掛著美國國旗，船上載著農藥、化肥和大型化肥機器，船上押貨的年輕美國工程師歐文（二十六歲，美國紐約人）開心地對 KK 揮手。

歐文（英語）：KK！

△KK 抬起手，瞇著眼睛，看見船上歐文揮舞著雙手。

△下錨，激起水花四濺。

△同時，另外一艘掛著中華民國國旗的船也靠岸，載來中國軍民。（註：1949 年 10 月，大批軍民退守來臺）

△下船的歐文誇張地跪在 KK 面前，並親吻著土地。

歐文：我的天！臺灣好遠……

KK（笑）：感覺如何？當你在海上航行兩個月後，再次踏上堅實的土地？

　　　　△跪在地上的歐文立刻站起來，雙手被燙紅。

歐文：這片土地好燙！

　　　　△KK 看著後景下船的大批大陸軍民。

KK（意有所指）：它確實很燙！

1　基隆港是美援物資重要的集散地，貨輪來到基隆港後，工人會以繩索吊掛物資到貨運卡車上，再使用牛車或板車接駁運送貨物。

序3　日／內 副院長辦公室「茶葉外交」

　　△ 副院長與三名政府高官在喝茶閒聊，全是鄉音，一名高員（陸伯洋，
　　　五十六歲，外交部司長）與上將（靳元凱，五十二歲，一級上將）很生氣。

外交部司長（鄉音）：目前和匪區建交的，都是共產勢力的國家。但有很多國家蠢
　　蠢欲動……
上將（憤慨，鄉音）：基於國家尊嚴，要斷就斷！
副院長（不怒而威，鄉音）：要斷，當然容易……但我們每斷一個國家₂，等同於國
　　際上多了一個國家承認匪區，這是絕對不允許的！

　　△ 大家無語，外交部司長默默拿出一個玻璃罐茶樣放在桌上，大家不明所
　　　以。

外交部司長：副院長，智利₃政府特別來函，（指茶葉外交）希望我們外交部幫他們
　　「代購」一批紅茶，否則……

　　△ 外交部司長看著副院長，等回覆意見。
　　△ 副院長盯著茶樣不講話──媽的！又是個趁機揩油的邦交國。

1.　晨／內 洋樓 - 二樓蕙心房

　　△ 春姨把番薯餅和茶放桌上，桌上有張全家福照片：蕙心的父親與母親坐在
　　　張家古宅飯桌旁，一旁是清秀的蕙心（約十五、六歲）。
　　△ 春姨開窗。陽光照進蕙心房間。蚊帳裡，蕙心還在床上。

春姨：小姐，起床了。

　　△ 蕙心蒙著被子，其實醒了，賴床，小女孩樣。

蕙心：姨，妳就讓我今天在床上過了吧……啊！要不妳就跟 Papa 說我病了！

　　△ 春姨把蚊帳掀開，看見蕙心穿著睡衣，抱著被子蜷曲著，枕邊有幾本書。

2　中華民國「斷交潮」，第一波是在 1949 年中華人民共和國成立後，蘇聯、英國、以色列等多國，承認中華人
　民共和國政權，與中華民國斷交。
3　智利人均茶消費為拉美排名第一，是拉丁美洲最愛喝茶的國家，亦是早期臺灣茶葉輸出的國家。

春姨：那妳爸會馬上叫妳表哥從醫院來給妳看病注射！

　　△ 蕙心驚坐起。

蕙心：我不要注射！

　　△ 春姨看著一頭亂髮的蕙心，摸摸頭，幫蕙心順頭髮。

春姨：生日快樂，二十歲。小姐都變老小姐了……

　　△ 蕙心被調侃，嗔怒。

蕙心：不算虛歲！

　　△ 這時牆院外的車聲引起她的注意，她像小孩般跳下床，鞋都沒穿，跑過走
　　　廊來到窗邊望著洋樓外，不遠處的北埔街道，一輛轎車遠遠開來，經過洋
　　　樓圍牆，往茶廠方向去。
　　△ 轎車裡是KK和歐文，KK遠遠地看到洋樓，也看到窗邊的蕙心。
　　△ 蕙心想起自己還穿著睡衣，退一步躲在窗後。

> ## 2. 日／內 日光 - 辦公室 懷特進駐日光

　　△ 阿榮和圍魚忙著把房內清空並打掃，讓KK、歐文及二名工人把東西搬進
　　　去，幾個大男人忙碌著。
　　△ KK跟歐文搬進辦公室的第一件事，就是把大幅美國國旗和中華民國國旗，
　　　雙雙掛在牆上，再去搬其他的東西。
　　△ 邱議員和三名公會常務理事 4（一姓蘇，一姓張，皆為閩南人，一姓李，
　　　為客家人）走來，好奇地看著KK他們把國旗掛上。
　　△ 吉桑也看著辦公室另外一頭，抽著菸斗，不斷對林經理作勢比著他身後的
　　　牆。

吉桑：林經理，把那個我們合作過的國家也掛上去。
林經理：花錢啦。

4　「臺灣區製茶工業同業公會」是姜阿新成立的，為臺灣茶業界三個最具歷史的公會組織之一，該會最初以永
　　光公司臺北總公司作為籌備據點，「製茶公會理事長」選舉制度為 400 名會員選出 24 位「理事」及「監事」，
　　再自理監事選出 7 名「常務理事」，最後再由「常務理事」7 人中選出 1 位「理事長」。茶產業在當時能為政
　　府賺取大量外匯的產業，故政府與公會往來密切，公會甚至需與內政部報告會務，出口亦一定要提出證明，
　　即國家透過公會掌控外匯，在當時是重要的「國家隊」（訪自前理事長黃正敏）。

△吉桑看著小氣的林經理。

吉桑：一面旗，會花多少錢？現在做生意就得講國際化。

　　△林經理無奈，把泡好的茶端給在座人客。

蘇理事：沒想到除了英國的怡和洋行，吉桑您跟美國人也有生意往來？
吉桑：小生意，美國人來找我投資化肥廠。工廠還沒起，我這裡地大，就讓他們來
　　　這裡籌備。
邱議員：起化肥廠可不是什麼小生意啊！

　　△邱議員和理事們驚訝吉桑要參與化肥這樣的大投資，吉桑笑開懷，親手送
　　　　上三罐上等茶葉。

吉桑：李理事、蘇理事、張理事，大家交流一下，我這是「上等」的好茶！喝完，
　　　再來我日光拿。
李理事：這罐茶實在沒話講，不過，吉桑你實在太慢講。

　　△吉桑跟邱議員面面相覷。

李理事：你早點出聲，我們一定投給你！今年有三個人要選理事長，（直言）我們
　　　　希望吉桑今年先退一下……

　　△吉桑「啊」了一聲，本來要來搓湯圓的，反而被人搓了。

吉桑（笑）：本來，我也是不打算選的，不過……
李理事：不過，現在大家都講好了！

　　△邱議員跟吉桑都明白話中含意。

邱議員：是誰啊？我跟他溝通一下！
李理事：哎唷，議員，這樣不是很歹勢？（對吉桑）國際茶市斷頭，大家想的都一樣，
　　　　下次啦，三年後，換你做啦！

　　△吉桑聽了也不方便講什麼，原來自己被搓掉了。

吉桑：那，大家講好就好，喝茶啦！

　　△大家熱絡回敬，喝著茶，沒人講話。

3. 日／內 日光茶廠 - 二樓萎凋區

△ 茶廠萎凋區，工人們從成排的萎凋架上取下昨日靜置的茶葉，同時茶販也在搬運一袋袋早上剛採的新鮮茶菁上樓。
△ 身著茶師樣式制服的山妹，略顯不安地經過眾人好奇的視線。
△ 石頭跟烈叔二人為了一袋茶菁對峙著，烈伯把自己的茶菁捧在雙手，靠近鼻子用力聞。

烈伯：人講「文筆、風水、茶，真識沒幾個」，好茶菁也要好茶師，才有辦法收哦！

石頭：烈伯，你這個茶菁沒那個價啦！

烈伯：石頭，你是做不出好茶嫌茶菁爛吧？

良叔：石頭你到底識不識貨？

石頭：烈伯，你淋到雨水的爛茶菁，你不管問哪個茶師都做不出好茶的。

烈伯：什麼淋到雨水，你看清楚哪！

　　△ 石頭壓不住老油條的烈伯，正好看到山妹也在一旁看著茶菁，正好考考新茶師。

石頭：山妹，妳來看看這茶菁能不能收？

　　△ 山妹有些驚訝，眾人的眼光集中在她身上。她接過茶菁，手伸進茶袋，捧了一把茶仔細看。

山妹：是沾了水氣……

　　△ 石頭聽到山妹的回答，正準備明確拒絕。

山妹：……不過，不是不能做茶。

烈伯：細妹茶師說了可以！那這袋日光收了！

　　△ 烈伯欣喜離開。
　　△ 在場眾人有些錯愕，山妹不明白地看著石頭。

石頭（不悅）：既然妳說可以做，那妳就試試吧。看妳怎麼用這袋茶菁做出好茶！

　　△ 山妹捧著一手茶菁，這袋茶菁是她來日光的第一道考驗。

4. 日／外（1949/10）農會門口「KK 由被動轉為主動」

△KK、歐文、陳專員及十名戴著斗笠的農民，忙著將大型儲油槽搬上牛車，男人身上全是汗。
△現場二、三臺牛車，歐文坐上第一臺，戴上牛仔帽。

歐文（英）：耶！「牛仔」，讓我們去建造一個新世界！

　△牛車上戴斗笠、穿汗衫的阿伯看著豪情萬丈的歐文，牛車緩慢離去。

KK：陳專員，謝謝你讓我們放這些機器，再過幾天我們會全部運走。
陳專員：沒事！反正倉庫空著也是空著。

　△陳專員擦著滿臉汗，可以幫上忙挺開心的，接著他無奈看著遠方。

陳專員：傷腦筋，又來了。

　△KK 看見一對父子，牽著腳踏車，頂著烈日，載著兩大袋茶葉走來。
　△被太陽曬得很黑的烏面叔，好像這輩子從來沒有笑過，跟一個頂著三分頭的九歲小男孩（烏子），烏子眉頭深鎖，扶著腳踏車，聽大人講話。

烏面叔（華語混客語）：大人，這是上等茶葉，你喝喝看就知道了。
陳專員：烏面叔，我跟你講幾次了，不能給你。
烏面叔：那水肥我下了就流走了，要化肥才有用。

　△烏子皺著眉，看大人在對話。
　△KK 對烏子友善笑笑，不料被烏子狠狠瞪了一眼，KK 只好收起微笑。

KK（比著身後）：倉庫裡不是有些化肥？
陳專員：倉庫裡那一點肥，只能給種米跟種甘蔗的。
烏面叔：我就種茶，沒種米啊！
陳專員：那沒辦法了。
KK：先給他吧！
陳專員（一臉無奈）：劉先生！你不要這樣為難我，這個例子一開，後面就一群人，這北埔全種茶啊！

　△烏面叔父子看著 KK 求情。
　△KK 看了陳專員一眼。

陳專員：每個農會要負責募到40萬公斤的白米，做軍公教的「公糧」，我也是很無奈。

　　△烈日當空，烏面叔父子只好又牽著腳踏車走回去，烏子扶著腳踏車，回頭看了 KK 一眼。

陳專員：不識相，根本沒有資格來領肥，還每天來！

　　△KK 看著父子步履蹣跚離去，心中很難過。

---

5. 日／外 烏面叔 - 枯萎茶園

　　△畫面緊接：KK 的手抓起地上淡巧克力色的砂礫土，檢查著土壤。

KK：肥全流走了……這塊地不行了！

　　△烏面叔聽了眉頭緊皺，更憂心，烏子學著父親緊皺眉頭。
　　△三個人坐在地上看著土壤，旁邊的茶樹都枯萎了，烏面摘下一片枯萎茶葉。

烏面叔：茶，一年要摘四次，很吃肥！我下了水肥，不是流走，就是長蟲；不下水肥，茶又沒肥好吃……
KK：這塊地要重新調整土壤體質。
烏面叔：調？可以調嗎？
KK：有氮肥，就可以調過來！

　　△烏面叔聽了很失望。

烏面叔：我每天去農會討肥，農會的「進口肥」根本不給我們茶農，臺灣自己又沒化肥。
KK：有的，我日光化肥廠做的就是氮肥。

　　△KK 看著烏面叔眼裡閃著光，那是一種說不出口的殷殷期盼。

KK：很快！「臺灣第一座化肥廠」就會建起來了，你就有肥了！

　　△烏面叔粗糙的大手輕撫著手中枯萎茶葉。
　　△KK 望向前方，一座開闊山谷，滿是枯萎茶園。看著烏子與烏面叔辛苦，滿是不忍。
　　△KK 看著這家人，領悟到迪克之前跟他講的話，他必須趕快建好化肥廠才

行。

△ 山妹抱著一籮筐的茶葉，來到午後無人的橫屋廚房。

△ 一道光射在山妹背上，她蹲在灶邊，把畚箕裡的乾燥稻殼，均勻覆蓋在陶製燒炭爐上。

△ 她在稻殼上點火。

△ 順妹帶著一畚箕菜和肉進到廚房，驚訝地看見廚房裡正在焙茶的山妹。

順妹：妳是新來的茶師？怎麼這個時候在這裡？

△ 順妹放下食材，蹲在山妹旁邊，看見四個茶籠，裡面放了少許茶菁。

山妹：石頭師要我做茶，茶廠的大機器我還不會，只好借妳的廚房用。

△ 順妹看著山妹熟練地用炭火焙茶 5。

順妹：日光的茶都是用百萬噸計的，像妳這樣做，要做到什麼時候？

△ 山妹只是笑笑，沒有回答，她見稻殼全轉白了，將茶籠置於燒炭爐上，雙手輕輕摸著茶籠，感受溫度變化，專心焙茶。（註：破產後，「參展茶」就是用家庭茶寮法做的）

△ 吉桑抽著菸斗，心事重重地聽林經理報告，桌上放著三盒禮盒茶葉。

林經理：另外那三位理事都說不方便來……社長，看來美國人的面子……不夠大啊！

△ 吉桑不語走到窗邊，看著茶廠門口陸續下班的男女工人。

林經理：要是沒有選上理事長，沒有新的訂單，這個夏天怡和的單出完後，日光至少得遣散一半的員工。

5　以木炭與竹籠進行的手工的焙茶工法，利用木炭的熱能焙至茶葉的深層，工法細緻，多用於烏龍茶焙製，但此法費時費神，且變因眾多（如：起火時擊炭與覆灰的程度、火候的輕重、烘焙次數判定），為亟仰賴技術與經驗的高深工藝，至今已是一門面臨失傳的技藝。

8. 昏／內 日光茶廠 - 審茶室「吉桑告知山妹是阿土師推薦」

　　△ 石頭、嗶嗶哥、莫打和幾位茶師、工人在審茶室一起等著山妹。

嗶嗶哥：細妹不是嚇到跑回家吧？整天廠裡都沒看到人。
莫打：那爛茶菁能做出什麼好茶？石頭哥你也太為難人了。

　　△ 兩人替山妹抱不平，石頭被酸不太高興。

石頭：各位都是日光老員工，在這裡的茶師哪個不是十幾二十年的經驗，你們想，
　　　山妹這麼年輕能懂做茶？我是要替日光公司的品質把關。浸到水的爛茶菁，
　　　做不出好茶，但可以看明白一個茶師的程度！阿土師以前也常要我做的。

　　△ 講到阿土師有些感傷，眾茶師點點頭，覺得石頭說的也不無道理。
　　△ 吉桑和蕙心在門外不遠處也聽到了茶師們的對話。
　　△ 此時山妹帶著幾包茶葉，走進審茶室。

石頭：來了，茶做好了？

　　△ 山妹看這麼多人，有些緊張，但說到茶她還是有把握地點點頭。
　　△ 山妹安靜泡茶，姿態專注，頗有職人的專業架勢。
　　△ 四杯茶泡好。

山妹：同一片茶葉，不同工序，就可以做出不同的茶，我做了四種茶。

　　△ 山妹比著綠茶。

山妹：綠茶，完全不發酵，色相草菁，味道清新甘甜。

　　△ 山妹比著包種茶。

山妹：包種，是輕發酵的茶，茶色蜜黃帶油光，味道帶青澀。

　　△ 山妹比著烏龍茶。

山妹：烏龍，重發酵茶，茶色是橙色琥珀，味厚重甘醇。

　　△ 山妹比著紅茶。

山妹：紅茶，全發酵茶，顏色最鮮紅，味道甘濃。

　　△ 眾人驚訝。

嗶嗶哥：同一種茶菁，一下子就做出來四種不同的茶？
莫打：細妹手腳倒是俐落，不知味道怎麼樣？

　　△ 石頭沒想到山妹可以做到這個程度。

石頭：我來試試。

　　△ 石頭用湯匙呷一口所有的茶湯後，便開始移動杯子，每一杯他都細細品
　　　　味，對山妹的功力很驚訝。那樣的茶菁，可以做出這種茶味，他不服輸地
　　　　想再三確認。
　　△ 嗶嗶哥和莫打看見石頭哥的表情，知道「茶」裡有學問，擠了進來，也想
　　　　試喝。

吉桑（OS）：石頭，山妹的茶怎麼樣？

　　△ 吉桑突然進到審茶室。

石頭：沒想到，爛茶菁可以做出這樣的好茶，而且還是一次四種茶，山妹做茶師的
　　　功力我沒話說！

　　△ 吉桑很欣賞石頭的耿直，也很欣喜山妹的茶被認可。

吉桑：山妹是阿土師向我推薦的。

　　△ 聽到是阿土師的推薦，大家看山妹的眼光都不同了。
　　△ 石頭心情有些複雜。

吉桑：石頭，你是二師，山妹年輕，欠缺的經驗你要快幫忙帶起來。日光沒有了阿
　　　土師，再來要靠你們下一代了。

　　△ 石頭聽到吉桑的鼓勵，很感動。

石頭：山妹，有什麼問題妳就直接來問我！
山妹：我會努力的，石頭師。

△ 山妹的能力被認可,正式融入日光。
△ 薏心在審茶室外,羨慕地看著被包圍在日光的茶師與員工中間的山妹。
△ 此時,阿榮滿頭大汗地飛奔到辦公室找吉桑。

阿榮:社長!盛文公……又咳血了。

△ 吉桑快步跟著阿榮離去,薏心跟上。

---

9. 昏／外 張家古宅 - 盛文公房外

△ 門外,薏心和順妹、圍魚等著。
△ 吉桑快步走出,要阿榮去請醫生,阿榮急匆忙離去。
△ 傳來房內盛文公重重的咳嗽聲,吉桑非常擔憂,看著一群人圍著,揮了揮
　手要大家散了。
△ 房門外長廊,獨留吉桑一人守著。

---

10. 夜／內 洋樓 - 一樓餐桌

△ 阿榮帶著張醫師往橫屋行去。春姨捧著一碗豬腳麵線,來到餐桌。
△ 薏心一人獨坐在餐桌,看著桌上慶生的豬腳麵線,想著這一切慌亂,自己
　都幫不上忙。

薏心:怎麼吃得下?
春姨:做生日,這碗麵還是要吃的。

---

11. 夜／內 張家古宅 - 盛文公房

△ 盛文公犯著癮頭,管家阿清連忙點起鴉片槍。
△ 盛文公卻揮手示意不要。

盛文公(氣若游絲):拿筆墨來……

△ 盛文公顫抖寫著書法(此時沒有看見內文)。

---

12. A 日／外(11:00AM)北埔路 - 茶廠門口

△ 阿榮拿著一根青綠的長竹子,低著頭拼命快跑,穿過北埔小鎮,來到茶廠

門口。

△ 他一臉悲慟跪在路口，看著遠方，長長的竹子斜插在腳邊，上面吊著一串長炮。

△ 點燃炮心。

△ 阿榮跪在地上。舉著竹子放著炮，淚流滿面。

---

12. B 日／內（11:00AM）張家古宅 - 盛文公房

△ 炮聲遠遠傳來，聽不清。

△ 一道光斜斜射入吊籃，彌留的盛文公呢喃。

盛文公：又有錢回來了嗎？

△ 盛文公斜眼看著腳邊的吉桑和蕙心，張醫師和管家阿清也站在一旁，春姨、順妹、團魚等家僕也候著，還有一些家春在張望。他氣若游絲地交代後事。

盛文公：蕙心的婚事不要拖了。

△ 蕙心忍著淚水，盛文公再看著吉桑。

盛文公：那「美國肥」你不要參手，拿些錢回來就好了……

△ 吉桑忍著淚水，沒認同，不講話。

盛文公：你怎麼講不聽，小時候你很「聽話」的……

△ 父子對望，盛文公望著繼子的臉，百感交集。

盛文公：自我過繼到張家，我就聽我爸的話……

△ 盛文公望著光影很美的吊籃。

盛文公：他要我吸鴉片，我就吸……（望著吊籃）吃鴉片的人……不會嫖，不會賭，又不會吃，不是很好嗎？

△ 盛文公臉上悲喜難測，他不知該如何評斷自己的一生。

吉桑：阿爸……

△ 盛文公好似聽見了什麼……是炮聲！他嘴角不屑扯動了一下。

盛文公（斜眼看著吉桑）：又，放炮哦……

△ 吉桑知道父親又要教訓他了，盛文公望著吉桑。

盛文公（以聽不見的氣音）：風神……

△ 但吉桑聽見了，他激動又難過地看著父親，父子對望。

吉桑：阿爸！

△ 盛文公好似見到了風光，閉上眼，享受著炮聲。
△ 在炮聲和口哨聲中，吉桑跪下，我們往後退，見橫屋外所有下人一一跪下。
　盛文公往生了，享年七十一。

---

13. 日／內 民主思潮 - 辦公室

△ 午後，雜誌社裡很忙碌，徐主編（徐興波，上海人，四十八歲，民主思潮
　雜誌主編）坐在最裡頭，埋首在紙堆中，桌上挺雜亂的，他專注讀著一篇
　文章，來回翻看稿紙，作者署名「劉坤凱」。

徐主編（鄉音）：王瑛川！

△ 一名年輕人（王瑛川，二十五歲，祕書）充滿活力走來。

王瑛川：是！主編！
徐主編：把這個作者找出來！
王瑛川：是！

△ 王瑛川看著文章署名「劉坤凱」，驚訝。

---

14. 日／內 副院長辦公室小廳「快速建好化肥廠是共同目標」

△ KK 來跟副院長報告，希望他不要阻擋民營化進度，創造雙贏，副院長翻
　著進度報告書。

副院長（鄉音）：你要我建座「新竹變電廠」給你的化肥廠？

KK：日光化肥廠基地完整，要是有充沛的電力，它將會是全臺灣第一個建好的化肥廠！

　　△ 副院長聽了，心動了一下，放下報告書。

KK：化肥廠很吃電的，這個變電廠配置，美方已經同意了，這裡請副院長簽核。
副院長：日光化肥廠由劉經理負責建造，進度果然很快啊……只是，你的「化肥廠」是民營的。

　　△ KK 聽出副院的疑慮，他站在副院長旁邊，恭敬地翻著報表，從最後一頁（化肥廠配置圖）開始翻，一直翻到封面（臺灣新竹廠與中國相關位置圖）。

KK：報告副院長，臺灣將近二百萬人的「公糧」，大陸前線，更是五百多萬人的「軍餉」，這些多出來的「軍餉和公糧」全靠您腳下這塊地生產，這些人可沒在管你民營、國營，只管有沒有飯吃，肥料是增產糧食的必需品，能越快生產出肥料，對政府越有利……（已翻到封面頁）

　　△ KK 手指從臺灣新竹廠劃到對岸中國福建平潭。

KK：這裡到這裡，只有七十八海浬……為了「反共復國」大業，相信副院長應該不會有分別心才是！
副院長：當然，那當然。

　　△ 副院長拿起報告書，又來回翻看著。

副院長：如果中美廠需要任何協助，我們一定是大力配合。

　　△ KK 想了一下，笑裡帶著謙和。

KK：有一件事想請副院長幫忙……（註：暗指公會理事長）

　　△ 副院長的視線從報告書移到 KK 臉上，看不出情緒。

---

15. 日／內 張家古宅 - 大廳

　　△ 現場飄著白幡，盛文公靈堂公祭。（註：張家喪家著白衣白褲，弔喪者白服或黑服皆可）
　　△ 蕙心跟吉桑站在家屬列，一臉悲傷看著范頭家、文貴兩人前來弔喪，彼此點頭示意。原應是親家，現在無話可說，氣氛尷尬。

△文貴想給蕙心安慰，卻不好講話。
　　△吉桑看著一直想閃躲走人的范頭家。
　　△邱議員見范頭家，心中不爽。

邱議員：范頭家也加入公會了。

　　△蘇常務理事鼓勵吉桑繼續選下去。

蘇常務理事：吉桑不要放棄，我一定支持你，你跟我，七張票就有二張了，大不了
　　三分天下，拚拚看，不一定會輸。

　　△吉桑感激二位好友，但無心談理事長之事。
　　△邱議員見著前方，表情驚愕。

邱議員：三分天下？現在，很難講了……

　　△吉桑往外一看，吃驚也惱人。
　　△幡旗下，伯公和李理事長帶著常務理事長及公會理監事等人，浩浩蕩蕩走
　　向吉桑跟蕙心致哀，穿著白服，宣示意味濃重。

吉桑：阿伯、理事長。
李理事長：吉桑，節哀順變。

　　△吉桑表示感謝。

伯公：盛文公不在，大家來幫忙。

　　△吉桑聽了很感慨。

伯公（假真心）：我們是一家人，這些人也全是阿伯換帖的，一句話，你要出來選，
　　阿伯就支持你！

　　△邱議員見這種態勢，看著吉桑，不動聲色。
　　△蕙心看父親咬著牙，眉頭緊皺，盯著地板。
　　△吉桑思考著，到底要怎麼做才是對的。

吉桑：阿伯，這次選舉，我要拜託您……（被打斷）
伯公：拜託人不用看人臉嗎？

　　△吉桑愣了一下，伯公是要他當面難堪了，他視線自地板移到伯公臉上，卻

見伯公臉上神情由傲驕轉為驚愕。
△ 吉桑順著伯公視線望去。

司儀：行政院袁盛平副院長、懷特公司劉坤凱先生上香。

△ KK 帶著副院長來到現場。
△ KK 動用關係，把留著小鬍子的副院長請到現場，副院長的二名隨扈要大
　　家讓出一條路來。
△ 伯公、邱議員、常務理事們全都呆住。
△ 范頭家、文貴被隨扈推到一旁，吃驚看著 KK 及副院長。
△ 伯公、邱議員、常務理事們恭敬地看著副院長。
△ KK 領著副院長來到吉桑面前。

副院長（主動握手）：張先生，請節哀順變。

△ 吉桑表示感謝，吃驚地看著副院長。KK 比著蕙心。

KK：盛文公唯一的孫女，張蕙心。
副院長（點頭示意）：節哀順變。

△ 蕙心看著 KK，KK 跟副院長一副好像常見面般，二個男人對望了一下。
△ 副院長轉向公會人員，以交辦的口吻：

副院長：這次選舉，希望各位全力支持張先生，大家和氣生財。

△ 伯公、邱議員和十五名公會人員聽了都很吃驚，尤其是伯公。
△ 伯公跟 KK 二人對望，伯公臉上看不出喜怒。
△ 阿榮點了一把香。
△ 副院長、伯公、常務理事們一人拿著一支香，望著臺上盛文公遺像。
△ 蕙心看見 KK 拿著一支香，用眼神示意邱議員快講點什麼。
△ 邱議員立刻意會，拿著香跟大家站在一起。

邱議員：盛文公啊，你放心，我們向你保證，一定會支持你兒子吉桑，請你在天上
　　　　多多給我們關照……

△ 十五名公會人員聽了很尷尬，這種誓言，要不要拜下去？
△ 盛文公是一副「死相」（遺像），目細細看著下面的人，一臉「我會盯著
　　你」的神情。
△ 蕙心看到 KK 做事的方法，很有效，等於要議員發誓，蕙心對 KK 帶著好
　　奇與仰慕。

△ 吉桑看著盛文公遺像，突然不能自己，淚眼婆娑。
△ 副院長親自扶起悲傷的吉桑，常務理事們看見吉桑也是性情中人。
△ 伯公有點不悅，就差那麼一點，吉桑就要開口求他了。
△ 盛文公遺像高掛，目細細看著吉桑，看著芸芸眾生。

---

16. 日／外 洋樓 - 門口「當選理事長」

△ 時間推移，阿榮放炮。

---

17. 日／外 橫屋 - 過道

△ 炮聲連天，大家探頭看熱鬧。
△ 阿新桑提著一個鳥籠，快步離開，炮聲嚇到他的小寶貝了。

---

18. 日／外 伯公家 - 天井

△ 傳來遠處炮聲，伯公整理著他的斜幹盆栽，管家阿清急忙來報。

阿清：7比0，高票當選！

△ 伯公聽了，一時失手一把剪下斜幹長枝。

---

19. 日／內 橫屋 - 灶下

△ 廚房像戰場，大家忙碌著。

團魚：好在社長選上了。

△ 團魚端著空盤進來，捶著自己的腿，等順妹弄好湯圓。

順妹：「壞掉」₆（懷特）公司好厲害，連副院長都請來了。
團魚：那時候，伯公、范頭家的臉，真的全「壞掉」了！

△ 大家笑著，室內霧氣濛濛。

6　海陸腔客語之「壞掉」，發音恰與「懷特」華語發音相似。

20. 昏／內 張家古宅 - 盛文公房

△ 吉桑吐了一口茶。

吉桑：高點，再高點！

　　△ 阿榮和團魚在高梯上齊力把盛文公留下的墨寶（已裱框）往上抬到了牆頂。
　　△ 吉桑跟蕙心站在下面看。

吉桑：好！可以了！

　　△ 阿榮和團魚齊力釘掛起來。
　　△ 匾額上面兩個大字：「風神」。（左上角一排小字上面寫著：「莫賣祖宗田，莫忘祖宗言，若忘祖宗言，吃虧在眼前，知嗎」，但押了許多私人字號章，看不清小字）
　　△ 吉桑抽著菸斗，望著匾額高掛，很滿意。

21. 日／內 洋樓一樓

　　△ 我們跟著阿榮來到當選派對，阿榮一路發著蘋果，大人、小朋友都搶著要。我們穿過人群，看見政商名流，邱議員、議長、鄉長、公會理監事（八名）、林經理、KK 等仕紳，總計約二十人在現場，三五成群。
　　△ 吉桑、KK、蘇理事及蕙心拿著蘋果在聊天，邱議員拿著《民主思潮》在翻看。

蘇理事：貴得會講話的「ringo」（蘋果），一個就是公務員一個月的薪水，吉桑這麼大手筆一人發一個。
吉桑：這 ringo 是劉經理美國公司送來的賀禮（望向 KK）。

　　△ 大家看向 KK，蕙心尤其仰慕，KK 簡直就是張家大恩人了。

KK：我要感謝吉桑在化肥廠拉電時，找來這麼多工人來，現在新的機組也到了。
吉桑：好哦，那工人我再來找。

　　△ 公會的人羨慕吉桑事業做很大。

蘇理事：生意做很大呢，又是肥，又是茶，又是客運，又是木材，全是第一等的！

△ 這時古老闆領著二個工人送來一個特大匾額：「青雲直上」，邱議員見古
　老闆來了，放下手中的《民主思潮》雜誌，隨手擱在桌上，走向古老闆寒
　暄。

吉桑：古老闆，稀客！稀客！
古老闆：吉桑，你麻煩大了，這麼大一個匾額，看你要掛哪去？

△ 大家笑著。
△ 蕙心對長輩高來高去的交際話題沒興趣，隨手翻閱邱議員擱在桌上的《民
　主思潮》，翻到一頁停住目光，愣了。
△ 雜誌上文字：《投書》美國人為什麼造橋鋪路：論美援在臺灣之我見，作
　者：劉坤凱。

---

22. 昏／外 洋樓 - 裡外門廊連院子

△ 院子外，文貴抱著一盒禮盒，來還西裝。派對已近尾聲，裡頭在收拾了，
　只要有人經過，他就背對人，假裝在看盆栽。
△ 門廊裡，順妹拿著空盤，看見窗外院子裡的文貴。

順妹：喂，文貴回來了。

△ 所有下人停住手邊動作。
△ 下一秒，所有人擠在窗邊。

春姨：他來幹嘛？
團魚：真心愛上大小姐了？
順妹：我看是來投誠的。

△ 大家看著順妹，不明白。

順妹：他上頭四個哥哥，他家的事業根本輪不到他，在這，起碼是頭家。

△ 大家覺得順妹的分析有道理。
△ 順妹大聲，故意講給文貴聽。

順妹：夭壽哦，喪事來，喜事也來，真的當自己是張家駙馬爺！

△ 院子外，文貴聽見下人的談論，看著手中的禮盒，心想自己是在做什麼？

羞愧離開。

　　△ 大廳內，吉桑發現門外文貴，朝外喊了一聲。

吉桑：文貴！

　　△ 文貴看著吉桑，怯怯地遞出手中的禮盒。

文貴：社長好，恭喜當選！

　　△ 吉桑看著文貴「嗯」了一聲。

文貴：我是來還衣服的。
吉桑：我要這衣服做什麼？
文貴：啊？

　　△ 吉桑像長輩對晚輩的交代。

吉桑：這是照你尺寸做的，就是你的！
文貴：這個太貴重，我不能收。
吉桑：怎麼不能收，這件衣服你穿起來好看，派頭！

　　△ 文貴聽了，有點感動。
　　△ 吉桑叼著菸斗，像父親似的為文貴調整領子，讓文貴看起來派頭些。

吉桑：男人在外面要懂得穿好、吃好，你不虧待生活，生活就不會虧待你，知道嗎！

　　△ 文貴感謝無緣「丈人」的叮嚀，點頭表示會記住的。
　　△ 文貴也看見門內的蕙心，他對著蕙心點頭，淡淡一笑。
　　△ 蕙心也淡淡一笑回應。
　　△ 文貴和蕙心二人對望，彼此沒有說話，文貴抱著大禮盒離開洋樓。

23. 夜／內 洋樓 - 二樓琴房

　　△ 蕙心穿著連身睡衣，剪下父親當理事長公告的報紙，整齊貼在剪貼本裡，
　　　厚厚一本都是父親及日光生意的報導。
　　△ 接著，蕙心拿起《民主思潮》仔細翻看，發現 KK 文章寫得很好，在窗邊
　　　讀著雜誌讀得津津有味。
　　△ 窗外月圓風涼。

24. 夜／外 范頭家 - 門口

△ 一個大禮盒被丟出門口。
△ 文貴倒在地上，禮盒散落，全套禮服弄髒了，他仰望父親，范頭家氣呼呼地罵文貴。

范頭家：人家當選理事長，跟你什麼關係？你去恭喜什麼屁？
文貴：我只是去還衣服而已。

△ 范頭家聽了更火，用力扭踩禮服。
△ 文貴看著父親踩爛他的禮服，心痛，欲搶過來，卻被父親一腳踢中臉。

范頭家：退婚後，一天到晚抱著這件衣服，像個小媳婦一樣。

△ 文貴流著鼻血看著父親，心中滿是委曲。

文貴（委曲激動）：這件婚事是阿爸做主的，你叫我去被人招，我就去被人招，你講要退婚，我就退婚！我算什麼？
范頭家（怒視）：你，什麼都不算！連做我兒子都不夠資格，（冷冷）我范有義沒你這麼不成材的兒子！

△ 說完，范頭家拂袖而去。
△ 文貴倒在原地不發一語，看著地上凌亂的全套禮服，再看著門裡的家，原來他在父親眼中是這種地位，他發誓，有一天，他會證明自己的！

25. 日／內 公會理事會「接到沒有利潤的外交茶」

△ 吉桑跟六名常務理事開會，現場氣氛歡快，大家都站著好似送走一個人。
（註：送走外交部司長）

李理事：那麼，這次政府專案，就請新任理事長接下。

△ 吉桑聽了，笑了。

吉桑：大家要平分點嗎？
李理事：分什麼？這張智利外交單，就全交給吉桑。

△ 大家一致同意。

△吉桑笑著，拿下桌上茶樣。

吉桑：那我就收下了，司長都親自把茶樣送過來了，我們公會當然要支持！

△大家笑著喝茶。

26. 日／內 懷特公司 - 迪克辦公室

△KK報告進度，迪克看著KK報告書，在室內來回走著，他辦公室內亂成一團，滿滿都是勘景照、工程藍圖，有橋梁、公路、水泥廠、電力等工程規畫。

迪克（英）：進度比我預計的還快，我就知道，你一定可以為你的國家建起第一座化肥廠！
KK（英）：幾世紀以來，臺灣都用糞便當肥料，農田都有寄生蟲、痢疾的缺點。
迪克：所以我們需要農業科學，別忘了……
KK／迪克（二人同時）：如果能在農田多放一磅肥料，就能讓這地方更遠離共產匪徒。

△二人默契十足，似乎這句話是迪克的口頭禪。
△這時，一名洋人工程師身子探入門內。

工程師（英）：劉經理，你的電話！

△KK走回坐位，接起電話。

王瑛川（OS）：劉先生，請問您是劉遠英先生的兒子，劉坤凱嗎？
KK：是，我是，請問你是？
王瑛川（OS）：坤凱老師！我王瑛川啊！

△KK聽著電話，相當驚喜。

KK：王瑛川？

27. 夜／內 洋樓 - 大廳

△阿榮扶著喝醉的吉桑回來，吉桑看似開心，唱著老山歌：「摘茶要摘兩三片哦，三日不摘就老哦」，荒腔走板。
△蕙心聽見歌聲，自二樓走下來。

△ 吉桑全身又紅又癢的，以為是抓癢，其實是在找茶樣。

吉桑：唷，我摘的茶怎麼不見了？
薏心：Papa 你在做什麼。
吉桑：完了！完了！茶不見了！

　　△ 分不清楚吉桑是抓癢還是找東西了。

吉桑激動（學外交部司長講話）：理事長，恭喜當選哦，現在有二十幾個國家要跟
　　中華民國斷交，保住邦交國的重責大任就交給你了，（回到客語）夭壽，我
　　的茶不見了！
薏心（問阿榮）：怎麼回事？
阿榮：好像被長官交代任務了。

　　△ 阿榮連忙給過公事包，吉桑在包包裡找到玻璃罐裝的茶樣，抱在胸口。
　　△ 吉桑對著玻璃罐裝茶樣講話。

吉桑（學盛文公講話）：你啊，你啊，人家做理事長是吃香喝辣，你做理事長是賠
　　錢做茶，生意收收，不要做了！

　　△ 吉桑微妙微肖學著盛文公抽鴉片、訓話神情。

薏心：Papa？
吉桑（一臉正經）：我們接到生意了，200 萬磅智利「外交紅茶」！
薏心：真的？這一個月的債務可以償還了！
吉桑（激動）：但利潤實在太低了，茶菁就算用 2 塊錢收，都會賠錢，重點是（激動）
　　還不能丟國家的臉！
薏心：不能回絕嗎？
吉桑：不能！

　　△ 吉桑在公事包裡拿出了一大疊錢，直接丟在桌上。

吉桑（指著錢）：因為我是公會理事長，沒有人要接，我只好接下，而且，我收了
　　訂金！
薏心：為什麼？
吉桑（苦笑）：為了錢啊，薏心！

　　△ 吉桑拿著玻璃罐茶樣，試著打開它。

吉桑：我們需要現金，工人薪水才有著落；我們要有單，北埔才不會變成一座死城。

這批外交茶，我們只能認賠了！

　　△ 薏心聽了傻眼。
　　△ 吉桑手一滑，茶樣罐飛出去，茶樣散了滿地。
　　△ 父女對望，薏心想要撿起茶樣，卻被吉桑阻止。

吉桑：別踩到……

　　△ 薏心見父親慢慢跪下去，一片一片撿起來，就算醉了，他還是很在乎茶。

薏心：明知道賠錢，Papa 還是要做嗎？

　　△ 父女撿起同一片茶葉，彼此對看。

吉桑（感慨）：日光沒有選擇！
薏心（不明白）：日光沒有選擇？
吉桑：現在臺茶做也不是，不做也不是，十家茶廠有九家苦撐，（苦笑著撿茶）為
　　　了鄉親，就算賠錢也要做，現在又多一層，面子問題！
薏心（不解）：用「面子」做茶，可以做到何時呢？

　　△ 薏心提點父親，但沒有回答，父親竟趴在地上睡著了。

---

28. 夜／外 永樂戲院 - 門口「時代氛圍」

　　△ 空鏡，軍事宵禁，街上空無一人，但永樂戲院門口卻熱鬧非凡。剪票處，
　　　幾名警察在對入場者查驗身分，賓客大排長龍，等著進場看戲。

---

29. 夜／內 永樂戲院「『民主掛』的起點」

　　△ 戲院裡高朋滿座，人聲雜沓，觀眾引頸期待夏老闆的演出，一座座花圈、
　　　花籃往後臺送。
　　△ KK 走進戲院，一路經過不同省籍口音的觀眾。

觀眾甲：人家說，「未見藝旦，免講大稻埕」。
觀眾乙（鄉音）：現在多了下聯「未見夏老闆，免講藝旦戲」！

　　△ KK 來到第五排入座，兩旁是空位，他對眼前的一切感到好奇。
　　△ 這時後排傳來一陣騷動，原來是一名上將入場，憲兵把人群撥往兩旁，開
　　　出一條路。

△靳上將從容進場，場內也是軍人的觀眾肅立，靳上將走到第一排中間位置
　入座。
△燈黑，舞臺燈亮，鑼鼓點起。
△KK身邊的空位突然擠進了兩人，徐主編（徐興波，上海人，民主思潮編
　輯）及祕書王瑛川（閩南人，KK父親的學生）。
△王瑛川入座見到故人，心中滿是久別重逢的激昂。

王瑛川：劉老師！真的是……我以為再也見不到你了！對不起，我還把你葬了……
KK：瑛川，沒要緊……沒事！能再看到你我很開心。

　　△徐主編來到，見KK與王瑛川是舊識。

徐主編（鄉音）：原來您和瑛川真的是舊識，巧了！
王瑛川：老師，這位是我們雜誌社的主編，徐興波。
徐主編（伸出手）：《民主思潮》雜誌主編，敝姓徐。
王瑛川：老師，徐主編很欣賞您寫的文章，這篇〈美援經建計劃之我見〉真精采！
徐主編：劉先生，您的文章引起讀者很多的迴響，實在難得！我希望您來當我們的
　　　　專欄撰稿人！

　　△KK和徐握手，笑著，但保持距離。

KK：不好意思，我很忙，沒時間。

　　△徐主編的笑容頓時僵在臉上，不死心，繼續說服。

徐主編：《民主思潮》雜誌傳播的是自由中國的理想，我們要反攻大陸和美國人的
　　　　支持息息相關，您在美方做事，能分享的立場與觀點太難得了，我希望您能
　　　　考慮……

　　△KK對徐主編的過分熱情感到不自在。

KK：徐主編、瑛川，謝謝你們，不過我只是個小職員，對政治不感興趣。

　　△徐主編尷尬笑笑，講不下去了。

王瑛川（打圓場）：夏老闆出來了，我們先看戲吧。

　　△臺上，青衣名角「夏老闆」（夏慕雪，二十七歲，上海人）出場，她甩出
　　　水袖，清唱、唸白，穿透力十足。（註：劇目〈貴妃醉酒〉）

夏慕雪：海島冰輪初轉騰，見玉兔……

△ 話語才落，臺下便響起如雷的掌聲，一票戲迷叫好聲不斷，尤其是思鄉情
　　深的達官顯要，特別激動。
△ KK 看不懂戲，只看熱鬧，瞥到翼幕的一角躲著個小女孩（月婷），引起
　　他的好奇。

---

30. A 夜／內 永樂戲院後臺 - 過道

△ 徐主編領著王瑛川、KK 走進後臺，戲班正在收拾，一小廝端著宵夜（鬆
　　糕、湯圓）匆忙走過。
△ 劇團李管事趕著小廝送宵夜進去夏老闆休息室，見到徐主編領著人過來。

徐主編：李管事，宵夜才到？
李管事：飽吹餓唱，現在怕是餓壞了。
徐主編：今天吃什麼？
李管事：南昌街上找到一家道地的上海鬆糕，這幾日夏老闆天天都指定要吃，也不
　　膩味。
徐主編：想家了罷。
李管事：唉……

△ 王瑛川一臉即將見到大明星的興奮，對著面露不解的 KK 解釋。

王瑛川：夏老闆和徐主編是同鄉，大力支持我們的刊物，可以說是我們的衣食父母。

---

30. B 夜／內 永樂戲院後臺 - 夏慕雪休息區

△ KK、夏慕雪、徐主編、王瑛川四人坐在中式桌椅上喝茶聊天，室內不大
　　卻雅緻，是高官文人跟名角喝茶吃飯的交誼場合。
△ 素妝的夏老闆小口吃著鬆糕，對 KK 嫣然一笑。

夏慕雪：原來美援的那篇文章是您寫的。
王瑛川：為了要說服這位才子當我們長期撰稿人，我的嘴唇皮子都要說破了！
徐主編：（對 KK）劉先生，我們真心期待拜讀您的文章！（舉杯）

△ KK 依然沉默，徐主編與瑛川略顯失望，眾人陷入尷尬。

夏慕雪：您想寫就寫，不想寫就甭寫，我們交個朋友！

△夏慕雪見自己菸盒裡的菸沒了，望向 KK。

△KK 正要把自己的香菸遞給夏慕雪。
△忽然傳來一個小女孩聲音。

月婷：姆媽[7]，我來了！（找夏老闆）

　　△一個穿著可愛洋裝的女孩，約四、五歲，跑了過來，KK 看清楚了是翼幕後的小女孩。月婷發現有生人在場，膽怯地躲到夏老闆身邊，夏老闆安撫月婷。

夏老闆：餓嗎？
月婷：餓！姆媽帶我吃夜宵！

　　△夏慕雪與眾人照面，收拾東西要離開，李管事匆匆進門。

李管事：夏老闆……那位爺，派車來了。

　　△夏慕雪有些無奈地起身。

夏慕雪：唉，都忘了有這事……

　　△徐主編和王瑛川似乎都知道「那位爺」是誰，只有 KK 不明所以。

徐主編：那位爺還不死心？
夏慕雪：別亂想，就是去吃個飯，謝謝人家前陣子的幫忙（對月婷）。乖，回家等我，姆媽去去就回咧。

┌─────────────────────────────────────┐
│   **31. 日／外 日光茶廠 - 門口**   │
└─────────────────────────────────────┘

　　△現場隆隆的炒菁聲像打仗，門口放了很多大型盆栽，門前停著卡車、三輪車（車上是茶菁），等著下貨。現場吵成一團，石頭哥以一擋百，跟七、八個茶販子爭執不下。
　　△嘩嘩哥、莫打跟山妹三人像沒事般站在臺秤旁看著，山妹安靜待在一旁，因為沒人把她看在眼裡。

石頭：太田叔，按平常收啦！

7　上海話：亦即「媽媽」。

石頭（掂掂手中茶菁）：2塊收？

良叔（煽風點火）：日光突然要這麼大的量，茶價一定要高，否則我收不到茶菁給你們。

太田叔：是啊，沒有3塊，買不到這種茶菁！

　　△ 茶販子圍住石頭，你一言我一語，亂成一團。

石頭：好！好！好！全部不用講了！（盯著茶販子）我上去請示社長。

---

32. 日／內 日光茶廠-辦公室

　　△ 吉桑回看自己身後牆上，只掛了兩面小國旗：英國和日本，有點不高興，阿榮和團魚忙著安裝巨幅「世界地圖」。
　　△ 林經理看了無奈，忙著手邊「財務報表」。

團魚（掛好地圖，笑問）：社長，那智利在哪囉？

　　△ 吉桑豪情萬丈，指著狹長的智利，斜眼示意一臉不開心的林經理。

吉桑：又多一個國家囉，「日光茶」要賣到全世界去！

林經理（冷淡）：賠錢，賣到全世界又如何？

吉桑（盯著林經理）：嗯……你講話怎跟盛文公同樣哩！

　　△ 這時石頭急喘喘來報告，正好聽見吉桑的尾話，石頭語氣有點酸。

石頭：社長，茶販知道我們接到「外交茶」，量比平常大，現在大家都吵著要漲價，我不是總茶師做不了主，請社長決定要多少錢收？

吉桑（看著世界地圖）：只要是好茶菁，3塊收！

　　△ 蕙心聽了有點吃驚，因為昨晚父親才說2塊收都會賠，怎又開出3塊。
　　△ KK在不遠處的懷特公司辦公室，聽到也覺詫異。
　　△ 林經理站在巨幅世界地圖前，一臉嚴肅提醒。

林經理：社長，2塊收就小賠，3塊收就賠100萬，原本負債330萬，其他民間借貸的利息，加加起來，負債超過430萬！

　　△ 蕙心看著林經理，很吃驚。但吉桑看了懷錶，好像在等某人到訪，並不在意。

吉桑：這批外交茶，一定要有人賠，要茶農賠，不如由我們賠！

　　△ 蕙心聽了父親的話，心中一驚，正要開口講話時，剛好對上 KK 的眼神，
　　她知道 KK 聽見了。
　　△ KK 很吃驚吉桑做生意的方式，但他無聲地整理著資料，偷聽日光對話。

林經理：啊？又要賠哦？

吉桑：就算賠，還是要做好茶，（指著地圖）「外交茶」吶！我現在是理事長呢，
　　不能丟國家的臉，更不能丟日光的臉，（吉桑看石頭）石頭，今天就先這麼
　　收！

　　△ 窗外突然傳來汽車喇叭聲。
　　△ 吉桑聽了喜上眉梢，起身離開，吉桑對著蕙心比著「快」。
　　△ 蕙心不明白發生什麼事。

林經理（酸）：面子到底多重要？四個月沒有拿到工錢了，這樣下去，可能半年都
　　發不出薪水了。

　　△ 蕙心現在了解事情的嚴重性。
　　△ 蕙心往窗外看到一樓廣場，吉桑正迎接二個男人下了黑頭車，是布商古老
　　闆跟一個帥氣年輕人武雄（古劍雄，綽號武雄，日語 takeo，約二十五歲，
　　日商株式會社課長，古老闆姪兒），穿著合身西裝。

吉桑（迎上去，開心握手）：古老闆，辛苦了！

---

33. 日／內 洋樓一樓

古老闆：武雄（takeo），我哥的兒子，本來在日本大商社當課長，今年才回來。

　　△ 武雄向吉桑有禮貌地鞠躬。

武雄：張伯伯好，我們來晚了。

吉桑（笑開懷）：早到，晚到，到了就好！

武雄：聽說張伯伯之前也在日本發展過？看來我要喊您一聲前輩！

吉桑：哪有什麼發展？唸個書而已！你在大商社上班才是發達！

　　△ 吉桑看了特別開心，青年才俊，看來是好女婿的人選。

古老闆：你把蕙心教的很好，我也希望武雄趕快成家。

△吉桑點點頭。

△武雄對蕙心鞠躬，蕙心以大家閨秀姿態回禮，她低著頭，又回到婚姻問題。

古老闆：吉桑，那日子要不要今天就訂下來？

吉桑：啊，好啊！

古老闆：婚紗我親自設計，絕對是最時尚的款式。

　　△雙方家長一拍即合。吉桑跟古老闆翻著農民曆看日子，笑得開懷。

　　△武雄注視著蕙心，蕙心低著頭「嗯」了一聲。

　　△桌上番薯餅都沒有人動。

```
........................................................
                34. 昏／內 橫屋 - 灶下
........................................................
```

　　△下人喝著茶，吃著番薯餅，閒聊。

團魚：社長跟大稻程進出口布商會長聯姻，現在走路都有風了。

順妹：那武雄家世比文貴好太多了，人又派頭。

團魚：家世這麼好，為什麼要入贅呢？

順妹：聽說他家人都死了，就剩他一個人，入贅剛好撿一個現成的家，有什麼不好？

團魚：那這樣，是誰占誰便宜了？

　　△大家互看了一下。

```
........................................................
                35. 昏／內 餐廳
........................................................
```

　　△蕙心一個人坐在飯桌前，臉色蒼白，一臉病容，連筷子都沒有動。

春姨：現在不吃飯，半夜又喊肚子餓！

蕙心：姨……

春姨：又怎樣？不用愁眉苦臉，反正結婚後都住家裡，妳爸爸會護著妳。

蕙心：Papa 才不會！

春姨：那春姨一定會護著妳。

　　△蕙心看向父親那桌[8]，吉桑已經吃完走人了。

8　傳統客家重男輕女，許多女性多在廚房吃飯，劇中張家因有家僕，設計為蕙心與吉桑兩人，男女不同桌。

36.昏／內 日光 - 審茶室「日光茶師之爭」

△ 五根湯匙伸入，取茶湯 5 到 10 毫升。
△ 吉桑、石頭、山妹、嗶嗶哥及莫打共五人，品著茶湯，智利外交茶「茶樣」
　　放在黑色審茶臺上，吉桑因蕙心婚事有譜，心情很好。

吉桑：唔，這茶有種……

　　△ 吉桑、石頭、山妹三人彼此對望，知道吉桑想要講什麼，再用湯匙品一口
　　茶。

吉桑／石頭／山妹（同時）：陳香味！

　　△ 所有人一臉憂心地看著茶樣。

石頭：這個味要二十年以上老茶，才有辦法。

　　△ 石頭撩撥著泡開的茶底，拿起一朵茶芽。

石頭：都是嫩芽，這種茶菁不便宜。

　　△ 石頭將茶底攤開鋪平，撩著茶底的手指變慢了，和山妹互看一眼。

吉桑：（看著石頭及山妹）你們各自都想想辦法，這批「外交茶」怎麼拼配。

　　△ 山妹看著審茶杯，打量著，這是她第一次端起審茶杯。

37.昏／外 濟陽醫院

　　△ 夕陽下，如田園畫派般寧靜。

38.昏／內 濟陽醫院

阿旺叔：陳香味？……用老茶去拼？

9　老茶並無明確貯放時間定義，但通常指貯放十年、二十年以上的茶，因茶經長時間貯放自然發酵，會轉為深色，
　　會帶有陳香氣味或特殊香氣。

△ 醫院候診區，山妹陪著阿旺叔等待看診。

山妹：太貴了。
阿旺叔：山妹，現在家裡就靠妳賺錢了！

　　△ 山妹臉上浮起一股不安。
　　△ 這時，張醫師和一位不苟言笑的檢察官，走出看診室。

張醫師：李檢察官，這個案子的詳細報告我過幾日就送去。
檢察官（鄉音）：好的，麻煩張醫師了！

　　△ 檢察官離去。張醫師轉身向山妹，她與父親都像病人。

張醫師（望著二人）：誰要先看？

　　△ 山妹看著張醫師，指著一旁父親。

```
39. 夜／內 橫屋 - 灶下「蕙心愧歉員工／受 KK 刺激」
```

　　△ 山妹正在「烤茶10」，看著火堆上的陶罐裡乾烤著幾片茶葉。
　　△ 半夜肚子餓的蕙心跑進廚房，從菜籃裡掏出一條番薯。
　　△ 山妹在烤茶辦正事，蕙心卻把番薯丟進火堆裡，山妹見狀沒說話，二人坐在火堆旁。
　　△ 火光映在二人臉上。

蕙心：這是什麼？
山妹：「烤茶」……可以釋放茶葉的味道。
蕙心：烤番薯……可以釋放我肚子餓的壓力。

　　△ 二人忍不住笑了。

蕙心：為什麼要烤茶？
山妹：試試能不能烤出陳香味。
蕙心：陳香味？
山妹：（檢查陶罐裡的茶葉）這批外交茶樣，最難的是有陳年老茶的味道，但老茶少、也貴，得想別的辦法去併堆。不拼配，不可能做出 200 萬磅的量。我也不確

---

10 「烤茶」步驟：放入適量的茶葉跟陶罐一起烤熱，邊烤、邊抖、邊聞，直到乾的茶葉被烤得香氣四溢時，再澆入滾燙的開水，瞬間茶氣湧出，凸顯茶香。

定烤茶行不行，但總得試試看才知道。

　　△ 薏心看著山妹職人樣地專注烤茶的神情，羨慕她能靠著技術專業在職場上立足，薏心好奇。

薏心：妳和我差不多大吧？妳家裡有幫妳找對象嗎？

　　△ 山妹沒想到薏心突然問起這個。

山妹：（查看陶罐裡的乾茶）沒空想這個啦……我阿爸生病，兩個弟弟還得靠我供讀書……家裡等著我寄錢回去（添加著柴火，脫口而出），沒想到，日光已經好幾個月沒發工資了……

　　△ 山妹打住，沒繼續講下去，連忙提起柴火堆裡的熱陶壺，薏心聽了很尷尬。
　　△ 山妹在陶罐裡澆入滾燙的開水，一下子沸騰了，瞬間茶氣湧出。
　　△ 山妹倒了一杯給薏心。
　　△ 薏心一臉愧疚，喝著滾燙的烤茶。

山妹（滿心期待）：有「陳香味」嗎？
薏心：霉味，像我爺爺綠豆糕上的陳年霉味。

　　△ 山妹聽了很失望，自己品一小口，皺起了眉頭，此法似乎不通。後景是阿榮走進來，準備送宵夜。

----

40. 夜／外 日光茶廠 - 門口

　　△ 晚上十一點。
　　△ 薏心和山妹跟著阿榮去送宵夜，一大桶鹹稀飯和一桶綠豆湯，三人緩緩走向一座燈火通明的茶廠。
　　△ 薏心看見茶廠二個工人直接拿包走人了。
　　△ 其中一個人對著茶廠大喊。

工人（客）：幹你娘雞巴！

　　△ 薏心被嚇到，阿榮尷尬笑笑，表示不要理他，似乎習以為常。

----

41. 夜／內 日光茶廠

　　△ 內部二十四小時運轉著。

△ 蕙心走進茶廠內部。篩茶的機器發出嘎吱嘎吱的聲音，光影裡漂浮著茶灰，工人身上沾滿茶灰，過濾下來的茶，再一簍一簍倒進烘茶機裡分篩，撿茶枝的每個人都辛苦工作著。

△ 工人三三兩兩輪班離開，去吃宵夜，個個沒精神，士氣低落。

△ 山妹上工，剛下輪班的石頭則一副快累死模樣。他裝了一碗鹹稀飯，倒了一杯紅露酒，放在腳邊，看著滿地的茶菁。

△ 嗶嗶哥跟莫打坐在石頭哥旁，想分一杯紅露酒喝。

△ 牆壁後面的蕙心，無意間聽見他們的對話。

石頭：（對著嗶嗶哥）你真的要走？

嗶嗶哥：你沒看到嗎？剛才又有二個人走了，四個月沒發工資了！吉桑是這樣留人的？

石頭：要去哪？

嗶嗶哥：臺北啊！

△ 莫打累得轉著脖子，坐下。

嗶嗶哥：（對著莫打）要來賭？這批茶做完，也是沒發半毛錢！

△ 莫打直接掏出身上所有的錢，湊足四塊錢給嗶嗶哥，嗶嗶哥沒拿，看著莫打。

嗶嗶哥：你自己不用索費（花費）嗎？

莫打（有氣無力）：「賭」個希望嘛！

嗶嗶哥：好，1賠10！給你「賭」個希望！

△ 牆後的蕙心全聽見了，覺得對不住員工，她看向樓梯口，燈是亮的。

---

42. 夜／內 日光 - 懷特辦公室 - 門外「蕙心借故請益，卻受刺激」

△ 蕙心拿著一碗綠豆湯，走上樓梯，她看見KK若有所思，KK一手拿著一張照片，一隻手拿著茶，茶屁股很長了，煙霧裊裊升起，一盞燈吊在頭頂上。

△ 蕙心鼓起勇氣，緩緩走向KK辦公室。

△ KK聽見有腳步聲，回過神看見是蕙心端著一碗湯走來。

---

43. 夜／內 日光 - 懷特辦公室

△ 二人在辦公室內，昏暗，一盞燈吊在二人中間，一碗綠豆湯在桌上。

△ KK 倚在桌緣。

KK：恭喜，聽說妳要結婚了。

　　△ 蕙心聽見他的「祝福」，竟有點感傷。
　　△ 蕙心想逃離婚姻的話題。放眼望去，辦公室都是世界地圖、藍圖、工程圖、
　　　廠勘照，蕙心對大世界感到驚嘆，心中也升起對眼前 KK 的景仰。（註：
　　　桌上有 KK 與家人的全家福，包含 K 父、K 母、K 妻、襁褓中的女兒愛子）

蕙心（轉移話題）：你怎麼這麼厲害，可以幫美國人蓋化肥廠？
KK：我以前就在印度蓋化肥廠。
蕙心：印度，那是什麼樣的地方呢……我連臺灣都沒出去過呀！

　　△ 蕙心看著牆上的世界地圖，找印度的位置。

KK：會有機會的，世界很大，妳有能力，都該去看看。
蕙心：但……我要結婚了。
KK：結婚不表示妳就不自由啊！

　　△ 蕙心聽了很被鼓舞，但想起早前與父親的對談，轉瞬又洩氣。

蕙心：「自由」聽起來很美好，但有些事是沒得選擇的。Papa 最近常說，外交茶這
　　　個賠錢的單，「日光沒有選擇」。我想我也沒有選擇，因為……我生在這個家。

　　△ KK 看著蕙心很宿命地解釋自己的處境。

KK：如果可以選擇……我想很多人會想生在妳家。

　　△ 蕙心聽出 KK 在調侃。

蕙心：生在我們家有什麼好？如果我跟茶師掉到水裡，我爸一定先救茶師！
KK：所以妳最好學會游泳自救！
蕙心：如果這件事情發生在懷特公司，懷特公司會怎麼處理？
KK：我們一定是以公司利益為優先考量，行有餘力，才能夠照顧其他人。

　　△ KK 看著蕙心。

KK（語重心長）：日光倒了，北埔茶業就倒了，誰也沒有得到好處。

　　△ KK 覺得他講完了，走向門邊打算送客。

KK：我們懷特公司不希望化肥廠還沒建好，日光就倒了！

　　△ 蕙心被這句話刺激到了。

蕙心：您放心！日光不會倒的！（不服輸，有禮笑著）

　　△ KK 倚在門邊，雙手抱胸，一副「拭目以待」的表情。

（本集終）

第四集

△ 蕙心看似一夜沒睡，著睡衣赤著腳，坐在床邊，手裡捧著一本書讀著。
△ 春姨如常地端著番薯餅和茶上樓，來到蕙心房，驚訝地發現蕙心已經起床。

春姨：今天這麼早？
蕙心：嗯。

　　　△ 蕙心沉靜的回應，讓春姨察覺有些異樣。蕙心下床穿鞋，決心要介入茶廠的收茶菁定價。

蕙心：春姨，鞋不太合腳。
春姨：可能舊了，那今天去作一雙新的吧！
蕙心：改天吧，今天有事。

1. 日／外 日光茶廠 - 門口「蕙心介入日光事業」

△ 蕙心來到現場，工人們全身是汗，一張張疲累沒精神的臉。十名茶販子圍著石頭跟臺秤，每個人都臉紅脖子粗地討價還價，嗶嗶哥跟莫打在臺秤忙著秤菁、下菁，山妹處理堆積如山的茶菁。

△ KK 在茶廠二樓的懷特辦公室，透窗看著蕙心。
△ 蕙心也看見了 KK，KK 對她一副拭目以待的表情。
△ 蕙心又被刺激，她走向吵鬧的男人們。
△ 蕙心看著臺秤砝碼，彷彿有一世紀這麼久，她伸出手。
△ 一隻女人的手，按住了臺秤上砝碼。
△ 頓時無聲，一根針掉在地上都聽得見。
△ 所有男人吃驚看著蕙心的手，看著蕙心的臉。

蕙心：今天，2 塊收。
太田叔（不屑）：昨天吉桑講 3 塊收！
蕙心：今天，就是 2 塊 [1]。

1　茶菁價設定參考：1953 年茶菁價為 2- 2.5 元／公斤。（摘自廖運潘先生著作《想到什麼就寫什麼》）

△吉桑看見眾人圍著薏心，以為發生什麼事。

吉桑（著急）：薏心妳……

　　△吉桑看著她的手按著砝碼，不明白。

吉桑：妳在做什麼？
薏心：Papa 還記得那夜自己說的話嗎？

　　△吉桑不明白看著女兒。

薏心：茶市不好，現在十家茶廠就有九家在苦撐！

　　△吉桑臉上一沉。

薏心：不冒點險，怎麼知道「日光沒有選擇」？

　　△吉桑沉默了。所有茶販子見吉桑不講話，以為他裝腔作勢。

太田叔：吉桑，什麼選擇不選擇？2塊，太離譜了！
良叔：2塊，買不到茶菁啦！
薏心：今天，就是 2 塊收！

　　△茶販子都不能接受，紛紛收拾茶菁要走，以示抗議。頓時茶袋如雪花般飄
　　　落，眾人離去。
　　△石頭見狀忙著打圓場。

石頭：唉唉唉，太田叔、良叔，大家不要這樣啦，辛苦載到這，就下在這裡！

　　△茶販子們頭也不回開走各種車輛（三輪車），或騎著腳踏車，挑起扁擔等
　　　離去。
　　△茶販子們一哄而散，門口只剩愣在原地的茶廠員工。

嗶嗶哥（傻眼）：真的，全走了！

　　△吉桑慍怒，瞪著薏心。

吉桑：現在妳開心了？人全走了，日光真的是「沒有選擇」了！阿土師不在了，這
　　　麼大一張單，茶菁不收好點，品質上不去，要怎麼出貨？

蕙心：若是利潤不錯，我們當然可以高價收購茶菁，照顧茶農，但是照顧公司員工，不是也同樣重要嗎？

　　△一旁員工們很吃驚，蕙心在乎他們？蕙心一鼓作氣對吉桑說：

蕙心：員工照顧到了，日光才能活下來，然後我們才有能力跟實力照顧其他人，不是嗎？員工四個月沒發薪水了！

　　△吉桑張著嘴，無話可說。

蕙心：明天他們不來，大家剛好休息一日！

　　△吉桑聽了十分憤怒。

吉桑：休息一日？要是明天沒人來，日光就準備關門了。

　　△吉桑生氣離去，又走回來。

吉桑：外交茶吶，妳這樣，（比著自己的臉）叫我這個理事長怎麼做下去？

　　△蕙心與山妹對望，山妹默默來到蕙心身旁，像給她鼓勵。
　　△石頭望見蕙心跟山妹間的默契，有點不開心。
　　△嗶嗶哥和莫打杵在原地，看著不發一語的石頭哥，不知要不要收拾秤茶區，畢竟石頭才是他們的老大。

---

2. 日／內 迪克辦公室「美援即將終止」[2]

　　△KK 走來，要向迪克報告化肥廠進度，卻看到領事 John 和迪克在講話，他在門口停下腳步，無意間聽到兩人對話。

領事 John（面色凝重）：我們要離開臺灣了！

　　△迪克聽了嘆了一口氣，翻著手中厚厚的「臺灣復興計劃」，感到無奈，一切都將終止。
　　△KK 吃驚看著手上化肥廠的進度報表，轉念，著急離開。

2　1950 年 1 月 5 日，杜魯門「不插手聲明」，讓美援計畫充滿不確定性。1950 年上半年 2 月 15 日起至 6 月 30 日，美援僅 850 萬美元；同年 6 月韓戰爆發，大量美援軍援入臺；1951 年會計年度美對臺援助計達 9770 萬美元。（摘自《國家文化記憶庫計劃》）

3. 日／內 副院長辦公室小廳

　　△ 畫面緊接，KK 笑容燦爛，他給副院長進度報告書，積極收集建廠資源。

KK：副院長您看，有了電力之後，我們的進度快很多。

　　△ 副院長翻著進度報告，很滿意。

副院長：電力到位，效率確實快！

KK（笑）：是啊，我們現在就差顆電石爐₃，有顆剛剛運到基隆港，副院長能把它安排給我們廠，這顆心臟裝上去，測試過，就開始生產了！

　　△ 副院長吃驚 KK 知道有顆電石爐運抵了。

KK（加強說服）：肥料發了，國家就強了！

4. 日／內 中美聯合化肥廠

　　△ 空鏡，歐文在主控室測試著主機面板，紅黃綠燈閃動著。後景二十多名工人，在巨大的化肥廠裡忙碌著，化肥廠雛形可見。

5. 昏／內 日光 - 茶廠一樓揉茶區

　　△ 茶廠機器慢慢停止運轉，現場變得安靜。

莫打（舒展筋骨）：茶販不下貨，今天茶就做到這了，（對著石頭）頭仔，明天真的可以休息？

　　△ 現場士氣低落，員工三三兩兩離開，嗶嗶哥和莫打走向石頭。
　　△ 石頭默默揉茶，沒回答，嗶嗶哥看著空空的茶廠。

嗶嗶哥：那些茶販也太現實了，3 塊就下整車，2 塊轉頭就走。

石頭：明天來不來，還不知道呢？

嗶嗶哥（感慨）：講實在的，今天大小姐有想到我們這些員工，我太感動了，聽了我都想哭！

3　電石爐為化學工業設備，用於電石類生產。

△ 嘩嘩哥眼眶帶淚，莫打同意點著頭。

△ 石頭沒有停下手邊揉茶的動作，不悅瞪著二個徒弟，但眼睛不時瞄著山妹。後景山妹抱著一個「舊木桶」離開茶廠。（註：養茶蟲）

嘩嘩哥：頭仔，你的姿勢越來越有阿土師樣了，（比著茶）外交茶的「陳香味」做出來，總茶師的位子就是你的了！

石頭（冷眼）：陳香味不是做出來的，是時間堆出來的。

嘩嘩哥：那你要怎麼堆？

石頭：用老茶堆。

嘩嘩哥：太貴了啦！

石頭：社長都說了，這是榮譽啊，面子重要！

---

6. 夜／內 日光 - 茶廠

△ 蕙心來到茶廠找 KK，與最後一名離開的工人錯身而過。

△ 蕙心看見山妹抓了一把新鮮茶菁，放進「舊木桶」裡。

蕙心：還在忙？

△ 山妹連忙封好木桶。

山妹（心虛）：小姐這麼晚還過來茶廠？

蕙心（看著偌大的茶廠）：睡不著，走走……（擔心）唉，不知道明天會不會有人來？

山妹：明天會有人來的。

△ 山妹很平靜地說，蕙心好奇她的信心從何而來。

山妹：我父親說茶葉大倒市。

△ 蕙心不明白其意。

蕙心：那是什麼意思？

山妹：大盤沒有單，紅茶沒單，連包種茶也沒有銷路，茶寮全停收，觀望市場。

蕙心（不明白）：觀望市場？

山妹：就是現在沒有人要收茶。

△ 蕙心恍然大悟。

△ 現場沒有一點聲音。
△ 吉桑焦躁地繞了一圈，空蕩蕩的茶廠內部沒有動靜，工人都在等茶來，吉桑走出茶廠，門外陽光炙熱，空蕩蕩的廣場沒有人。
△ 吉桑看著懷錶，該進茶菁了，卻不見一個茶販子蹤影，忍不住怒視著女兒。

石頭（挑撥）：社長，茶販平常十點就來了，現在快中午了，還要等嗎？
吉桑（對薏心發怒）：妳啊，妳啊，擅自主張降價，現在沒人來了，妳歡喜了吧？

△ 薏心和山妹對望，薏心不安，山妹卻很篤定。

吉桑（罵）：妳知道 200 萬磅的毛茶要收多少茶菁嗎？不會喝茶、審茶，現在竟然要插手買茶⋯⋯（被打斷）

△ 這時嗶嗶哥吹了一聲響哨。

嗶嗶哥（激動）：社長！有車來了！

△ 父女望著茶農與各式運輸工具（扁擔、牛車、載貨型三輪車）載著茶菁，不斷湧進茶廠。

太田叔（走來）：歹勢，茶袋不夠，裝袋浪費點時間，來晚了。

△ 一袋袋茶菁被拖上臺秤，大家忙著秤茶菁，茶販子圍著臺秤，人聲沸騰。石頭打開茶袋，掐了掐茶菁，質量都不錯，鬆了一口氣。
△ 薏心看著一群男人在臺秤旁忙碌著。
△ 她又伸手按住了砝碼。
△ 現場突然一片安靜。
△ 所有茶販子都看著薏心的手，心想不妙。
△ 山妹對薏心步步進逼的決定，也感到訝異。

薏心：今天，1 塊收！
太田叔（驚、氣、罵）：昨天 2 塊，今日 1 塊，明天妳要 5 角收，欺負我們茶販，是嗎？

△ 茶販子全反彈，吵成一團，又打算要丟茶袋了。
△ 太田叔看著吉桑，示意要吉桑提高價格，管管他女兒。吉桑打算撥開薏心按住砝碼的手。

吉桑：薏心，妳又在做什麼？
薏心（重申）：「日光，沒有選擇」。

　　△吉桑聽見這句「通關密語」，又沉默了。
　　△茶販子聽見這句「通關密語」，眼白都快翻到後腦勺去了，高度反彈，你
　　　一言我一語吵著。

太田叔（氣到不行）：吉桑！到底「日光沒有選擇」是值多少錢啊？

　　△薏心的態度很堅持。

薏心（按著砝碼）：不接受的，可以不下貨！

　　△吉桑怕茶販子再度離去，想喊高價。
　　△薏心卻用眼神求父親不要出聲，相信她一回。
　　△這時嗶嗶哥為薏心幫腔，他一腳踏上臺秤，咚啷發出巨響。

嗶嗶哥：喂！大伯、大叔！我們「新社長」的價沒像吉桑那麼軟哦，1塊要下快哦，
　　　等一下（比向薏心）「新社長」再一句「日光沒有選擇」，真的就是5角收囉！

　　△茶販子叨唸著：「有這樣的價啦」「欺負人啦」，邊抱怨卻邊下貨，大家
　　　爭相送上茶菁。

┌───┐
│ **8. 日／內 日光茶廠 - 二樓萎凋區**
└───┘

　　△一袋袋茶菁堆滿萎凋區，工人忙著把茶菁上到萎凋架。
　　△薏心算著帳，啞著嗓對吉桑說：

薏心：我們以1塊收，量還比昨天增加了三成。
林經理（好奇）：妳怎麼知道茶販會接受這個價呢？
薏心：山妹告訴我現在大倒市，其他茶寮其實也沒單。整個茶市只有我們在收茶，
　　　他們只能賣給日光。

　　△薏心看向山妹，山妹正安靜忙著萎凋。

薏心：所以今天以1塊收……

　　△薏心從林經理手上拿過算盤，不熟練但頗堅定地打著。

薏心（繼續）：……就省下 1 萬 5 千塊的差價，（對所有的員工） 今天，我就先發一個月工資4！

△員工聽了頓時士氣大振，現場歡聲雷動，嗶嗶哥帶著員工鼓譟。

嗶嗶哥：「新社長」！「新社長」！「新社長」！
其他員工（加入）：「新社長」！「新社長」！「新社長」！

△吉桑聽了驚愕，但是感動，茶廠好久沒有這種熱烈氛圍。
△林經理聽了忍不住流下老臣淚，日光總算有個商業頭腦的老闆了。

林經理（看著薏心）：「新社長」！

△KK 跟歐文在二樓辦公室，聽見茶廠員工鼓譟，KK 有點驚訝地看著樓下薏心。
△透著窗，二人對上視線，KK 帶著讚許笑意。
△薏心看見 KK 的讚許認可，感到莫名的開心與得意。
△茶廠裡每個人都生氣勃勃，畢竟四個月沒領到薪水了，大家十分激動。薏心看著激動的員工們，她還蠻喜歡這種感覺的。

薏心（打氣）：我們多收的茶菁，可以一起把怡和的茶做起來，日光積欠大家的薪水，可以在這一次全部付清！

△員工興奮地撒著茶菁，尤其是嗶嗶哥跟莫打，更是跳了起來。
△吉桑對薏心刮目相看，沒想到他女兒這麼會做生意，父女二人算是小和解，不像稍早那麼賭氣了。
△薏心和吉桑看著撒在天空裡的綠色花朵，很美。
△此時窗外樓下傳來汽車喇叭聲。
△KK 靠著窗，看見一輛轎車駛進日光收茶的小廣場。
△下車的是武雄和古老闆，他們帶來了為薏心訂製的婚紗與大小聘禮的禮金，頗有排場。
△正興奮的茶廠工人們開心議論著，怎麼好事都聚著一起來了。
△吉桑高興快步向前迎接。
△薏心看著父親熱情迎向武雄和古老闆，心情複雜，她要成為「新嫁娘」了。

4　姜阿新的永光公司在極盛時期有員工 450 人，茶金時代後剩 40 人，40 名員工一個月工資總計約 1 萬 5 千元。
　（摘自永光公司總經理廖運潘著作《想到什麼寫什麼》）

244

9. 日／內 日光 - 茶廠二樓辦公室

△ 古老闆打開木盒，拿出精緻的婚紗。
△ 吉桑、武雄、林經理和辦公室的會計助理，都看著潔白的婚紗。

古老闆：這是武雄從日本銀座帶回來的英國布料，我特別找了繡功一流的老師傅，
　　　設計了緞面的圖樣，剪裁也花了功夫哦！

△ 薏心看到 KK 也在懷特辦公室裡透過窗看著這邊的婚紗展示。

薏心（有禮地）：您費心了。

△ 吉桑點起菸斗，開心地看著奢華的婚紗禮服。
△ 武雄其實對婚紗沒那麼感興趣，反倒是打量著辦公室和茶廠。

武雄：剛才來時聽見工人的歡呼聲，是什麼事這麼歡樂？「新社長」不知是哪位？
林經理：哈哈，他們是在說薏心。
武雄：喔？
吉桑：薏心今天靠茶菁訂價幫公司賺了一萬五千元，「新社長」是他們胡鬧著叫。

△ 吉桑對薏心的表現頗有些自豪，但表現得還是淡淡的樣子。
△ 薏心第一次從吉桑口中聽到對自己參與生意的正面評價，開心。
△ 武雄笑笑不以為意，拿出雪茄。

武雄：吉桑您抽什麼菸絲？要不要試試美國綠雪茄？
吉桑：喔？新玩意，這個倒沒試過，來試試！

△ 吉桑與武雄走進吉桑辦公室，對著世界地圖，吉桑開始向武雄吹噓，將來
　　日光的茶要做到全世界。
△ 薏心手捧著婚紗，被門隔開了，裡面屬於男人煙霧繚繞的世界。

10. A 日／外 北埔街上 - 小巷轉角「偷肥」

△ 燙完頭髮的薏心，路過農會門口，看到 KK 剛從農會裡出來，走到一旁的
　　小攤子（或雜貨店）買東西，薏心剛想上前打招呼。
△ 這時從農會裡跑出一個小男孩（烏子），吃力地搬著一包化肥，緊張地把
　　化肥放上腳踏車，綁定踢腳踏板，因為慌張也因為化肥的重量，車倒了。
△ KK 見狀，上前幫忙烏子扶正腳踏車。
△ 此時，農會門裡傳來陳專員的叫喊聲。

陳專員（大聲）：小兔崽子偷肥料，快追！

　　△烏子緊張到都不敢看身邊的 KK，KK 看著羞愧冒著汗的小男孩。

KK：注意（腳踏），快走！

　　△KK 推著腳踏車助跑，推了烏子一把，烏子奮力踩著腳踏車，離去前回頭
　　看了 KK 一眼。

陳專員（聲音傳來）：別跑，臭小子！

　　△陳專員追出農會，氣喘吁吁地跑了幾步，眼看追不上才停下。

陳專員：大膽了，這個年頭小孩都做賊了。

　　△KK 此時才見到一旁的蕙心，意識到蕙心該是目睹了自己放走烏子的舉動，
　　做了個手勢「噓」。
　　△蕙心不明白 KK 在演哪一齣。

10. B 日／外 農會門口連福利社（或者門前小攤子）

　　△KK 遞上一瓶汽水，蕙心接過。

蕙心（不解）：為什麼那麼做？

　　△兩人並坐喝著汽水。

KK：妳偷過東西嗎？

　　△蕙心搖頭。

KK（笑）：我像他那麼大的時候，有一次放學，回家經過巷口柑仔店沒人，我好想
　　喝彈珠汽水，忍不住就偷了一瓶。

　　△蕙心瞪大了眼，吃驚。

KK：小孩子嘛……我偷偷帶回家還捨不得喝，結果被我爸發現。他是老師，平常也
　　沒少打過我，但那次我被打得特別慘，爸爸還帶著我去跟店家賠罪……

△ 薏心聽著，打開汽水喝，後景是大大的廣告招牌──「黑松」。

KK（感慨）：那時我只是為我自己偷了一瓶汽水，但剛剛那個小孩卻是為了家人偷化肥……（不捨）將來他一定比我有出息。

薏心（一頓，明白了）：化肥很貴？不能用買的嗎？

KK：有錢也買不到，只能用換的。

　　△ 這時，門口剛好有二個農民用牛車載米來換肥料，陳專員開心地交換著。
　　△ KK 用下巴比了比陳專員和農民方向，講著他所做的事情。

KK：肥料的成本不到米價的一半，但是政府卻用 1 比 1.5 的比例來交換稻米。

薏心（不明白）：為什麼要「用肥料換稻米」？

KK：很簡單，政府想透過「換肥料」，掌握全國糧食。

薏心：掌握全國的糧食？但我們的化肥廠不是可以直接賣給農民嗎？

KK：是的，我們堅持要建立民營化肥廠，（脫口而出）就是為了阻止政府的壟斷而存在。

　　△ 薏心聽了，吃驚地盯著 KK，放下手邊汽水。

薏心：這不是擺明跟政府作對嗎？

　　△ KK 被識破，喝著汽水不講話，他突然站起來看著門口。
　　△ 烏面叔帶著烏子回來還肥料，道歉，烏子明顯被揍得很慘。
　　△ 陳專員打一下烏子的頭，並教訓了這對父子。
　　△ KK 看著薏心，把汽水給了她。

KK：想想，一個九歲的小孩為什麼要偷肥料？

　　△ 薏心看著 KK 走到門口，阻止陳專員訓斥烏面父子。

---

11. 夜／內 日光 - 懷特辦公室

△ 夜深人靜，孤燈下只有 KK 一人。
△ KK 叼著菸，寫著文章，他收起鋼筆蓋，看著電話，思索著如何開口。他熄了菸頭，打個電話。

KK（拿著話筒）：喂，徐主編嗎？

12. 夜／內 洋樓二樓琴房

△春姨溫柔幫蕙心把頭紗戴上，看著穿著婚紗的蕙心，吾家有女初長成的心情，欣慰。

春姨：古老闆不愧是紡織公會理事長，這婚紗做的真標緻！

△蕙心看著鏡子裡穿著婚紗的自己，不語，春姨逕自摸著婚紗說話。

春姨：哎！這裡鬆了點，得再送回去請古老闆改，改完，就是完美的新嫁娘！

△蕙心看著窗邊，放著半瓶彈珠汽水。

13. 夜／內 永樂座後臺 - 夏慕雪休息室

△夏老闆休息處，擺滿戲服與梳妝用具的戲院後臺，夏老闆一身旗袍輕裝，略施脂粉的她，有另一種美。她坐在休息區座椅，細細讀著一篇文章，很感興趣的樣子，邊吃著徐主編帶來的上海傳統點心「鬆糕」，一旁有《民主思潮》徐主編、王瑛川與 KK。

徐主編（上海話）：怎麼樣？
夏慕雪（上海話）：挺好吃的，又鬆又軟，好像又回到以前的上海，散場之後回到窩裡總想吃一個，一塊一塊剝著真好吃！

△夏老闆一層一層剝著吃，滿足。

徐主編：哎，曉得妳喜歡，我才特地託人買來的！但我問的是劉坤凱劉先生這篇文章，妳覺得怎麼樣？

△夏老闆笑了笑。

夏慕雪：別讓劉先生笑話，我就是個唱戲的俗人，怎麼有資格評論？但讀了您這篇用「婚嫁」與「擇偶」比喻社會成本取捨的文章，「自由經濟」連我都懂了，精采！

△KK 坐在一旁，被說的不好意思，這篇是他主動投稿的。

KK（直白）：我只是希望有更多人能理解，資源的分配應該要回歸到自由的市場機制，不該由政府的少數人制定規則。

王瑛川（警覺）：老師！這話不能亂講！

　　△王瑛川趕緊看門口有沒有其他人聽見。

徐主編：瑛川，不用大驚小怪，雖然現在是戒嚴時期，這點言論自由還是有的。劉
　　　先生說得在理，更何況這文章只是在講解經濟制度，不必無限上綱，（篤定）
　　　這篇文章，我下一期就刊出！

　　△KK開心，得到想要的答覆，起身就要離開。

KK：謝謝徐主編，我先趕回新竹，告辭了。
王瑛川（略驚）：這麼趕？今晚夏老闆登臺唱《貴妃醉酒》，不看可惜啊！
KK：我才真的是俗人，戲我不懂，失禮了，夏老闆。
夏慕雪：沒事！

　　△KK對夏慕雪點了點頭就走。
　　△夏慕雪訝異著KK的直率，一個大明星很少遇到不奉承她的男人。
　　△KK剛好看見月婷戴著楊貴妃的華麗鳳冠，讓她顯得更嬌小可愛，月婷模
　　　仿貴妃醉酒的身段，搖搖晃晃，圍觀的戲班眾人被逗得開心，幫著出聲打
　　　鑼鼓點。
　　△夏老闆聞聲，突然過去制止，一把拿掉月婷頭上的鳳冠。

夏慕雪（嚴厲）：不准唱！
月婷（嚇一跳）：⋯⋯姆媽？

　　△月婷要哭了，夏慕雪一邊安慰，一邊揮手要劇團的人散了。
　　△KK看著這對母女，感到疑惑。

KK：（好奇，對王瑛川）怎麼不見夏老闆的先生？

　　△王瑛川愣了一下。

王瑛川：夏老闆沒結婚呢，月婷是夏老闆收養的。

　　△KK聽了很震驚，看著月婷，想起自己的女兒。

KK（略急）：在哪收養的？
徐主編：夏老闆說是日本戰敗那年，在黃浦江邊撿來的，有緣，她娘倆索性就成一
　　　個「家」。

△KK 表示明白了，看著夏慕雪輕聲對月婷說著話。

14. 晨／內 洋樓二樓 - 蕙心房、樓梯

△本場全日文。
△一襲美麗的雪白婚紗，架在房裡的衣架子上，兩個女孩子的聲音嘰嘰喳喳聊得愉快，蕙心跟懷孕的同學圓仔自房門走出，圓仔明顯比蕙心還興奮。

圓仔（一臉期待）：古老闆親自設計的婚紗！那一定很美……好期待蕙心醬穿上的樣子！

△圓仔動作大剌剌地，差點絆倒，蕙心扶住她。

蕙心：小心，都七個月了，慢慢走！
圓仔：哎呦！沒辦法，人家就想欲看蕙心醬的夫婿長什麼樣子！

△圓仔急著看蕙心老公，拉著蕙心就往樓下去。

蕙心：我拜託妳慢點走！

15. 晨／內 洋樓 - 樓梯間、側門

△本場全台語。
△圓仔和蕙心走下一樓，還沒看到人，就聽見武雄和古老闆對話。

古老闆（交代）：之前被退婚就是因為日光負債，你老實點幫人家好好經營。
武雄（自有主見）：日光現錢可能沒有，但張家還有地產和林業，做茶這生意我跟朋友打聽過了，臺茶根本沒有前途。等結婚了，我第一個就得讓吉桑把茶廠收了！
古老闆：社長是一關，還有新社長呢？我看蕙心這女孩對經營茶廠很有興趣啊！
武雄：女人能做什麼事業，結了婚，就算再怎麼有想法，等孩子有了，那也由不得她。
古老闆：武雄！你小聲點，我們在別人家裡。
武雄：阿叔，我是在想辦法幫張家經營！

△武雄一副不以為意。蕙心和圓仔站在樓梯口陰暗處，把這番對話都聽進去了。
△武雄聽到門口有聲音，是吉桑笑盈盈走來。

吉桑：古老闆、武雄！歹勢，讓你們等，我剛剛去跟阿火師訂婚禮的菜，一定讓大

家吃得歡喜！

古老闆：吉桑，沒要緊啦！婚一輩子才結一次，菜當然要講究！

武雄：今天來，順便再帶了一些雪茄！

吉桑：武雄，不好意思，讓你破費囉！

武雄：吉桑中意，哪有關係？大不了我自己少抽一點！

　　△男人們開心聊著天，雪茄禮盒放在一旁。

---

16. 日／內 車上

　　△本場全日文。

　　△蕙心送圓仔回家，二人默默坐在後座，還在為剛才的事感到震驚，不知要講什麼。

圓仔（打破沉默）：妳老公挺帥的！

蕙心：嗯。

圓仔（關心）：不過怎麼說……也太大男人了點。我看妳之後的日子不好過呀……

　　△蕙心無奈聳聳肩。

蕙心（笑）：妳呢？怎麼樣？幸運的賭徒！

圓仔（笑）：十賭九輸！

　　△蕙心看著圓仔摸著大肚子。

圓仔：身為女人，我們沒有選擇，想多了也沒有用。其實這樣平凡的生活也挺幸福的。

　　△蕙心轉頭看窗外。

蕙心（疑惑）：平凡的幸福嗎……

---

17. 夜／內 洋樓 - 樓梯「蕙心退婚風波」

　　△蕙心回到家，進門，下人張燈結彩，她看著一屋子的喜氣洋洋。

---

18. 夜／內 洋樓大廳

　　△蕙心上樓，經過一扇又一扇貼了囍字大紅窗花的門與窗。

△ 蕙心越走越快。

△ 她走進自己房間，看見大大的囍字貼在門上，看見自己的嫁妝「高檔烏心木眠床」已經放到定位了。

△ 吉桑見蕙心回來，招手要她坐到身邊。

吉桑：答應妳媽的事，我終於做到了！

△ 吉桑坐著，抽著菸斗，看著眠床，臉上充滿欣慰。蕙心卻不知道怎麼跟父親講自己想退婚的事。

吉桑（感慨）：妳媽死的時候，一直唸著，一定要給妳找個好人家，讓妳過幸福的日子……這張眠床那時候就選了最好的烏心木造好了，一直等到現在……

△ 吉桑摸著眠床烏亮的木紋，突然講不下去，一臉欣慰，女兒終於長大，要嫁了。

△ 蕙心看著吉桑，倒吸了一口氣。

蕙心：Papa，我不要結婚……

△ 吉桑拍了拍蕙心的手，以為蕙心害臊。

吉桑：男大當婚，女大當嫁，沒什麼不好意思，再說，結婚後還是住家裡。
蕙心（決定）：我要退婚！
吉桑（一臉莫名其妙）：退婚？為什麼？

△ 蕙心看著吃驚的吉桑，一時之間也不知道該怎麼解釋自己的決心從何而來，只能一臉倔強地表態。

---

19. ／內 洋樓 - 二樓蕙心房

△ 蕙心試穿著春姨拿來的幾雙新鞋。

春姨（驚）：什麼八字不合？

△ 蕙心沒有回答，換著鞋踩，或站或坐或跳地不安分。

春姨（探問）：還是武雄長得太好看妳怕他花心？別擔心，婚後，我們整家人幫妳看著他，什麼……被人退婚二次，傳出去很難聽！

△ 蕙心停下動作。

蕙心：我是想清楚了，不想認這個命！

　　　△ 春姨其實不懂蕙心在講什麼命，但下定決心的蕙心整個人輕鬆了起來，試
　　　　　鞋跳了跳。

蕙心：就這雙！

---

20. 日／內 日光 - 審茶室「由蕙心決定外交茶」

　　　△ 父女兩個人瞪著彼此，不講話，還在為婚事嘔氣。
　　　△ 智利的「茶樣」及石頭和山妹的茶樣都放在桌上，嗶嗶哥倒了八杯茶，一
　　　　　人二杯，分別給吉桑、蕙心、石頭和山妹，四人面前都有根湯匙。

嗶嗶哥（介紹）：這杯是石頭哥做的，這杯是山妹做，不要搞混了，哪杯像，杯子
　　　　推出來就好了！

　　　△ 吉桑、蕙心、石頭和山妹四人在審智利茶配方，大家用湯匙裝起 10 毫升
　　　　　放入口中，吸得簌簌叫。
　　　△ 只有蕙心例外，她是直接拿起杯子喝，沒有發出半點聲音。
　　　△ 山妹「審」著石頭哥的茶，臉上一驚，味道竟跟她的一樣。
　　　△ 石頭仔細「審」著山妹的茶，臉一沉，味道難分上下，他再試喝著確認。
　　　△ 吉桑「審」著石頭跟山妹的茶，味道難分上下，他斜眼看見蕙心根本沒在
　　　　　「審茶」，反而是在「喝茶」。
　　　△ 蕙心不懂審茶，她直接把二杯茶喝下肚。
　　　△ 吉桑有點惱火，放下審茶杯。

吉桑：……石頭。

　　　△ 石頭以為自己入選了，一臉開心。

吉桑：你推哪一杯？
石頭（由開心到失望的臉）：不好講……
吉桑（改問）：山妹呢？
山妹（沒有自信）：……社長決定！
吉桑：既然大家都這麼謙讓，那這批外交茶，就由蕙心來決定！
蕙心（驚訝）：啊，我……
吉桑（賭氣）：妳不是很會！收茶這麼厲害，「審茶」妳也來試試看！

△ 說完，吉桑帶著脾氣離開。

△ 蕙心看著審茶臺上茶樣，一臉無奈，父親分明故意。

<hr>

21. 夜／外 日光茶廠 - 外道

△ KK 抱著一堆藍圖，提著一盞煤油燈，踏著月色歸來。

△ KK 發現茶廠二樓有間房燈是亮的。

<hr>

22. 夜／內 審茶室

△ 沙漏的沙漏完了。

△ 蕙心面無表情看著沙漏，伸手倒出兩杯茶。

△ 蕙心一個人坐在審茶室裡，手裡拿著一根湯匙。

△ KK 站在門口，看見蕙心一個人坐在審茶室裡呆坐。

△ KK 走了進來，拉張椅子坐在她旁邊，看著她良久。蕙心突然心跳加速，
她目不斜視看著審茶杯，不敢看 KK。

KK：這麼晚還在泡茶。

蕙心（吃驚自己的聲線如此平靜）：這是「審茶」，不是「泡茶」。

　　△ 蕙心試著不要在意 KK 的眼光，倒了六杯茶（一人三杯，一杯是石頭做的茶，
　　一杯是山妹的茶，一杯是外交茶，三個杯子不同顏色）。KK 看著蕙心動作，突
　　然想到什麼，笑得很溫暖。

KK：聽說，妳把積欠員工的薪水都償清了。

蕙心（奉上三杯茶）：對數字我還行，（看著茶杯）但是對審茶，我完全不行。

　　△ 蕙心試著審茶，但吸不出聲音，抓不到竅門，嗆到不行，覺得超丟臉。

　　△ KK 倒是馬上上手，吸得簌簌叫。

　　△ 蕙心不服輸，用心再審，KK 看著狼狽的蕙心。

KK（擔心）：妳還好嗎？

蕙心（焦慮）：我就是不懂，審茶為什麼一定要那樣漱口，好好喝茶不行嗎？

　　△ 蕙心抱怨皺眉的樣子很可愛，KK 笑了。

　　△ 突然停電了，整個茶廠陷入一片漆黑。

　　△ 蕙心有點緊張，順手抓著 KK 的衣服。

△ 只剩月光灑落的茶廠裡，兩人互望沉默了一會。

KK：……只是停電，等等我去拿燈。

　　△ KK 離去獨留蕙心。
　　△ 一盞煤油燈點亮。
　　△ 審茶臺邊的 KK，優雅地端著一個茶盤（註：上面有六杯茶）緩緩走來。
　　△ 牆上 KK 光影由巨大變成坐在蕙心旁邊。
　　△ 二人望著溫暖煤油燈，雙手抱著一杯熱茶，這是二人魔幻時刻。

KK：日本有茶道，蒙古人喝茶加羊奶，英國人的下午茶也有自己的規矩，大概都有
　　他們的道理。但茶就是茶，喝茶，照著自己喜歡喝茶的方式，味道就出來了。

　　△ 蕙心看著 KK 安靜地享受著茶，光影在他臉上閃動著，很投入。她也放下
　　　所有煩心事，心平氣和喝著手中的熱茶。
　　△ 蕙心和 KK 兩人喝得歔歔叫（蕙心終於會審茶了），身旁放了三十杯茶，
　　　疲憊仍無法下結論。

蕙心：哪杯味道比較像？

　　△ KK 和蕙心同時拿起不同茶杯，蕙心拿的是石頭做的茶，KK 拿是山妹的
　　　茶，沒有結論，兩人相視而笑。
　　△ 蕙心看著 KK 倒出最後四杯茶。

蕙心（糾結）：最後一泡，再不決定就完了。

　　△ KK 倒著茶，一臉不明白「這有什麼難的」。

KK：味道都一樣，那就看成本囉！

　　△ KK 一語驚醒夢中人。
　　△ KK 第一次看見蕙心真誠開心地對他笑著，就像個拿到聖誕禮物的小女孩，
　　　蕙心簡直就要擁抱 KK 了。
　　△ KK 不知道自己說了什麼，值得蕙心如此開心。

---

23. 日／內 日光茶廠 - 審茶室「總茶師之爭」

　　△ 二大堆茶底鋪平。
　　△ 室內有蕙心、吉桑、石頭、山妹及莫打、嗶嗶哥、林經理等人，蕙心比著

一堆茶底。

薏心：我決定用這堆配方。

　　△大家看著茶底，不明白哪是誰的，看著薏心。

薏心（笑）：山妹的配方。

　　△大家有點吃驚，尤其是山妹跟石頭。

薏心：大家都喝過，山妹跟石頭做味道是一樣的，但山妹的配方比石頭的便宜太多
　　　了。

　　△石頭倒吸一口氣，難過「總茶師」位子飛了，嘩嘩哥跟莫打為石頭師抱不
　　　平。後景林經理開始打著算盤。
　　△吉桑則是由驚轉喜，忍不住心喜，看著山妹。

吉桑（欣慰）：阿土師欽點的茶師，果然厲害！

　　△石頭不服氣撥著茶底，檢視著，但茶底完全看不出蛛絲馬跡。

石頭（質疑）：社長，那個「陳香味」我加的是二十年的陳茶，所以單價偏高，不過，
　　　山妹是怎麼做出陳味？為什麼她的茶底完全看不出來呢？什麼都沒有看到！

　　△吉桑、石頭、嘩嘩哥、莫打四人，檢視著茶底沒有陳茶葉，沒有其他季節
　　　毛茶。
　　△山妹看著四名男子站在她對立面，一副「妳是怎麼做出來」的臉。
　　△薏心也好奇看著山妹。

山妹：我用的是……蟲茶⁵。
薏心（好奇）：什麼是「蟲茶」？

　　△山妹將舊木桶拿給薏心看。
　　△木桶裡是上百條「化香夜蛾」在茶葉上鑽動，令人頭皮發麻。
　　△薏心一臉震驚，盯著山妹，難道她品嘗了一晚的「蟲大便」？理智線斷
　　　了……

5　蟲茶又叫「龍珠茶」、「蟲屎茶」，茶葉經由化香夜蛾蠶食後，經消化過程發酵，龍珠茶具有普洱茶或老茶
　的特性，越久越好喝。（摘自南投新聞網－〈陳素珍手工焙製養生保健「龍珠茶」內行仔茶客趣之若鶩〉報導）

山妹（忙解釋）：這是蟲茶，茶葉經過蟲子吃下肚消化又發酵後，會帶有陳年老茶的醇厚口感。

　　　△ 吉桑、石頭、嗶嗶哥、莫打四人聽了，恍然大悟地看著山妹，原來用了家常古法。

嗶嗶哥：我曾祖母也是這樣做的！（恍然大悟）
莫打：那你怎麼沒想到？
林經理（驚喜）：大家聽我說，我算了一下，如果用山妹配方，我們總共可以省下60萬！
吉桑（欣慰）：阿土師欽點的茶師，果然厲害！

　　　△ 蕙心還在震驚中。

---

24. 日／夜 內外 日光茶廠／雜景（碎場，每場都不同天）

　　　△（揉捻區）吉桑看著茶廠運作，石頭等茶師們採茶機器產線全開。
　　　△（發酵室）吉桑看山妹在發酵室角落處理幾個大木箱（茶蟲發酵）。
　　　△（倉庫）工人們包裝茶葉。
　　　△ 吉桑看工人忙碌著在茶箱上刷嘜[6]：「CHILE」（智利）。
　　　△（日光門口）員工將印有智利的貨箱搬上卡車卡車出貨。夜裡，一臺一臺卡車出貨中。
　　　△（辦公室）吉桑在自己辦公桌抽著菸斗，牆上巨幅世界地圖有三處註記：英國、日本和智利。
　　　△ 辦公室另一頭，蕙心和林經理二人打著算盤討論公事。

---

25. 日／內 日光茶廠 - 辦公室

　　　△ 巨幅世界地圖下，林經理對著吉桑做財報。

林經理（笑）：「外交茶」全出去了，這次好在有「新社長」才能轉虧為盈，欠員工的薪水也全付清了！

　　　△ 吉桑默默聽著林經理報告。

林經理（開心）：新社長答應債權人，每個月要付的利息跟貨款也付出去了……（被

6　「刷嘜」為刷上 Mark（標誌）打上記號（Marking）之意，舊時以人力用刷子刷上墨水轉印，故稱「刷嘜」。

打斷）

　　△ 吉桑盯著林經理，不爽。

吉桑：你要唸「新社長」幾次才甘願？現在蕙心在公司比我還重要了啊？
林經理（立刻修改措詞）：「報告，社長」這個月算安全過關，（感動看著報表）
　　　這個月有結餘 80 多萬！
吉桑：過關就好了，開 60 萬給我。

　　△ 林經理拿著報表一臉疑惑，不知社長又要幹嘛。

26. 日／內 洋樓 - 大廳「拿不回大坪山」

　　△ 吉桑跟萬頭家對坐，他一臉開心，萬頭家則是看著大廳一副喜氣洋洋，張
　　　燈結彩的。
　　△ 蕙心氣噗噗地拿著印好的「喜帖」來找父親，看見父親跟萬頭家在談生意。
　　△ 吉桑對著印章哈氣，準備要蓋章。

吉桑：萬頭家，當初我在這張桌子上，把大坪山過給你，現在，我也要在這張桌上，
　　　把大坪山拿回來。

　　△ 萬頭家一臉為難，因為他已將大坪山抵押給伯公了。

萬頭家（油腔滑調）：60 萬？是之前的價格，現在怎麼會一樣呢？

　　△ 吉桑聽了有點驚愕，停下手邊動作。

萬頭家：現在很多人要建房子，木材生意正好，不可能用原價還你。
吉桑（驚）：你的意思是？
萬頭家（轉了一下眼睛）：……以現在的價值算，至少要 200 萬！

　　△ 「啊！」吉桑氣得站起來，盯著萬頭家。漲了三倍多，吉桑一臉不服氣，
　　　卻莫可奈何。
　　△ 蕙心目睹父親被萬頭家擺了一道。

27. 昏／外 大坪山茶廠前

　　△ 阿榮停妥車，吉桑和蕙心下車，來到燒毀的大坪茶廠遺跡前，大坪山腳下。

28. 昏／外 大坪山

　　△ 一座很美的山林，三人徒步爬山。一旁阿榮氣喘吁吁，拿著吉桑與薏心隨
　　　身物品：陽傘、水、包包等。

薏心（擔心）：Papa？

　　△ 吉桑眺望遠方大坪山成片山林，很激動。

吉桑（喘著氣）：那邊，每一棵樹都是我親手種的。

　　△ 薏心聽了很吃驚。

吉桑（氣憤）：那時候我剛從日本回來，阿爸，什麼都不讓我做，只要我吸鴉片，
　　　說什麼，家大業大，家產不要敗掉就好了，做什麼大生意。
薏心（喘著氣）：很像阿公會講的話。

　　△ 吉桑仰望著杉木。

吉桑：我用這座山的木材起家，蓋了大坪茶廠，開始經營日光……證明給妳阿公看，
　　　我是可以做大事的！

　　△ 吉桑仰望著杉木。

吉桑（感慨）：不過，現在，全是萬頭家的了！

　　△ 薏心看著父親仰望杉木，才了解大坪山對父親的重要。

吉桑（看著薏心）：武雄到底哪裡不好？

　　△ 薏心沒想到話題又回到自己的婚事上。

薏心：武雄是 Papa 的女婿，但不是我的丈夫！
吉桑（氣嘆嘆）：妳在講什麼？我選的女婿，就是妳的丈夫，這就是妳的命！
薏心（反駁）：那 Papa 的命又是什麼呢？
吉桑（繼續講）：我們張家被人退過一次婚，再退一次會被人笑死的，妳令家族蒙
　　　羞……（被打斷）

　　△ 薏心打斷父親。

蕙心：Papa 您不想做螟蛉子，我也不想做一個相夫教子的女人！

　　△吉桑張著嘴，突然說不出話來，蕙心竟戳中他要害。

蕙心：Papa 這一輩子這麼努力反抗命運，若真的「命該如此」，那 Papa 就不應該去大坪山種樹，也不應該開茶廠！我像誰，不就是像您嗎？您把您想走出自己路的精神，傳給了我！

　　△吉桑看著蕙心，他無法辯駁這個說法。

蕙心（堅決）：Papa，我不想就這麼認命。

---

29. 昏／內 張家古宅 - 盛文公房

　　△吉桑一個人倒在太師椅上抽著鴉片，吞雲吐霧，看著那道斜斜的光束射在吊籃上，窄窄的斗室才應是他的本命，像他的父親一樣。
　　△吉桑看著對面高掛的「風神」的匾額，感慨萬千，他看著手中鴉片，想著自己這半生是如何走來，他試著理解蕙心的心情。

---

30. 晨／內 橫屋 - 灶下

　　△早晨下人忙碌備餐。

團魚（一臉愁容）：是結還是不結？
順妹（炒著菜）：什麼事？
團魚：大小姐要退婚，講八字不合！
順妹（吃驚）：現在才講？武雄不來，社長的公司怎麼辦？

　　△阿榮走入，聽見了，不贊同。

阿榮：蕙心不能接嗎？
順妹（理所當然）：女人就是要嫁人，做什麼大生意？
團魚（附和）：武雄身世好，跟張家門當戶對，大小姐為什麼不要呢？
順妹（恍然大悟）：唉，很簡單，女人不結婚，就是心裡有別人！
團魚／阿榮（吃驚，同時）：心裡有別人？

31. 日／內 洋樓 - 一樓門口

△阿火師的廚助們在門口搬著食材與炊煮器具，來來去去忙碌地卸下牛車上的廚具與食材。
△吉桑、蕙心和阿榮看著滿臉笑意的阿火師，吉桑跟蕙心瞪了一眼阿榮。

阿榮（苦笑）：……阿火師，你沒接到通知嗎？
阿火師（疑惑）：通知？（笑）有啦，（看著吉桑）吉桑你不是吩咐材料要選最高檔的，全是最好的料，絕對澎湃！（笑開懷）
阿榮（自首，尷尬）：所有人我都通知了，就忘了通知總鋪師……

△吉桑和蕙心一臉無奈。

32. 夜／內 洋樓一樓

△二桌澎湃大菜，周到的阿火師連盤子與器皿都準備得非常精緻，吉桑及蕙心一人一桌。
△吉桑望著大菜好一會兒，拿起筷子。

吉桑（對蕙心）：吃飯了！

△蕙心聽見父親開口，開始動筷。
△父女不發一語吃著，算是在婚事上小和解。

33. 日／內 副院長辦公室小廳「唯一的化肥廠」

△KK笑著把進度報告書給副院長，一副風雨前的寧靜。

副院長（板著臉）：劉經理在懷特公司應該早聽到美國眾議院否決了所有對中華民國的援助吧？

△KK笑容僵在臉上，沒有回答。

副院長（翻著厚厚報告書）：我優先給你電力、電石爐、資源，因為我全被你「第一個化肥廠」的美夢給蒙騙……

△副院長覺得被設計了，盛怒之下把報告書甩在地上，文件掉了滿地。

副院長（笑中帶怒）：美國打算放棄中華民國，沒有美援了……你的「中美化肥廠」
　　　　變成臺灣唯一的化肥廠，您真是厲害了，劉經理！

　　△KK耐著性子，把地上文件撿起來排好，再次鄭重交給副院長。

KK（誠懇）：副院長，我沒有騙你，我們現在可以開始進行第一批化肥的生產，只
　　　　要……（被打斷）
副院長（接下去）：只要，我用外匯給你的化肥廠買原物料對嗎？（怒）你會不會
　　　　太過分了！
KK（拿著報告書）：蓋好了不生產，副院長不會覺得很可惜嗎？

　　△副院長看著KK，思考利害關係，默默又接過了報告書翻著，看不出情緒。

---

34. 日／內 副院長辦公室 - 走道

　　△KK臉上看不出情緒，拿著報告書，在長長的廊道裡，身影顯得渺小。只
　　　　聽見他「躂躂躂」的皮鞋聲離開現場。

---

35. 昏／外 烏面伯枯萎茶園「烏面伯燒茶園／沒有化肥廠了」

　　△一道白煙在茶園中升起。

---

36. 昏／內 日光 - 辦公室、日光懷特辦公室

　　△辦公室裡吉桑喝茶看雜誌。
　　△一旁林經理拿著文件，對薏心滔滔不絕講著，像是講古又講課。薏心苦讀
　　　　日光公司陳年的報表資料，聽到快睡著的模樣。（註：從這場起辦公室裡多
　　　　了薏心的專屬座位）

林經理：我們是大茶廠，人事成本高，要大單才能打平成本，所以要透過洋行或貿
　　　　易商做生意……聽懂嗎？

　　△快睡著的薏心胡亂問了問題。

薏心：那……我們自己賣去國外呢？
林經理：直接出口利潤高，但外匯是很麻煩的！收款就很麻煩，有時要等好幾個月，
　　　　錢才會進來，賣給洋行價格雖然稍低點，但至少一手交錢一手交貨，沒什麼
　　　　風險。

吉桑（補充）：臺灣茶葉出口生意全都掌握在「茶郊[7]」的手裡，他們有人脈、有組織、消息靈通……我年輕的時候也想去茶郊闖一闖，但這潭水太深，能攪和的沒幾個……（發現薏心在打瞌睡）薏心……張薏心！（大聲）

　　△ 薏心驚醒。

薏心：是的，老師。
吉桑：我不是老師……是妳自己說要接公司的，辛苦也得擔著啊，「新社長」。
薏心：是的，「社長」，我可以。

　　△ 吉桑無奈。他隨意一瞥，剛好望見 KK 在辦公室忙碌著，一副積極貌。

吉桑（好奇）：薏心，妳覺得 KK 有沒有對象？

　　△ 薏心心中一驚，以為自己心事被爸爸發現，瞪著父親沒講話，吉桑以為她又生氣了。

吉桑（連忙解釋）：隨便問一下，沒有別的意思。以後妳自己的男人，妳自己去找！

　　△ 父女算是和解了，二人同時望向 KK，KK 聽著電話一臉沉重。
　　△ （日光 - 懷特臨時辦公室）

KK（講著電話）：我知道了謝謝，迪克。

　　△ 歐文一臉擔心看著 KK，KK 放下電話，立刻打開飛利浦收音機尋找頻道。
　　△ 這時，烏子一臉焦急跑入辦公室，差點撞到林經理。

林經理：烏子啊？

　　△ 烏子皺著眉頭，繞過林經理，拉住吉桑的手。

烏子（焦急）：幫我！幫我爸爸！

　　△ 烏子拉著吉桑就要走。

7　臺灣茶郊歷史悠久，在西元 1854 年就有茶郊組織，「郊」即現代商業同業公會。臺灣巡撫劉銘傳為防止偽冒或粗製濫造而圖謀暴利者，於西元 1889 年下令業界成立「茶郊永和興」，作為健全行銷、維持品質、茶工救濟、茶商交流的組織，「永和興」蘊含永遠和平興盛的意思。歷經前清、日治到國民政府時期，茶郊六度改組易名，1949 年時稱臺灣省茶葉商業同業公會，仍是主導全臺茶葉的唯一機構。（摘自《自由時報》記者陳璟民〈茶郊永和興〉報導）

37. 昏／外 烏面叔 - 枯萎茶園

△烏面手裡拿著火把，他放火燒自己的茶園，大片茶園營養不良，葉枯黃。
△KK、吉桑、阿榮、薏心及烏子都在滅火，滅的差不多了，現場大片焦黑，燒得亂七八糟的茶園。

烏面（絕望）：我每天載茶去換肥，我根本討不到肥調整土質，這片茶園，沒救了！
吉桑（鼓勵）：烏面，等我化肥廠建好，第一批肥我就給你用！
烏面：社長……

△烏面握緊拳頭看著吉桑，一臉激動，卻沒法表達自己的情緒，但吉桑懂。

吉桑（承諾）：烏面，我們一起讓茶園再次綠起來！

△吉桑跟烏面二人對望，彷彿達成共識，一臉風霜的烏面堅毅地點著頭，不像開始時那麼絕望了。
△KK卻沉默不語，看著大家，薏心注意到KK的沉默。

38. 昏／外 茶園山路 - 車上

△KK開車，吉桑、薏心坐在車內，山間道路顛簸崎嶇，茶園美景盡收眼底。

吉桑：KK，化肥廠什麼時候要開始生產？
KK（猶豫半晌才開口）：……美國不想捲入中國內戰漩渦……所有美援都將終止。
吉桑（疑惑）：什麼意思？
KK（沉痛）：就是沒有美援[8]了，沒有化肥廠了！

△車內的吉桑和薏心十分吃驚。
△KK直接打開車上的廣播，傳來了杜魯門總統的聲明。
△車內廣播聲：

1950年元月五號杜魯門總統聲明：「美國對臺灣或任何中國領土沒有掠奪的企圖，美國也不企圖取得在臺灣建立軍事基地的特權，美國不會捲入中國內政的漩渦……美國也不會向臺灣任何勢力或集團提出任何軍事援助和指導……」（成

8　「棄臺論」：1949年8月後「國共戰線」明朗，美方對臺政策由「入聯託管論」開始傾向「棄臺論」，儘管臺灣戰略地位非常重要，但美國不會為臺用兵，因為代價太高，華府推測臺灣終將落入中共之手，到1950年1月5日杜魯門更正式聲明「美國太平洋防線」不包括朝鮮和臺灣，美對臺政策也幾乎劃下休止符。

背景音）

　　△ KK 開著車，美軍電臺廣播依然響著，吉桑和蕙心坐在車內，左右搖晃著，現場沒有人講話。
　　△ 車子吃力爬坡，吉桑望著窗外。

吉桑：KK，你認為世界上，是上坡的路多，還是下坡的路多？

　　△ KK 心想這是什麼問題，蕙心好奇 KK 會如何回答。

KK（務實）：理論上，是一樣多，因為有上坡，就一定有下坡。

　　△ 吉桑笑了。

吉桑：實際上，世界就是因為有上坡跟下坡，所以才會這麼美麗。

　　△ 車子吃力爬坡，開在山間層層起伏的茶園裡。

```
39. 昏／外 茶園 - 制高點
```

　　△ 車子停在茶園旁，三個人站在制高點，眺望北埔整片茶山。吉桑滿意地望著自己的家鄉。

吉桑：上坡很費力，不過視野卻是越來越廣，事情不是越是艱難，才越顯得珍貴嗎？KK，我不知我的財力夠不夠，不過，化肥廠我是決定要建的。

　　△ KK 看著吉桑，被他感動。

吉桑（遠眺）：臺灣茶葉只占世界的百分之一，只有增加產量跟品質才能跟世界競爭，我們這間化肥廠要扛的，不單是北埔的茶業，更是全臺灣的茶業！

　　△ 蕙心看著父親，第一次感到與有榮焉。
　　△ KK 看著茶園，感到萬般可惜。

KK：工廠建好了，可是政府不願意用外匯進口原物料……
蕙心（不明白）：原物料？
KK：碳化鈣。

　　△ 大家不明白那是什麼東西。

KK（補充）：又叫電土或電石。
吉桑（疑惑）：就是催香蕉的電土？
KK：是。

　　　△吉桑看著KK，指向另一座山頭，一座寸草不生的山頭。

吉桑：你要電土，那裡都是啊！

　　　△KK的臉由失望轉為驚喜。

KK（笑了）：吉桑，我們要開始找工人了，化肥廠要動起來了！

（本集終）

第五集

序1 日／內 化肥廠實驗室

△ 歐文在黑板寫著化學公式 $CaC_2 + 2H_2O \rightarrow C_2H_2 + Ca(OH)_2$、$CaC_2 + N_2 \rightarrow CaCN_2 + C$
△ 這是廠內一間簡單的實驗室，學員大約十人，大都是農夫穿著，學員們專心聆聽困難專業術語。

KK：我們廠要生產的是電石類化肥，今天要認識的就是乙炔氣燃燒……

　　△ 燒杯中放有冰塊和電土。
　　△ KK 加了幾滴水在燒杯中，「嘶嘶」聲傳來，冰塊瞬間著火。

KK（解釋）：碳化鈣遇水，會產生乙炔。乙炔很容易燃燒，火讓冰塊融化成水，水遇到電石又產生更多乙炔，二者就會不斷循環餵養著。
大餅頭（一臉難以置信）：那……真的是火嗎？

　　△ 歐文看著素質很差的學員們，不甚滿意，KK 也看見了歐文的神情。

KK：特別注意！在工廠內，只要聽見這個聲音，就表示有東西在燃燒！

1. 日／外 日光茶廠倉庫「日光還有危機，庫存過剩」

　　△ 沉重的倉庫門開啟，幾個人影站在門口。
　　△ 石頭領著薏心、吉桑及林經理進來，山妹跟著。
　　△ 薏心及林經理簡直看呆了，倉庫堆滿毛茶，吉桑有點吃驚站在一旁。

薏心（不明白）：茶不是都出去了，怎麼還這麼多茶葉？
石頭：這只是一部分，其他茶廠還有很多毛茶。

　　△ 大家聽了吃驚，紛紛望向吉桑，吉桑握了一把毛茶檢查，品質挺不錯的。

吉桑：之前大倒市嘛，日光不收就沒人收，我就吩咐其他廠全收下。

　　△ 大家無語。

石頭（直言）：社長，這些毛茶要清空，我們沒有倉庫可以放了。

林經理（一臉哀怨）：這下好了，負債 230 萬，又堆了滿坑滿谷的庫存。

△ 蕙心擔心看著吉桑，吉桑比著滿倉庫的茶，樂觀。

吉桑（笑）：這些茶全是錢！
林經理（激動）：賣出去才是錢，賣不出去（比著倉庫）就是草，現在日光一張單
　　都沒有！
吉桑（得意）：我接到一張特別單了。

△ 蕙心有點興趣。

---

2. 日／外 日光茶廠 - 樓梯 or 過道

△ 吉桑與蕙心邊走上樓邊說著。

吉桑：日本三井的次郎跟我們訂了一批高級紅茶。
蕙心（開心）：真的？
吉桑（點頭）：次郎要拿去參加日本「富士賞」的比賽茶。
蕙心：比賽茶？有多少利潤？
吉桑：六萬塊！
蕙心（小失望）：才六萬塊？

△ 吉桑讀出女兒臉上的失望。

吉桑：次郎是老朋友，人家信得過我們，我們就一定要幫忙！接到這張單，代表的
　　是榮譽！
蕙心（感嘆）：是啊！榮譽……無價……

△ 吉桑笑著，難得女兒同意他的話，蕙心一臉無奈。

---

3. 日／內 日光茶廠 - 二樓萎凋區

△ 茶廠工人集結，吉桑宣布「比賽茶」訊息，大家引頸聽。

吉桑：三井茶一直都是阿土師帶著石頭做，今年阿土師不在了……

△ 吉桑難過，頓了一下。

吉桑（清嗓）：……今年阿土師不在了，比賽茶就交由石頭做……

△石頭出列，茶工們掌聲熱烈，石頭得意地向夥伴們點頭行禮。

吉桑（補充）：山妹有空跟著石頭學，你們兩個要讓日光茶在日本光耀門楣！

　　△山妹被點名出列，站在石頭旁邊，茶工們掌聲熱烈歡呼，其中嘩嘩哥和莫打有一搭沒一搭拍著手。

石頭（激動）：社長！我一定……一定把阿土師教我的都用上，做出日光最好的茶！

　　△被吉桑認可的石頭，感動得快哭了。

4.日／外（夏天）膨風茶 - 茶園

　　△下午兩點多，石頭和山妹二人在茶園坡地，一旁有等著採茶的茶農們（約五名），全副裝備，等著石頭一聲令下。
　　△石頭瞇著眼，看著略紅「著蝝茶」的變化，再抬頭看了看太陽。

石頭：這批可以了，收！

　　△茶農們應聲開始採茶，石頭和山妹走在茶園裡督導，山妹好奇看著石頭。

山妹：三井的比賽茶，要用日光的「鋪面茶」？
石頭（看著茶園）：就是「著蝝茶」！（得意）那薄薄一層的「著蝝茶」，就是日光茶可以賣比別人貴的原因。

　　△山妹表示了解，望著青心大冇種的茶園，提出質疑。

山妹：石頭哥，用「青心大冇¹」種嗎？青心大冇種如果做不好，苦味、菁味都很重。

　　△石頭被山妹詢問，好為人師的自豪感，讓他心情很好。

石頭：難！才是真本事！「青心大冇種」的「著蝝茶」，味才會厚、深又醇！

　　△山妹受教，看著烈日。

1　茶種名，又名青心、大冇。主要分布地區為竹苗一帶，如北埔、竹東、竹南、文山、峨眉等。以製造椪風茶（即膨風茶、東方美人茶）、烏龍茶品質最優，綠茶次之，在日治時代由北埔一代開始推廣栽種。（摘自行政院農委會茶葉改良場網站）

山妹（再問）：那我們為什麼特別要收這個時間的茶？
石頭：我們是在等「二五茶₂」。
山妹：「二五茶」？
石頭：下午兩點到五點摘的茶菁，最乾燥。
山妹：為什麼要最乾燥發的茶菁呢？

　　△ 石頭快被山妹的問題煩死了。

石頭：哪有什麼為什麼？阿土師都是這麼做的啊！

---

5. 昏／內 茶廠 - 乾燥機區「日光茶師的傳承」

　　△ 茶廠只剩二人石頭和山妹，石頭看著嬌小的山妹站在椅子上，在乾燥機前
　　　輕輕翻攪著茶菁₃，她盡力伸長身子，像是被機器吃掉一般。
　　△ 山妹熱得滿臉通紅。
　　△ 忽然一人（石頭）遞上一杯水。
　　△ 山妹很驚訝看著前方。

石頭（搖著頭）：看妳做茶像看小孩子做工同樣……

　　△ 山妹愣愣接過茶杯不敢喝。
　　△ 石頭接手，把乾燥機裡冒煙的茶菁倒出來。

石頭（邊做邊叨唸）：做茶是體力活，妳這樣做不久的……

　　△ 山妹被石頭唸，石頭發現山妹握著水杯，愣在一旁不敢喝水。

石頭（斥責）：這不是蟲屎茶，喝啦！

　　△ 山妹咕嚕咕嚕地一飲而盡。
　　△ 石頭熟練地開始「解塊」。（把結塊的茶菁迅速剝開以便熱氣散去）

2　又稱「二五菜」，因清晨與晚上有朝露、水氣，太過濕潤，中午又太過乾燥，因此有最佳採茶時間為下午兩
　　點至五點之間之說。（但實際上白天到下午皆可採，此諺語主要表示採茶需要因應地形與天氣變化調整茶葉
　　品質與天候的有高度相關而有時效性。）
3　膨風茶製程：茶菁→萎凋及攪拌→炒菁→靜置回潤（茶身行水）→揉捻→解塊→乾燥→包裝。萎凋：使茶葉
　　水分減少，變軟；炒菁：除去水分，去除菁味；揉捻：揉捻機進行，目的為破壞茶葉組織，使之利於茶味散出；
　　解塊：揉捻過程茶葉易黏在一起，不利於後續製作，需將之分開；發酵：為製作關鍵，將茶葉鋪開，視環境
　　及茶葉情況時間從 2 至 3 小時不等；乾燥：去除水分停止茶葉發酵；分級包裝：進行茶葉篩選及包裝。

石頭（命令）：趕快！濕布拿來！

　　　△二人合力將熱茶菁用濕布包起，悶住靜置。

石頭（用手感受一下現場溫度）：我看，今日⋯⋯
二人（同時）：十五分鐘！

　　　△二人對望了一下，職人的默契。

石頭：著蜒茶本身就很細小，沒這一步，很容易碎掉⋯⋯當年我師父為日本天皇做
　　　茶的時候，跟我講「茶身行水 4」的時間，最最重要，摸到茶葉邊緣變軟，無
　　　刺手的感覺，就差不多了！

　　　△山妹表示知道，二人忙著披濕布，山妹看著石頭的手，那是一雙茶人的手，
　　　這是她第一次如此近距離看石頭哥。

山妹：謝謝石頭師！（沒有停下手邊動作，低著頭）

　　　△石頭突然被山妹尊稱「師」，有感動，手頓了一下故作鎮定。

石頭（嘴硬）：嗯。我師父講做茶這件事，我們做茶師的丟不起面子，日光也丟不
　　　起面子！

　　　△山妹表示知道，陽光斜斜射入，映在二人臉上，二位茶師默默忙著手邊工
　　　作，沒人講話。

```
┌────────────────────────────────────────────────────────┐
:                 6. 昏／外 化肥廠 - 門口                    :
└────────────────────────────────────────────────────────┘
```

　　△本場全英文。
　　△四名男性工人興奮跑過去，要去喝酒，經過 KK 跟歐文身邊。
　　△KK 和歐文兩人，走在下工後冷清的化肥廠內，邊走邊聊。

KK：電石爐管線可以開始測試了。

4　世界獨有「膨風茶」之製作工序有「炒後悶」（即「茶身行水」、「黃茶」做法）技法，一直到「炒後悶」
　　技術的出現，膨風茶的加工手法才算定型，此法最早明文記載於 1927 年井上房邦之《不同茶樹品種之茶葉製
　　造法》書中；膨風茶在 1940 年左右開始可以有量產。（摘自論文：《臺灣東方美人（膨風茶）發展源流之探討》）

△ 歐文只是一直走，對周圍一切不感興趣。

歐文（抱怨）：這裡的工人糟透了。
KK：那就多上幾次課！
歐文（心累）：這是不可能的任務，我們沒有美援，沒有資源，只有髒、窮和搞不
　　清楚狀況的學員！

　　△ KK 拍著朋友的背。

KK（笑）：所以，我們才需要像你這樣的專業工程師。

　　△ 歐文笑，一臉不置可否。

歐文：你欠我一杯酒。

　　△ 歐文釋出善意，KK 笑了。

---

7. 夜／內 小攤販「喝到假酒」

　　△ 入夜的北埔巷弄內，賣宵夜的小攤販看起來很熱鬧。
　　△ KK 和歐文二人傻眼，因為化肥廠的十名學員全在裡面熱鬧喧譁，酒氣沖
　　天。
　　△ 石頭也在裡面喝得酩酊大醉，莫名開心。

石頭（大嗓門）：唷！劉經理跟鉤鼻的也來了！頭家，拿出上好酒來，今天我石頭
　　請大家喝酒！

　　△ 一幫化肥廠員工（包含大餅頭、捲毛）喝的酩酊大醉，興奮鼓譟著。

KK（不明白）：石頭，什麼事這麼開心？
頭家（主動說明）：石頭，終於做出師父阿土師的茶味了。
石頭（得意）：今年，我石頭做的茶要去日本參加比賽了！
老闆（與有榮焉）：夭壽！原來是要去日本比賽？來來來！我這瓶私藏的酒為你石
　　頭開！

　　△ 老闆拿出一口陳年老甕，除了 KK 及歐文，大家輪流喝下肚。（註：私釀
　　假酒）
　　△ 兩方人馬酒酣耳熱，興高采烈喊著「茶師萬歲」、「化肥萬歲」、「臺灣
　　茶萬歲」。

△ 大餅頭、捲毛等化肥廠等人,三三兩兩高歌喧譁離去,剩下爛醉的石頭,東倒西歪撞倒桌椅杯盤。
△ 石頭喝醉了,KK上前搖晃石頭,確認他可以平安回家,沒想到爛醉的石頭,錯把KK當成妻子。

KK:石頭!石頭!
石頭:秋妹!我去日本比賽囉,等我得獎做總茶師,妳就是總茶師夫人囉!

△ 石頭對KK又親又抱,KK無奈,一旁歐文哈哈大笑。

石頭:秋妹,妳不要害羞!
KK:石頭!你看清楚點,我是劉經理!
歐文:劉經理!我也愛你!

△ 這時酒家頭家拿起門外一個大米籮及扁擔,交給KK跟歐文。
△ KK接下扁擔,一臉不明白。

頭家:(對KK)石頭他家,走路一小時就到了。

△ 頭家顧好桌上杯子盤子,石頭主動坐進米籮,似乎是家常便飯。

頭家:(對石頭)石頭,坐好囉,要飛了哦!

△ 頭家示意KK及歐文快把他抬走吧。

---

8. 夜/外 山路「明師光環下,徒兒的悲哀」

△ 月亮高掛天邊。
△ KK跟歐文用扁擔挑著石頭,石頭坐在大米籮裡,唱著山歌。
△ 石頭山歌中配下列畫面。

石頭(唱〈四季採茶歌〉):罅筍摘起夏仔心,心心葉葉是黃金,一心兩葉我曉摘,製茶技術愛認真哦……

△ 月光下,KK跟歐文抬著石頭走在稜線上。
△ 新竹風大,石頭邊唱邊把頭巾包起來,模樣可笑。
△ KK和歐文二人全身是汗,喘著氣,腳力快不行了。
△ 石頭隨著米籮左右搖著,遙想當年。

石頭：哼！那日，日頭很烈，做得我全身是汗，結果你知道怎樣嗎？

　　△石頭直接戳戳前面 KK 的屁股。
　　△KK 回頭盯著石頭，累喘到講不出話來。

石頭：問你，不講話吶？
KK（喘氣）：怎樣？
石頭（得意，笑了）：我得了第一名！阿土師看到，立刻收我為徒⋯⋯

　　△石頭隨著米籮左右搖著。

石頭（酣笑）：我十九歲就做阿土師的徒弟，臭屁哦！（酒後吐真情）不過，最倒
　　楣的也是跟到阿土師，因為，不管你怎麼做，別人看你全是「二師」⋯⋯

　　△KK 回看隨著米籮左右搖著的石頭，他酒酣耳熱，眼球布滿血絲，笑的得
　　意又失意。

石頭（得意）：我師父為日本天皇做過茶呢！（自嘲）嗯⋯⋯全世界這麼多茶，誰
　　在乎，你喝的茶是誰做的？

　　△KK 往前看，終於看見了山裡一間房，裡面有光。

```
9. 夜／外 石頭家門口
```

　　△二人來到石頭家，身材圓胖的石頭嫂（約三十三歲）很生氣老公又醉了，
　　訓斥老公一頓，旁邊二個女兒。（十三和十歲女兒的身形跟山妹很像）

石頭嫂（氣）：又被人用米籮抬回來。

　　△KK 跟歐文快不行。

石頭嫂：這麼喜歡喝酒，你怎麼不去死一死就好了？

　　△坐在米籮的石頭，抬起頭看著妻子。

石頭嫂：起來，回家！

　　△石頭聽話，搖搖擺擺地爬出米籮。

石頭（爬出，用〈採茶調〉唱著）：惡妻……孽子……無法可治……哦……

　　△石頭搖搖晃晃走進屋裡，石頭嫂立刻換副臉孔，一臉歉意對著KK及歐文。

石頭嫂（笑）：要進來喝杯熱茶再走嗎？

　　△KK跟歐文二人直接癱坐在地對望，累得不能言語。

---

10. 日／內 化肥廠 - 廠房門口「化肥廠氣爆，工人倒下中毒」

　　△化肥廠內大批工人著制服，有人拉起紅布條，布置試車典禮會場，有人忙碌著場內工作，大家開心。
　　△大餅頭跟捲毛在一樓搬運盛裝氣體的鋼瓶。
　　△KK與蕙心在二樓貓道上，KK為蕙心介紹廠房內設備。

KK（介紹）：這是電石爐，是化肥廠的心臟，可以燒出攝氏3300度的火焰，每克釋放出11800焦耳的能量。

　　△蕙心完全聽不懂KK在說什麼，看著電石爐。

蕙心（虛應）：聽起來很神奇……

　　△KK發現蕙心不懂，貼心地轉了話題。

KK：聽說，你們還要去日本比賽了？
蕙心：你怎麼會知道？

　　△KK正要回答，一樓傳來聲響，有人冒冒失失地闖進，KK往樓下看，那人正是石頭，他提著竹簍前來。

石頭（氣喘吁吁向上喊）：劉經理！劉經理啊，昨天實在失禮！
KK（笑）：沒事！做出比賽茶的確值得慶祝！

　　△蕙心這才了然於心。

石頭（紅著臉抱歉）：這是我太太做的粄，請您收……

　　△KK聽見嘶嘶聲傳來。
　　△KK立刻伸手摀住蕙心口鼻，要她別呼吸，蕙心不明所以。

△ KK 努力尋找嘶嘶聲來源。

△ 不遠處，歐文也神情緊張四下張望聲音來源。

△ 嘶嘶聲越來越大，接著濃煙密布。

△ 一陣煙霧散去，蕙心與 KK 看見樓下所有工人全都倒在地，包括提叛來道歉的石頭哥。

11. 日／內 濟陽醫院「送醫急救」

△ KK 送工人來醫院急救（跟小攤販喝酒同一批人），病床、擔架、輪椅上滿是工人，有的昏迷抽搐，有的呼吸急促，大都意識不清。

△ 石頭、大餅頭等人在擔架上昏迷不醒，被醫護人員推著。

張醫生：（對 KK）你趕緊告訴我，他們中的是什麼毒？

KK（一愣）：中毒？

12. 日／內 副院長辦公室「國府伸手」

△ 行政院副院長聽著電話，見獵心喜。

副院長（對著話筒）：這麼嚴重的事，一定要去「關心」一下！

13. 日／外 化肥廠 - 門口

△ KK 和歐文忙著盤點管線圖紙，現場一片混亂。

△ 一輛車駛近，KK 看到，慌慌不安地迎上前，迪克下車，風塵僕僕，見到 KK 劈頭就是警告。

迪克（小聲／英）：天殺的，KK，在這個節骨眼上，你卻鬧出了這種麻煩！

KK（報告／英）：先生，請再給我一點時間，我會查出原因！

△ 這時陳專員帶著二名警察和二名公務員、一名檢查官，浩浩蕩蕩來到現場。

迪克（一臉責備）：（對 KK）我就害怕你沒有時間了！

陳專員（帶風向）：劉經理，怎麼你的化肥廠有毒啊！

KK（解釋）：目前還不確定是危安事故！

檢察官：這麼多人中毒倒下，還不是危安問題？立即封鎖現場、蒐證，在事情水落石出以前，化肥廠停止一切營運！

迪克：這是美援的化肥廠，你沒有權限……

　　△陳專員直接拿出停止營運的公文給 KK，迪克驚訝。
　　△KK 看著手中公文，上面有副院長的名字和官印，KK 明白國府藉機出手了。

迪克（嘲諷）：國府的效率什麼時候變這麼快了？

　　△陳專員聽不懂英文，只能裝傻。

┌───┐
│　　　14. 日／內 濟陽醫院 - 病床區「石頭死之謎」　　　│
└───┘

　　△吉桑來到石頭床前探望，遞上水果籃，石頭嫂接過，拿了蘋果去洗。

石頭：社長，我沒事！看我好得很，待會檢查完就回廠裡！
吉桑：傻石頭，比賽茶晚兩日做也不要緊，身體才要顧好。

　　△吉桑的關心讓石頭感動，更想表現。

石頭：社長，這幾日著蜍正好，接下來幾天我打算就住廠裡看著。你放心，這批茶我們日光一定能得大獎。

　　△石頭滿臉紅光看著，氣色好得不正常。

石頭：山妹很有天分，但經驗還差了點，我可得回去看著！

　　△吉桑被石頭的茶師精神感動，想起阿土師。

吉桑：石頭你越來越像你師傅了……

　　△石頭被吉桑這麼一說，反倒不好意思了。

石頭（笑）：差得遠，差得遠……

　　△兩人都笑了，石頭突然覺得尿急，抓著褲襠就往外走。
　　△石頭嫂拿著洗好的蘋果回來，門口遇上。

石頭嫂：去哪？
石頭：便所！

石頭嫂：沒正經！

△ 石頭嫂看著石頭心情好，哼著採茶歌的背影。

15. 昏／內連外 化肥廠「KK的夢想被查封」

△ 警察跟 KK 與迪克在做筆錄。
△ 陳專員一直在察看著廠內，內部沒有什麼受損，他感到滿意，不斷指揮著
　公務員到處拍著照片。
△ 警察在門口貼封條。
△ KK 看著「化肥的夢想」被封起來，一臉僵硬。

檢察官：中毒的工人們在哪家醫院？

16. 昏／內 濟陽醫院 - 廁所

△ 大餅頭忍著吐意走進廁所，目睹了什麼，驚嚇尖叫退了二步，倒在地上。
△ 石頭倒在小便斗下方，雙腿在血泊中蹬著（血尿）。
△ 吉桑、蕙心、石頭嫂及其他家屬，圍在廁所門口驚恐不已。看著地上。

石頭嫂（驚）：石頭？

△ 石頭喘不過氣來，他看不見，但能聽見石頭嫂的聲音，他的雙腿在血泊中
　蹬著，試圖站起來，雙手在空中揮動著尋找妻子。

石頭：秋妹？秋妹！秋妹！妳在哪呢？我看不到了……

17. 夜／內 濟陽醫院 - 急診室

△ 畫面緊接張醫師把白布蓋在石頭臉上，石頭滿身是血，急救無效死了。
△ 石頭嫂不能接受，吉桑在一旁慰問，一群家屬圍著她。

石頭嫂（哭訴）：我的石頭就這樣沒了，滿身是血……全是血啊……頭家啊！

△ 吉桑哀傷安慰。這時 KK 趕回醫院，吃驚看著石頭身上蓋著白布。

石頭嫂（見到KK，指責）：就是你，你的化肥廠有問題，我先生才去一趟就死了，
　你還我石頭來！

吉桑（阻止）：秋妹，妳不要這樣……

　　△ 石頭嫂氣憤，要打 KK。KK 震驚石頭的死，愣在原地，被學員家屬包圍
　　　 謾罵著，現場突然陷入一片混亂，大家吵成一團。

大餅頭（害怕）：經理，原來會死人的……
捲毛（緊張）：那我們也會死掉嗎？
石頭嫂（激動）：你還我石頭來！你還我石頭來！

　　△ 激動的工人把化肥廠制服直接丟到 KK 身上，薏心從未見過如此無助的
　　　 KK，KK 只能彎腰致歉。
　　△ 檢察官和警察後腳也趕了過來，檢察官走過去查看石頭的屍體。
　　△ 陳專員也來了，站在角落，要公務員把現場的狀況拍下來。
　　△ 薏心為 KK 提出辯解。

薏心：石頭哥倒下的時候，我也在現場。

　　△ 這時 KK 回過神來，看著薏心。

薏心：但是，我沒有呼吸困難，也沒有噁心想吐，劉經理和歐文也都沒有，這表示，
　　　石頭哥的死跟化肥廠沒有絕對的關係。

　　△ 大家聽了覺得有道理，尤其是張醫師，看著病人症狀感到困惑，會是其他
　　　 原因？
　　△ 其他工人家屬附和（語言混合客、華、閩）：「不對啦，張家這是不想要
　　　 負責」「化肥廠要負責」「化肥廠不就是張家的嗎」。

吉桑：我絕對不會推卸責任的！我跟石頭是什麼交情（悲傷看著石頭嫂），我一定
　　　會負起這個責任的！

　　△ 眼看群情激憤，吉桑的說明也於事無補，甚至有人開始動手動腳，檢察官
　　　 開口。

檢察官：誰該負起什麼責任，都要依法！意外死亡是需要相驗屍體的。張醫師要麻
　　　　煩你了。
張醫師：好的，李檢，我馬上準備。

　　△ 眾人看著石頭的屍體被張醫師和檢察官等人推走。
　　△ 石頭嫂流著淚，搖著頭，一臉不願意。
　　△ 陳專員在旁看著事態不妙，追上去。

陳專員：李檢，這個案子牽連比較廣，你看是不是可以等臺北那邊……

　　△ 檢察官停步。

檢察官：陳專員……什麼時候農會的業務也管到刑偵這邊來了？

　　△ 說完，檢察官走進手術室。

18. 夜／內 日光茶廠 - 揉捻區

　　△ 入夜的茶廠機具停擺。
　　△ 嗶嗶和莫打聽聞石頭的噩耗，無法接受地哭著，另兩名工人哀戚狀。

莫打：怎麼這樣，人說沒了就沒了？
嗶嗶哥：開玩笑的吧？石頭師那麼壯！什麼毒那麼厲害？
工人A：聽說醫師和檢察官現在正在驗。張社長和小姐都在那邊守著！
莫打（難過）：石頭師……

　　△ 製茶機器突然啟動的聲音，在深夜的茶廠特別響亮。是山妹，把萎凋好的
　　　茶菁一把一把地放進機器裡。

嗶嗶哥（怒）：喂！山妹，什麼時候了還有心情做茶？石頭師死了妳知道嗎？

　　△ 嗶嗶哥怒極，去搶山妹手中的茶菁。

山妹（強忍悲慟）：知道。就是因為知道，我才要趕做這批茶，這是石頭哥要我收
　　　的茶菁，是他的最後一批茶……

　　△ 看著其實也很難過的山妹，嗶嗶哥和莫打都懂了，二人擦乾眼淚上前幫
　　　忙。
　　△ 深夜，茶廠三人合作開始做茶。

19. 晨／內 濟陽醫院 - 開刀房

　　△ 吉桑、KK、嗶嗶哥、莫打在門外等，檢調介入石頭死亡案，二名警察待
　　　在現場，有人來回走動，低聲人語。
　　△ 蕙心伴著石頭嫂，握著她的手，安慰她，石頭嫂淚早已流乾，盯著手術室
　　　門板上一個點。

石頭嫂（幽幽）：石頭長年站著做茶，腰骨不好……喝醉了，就不想走路……現在割成這樣，就走得更慢了……

　　△陳專員不知解剖實情對他是否有利，陳專員試著挑起對立，完成上面交代的任務，他對石頭嫂嘆了一口氣。

陳專員：唉，人都死了，還要開一刀！

　　△蕙心、KK和吉桑三人都聽見，沒有出聲。

陳專員（意有所指）：驗屍是千刀萬剮，這樣對後代子孫不好！

　　△吉桑聽出況味。

吉桑（安慰）：秋妹，石頭走得這麼突然，他的事，我會打點到最好！

　　△這時，李檢察官和張醫師同時走出來。

檢察官：死因是腎臟衰竭。

　　△大家不明白這是什麼意思。

張醫師（補充）：假酒！甲醇造成失明和血尿！這些人全是假酒中毒！

　　△大家很吃驚，尤其是陳專員。

吉桑（驚）：所以跟化肥廠沒有關係？

　　△檢察官點頭表示是的，陳專員覺得事情麻煩了。

石頭嫂（愣在原地）：喝酒……喝死的？

　　△石頭嫂悲慟不已，這時才把所有的情緒釋放出來，她張大嘴，卻久久沒能哭出聲來。

> ### 20. 日／內 副院長-辦公室連門口

　　△幾天後副院長辦公室門外站著憲兵。
　　△KK帶著文件（註：事件調查報告），正坐在門口等待區的椅子，看起來已

經不知道等了多久。

△ 門內的副院長，審閱著公文桌上放著陳專員寄來的化肥廠照片。

△ 一紙報告寫著「工廠內部完整沒有受損」。

△ 副院長向一旁祕書說。

副院長（鄉音）：讓他走吧，這裡沒他的事了，別浪費時間。

△ 祕書點頭回應起身。

---

21. 日／內 副院長辦公室 - 走道

祕書：……調查還在進行，劉先生請回吧。

△ KK 的背影。他抱著報告書，長長的廊道裡，身影顯得渺小。

---

22. 夜／內 日光 - 辦公室

KK：國府不願撤封條！

△ 吉桑和林經理看著 KK，心裡知道國府目的是什麼，蕙心不明白。

KK（憂心）：現在美援全斷了，日光化肥廠是全省唯一的化肥廠……
吉桑（樂觀）：土地是我的，政府就拿不走。

△ KK 跟林經理不這麼樂觀，蕙心明白利害關係。

林經理（務實回報）：化肥廠被封，什麼時候能動工也不知道，化肥廠工人是不是……
吉桑：薪水照發。
林經理（驚）：啊，工人幾百人呢！社長，那化肥廠這麼大一間，沒有美國人的支持，
我們日光真的是扛不起……

△ KK 同意林經理說法，無計可施想走人時，吉桑竟笑了。

吉桑：我茶虎呢！以前我一個人就出口全臺三分之一的茶！之後，我賣茶的錢，全
拿去資助化肥廠。
林經理（脫口而出）：那是以前，現在日光都自身難保了，化肥廠更是個無底洞……
（尷尬看向 KK）

△ 林經理的實話打擊了 KK 和吉桑，吉桑聽了惱怒。

吉桑：我知道茶葉現在不好做，我們要有信心，是人就要喝茶，茶市早晚會再好起來的！但是，我們也要分散風險，多角化經營。（對 KK）是你答應要讓我作化肥大王的！

　　　　△吉桑給 KK 溫暖的微笑。

吉桑（激勵）：主事的人都沒有信心，要鄉親怎樣相信化肥廠可以動工呢？做主的人，站出來就要有個樣子，不能讓下面的人覺得我們沒有辦法，沒氣勢了！

　　　　△KK 沒有回答，佩服吉桑的天真。吉桑連工錢都付不出來，現在竟要支助
　　　　　化肥廠。他不發一語，默默走進懷特辦公室。
　　　　△蕙心看見 KK 的挫敗感，想幫他。

23. 夜／內 日光 - 懷特辦公室「是希望讓人堅持下來」

　　　　△KK 落寞看著化肥廠的藍圖和進度圖表，手拿著一根菸，菸屁股很長了。
　　　　　一個人影出現案前，KK 抬頭，蕙心端著一碗綠豆湯前來。
　　　　△一盞燈吊在二人中間，一碗綠豆湯，一本《民主思潮》放在桌上。

KK（自嘲）：之前，我說日光別在化肥廠建好之前倒下，沒想到，先倒下的是我的化肥廠。
蕙心：不是倒下，只是停工而已……
KK：吉桑的好意我心領了，但化肥廠真的不是一間茶廠就可以打平。
蕙心：Papa 只是想幫忙……
KK：這個忙沒人能幫。所有政策都是他們角力的結果，我們只是無能為力的小人物，從來都沒有贏的機會！

　　　　△KK 看著牆上中、美國旗，覺得自己渺小。

蕙心：贏不了並不代表就是輸了。

　　　　△蕙心拿起《民主思潮》雜誌，指著一篇文章〈開放經濟管制 走向自由經
　　　　　濟〉，作者署名「劉坤凱」處。

蕙心（探問）：小人物寫的文章可以改變什麼？

　　　　△KK 答不上來。

蕙心：如果什麼都改變不了，那你為什麼還寫？

KK：那是理想，和現實總是有差別的。

蕙心：你還記得去年你提著酒來我們家，Papa 問你為什麼想做化肥廠，你說你想改變農人的命運。

　　　△ KK 聽著自己說過的初衷，有些陌生。

蕙心：化肥廠還沒有成功，但你已經改變了日光的命運，也改變了我的命運……謝謝你。

　　　△ 近乎表白的陳述，蕙心有些羞澀。

蕙心：我常覺得 Papa 的想法太……浪漫，很不實際。

　　　△ 蕙心笑，KK 也笑了。

蕙心：但這次我支持他。

　　　△ 意料之外的意見，KK 不解。

蕙心：政治我不懂，但化肥廠都蓋好了，那麼大一間工廠，沒道理就這麼擱著……我們一定能等到生產啟動的那天。

　　　△ 蕙心局外人的單純觀點，讓 KK 想通了。

KK：妳說的對！我急，其實國府比我們更急！他們缺糧，不管怎麼拖延，都不可能就這麼卡著的。只要日光能幫忙撐過去一段時間，復工不會太久的！

> ### 24. 昏／外 劉家祖墳

　　　△ 蟬鳴。
　　　△ KK 看著眼前五座墳在荒煙蔓草中，連自己的墳都有，「泉川坤凱 5」。

KK（看著墳頭）：對這個世界來說，其實我們早就死了……

　　　△ KK 坐在自己墓碑旁，抽著菸，望著血紅夕陽鑲著金邊，橘紅色霞光滿天。

5　皇民化運動後，部分臺人使用皇民化姓氏立墓碑，「泉川」為「劉」姓之對應字詞。皇民化運動時期，許多漢姓氏有相對應的改姓字詞。

△KK 注意到一隻夏蟬停在自己的墳頭上，像是死了，KK 抓起蟬放在手上
　　細看，蟬突然動了起來，發出「唧唧」聲，越來越響亮。
△手一放，蟬動翅飛上了天空，轉眼不見，KK 望著天空。
△四周的蟬鳴越發響亮了。

25. 昏／外 石頭墳前

△另一個蟬鳴陣陣的新墳。石頭嫂正細心將鮮花放妥在花瓶內。
△石頭嫂身後是蕙心與茶廠茶師們——山妹、嗶嗶哥、莫打，石頭的師弟妹
　　們都在列，蕙心頻頻看著路口。

蕙心（略急）：Papa 怎麼又這麼慢啦？

△遠方傳來車聲，阿榮開車載著吉桑匆匆趕到。
△吉桑下車，手捧著一面錦旗，走到石頭嫂面前。

吉桑（激動）：秋妹，這次，石頭做的茶，在日本「富士賞」比賽中得到首獎了！

△茶師們群情激動，紛紛鼓掌。
△石頭嫂看著大家為自己的丈夫鼓掌，歡聲雷動，看著吉桑含淚微笑。
△吉桑親自頒給石頭。

吉桑（拿著錦旗）：石亮材茶師，北埔之光，日本「富士賞」首獎呢！

△石頭嫂看著錦旗，萬般感慨，紅了眼眶。

吉桑（感性）：秋妹，請妳代他收好哦！
石頭嫂（接下，哽咽）：好，好⋯⋯這面旗，我這就燒給他，讓石頭到天上去，跟
　　他的師父再膨風一次！

△嗶嗶哥、莫打和山妹互看，欣慰驕傲（註：茶其實是他們做的），他們打開
　　心結變成一個團隊了。
△蕙心看著茶師們，也很感動，這時她才明白「茶人」有時不是為錢或者為
　　利潤，而是一份自豪。
△阿榮站在車前，望著激動的一群人，而車裡廣播傳來美國決定介入韓戰聲
　　明。

（廣播聲）杜魯門（英）：「本人已命第七艦隊防止任何對臺灣之攻擊，基於本項
　　活動之當然結論，本人請求在臺灣之中國政府停止所有對大陸之空中及海上

攻擊。第七艦隊將監視此項請求之執行，臺灣未來之地位，必須等待太平洋地區安全重建，對日和平問題解決，或經過聯合國考慮後，再作決定。」（成背景音）[6]

---

26. 日／內 永樂戲院「時代氛圍」

△ 杜魯門韓戰聲明繼續。
△ 臺上鑼鼓點，兩武將拿著槍正在對戰。
△ 臺下一名軍人由後排跑到前排，在上將旁耳語著什麼。
△ 上將起立快步離開現場。
△ 在場眾高官似乎也嗅到不尋常氣氛，紛紛離座往外走。

---

27. 日／內 日光 - 辦公室

△ 韓戰聲明持續到本場，從英文轉變為北京腔發音播報。
△ 吉桑、蕙心、林經理、KK 和歐文一群人，圍在收音機旁。

KK（下了結語）：美國決定介入韓戰了！

△ 大家聽了，坐困愁城。

蕙心（擔心）：又要打仗，又要躲空襲了。
KK：是打韓國，不是打臺灣。

△ KK 跟吉桑二人聽後對上眼。

KK（盤算）：美國要協防臺灣，那表示美援會繼續，那，化肥廠有解了！

△ 蕙心看著吉桑及 KK 二個男人露出「看見希望」的眼神。後景，懷特公司辦公室裡的電話響了，歐文接起。

歐文（英）：KK！臺北來電話。

△ KK 帶著奮起的步伐，快步走過去接電話。
△ 這邊辦公室林經理還是對戰爭憂心忡忡。

6　1950 年 6 月 25 日，韓戰爆發兩天後，杜魯門發表的「韓戰聲明」（Korean War Statement）。美國為了堅守西太平洋的反共防線，宣布臺灣海峽中立化，並派遣第七艦隊協防臺灣，美援再度進到臺灣。

林經理：唉……國共戰爭也沒打到臺灣，東西還不是漲到貴死人。
吉桑：林經理，物價如果像前幾年那樣漲，倉庫裡那些茶，就不是草，是黃金了！

△ 吉桑說著抽起菸斗，興奮。看著吉桑又開始做夢，薏心苦惱。

△ 桌上一碗綠豆湯。
△ 薏心看著 KK 整理要帶回臺北的文件。

薏心（不明白）：Papa 把茶葉當黃金，可是賣不掉的黃金和草不是一樣嗎？打仗又用不到茶葉。
KK：誰說打仗用不到茶葉？軍人也要喝茶，我當日本兵在緬甸的時候，茶是「單兵標配」，一人一天配 3 公克的茶，一天沒喝茶，全身都沒力氣。

△ KK 這句話，給薏心一個想頭。

薏心：你是說，一人一天 3 公克？那，要是 30 萬人，一個月就……（眼裡閃著光，看著 KK）我可以把茶賣給美軍嗎？

△ KK 喝著綠豆湯，嗆了一口，停下手邊動作。

KK：美軍？美軍的標配是咖啡，不是茶。
薏心（認真）：帶我去試試看不行嗎？
KK（不明白）：去哪？
薏心：去把茶賣給美軍啊！你不是明天就要去臺北接機那位什麼將軍？
KK：是克拉克將軍，是美軍軍需官……妳是認真的？

△ 薏心點點頭。KK 看著薏心的積極，其實挺欣賞。

KK（笑）：後天，美軍在臺北有個宴會，我可以帶妳進去，但是妳會跳舞嗎？

△ 薏心聽到有譜，很開心。

薏心：我會！以前在學校有學，老師說我跳得很好。

△ 薏心站起來，端正姿勢，開始跳起華爾滋舞步。

蕙心：1…2…3…2…2…3…

　　　△KK看蕙心一個人跳著，被逗樂了。

KK：……我想他們可能不跳這麼老派的舞了。

　　　△KK站起來，把收音機打開調頻道，Jazz自由奔放的樂曲傳來，KK隨著
　　　　音樂跳起了swing。
　　　△蕙心聽著陌生的樂音，有點羞怯，但也大方地回應，有樣學樣跳了起來。
　　　△深夜茶廠，兩人共舞，但更像是KK在教蕙心舞步。

```
29. 夜／內 美軍俱樂部 - 舞池
```

　　　△時代感隨著樂音撞進來。
　　　△美國海軍大兵和臺灣舞女在舞池共舞。
　　　△樂隊在舞臺上演奏著Jazz Swing。
　　　△侍者端著一杯咖啡自舞池邊緣走過，往上到二樓的貴賓室。

```
30. 夜／內 美軍俱樂部 - 貴賓休息室
```

　　　△樓下的樂音隱隱傳來。
　　　△美國高官跟國府高官像是閒聊，在座的還有夏慕雪。軍人討論著一張臺北
　　　　地圖。
　　　△克拉克將軍（約五十二歲，美國駐臺軍需官）指著圓山。

克拉克（英）：我們需要這個地方規劃成美軍營區及後勤補給站[7]。

　　　△翻譯人員在副院長耳邊翻譯著。

7　臺灣省政府將今民族東、西路以北到酒泉街一帶（今中山足球場一帶），劃設給美軍顧問團使用，稱為美軍
　　總部勤管司令部（Headquarters Support Activity，簡稱HSA）西營區（HSA West Compound）。營區內有行
　　政大樓、出納處、衛生中心、教堂、康樂中心、美軍宿舍、美軍眷屬服務中心、汽車修理處與美軍軍官俱樂
　　部就如同一個美國社區；西營區對面的「公二」公園預定地則供「美軍協防臺灣司令部」東營區（HSA East
　　Compound）。分別設置美軍協防臺灣司令部總部、美國戰略司令部臺灣信號支援局（USST TCOM）總部、
　　美國海軍超市（Navy Commissary）、美國海軍販賣部（Navy Exchange）、通訊中心、辦公室、美軍福利
　　197委員會、電影院、餐廳、銀行、郵局、運動場、停車場。基地內還有一處美國海軍供應處（Foreign Aairs
　　Service Department，簡稱FASD），專供美軍購買一切所需的民生日用品及食品。東、西營區直至中美斷交後，
　　經外事處重新編組隸屬總務處，改為事務處，至90年代後，才逐漸規劃為今日圓山一帶之休閒育樂樣貌。（摘
　　自關鍵評論網：林芬郁〈公園地景百年流轉：曾短暫成為「美軍屬地」的花博公園美術園區〉報導）

副院長（一口答應）：沒問題！

靳上將：美方在臺的一應需求，我們一定全力滿足……另外，總統這邊已經裁示讓
五十二軍整軍備戰，如有需要，馬上可以投入韓國戰場，希望中美再次合作，
共同抵抗共產勢力。

△ 克拉克拿起侍者端來的咖啡，喝了一口，摸著胃，似乎不太舒服。

克拉克（英）：……明晚回東京，我會向將軍轉告這項消息，相信將軍也很看好與
委員長再次合作。

△ 迪克示意領事 John 化肥廠停工一事。

領事 John：副院長，日光化肥廠查無公安事故，但貴國一直不讓生產，（強調）我
不希望，這事造成我們後勤補給上的麻煩！

副院長（皮笑肉不笑）：……化肥廠不會有麻煩的。

△ 雙方氣氛有點僵，消化不良的克拉克剛好打了一個響嗝，他挺尷尬的，但
大家反而笑了。

克拉克（英）：呵，抱歉，部隊裡罐頭吃多了，老是胃脹。

夏慕雪（英）：我也有一樣的毛病，但咖啡喝多了更脹。臺灣的茶好，解油助消化，
上校您試試？

△ 美人開口，上校笑笑答應。

---

31. 夜／外 美軍軍官俱樂部 - 門外

△ 車上的薏心，正拿著一張小抄，臨時抱佛腳地背英文句子。

薏心（背誦）：Nice to meet you, Mr. Clark. I'm Chang Yi-Xin…… this is top grand
Taiwan tea, would you like to try some?

△ 車停。薏心下了車，她精心打扮，衣著高貴典雅，KK 站在入口處等她，
她笑盈盈走向 KK。

KK：妳今天真漂亮。

薏心：謝謝。

△ KK 純粹帶薏心來美軍俱樂部賣茶，但薏心有約會的感覺，心情美麗。

△阿榮從車裡喊著。

阿榮：小姐……茶樣！

　　△薏心想起自己是來賣茶的，回身向阿榮拿了裝茶樣的小箱。

```
................................................................
32. 夜／內 美軍軍官俱樂部 - 門內
................................................................
```

　　△一位美國大兵在入口處檢查著邀請卡，二人在玄關便可聽見裡面狂歡聲。
　　△KK 給過邀請卡。
　　△二人一進門音樂大作（Swing 樂曲），空氣中混合著古龍水、肥皂、汗水
　　　和慾望的氣味，薏心看著四周人來人往。

KK：（對薏心）在這裡，不要離開我視線，不要亂走動。

```
................................................................
33. 夜／內 美軍俱樂部 - 貴賓休息室
................................................................
```

　　△夏慕雪正被兩軍官圍著聊天，靳上將來到。

靳上將：夏老闆。
夏慕雪：靳將軍。

　　△軍官忙行禮散去。
　　△將軍與夏慕雪兩人神情略變，似牆塌了一角。

靳上將：慕雪，好久不見。

　　△兩人沉默，時間流過。

夏慕雪：嫂子都安好？改日再向嫂子請安。

　　△夏慕雪說完，便起身下樓。

34. 夜／內 美軍俱樂部 - 舞池

△ 舞池一旁的吧臺區，方才端咖啡上樓的侍者正和酒保交談。

侍者（急／英）：將軍想喝茶！

酒保（無奈／英）：你要什麼酒我都有，可這裡就是沒有茶啊！

　　△ 舞池另一端，蕙心隨著KK走進舞池旁，舞池裡盡是鶯鶯燕燕及美國大兵，
　　這是一個蕙心沒見過的世界。

　　△ KK要帶蕙心往二樓走，卻發現蕙心不動了，蕙心緊握手上的茶樣木盒。

KK（察覺她的緊張）：怎麼了？

　　△ 蕙心搖搖頭，躊躇著，KK似乎明白了，他掏出褲袋裡一塊錢美金拉平。

KK：這是一塊美金！（指著中間頭像）他叫華盛頓……

蕙心（看著KK）：我知道！

KK：那妳知道，現在只有「華盛頓」能解決妳的庫存問題嗎？

蕙心（不能否認）：……

KK：妳剛剛已經踏進了機會的大門，離成功（望著上方）只剩一層樓，不試試？

　　△ 蕙心接過一塊美金。

夏慕雪（OS）：KK？

　　△ 下樓的夏慕雪，看到KK帶著女伴前來。

KK（略驚）：夏老闆？沒想到妳也在這裡，這位是張蕙心，日光公司的千金。

　　△ 夏慕雪打量了蕙心一眼，點點頭。

夏慕雪：我覺得無聊正要走，美國人才剛談到你的化肥廠呢！

　　△ KK聽到和化肥廠有關的消息，緊張。現場笑鬧聲很大，為了聽清楚，他
　　主動靠近夏慕雪。

KK：有什麼消息？

夏慕雪：美國人現在不管說什麼，國府都只能點頭說好。化肥廠的問題不是問題了。

KK：真的？

夏慕雪（笑）：政治的事，果然要由政治來解決！

　　△ 二人笑。

KK：月婷好嗎？

　　△ 蕙心一旁看著 KK 和夏慕雪耳語，覺得很不愉快，但又不知如何處理這樣
　　　的情緒。
　　△ 心煩意亂的蕙心，捏著手中的一塊美金，乾脆直接走上二樓。

```
35. 夜／內 美軍俱樂部 - 貴賓休息室
```

　　△ 本場全英文。
　　△ 蕙心上了二樓，環顧四周，都是陌生的軍官與官員，她拉著一位軍官問。

蕙心：請問克拉克將軍在哪裡？

　　△ 順著軍官的指點，蕙心來到克拉克和迪克面前，迪克見蕙心前來，略吃驚。

迪克（介紹）：克拉克將軍，這位是日光公司的千金，日光化肥廠合作股東。

　　△ 克拉克點頭示意，蕙心欠身回禮。

蕙心：很高興見到你，克拉克將軍，我代表日光公司，可能有些冒昧，但……我是
　　　來賣茶給您的。
克拉克：茶？

　　△ KK 發現蕙心不見了，著急上樓。

克拉克：太好了，我才正想喝喝看臺灣茶呢！

　　△ 蕙心沒想到會這麼順利。
　　△ 趕上樓聽到的 KK 也沒想到。

蕙心（笑）：請問，您這裡有茶壺嗎？

　　△ 官員和軍人們都面面相覷。

36. 夜／內 美軍俱樂部 - 貴賓休息室

△ 桌上是一排用可樂杯、咖啡杯等臨時湊起來的器具，蕙心克難地泡茶，同時介紹著。

蕙心（英）：我準備了這六種茶樣，從清爽到濃郁分別有不同的滋味，都是用上好的臺灣茶葉製成，我想您一定會喜歡的。

△ 克拉克饒有興致地看著蕙心泡茶，三、四位官員和軍官在旁湊熱鬧，迪克也在。
△ 夏慕雪坐在稍遠的角落，看KK望著蕙心的樣子。

夏慕雪：劉先生，挺操心她的事。
KK：合作夥伴！再說她還是個孩子。

△ 蕙心手忙腳亂地泡著茶，想向KK求救。她看向夏慕雪與KK，夏老闆舉手投足間的女人味是蕙心學不來的，她忍不住偷偷上下打量著夏老闆，二女對上眼。
△ 夏慕雪以一種有禮貌但充滿優越感的方式，迎上蕙心視線。

夏慕雪（轉對KK嫵媚一笑）：您覺得她是孩子，她可不認為自己是個孩子。

△ 蕙心分心了，茶燙到手，連忙把手捏著耳垂降溫。
△ KK看著蕙心，無言，那怎麼不是孩子。
△ 六杯茶泡好了，蕙心請克拉克喝茶。
△ 克拉克連喝了六杯，突然停住不動。蕙心緊張看著克拉克，結果克拉克打了一個長嗝。

克拉克（滿足／英）：這玩意兒太棒了！

△ 克拉克看著蕙心。

克拉克：這茶真的幫助消化，確實令人舒服。
蕙心（積極爭取）：上校，我們日光茶品質第一，連外交部都指定要由我們日光公司來製作外交茶！
克拉克：我知道張小姐是個茶商，但是我們量非常大，您能提供品質穩定的茶？
蕙心（充滿信心）：這個您放心，上校如果有疑慮的話，我可以讓您再喝一杯一模一樣的茶。
克拉克（笑了）：不巧的是，我明天一早便要離開臺灣……

△ 蕙心一愣，想了一下。

蕙心（笑）：我有這個榮幸和您共進早餐嗎？

　　△ 克拉克也笑了，他喜歡眼前這個積極的女商人。一口氣喝光杯中的茶，杯
　　　子放到桌上。

克拉克：六號茶，七點，我會在這裡等妳！

　　△ 蕙心笑了，主動伸手跟克拉克握手，二人達成協議。

（本集終）

第六集

　　△ 阿榮開車，在深夜的臺北街頭行進，車外大雨。
　　△ 蕙心在車子裡，還在興奮剛才在美軍俱樂部和克拉克的交手。

蕙心：小心開車！
阿榮（一派輕鬆）：放心，時間還早，直去直回，天都還未亮！

　　△ 車突然停下，透過車窗，隱約看見前面臺北橋的橋頭有幾名穿著雨衣的憲
　　　兵在攔車。
　　△ 其中一名憲兵，來到車旁敲敲車窗。
　　△ 阿榮半開車窗，出示通行證。

憲兵（鄉音）：回頭吧！大雨洪汛，淡水河暴漲，封橋了。

　　△ 車內一臉驚訝的蕙心。

1. 夜 00：40 AM ／外 - 內 日光 - 臺北總公司

　　△ 臺北日光公司招牌。
　　△ 阿榮拍著緊閉的大門，裡面亮了燈。
　　△ 睡眼惺忪的湯經理來應門。
　　△ 蕙心走進大門，身上濕得有些狼狽，急著打電話。

2. 夜 00:45 AM ／內 洋樓大廳

　　△ 洋樓大廳的電話響。
　　△ 吉桑聽著電話。

蕙心（OS）：……七點之前，把山妹第六號茶樣交給美軍，我們就可以接到訂單了。
吉桑（開心）：那很好啊！

　　△ 以下，臺北總公司與洋樓平行剪輯。

蕙心（急）：但是，剩下的茶樣都在北埔，現在下雨路斷了回不去啊！

吉桑（OS）：不用急，一定會有辦法的。

　　　△ 蕙心看到臺北公司辦公室裡有庫存的商品茶樣。

蕙心：臺北這裡有別的茶樣……還是我們找一份接近的茶樣去試試？我看那個克拉
　　　克將軍也不像懂茶的人……
吉桑：張蕙心！Papa 說過做生意最重要的是什麼？
蕙心（OS）：誠信。
吉桑：客人說了六號茶，我們就是要給到！少一罩不會怎麼樣，投機混料，沒了誠信，
　　　還敢說自己是做茶的人嗎？

　　　△ 蕙心也知道自己太心急說錯了話。

蕙心：知道了。
吉桑（OS）：北埔的茶樣，我想辦法送到臺北。

　　　△ 蕙心驚訝。

蕙心：什麼辦法？
吉桑：成不成不知道，有個想法可以試試。

　　　△ 吉桑掛了電話，看著時鐘 00:50，想了一下，對團魚說：

吉桑：團魚，去茶廠倉庫，把山妹新配的茶樣拿來。

　　　△ 團魚表示聽見離去。
　　　△ 吉桑提著燈往老屋的方向走去。

----

3. 夜 00:50 AM ／內 臺北總公司

　　　△ 湯經理站在蕙心面前。

湯經理：董事長怎麼說？
蕙心：他說他可以想辦法送茶樣過來。
湯經理：……路都斷了，能怎麼送？難不成用飛的嗎？
阿榮：那我們什麼都不能做，只能等？

　　　△ 蕙心無法想像父親的辦法是什麼，她想著還能怎麼做。
　　　△ 看著臺北的辦公室裡堆積如山的茶樣洩氣。

296

蕙心：也只能等了……我們連配茶的比例都不知道……如果山妹在這裡，說不定會有其他辦法吧？

湯經理：山妹？在臺北啊，她帶她父親來臺北看病。我還幫她找了地方暫住呢。

蕙心（驚訝）：啊，山妹在臺北？

　　△ 蕙心和阿榮對望了一眼，阿榮轉身就走。

阿榮：我去發車！

蕙心：湯經理，快，地址給我。

---

4. 夜 01:10／外 臺北街道 - 車上

　　△ 大雨中，阿榮開著車全速前進。

　　△ 蕙心在後座著急。

---

5. 夜 01:20／外 張家老宅

　　△ 吉桑提著燈，快步走在張家老宅，穿堂路過一戶又一戶門房。

　　△ 吉桑停在一道門前，敲了敲門。

阿新桑：這都幾點了，誰啊？

吉桑：阿新桑，我福吉。

　　△ 門開，阿新桑一臉睡意地看著吉桑。

阿新桑：福吉？什麼事？

吉桑：急事，想借你的「難巴萬」一用。

---

6. 夜 01:30／外 民宅

　　△ 屋外的雨小了點。

　　△ 民宅門口，阿榮和蕙心敲門。

阿榮：有人在嗎？

　　△ 敲了半晌，裡頭終有人回應。門廊燈亮開門，門內的人是蕙心的堂哥張醫師。

張醫師（驚）：薏心？

薏心（驚）：堂哥？

　　　△ 兩人驚訝。

薏心（不確定）：山妹有在這裡嗎？

7. 夜 01:30 AM ／內 民宅 - 客廳

　　　△ 感覺三人講了好一陣子，知道原委了。

山妹：等我一下，我跟妳回公司。

　　　△ 說完，山妹快步走進裡面客廳，剩下薏心與張醫師。張醫師收到薏心好奇
　　　　的視線。

張醫師（不打自招）：阿旺叔是我的病人，這兩天在臺大醫院做檢查，我剛剛好有
　　　　空就陪著一起來。

薏心（笑）：看不出來你這麼仁心仁術喔⋯⋯

　　　△ 張醫師靦腆地呵呵笑著，不予置評。這時山妹換好裝，帶了一個小包和薏
　　　　心出門。

山妹：張醫師，要麻煩您幫我看顧爸爸。

張醫師：放心，有我在。

山妹：謝謝。

　　　△ 薏心帶著山妹離去。

8. 夜 02:00 AM ／外 張家老宅後門鴿舍「難巴萬出場」

　　吉桑和阿新桑兩人自老宅後門走出來。

阿新桑（得意）：哼，從臺北新公園回新竹，42 分鐘 32 秒₁就到了，「難巴萬」
　　　　（Numbeol）這面金牌可不是開玩笑的！

1　1930 年臺灣舉辦「第一回賽鴿」，早上八點十分從新竹高女放出，42 分鐘後，就有第一隻鴿子飛回終點站—
　　臺北新公園。第一名獎品為一只金戒指。（摘自《臺灣幸福百事：你想不到的第一次》陳柔縉）

吉桑：前幾天，我有聽到消息，這次就是要借助你「難巴萬」的實力來幫忙一下！

　　△ 兩人走進小屋，拐彎，看到一座精緻的鴿舍，籠子上掛著一面金牌，上面
　　　大大的一個「1」和錦旗。
　　△ 阿新桑把鴿子溫柔地捉出來，親了又親，眼神充滿愛意。吉桑在「難巴萬」
　　　的身上看到了希望。

阿新桑（好奇）：是說，三更半夜，你到底要我的「難巴萬」做什麼啊？

9. 夜 02:15AM ／內 臺北總公司

　　△ 蕙心和山妹剛回到日光臺北公司。
　　△ 進門時，湯經理正好在和吉桑講電話。

湯經理：社長，等等……誰是難巴萬？啊，小姐回來了，我請她聽。

　　△ 蕙心帶著希望接起來聽。

蕙心：怎樣了？
吉桑（一派輕鬆OS）：我想到辦法了，到時，你去「新公園」接牠！

　　△ 接著話筒裡傳來對方掛斷電話的嘟嘟聲。
　　△ 蕙心看著話筒，覺得莫名其妙。
　　△ 湯經理和阿榮看著蕙心。

湯經理（焦急）：怎樣？
蕙心（一臉疑惑）：社長說，到時候，去新公園接他！
湯經理：接誰？

　　△ 大家一臉不明白。
　　△ 山妹走近放茶樣的貨架，想了一下，拿起其中幾個茶樣，直接打開。
　　△ 茶樣罐裡是一份份大小、粗細、顏色都不同的茶葉。
　　△ 眾人看著山妹，不明白她要怎麼做。
　　△ 山妹擺出八個白瓷盤（倉號）。
　　△ 山妹在第1、3、5、7號下面，憑著記憶力寫下 4：2：1：3.（倉庫比例即
　　　茶樣配方，同時要對應吉桑的倉庫）。
　　△ 山妹不慌不忙把一個個茶樣全倒在茶盤上。
　　△ 大家看著山妹雙手抓住茶盤的邊緣，進行篩轉，然後收攏，使茶葉在旋轉
　　　力的作用下，均勻地按照形狀、大小、輕重、粗細、整碎的不同，形成有
　　　次序的分層。

△ 大家吃驚看著山妹，山妹開始移動第一片葉子。

薏心：山妹妳是在……
山妹：我試試看能不能把六號茶重新配出來！

　　△ 薏心和阿榮把桌面清空，方便山妹做事，湯經理則把天秤拿出來，準備好
　　　工具。

---

10. 夜 02:45 AM／內 洋樓二樓陽臺連起居室

　　△ 阿新桑提著鳥籠走上洋樓二樓。
　　△ 吉桑拿出茶樣盒打開，把六號茶裝進小木盒，比例稍大，一旁還放了麻繩。
　　△ 阿新桑不明白，盯著吉桑動作，吉桑想為鳥綁上茶盒，但難巴萬的身形顯
　　　然無法負荷木盒的尺寸，護鳥心切的阿新桑連忙阻止。

阿新桑：吉桑，你在做什麼？
吉桑：急事！請你的「難巴萬」幫我把茶送到臺北！
阿新桑（不悅）：我這是「難巴萬」呢，你當牠是送貨員啊？
吉桑（堅持）：不試怎麼知道不會？「飛鴿傳書」不是這樣飛來飛去嗎？

　　△ 吉桑堅持要把茶盒綁腳上，阿新桑伸手攔住。

阿新桑：吉桑，你那兩個箱子太大，飛不起來啦！你會搞死我的鳥啦！

　　△ 吉桑兩手抓著木盒，也發現確實大了點。

吉桑：……那怎麼辦？
阿新桑：我有辦法。

　　△ 沒想到阿新桑也認真了起來。
　　△ 團魚在旁邊都看傻了。

---

11. 夜 03:30 AM／內 臺北總公司

薏心（看著山妹動作）：毛茶看起來都一樣，能分辨嗎？
山妹（專心分類）：不管老茶或新茶，直接聞乾茶的茶香，都可以辨識的。

　　△ 山妹抓一片茶葉，在手中輕輕一握，細看茶葉紋理、色澤及味道，來辨別
　　　這些茶角應該屬於哪一堆，前景是大半毛茶已分成八小盤了。

山妹：毫毛多，芽葉細嫩（聞）香氣清純，是清明前做的茶。

　　△ 移到第一個白瓷盤裡。
　　△ 山妹再拿一片茶角，細看茶葉的紋理。

山妹：夏茶，夏天氣溫高，茶葉脈發育的快。

　　△ 移到第十個白瓷盤裡。
　　△ 山妹再拿起一片小條索。

山妹：芽小，明顯白毫（聞）有蜜香，青心大冇種。

　　△ 山妹看著蕙心。

蕙心（猜）：著蝝茶？

　　△ 山妹笑著表示答對了，移到第五個白瓷盤裡，但第五個白瓷盤的量明顯很
　　　少。
　　△ 蕙心答對了，但笑不出來，也催不了山妹，索性喝著茶。

> ## 12. 夜 04:00 AM ／內 洋樓 - 大廳「阿新阿吉達成共識」

　　△「難巴萬」在籠子裡，無辜地看著籠外的兩個男人對牠比手畫腳。
　　△ 阿新桑打開他的百寶箱，挺得意地拿出各式工具：兩管木製紅漆小圓筒，
　　　穿孔綁著紅棉繩，打磨細緻。

阿新桑：以前人說的飛鴿傳書我早就想試試，這些是我自己為「難巴萬」量身打造
　　　　的裝備。沒想到有派上用場的一日。

　　△ 吉桑興奮地接過圓筒打量，上面還刻著【一番】。

吉桑：好細緻，還刻有名牌啊！

　　△ 吉桑把原本木盒裡的茶樣取出來，小心地放進小圓筒裡。
　　△ 阿新桑把紅色小圓筒綁上「難巴萬」的腳，兩個男人很認真把賽鴿變身信
　　　鴿了。
　　△ 吉桑看了看鐘，四點。

吉桑：再來就等著看「難巴萬」發揮實力了！

△ 吉桑與阿新桑自信滿滿，雙雙起身推開陽臺的門。

13. 夜 05:00 ／內 臺北總公司

△ 臺北這邊也很認真。
△ 蕙心將一個 1 克砝碼放入天秤一端，天秤盤輕輕晃動著。
△ 毛茶整整齊齊分成八盤，很明顯第五盤（膨風茶）量特別少。
△ 山妹把第五盤的毛茶全倒入天秤盤中。
△ 大家看著天秤憂心。
△ 因為指針沒有歸零。

山妹：第五盤量太少了，不到 1 公克。
蕙心：那會怎樣？
山妹（看著天秤）：那就不是第六號茶了。

△ 大家驚訝看著山妹，山妹只是盯著天秤上搖搖擺擺沒有歸零的指針。

14. 晨 05:15 AM ／外 洋樓二樓陽臺

△ 雲層透出了魚肚白，雨停了。
△ 吉桑和阿新桑走出二樓陽臺。
△ 阿新桑手抓著「難巴萬」準備放飛。

吉桑：到臺北六點！剛剛好！
阿新桑：放心，臺北新竹這條路線，牠已經飛了十幾次了，沒有一次超過一小時。

△ 阿新桑雙手一拋，「難巴萬」展翅往北高飛而去。
△ 兩個男人很開心地看著賽鴿遠離。
△ 朝陽破開雲層，世界亮了起來。
△ 吉桑手指著北邊。

吉桑：臺北那邊，我待會就打電話要蕙心去接。

△ 吉桑說著就要進屋，轉身看見阿新桑面色古怪。

阿新桑：吉桑，我現在才想到，這十幾次，「難巴萬」都是從新公園放飛回新竹……

△ 吉桑猛然轉頭，看向北邊的天空。
△ 一抹黑點，遠遠地繞了一個圈，越來越近。
△「難巴萬」飛回來了。

阿新桑：牠只會飛回來，不會飛出去……₂

△ 兩個男人，眼睜睜看著「難巴萬」飛回不遠處的老宅，降落。

---

15. 晨 05:40AM ／內 臺北總公司

△ 臺北的天也亮了。
△ 薏心接到父親的電話。

吉桑難過（OS）：「難巴萬」今天沒有心情出門，無法度把茶送到臺北去了。

△ 薏心完全聽不懂父親在說什麼。

薏心：沒關係，山妹已經把茶配好了。

△ 直接掛了父親電話。
△ 山妹看上去一臉憂心。
△ 大家看著天秤左右搖搖晃晃，無法歸零。

湯經理（試著說服大家）：我覺得剛好 1 克！

△ 湯經理看著大家，徵求同意般。

阿榮（附議）：我覺得有 1 克，應該差不多吧……

△ 薏心想起吉桑的話。

薏心：「差不多」就是不對，有就有，沒有就沒有！

△ 大家認同，但也因此都陷入苦惱，山妹想到什麼。

山妹：有了！

2　鴿子有歸巢本能，只會飛回家，無法飛到特定地點。

△ 大家喜出望外，看向山妹。

山妹（指著天秤）：我以這為基準，把其他的量減少，茶量少一點，但比例是對的！

　　　△ 山妹重抓一回。
　　　△ 眾人欣喜，動身。

薏心：阿榮，備車！
阿榮：我這就去！
薏心：湯經理，幫我準備泡茶的茶具。
湯經理：好！

```
16. 晨 07：00 AM／內 美軍俱樂部 - 貴賓室
```

　　　△ 本場全英文。
　　　△ 牆壁上的時鐘 07:00。
　　　△ 薏心忍住內心激動，試著如往常泡茶，這次她帶了整套泡茶工具。

克拉克：妳很準時，很好！
薏心：我很在意時間。
克拉克：就算在美國，女商人也很少見，昨天和劉先生聊了，知道妳才二十歲？

　　　△ KK 和克拉克對望笑了笑。

薏心：我已經成年了。
克拉克：恭喜。

　　　△ 白瓷杯裡的茶色慢慢暈開來，一分鐘好像一輩子這麼長。茶泡好了，薏心
　　　　 把杯子端給克拉克。

克拉克（笑）：其實，我不懂喝茶，對我來說喝起來都是一樣的飲料。
薏心：我本來也是這麼想的，但我的父親教會了我誠實與信用的重要；我的茶師讓
　　　我看到，天秤上細小的每一個刻度，代表的都是不一樣的滋味。（誠懇）克
　　　拉克將軍，我可以很有自信地告訴您，您手上的這杯茶，就是六號茶樣，分
　　　毫不差。

　　　△ KK 聽著薏心的話也動容了，克拉克認真看了手中的茶，喝了下去，臉上
　　　　 看不出情緒。

304

克拉克：熱！

　　△ 蕙心看著克拉克直接起身，戴起軍帽，蕙心見了憂心。

克拉克（笑）：但很好！

　　△ 蕙心轉憂為喜。

克拉克：我以為妳是小白兔，我錯了。我確實喝不出這是不是六號茶，但我可以喝出妳的誠實與能耐。看妳衣服都沒換就知道，昨晚一定發生了很多事。

　　△ 蕙心這才發現自己整晚沒睡，連衣服都沒換，感到有點失禮。克拉克主動伸出手，蕙心也伸出手。

克拉克：張小姐，妳有多少貨，我全都買了！

　　△ 說完，克拉克跟二名大兵帶著行李離開了貴賓室。
　　△ 蕙心和 KK 二人四目交接，眼裡都閃著熱情與激動。

17. 日／內 日光 - 倉庫

　　△ 蕙心、吉桑、林經理、嗶嗶哥、莫打，看著倉庫裡堆滿毛茶，一臉開心，尤其是吉桑。

吉桑（問蕙心）：美軍要多少量？
蕙心：他沒說。
吉桑（愣了）：沒說，要怎麼做？
蕙心：上校說有多少下多少，可是六號茶，只用到四個倉庫的毛茶。

　　△ 蕙心看向山妹，拿著審茶盤裡面裝著六號茶，茶樣四小堆。
　　△ 山妹把一片乾茶放入嘴裡咬，望著滿滿的倉庫。

山妹：「七分火，三分茶」，重新配堆、焙火，我可以把這些茶全做成六號茶。
蕙心：七個不同的茶廠，上千萬磅的毛茶，妳可以做成一個味道？

　　△ 嗶嗶哥、莫打也懷疑山妹能力。
　　△ 山妹將審茶盤的四堆毛茶劃成一個圈。

山妹：拼配，就是三種茶，基準茶、調劑茶和要併帶走的茶，只要處理好這三者的

關係，（圈成一堆）就可以「畫」出六號茶的味道來。

　　△大家看著山妹，山妹默默吃著乾茶，記住味道。

吉桑（得意看著山妹）：茶，無師哦，敢問、敢試，才成師！好茶師要有「畫味道」的能力（比著嗶嗶哥跟莫打），你們二個要跟山妹多學點！

　　△嗶嗶哥跟莫打一臉遵命。
　　△蕙心看著山妹很開心，茶可以全賣出去了。

---

18. 日／內 KK 租屋處「化肥廠商標來由，KK 跟月婷互動」

　　△KK 用下午茶招待客人，熱水沖進異國風情的錫壺，泡著茶，滿桌甜點。
　　△房內幾乎無個人用品，後景是一張大製圖桌，桌上擺滿化肥廠房各種藍圖、工具等，月婷一個人坐在那塗著什麼。

徐主編：上海鬆糕、八寶甜粽、桂花條糕、還有這是……？
王瑛川：李亭香的平西餅、龍月堂的綠豆糕……這是我們大稻埕從小吃到大的。

　　△KK 把茶倒出來，每人一杯。

KK：新竹膨風茶！
徐主編：坤凱，你這是使出了渾身解數啊，看來為了討好咱家月婷，可下了重本。

　　△正偷吃甜點的王瑛川，驚訝地左看右看夏慕雪與 KK，露出了原來如此的表情。
　　△夏慕雪神色自若地喝了口茶。

夏慕雪：是上回那位小妹妹家裡的？難怪拿得到美軍這張單。這錫壺好特別？
KK：前幾年從印度帶回來的。
夏慕雪：劉先生去過印度？
王瑛川（不明白）：您被日本人徵召入伍，我記得去的是南洋？怎麼跑印度去了？

　　△夏老闆和徐主編拿著印度錫壺茶具，第一次聽到 KK 當日本兵的往事。

KK：到緬甸軍區，沒多久就被俘了，後來轉移了兩個戰俘營，到了印度，終戰了，我就留在那裡幫美國人蓋化肥廠。
夏慕雪：留在那兒？臺灣沒有家人等您回來？

KK（臉色一沉）：……沒有。

　　△ 說到傷心事，KK 拿著一盤桂花條糕走到月婷那邊，王瑛川對二位友人解釋。

王瑛川（小聲）：……劉老師一家在 1945 年的空襲₃裡喪生了，那時老師已經入伍了，沒有辦法，墳還是我埋的。

　　△ 徐主編和夏慕雪啞然。

王瑛川：……後來老師一直沒有回來，過兩年，我把他的名字也刻上去了。（尷尬一笑）
徐主編：你也太……積極了吧！
王瑛川：哎……我也才想起來，過幾日我就去把老師的名字給磨掉！

　　△ KK 的經歷，讓夏老闆心有戚戚。

夏老闆：飄洋過海，那場仗打完終究還是回來了，倒是我們，何時才能回家去呢？

　　△ 徐主編聽著也悶悶地喝起茶。
　　△ KK 把桂花條糕端到製圖桌給月婷，月婷眼巴巴望著，想吃又不敢拿。

夏慕雪：拿吧，劉叔叔是特別為妳準備的。

　　△ 月婷聽了開心。
　　△ 王瑛川和徐主編使了個眼色，表示該切入正題了。

王瑛川：說點開心的吧！折騰了這麼久，化肥廠終於要試車了。
徐主編（看著手中餅乾）：「化肥廠是一座沉睡的巨人，只要它醒了，大地就富裕了！」KK，這個標題怎麼樣？
KK：又想讓我寫文章？
徐主編：美援對臺灣的影響很大，我們都想知道中美合作的進程，你是身在局中的關鍵人物，穿針引線地蓋起一座化肥廠，這太不容易了，很值得記錄下來！

　　△ KK 正想著如何回答，背後夏慕雪傳來聲響。

3　指 1945 年 5 月 31 日的臺北大空襲，為二次大戰中美軍對當時為日屬領地的臺灣做出的轟炸行動，是臺北市歷史上遭受最大規模的空襲，造成重大傷亡與建築物毀損。

夏慕雪（鄉音）：唉……這怎麼能亂畫呢？KK，抱歉，你來看看這要不要緊咧？

　　△KK 走過去，夏慕雪一臉愧歉苦惱，把一張藍圖交給 KK。
　　△KK 看著化肥廠藍圖，被塗了一個「紅色等邊三角型」。
　　△KK 蹲了下來，但沒有生氣，看著月婷。

KK（好奇）：這個等邊三角形是什麼意思？
月婷：一座山！

　　△KK 笑了，滿意看著圖。

KK：月婷妳畫得很棒！

　　△月婷被誇獎，又笑了，對 KK 卸下心防，夏慕雪見狀開心。
　　△徐主編示意王瑛川看向三人，那三人就像一家人般。二人互敬茶，享受下
　　　午茶的悠閒，不去打擾他們。

----

19. 日／內 日光茶廠 - 辦公室「蕙心搭訕 KK」

　　△蕙心和吉桑仰望著前方，看著阿榮、林經理鄭重把美國國旗掛在牆上，二
　　　人在幫忙看高度水平。
　　△牆上掛著四面旗子：英國、日本、智利、美國。

吉桑（得意）：這面美國旗是蕙心拿下的！

　　△吉桑望著牆，雙手插著腰，想像貼滿國旗的榮景。

吉桑（豪氣）：到時，我要把這面牆貼滿！（走過去動手）阿榮你這邊再高一點。

　　△此時 KK 風塵僕僕走進辦公室，遠遠對蕙心這邊點了點頭。
　　△蕙心突然想起，走到自己的位置上，拿出一塊美金，走進 KK 辦公室。

蕙心：怎麼就回來了？不是說還要在臺北待幾天？
KK：有點意外的進展，回來拿樣品。

　　△KK 找了一會，將一個杯子包裝好，放進公事包。（註：化肥廠試車贈品的
　　　sample）
　　△蕙心把一塊美金還給 KK。

蕙心：謝謝你，這一塊美金幫了很大的忙。

　　　△KK拿回一塊美金，想了想又遞給她。

KK：妳留著吧，就當我的投資。
蕙心（不明白）：投資？
KK：妳拿著這一塊美金，做成了幾百萬元的生意。這一塊美金留在妳這裡，有很高
　　的投資報酬率！所以，我想投資妳。
蕙心：既然是投資，你想獲得什麼回報？

　　　△KK看著蕙心認真的神情，想了一下。

KK（笑）：綠豆湯好了。

　　　△蕙心想起，她藉著送宵夜的機會和KK獨處聊天的每一晚，都有一碗綠豆
　　　湯，她不禁笑了，KK也笑。

蕙心（打趣）：幾碗呢？
KK：看妳良心囉。

　　　△蕙心紅著臉，抽出KK手中的一塊美金。
　　　△吉桑回頭看見二人互動，好奇在臺北是發生了什麼事。

---

20. 日／外 化肥廠-A處「KK任務完成，化肥廠試車典禮」

　　△廠外門口黑頭車駛入，副院長下車，眾人迎接。
　　△高官政要雲集，人群穿梭，各方人馬張望化肥廠內部，帶著好奇與興奮來
　　　到「日光化肥廠試車典禮」會場。
　　△現場喜氣洋洋，空中吊著大紅布條，寫著「日光化肥公司試車典禮
　　　WELCOME」，布條下是一個一公尺高的舞臺，臺上正中間擺著一個主講
　　　桌，二旁各八張椅子，美國國旗跟中華民國國旗和中美合作標誌高掛，臺
　　　下放滿椅子，約三十多張，人聲雜沓。
　　△政要、吉桑、KK等人排排站好拍照。

21. 日／內 化肥廠 -B 處「國府申明一起合作」

△「試車典禮」冠蓋雲集，臺下坐滿人。
△ 臺上美國高官領事 John、迪克、KK、蕙心、吉桑及其他洋人（共八名）坐在右邊主位區，國民政府高官八人坐在左邊貴賓區（註：可同第一集走道上官員），每個人手上都有一個「茶杯贈品」，大家看著副院長致辭。
△ 副院長致詞中。配下列畫面。

副院長（致詞，鄉音）：「日光化肥廠」象徵著美國與中華民國友好關係，貴公司生產的肥料（笑笑，望向領事 John 等一群洋人，示意），我們會依「美援會」的協定，協助進入自由市場，讓我們一起為臺灣糧食的增產而努力……（漸成背景音）

△ 臺上 KK 緊握著「茶杯贈品」（註：白色茶杯一個「藍色等邊三角形」下面印著「日光化肥廠 敬贈」紅字），心中激動，化肥廠終於要轉動了。蕙心看著 KK，吉桑得意要當「化肥大王」了，望著臺下伯公。
△ 臺下伯公看著大廠，與有榮焉，心中羨慕、妒忌又放心。糧食局局長、臺肥官員和陳專員，笑望完整設備，笑著交頭接耳。

22. 日／內 化肥廠 -C 處「各懷鬼胎」

△ 生產線產出第一包黑肥，大餅頭穿著工作服、手套及口罩，拖出一包黑肥展示著。KK 領著副院長、糧食局局長、伯公、陳專員、蕙心及吉桑，講解生產製程。後景三三兩兩人群互道恭喜，交誼。
△ 有兩位記者隨行拍照記錄。

KK（面對著副院長）：副院長，這包，是臺灣自己生產的第一包化肥，跟您報告過，日光化肥廠一定是全臺灣最快生產化肥的！

△ 副院長尷尬笑笑，伸手要檢查化肥，卻被 KK 阻止了。
△ 副院長吃驚 KK 竟出手阻攔他，莫非是因為之前「刁難」挾怨？

KK：黑肥具有刺激性，不能用手碰。

△ 副院長笑著收回手。

副院長（客套）：不簡單啊！美國人做事的效率和技術，確實是我們國營廠要多學習的！

△副院長看了一眼糧食局局長及陳專員，暗示他們要加把勁了，接著笑面看
　　　著吉桑。

副院長：聽說，日光化肥廠有困難的時候，張先生投入很大的心力跟資金！
吉桑（笑笑）：應該的。
副院長：張先生是製茶公會理事長，得好好為國家多賺點外匯！

　　△吉桑聽出副院長在討上回人情，笑笑表示「好的」。

副院長（笑）：我們有些公地很適合種茶，不知道張先生有沒有興趣認領？

　　△聽到茶，吉桑眼底閃著光。

吉桑（笑）：有有有！

　　△副院長望著化肥廠。

副院長（開玩笑般）：那，我們用那些公地，跟張先生換這個廠所有的股份如何？

　　△吉桑吃驚，原來打這種算盤，打算把化肥廠端回去。他一時不知如何回應，
　　　笑容僵在臉上，KK連忙緩頰。

KK（笑）：張先生，你是我們最好的股東！可別拋下我們啊！
吉桑：外匯都是靠茶農，我做肥，能照顧到茶農又能照顧到外匯，皆大歡喜！

　　△大家熱絡客套，一笑完就尷尬沉默。國府心想「不要給臉不要臉」，副院
　　　長看見伯公。

副院長（拍拍伯公）：張先生，你們家這個吉桑，真是聰明！

　　△伯公見國府態度，一臉擔心看著吉桑。
　　△KK在旁，見這些官員高來高去的姿態，一陣厭煩。

---

23. 日／內 化肥廠 -D 處「閒聊 LOGO，探問 KK 跟夏老闆關係」

　　△KK走在廠裡的制高點，看著下方正在收拾典禮舞臺的工人們，也看著自
　　　己一手蓋好的廠房。
　　△蕙心手中拿著「茶杯贈品」，她察覺KK似乎有些憂鬱，走上來靠近

KK。

薏心：你又一個人躲著。

　　△KK看著薏心靠近。
　　△薏心發現，這是第一次來化肥廠出意外時，KK保護她的地方。

KK（順口背出）：碳化鈣與氮氣在1000度作用，合成氰氨化鈣！化學元素的排列
　　組合，讓原料變成肥料，其實原理很簡單。從幾個公式，變出了這座化肥廠，
　　仔細想想，這又挺不容易。

　　△薏心站在KK對面，她熱情直視著KK，為他的成就而感動。

薏心：比起做生意，你的化學公式複雜得太多。

　　△KK笑了，被剛才樓下高來高去的官話壓得喘不過氣的心情舒緩了，巨大
　　的化肥廠裡，渺小的兩人對望。

薏心（看著廠房）：恭喜你！
KK（客氣）：謝謝。

----

24. 夜／內 茶廠 - 門口空地「KK的歸屬感，北埔例派對」

　　△茶廠外燈火通明。
　　△場面歡騰，擠滿化肥廠的人（歐文、學員們）、家僕們和茶廠的人，以及
　　北埔鄉親，全來慶祝。男性們三五成群，有人研究著XO玻璃瓶身，有人
　　哼著小調自嗨，牆邊長排各式水果點心，桌上全是洋酒、XO，大家醉得
　　開懷，每個人講話都很大聲。

吉桑（豪氣）：阿榮，XO再扛二箱下來！

　　△男人們聽了，一陣歡呼。

男人們（喊）：「化肥大王」！「化肥大王」！「化肥大王」！
吉桑：我「茶虎」能成為「化肥大王」全靠KK，來敬KK！

　　△又是一陣男性歡呼聲。

男人們（喊著）：KK！KK！KK！

△ 其中一個人放炮。

大餅頭（大喊）：K 哥，我來了！

　　△ 一語雙關，男人噓聲四起，歡笑著。
　　△ 大餅頭前來敬酒，稱兄道弟。

大餅頭：經理，我敬你！

　　△ KK 揮著手表示不能再喝了，紅著臉擦去臉上的汗，眼神迷濛。

KK：明天我還要上班！
大餅頭（突然激動）：看得起你才敬你，敬你，就要喝下去，這是北埔人的慣例！
　　　　（CUE）怎樣啊？
男人們（齊聲喊著）：喝到倒下為止！

　　△ 又是一陣歡呼聲，KK 看到大餅頭後面排了十多名學員，興致勃勃等著敬
　　　 他，因為大家都把 KK 當成北埔人，但他知道自己不能再喝了，拉著領口
　　　 散熱。
　　△ 這時吉桑擠了進來，排在第一個要敬酒。

KK：吉桑？你不要帶頭鬧我！
吉桑：沒法度，這是北埔人的慣例！（CUE）怎樣啊？
男人們（齊聲喊著）：喝到倒下為止！！

　　△ 吉桑得意笑了，大家今天就是要 KK 倒下。
　　△ KK 捉歐文，發現歐文抱著酒杯，心滿意足睡著了。
　　△ KK 捉住阿榮。
　　△ 阿榮被大家噓跑了。KK 眼看逃不過了，大家就是要灌醉他。
　　△ 蕙心見 KK 真的不行了，她出面擋酒。

蕙心：Papa，我和你喝一杯。

　　△ 一排男人眼睛為之一亮，笑鬧著。

吉桑（笑開懷）：可以哦！一個建第一座化肥廠！一個賣茶給美軍！全是不可能的
　　　　事，今天都遇在一起了！（感動，大聲）我們北埔出人才了！

　　△ 吉桑敬二人，一群男人鼓噪叫著「喝！喝！喝！喝！」

△KK 跟蕙心像是新郎新娘敬酒，二人成場中焦點。

△這時，一個好風神的嗩吶手踏上桌，鼓起雙頰，吹著歡樂客家調。

△男人們踩著「老背少」舞步，一列以吉桑為首（蕙心排在父親後面），一列以 KK 為首，成二條龍互相逗陣，最終交會成一片。

△嗩吶手投入吹著歡樂調，手指動越來越快，越來越快。

△蕙心站在場邊，看著男人隨著音樂打成一片，吉桑跟大家抱著 KK，投入在這種熱鬧氛圍中。

△KK 很久沒有這麼快樂過了，他被擁抱著，接納著。

△蕙心笑看著父親及 KK，時間能永遠停在此刻不是很好嗎？

△燈火通宵，笙歌達旦。

25. 夜／內 日光茶廠 - 辦公室

△窗戶看到樓下杯盤狼藉，醉倒一片，也有不少人還在喝著。

△二樓的辦公室裡，狼狽的蕙心與 KK 躲著避難，都醉了。

△蕙心泡茶，倒進兩個一樣的試車紀念杯裡，遞了其中一杯給 KK，替他醒酒。

KK：這個「北埔例」也太精采了，沒想到妳很能喝啊！

蕙心：我以前常偷喝 Papa 的 XO，被他發現了，以為他會生氣，沒想到他說「女孩子會喝酒比較不吃虧」！

KK：哈哈哈，有這樣的爸爸，才有妳這樣的女兒啊！

蕙心：……這算是讚美嗎？

KK：當然是！

△蕙心開心，藉著酒意調侃 KK。

蕙心：倒是沒想到你這麼不能喝。

△KK 搖頭，喝著茶。蕙心摸著杯身「等邊三角形」商標，開新話頭。

蕙心：這個三角形有什麼意思嗎？

△KK 笑了，想起月婷。

KK：這是一座山！「日光化肥廠」是農民的靠山！這個是夏老闆女兒畫的！

蕙心：啊！難怪……你們（看著茶杯，打探意味）認識很久了？

KK：一陣子了。

蕙心（好奇）：怎麼認識的呢？

KK：朋友介紹的。

蕙心（再打探）：……夏老闆結婚了嗎？

KK：……

　　△KK睡著了，就這麼靠在蕙心的肩膀上。蕙心轉頭看KK，很近，KK跟夏慕雪的關係困擾她，不過今夜就這樣吧，至少這一刻他們在一起。

```
26. 日／外 - 內 農會倉庫、門口
```

　　△「日光化肥公司」卡車開了進來，KK下車。

　　△化肥廠司機捲毛，開始下貨。

　　△陳專員坐在門邊桌子點貨。

　　△一包一包肥料送進了倉庫，KK看見倉庫裡堆滿了化肥，不悅。

KK（不明白）：陳專員，肥料怎麼還堆在這呢？

　　△陳專員停下手邊工作，看著KK。

陳專員：我們還沒收到發售公文。

KK：現在正是農民施基肥的時間，再晚就錯過時機了。

　　△陳專員無奈聳聳肩。

陳專員（一臉苦惱）：唉，我也很苦惱，依照「美援會」的規定，我們農會變成你們「美國肥」的販售店面，但公文一直沒下來，也不能賣，囤著又占地方。

　　△KK心想太扯了，他有了其他的想法。他走到門口告訴捲毛。

KK：不下了，我們走！

　　△KK上了卡車。

　　△「日光化肥公司」卡車載著整臺肥料開走了。

　　△陳專員站在門口，手裡拿著點貨單，表情由驚到喜，臉上掛著「你終於動手了」的表情。

```
27. 日／外 日光茶廠 - 門口
```

太田叔：新社長回來囉！

△ 蕙心搭著車回到茶廠門口，她拎著包包下車，經過一眾來賣茶菁的茶農。
△ 蕙心看見「日光化肥公司」卡車停在門口。

28. 日／內 日光茶廠 - 辦公室連樓梯

　　△ 蕙心回到自己座位，看到 KK 跟吉桑，在 KK 腳邊放著二包肥。
　　△ KK 也看見蕙心回來了，笑著點頭示意，繼續跟吉桑談正事。

KK：吉桑，肥料全扣在倉庫裡，我催了副院長、糧食局，全無下文。
吉桑：副院長說會依美援會的協定，協助肥料進入自由市場，沒想到，國民政府這
　　　麼大膽，用這個方法卡肥。
KK：現在是秋季施肥的最好時機，我們不能再等公文了。

　　△ 吉桑點頭表示同意。
　　△ 蕙心經過他們走向林經理，把美軍收到的貨款交給林經理。林經理收下，
　　　開始打著算盤。
　　△ 這時 KK 也起身了，吉桑對 KK 揮著手示意「安啦」。

吉桑：你顧好生產線，這個我來處理！

　　△ KK 跟蕙心二人面對面，但 KK 什麼話也沒說，匆忙離去。
　　△ 蕙心冷眼看著 KK 離去，竟連打聲招呼都沒有，心情悶，踩步返回林經理
　　　桌邊，十分沒勁。她看見林經理打著算盤，笑逐顏開。
　　△ 林經理很興奮，因為日光終於有機會清償所有債務了。

林經理（對蕙心笑，小聲）：「新社長」這筆貨出了，我們就可以買回大坪山了。

　　△ 蕙心聽了開心。

29. 昏／外 烏面 - 枯萎茶園「給烏面肥料」

　　△ 吉桑跟阿榮滿身大汗，阿榮扛著二包黑肥給烏面叔，烏子牽著腳踏車聽大
　　　人講話。

吉桑（喘著氣，指著二包肥料）：烏面，我不是說過，我做的第一批肥一定給你用！
烏面（恭敬）：謝謝社長，這肥我等很久了，（望向枯黃茶園）我的茶園有救了！

　　△ 烏子見父親笑了，他也笑了。第一次見他笑容，有著深深的酒窩。

吉桑（搧著風）：以後，要肥就來找我，不要動不動就燒茶園！

　　△烏面被講的很不好意思，尷尬笑著，滿心感激吉桑友情贊助。
　　△吉桑心滿意足，看著北埔茶園，有風吹來就是涼快。

---

30. 日／外 大坪茶廠「蕙心買回大坪山」

　　△山頂。
　　△一座很美的山林，蟲鳴鳥叫，蕙心、吉桑跟林經理三人氣喘吁吁，回到山
　　　頂那一棵樹。
　　△蕙心仰望著一棵杉木。

蕙心（喘著氣）：Papa，上次您說，這裡的每一棵樹都是您種的，（喘）不過你說
　　都是萬頭家的了……

　　△吉桑喘著氣，無法言語，看著來意不善的蕙心及林經理。

蕙心（繼續）：現在，這些樹又都是 Papa 的了，（笑）Papa 生日快樂！

　　△蕙心給過土地權狀，給父親一個大驚喜，她買回大坪山。吉桑看著土地權
　　　狀，一臉難以置信。

蕙心：這裡的木材，我透過美軍跟一家公司接上線了，一起合作美軍棧道。

　　△吉桑聽了更吃驚。
　　△蕙心喘到不行，示意換林經理說。

林經理（擦著汗，開心做財報）：美軍紅茶不僅出清了我們全部的庫存，還清了之
　　前所有的負債，還有錢可以把這座山買回來……

　　△大家開心。

林經理（激動）：還有，結餘 150 萬現金！

　　△吉桑感動，握緊雙拳。

吉桑：好好好！很好啊！（忍不住拍打著杉木）當年，我在這開始我的事業，現在……

△吉桑望向四周杉林，感動地把手中土地權狀交給蕙心。

吉桑（笑）：現在，我傳給妳！

蕙心（驚）：Papa？

吉桑（期許）：這不只是我的起家業，也是妳的起家業，希望有一天，妳把日光帶
　　　　　到另一個高度！

　　　　△蕙心感受到父親深深的期許。
　　　　△吉桑仰望著杉木，有了現金流，也想起他的「紅茶大夢」。

吉桑（擦著眼鏡）：嗯……有150萬，要來做什麼好呢？

　　　　△蕙心和林經理互看一眼，吉桑戴起眼鏡笑了，不知道在打什麼主意。

```
............................................................
31. 夜／內 洋樓 - 二樓蕙心房
............................................................
```

　　　　△蕙心在剪報，報紙上是吉桑參與中美化肥廠建造試車典禮的新聞，「化肥
　　　　大王」、「新竹張福吉」、「日光公司」等等。她把吉桑相關的新聞剪下，
　　　　貼在剪貼簿上。
　　　　△看到一旁有拍到 KK 的照片，她想了想，剪下來，拿了另一本新的剪貼簿
　　　　貼上珍藏。

```
............................................................
32. 日／內 怡和 -VIP 室「沒有紅茶市場」
............................................................
```

　　　　△本場全英文。

大衛（品著茶一臉滿意）：這就是傳說中的「美軍六號茶」？

　　　　△蕙心表示「是的」，同時送上另一杯茶。此時蕙心的英文已十分不錯，不
　　　　需翻譯。
　　　　△大衛審著新茶樣，吸得嘖嘖叫，更喜歡。

大衛（讚嘆）：可以嘗出，這位茶師追求一種「香、醇、厚」的境界。

蕙心（開心）：大衛叔叔，要不要下單？

　　　　△大衛審著茶，知道蕙心是來賣茶的。大衛對蕙心有點刮目相看，不再視她
　　　　為「千金」，而是商人。

大衛（笑）：當然！要是「新社長」能賣便宜一點，我就下單。

蕙心（打太極）：大衛叔叔應該知道，現在臺灣茶廠多了三倍，茶園面積卻沒有增加，茶菁價格一直居高不下，賣價不可能再低。

大衛：妳說得對！而且，妳自己剛剛說出，為什麼我不下單的理由。

　　　△ 蕙心碰了一個軟釘子，她面帶笑容看著大衛叔叔，憂心。
　　　△ 大衛看出蕙心的憂心，示意她跟他到另一頭一道屏風後面。
　　　△ 蕙心走入，驚訝睜大雙眼。放眼望去，桌上、地上堆滿上百個茶樣，蕙心從沒見過這景象。蕙心挑起一個 S.F.T.G.F.O.P.4（最高紅茶等級）的茶樣。

蕙心（吃驚）：S.F.T.G.F.O.P.？最高等級的紅茶！

大衛：是的。（接過來）現在歐洲人有了印度阿薩姆，他們不再需要臺灣紅茶，臺灣紅茶失去了它的市場！

　　　△ 大衛把茶樣放在桌上。
　　　△ 蕙心看著桌上成堆沒人要的茶，這是警訊。心想日光要做點別的生意，才能存活了。

---

33. 日／內 公會 - 辦公室

　　　△ 氣氛凝滯，吉桑跟六名理事喝著茶，現場沒人講話，有二名理事互瞪著彼此，似乎剛才吵過架。

吉桑（做出結論）：臺灣茶，在國際上被打得稀哩嘩啦的，（望著二名嘔氣的理事）要是我們再自己扯自己後腿，那真的不要做了！

---

34. 昏／外 日光茶廠 - 門口「日光由紅茶轉做北非綠茶開端」

　　　△ 吉桑開完會回家心情不太好，看見一卡車高麗菜停在門口，好奇走進去。

---

35. 昏／內 日光 - 廠房

　　　△ 蕙心跟山妹站在甲種乾燥機前，二人像小白兔吃著乾燥高麗菜，菜還熱呼呼的。後景是茶工在搬著高麗菜。

4　紅茶等級標示，紅茶包裝上常見以英文字母縮寫標示紅茶等級。S.F.T.G.F.O.P. 即 Super Fine Tippy Golden Flowery Orange Pekoe 的縮寫。而其中「Pekoe」為「白毫」，是經由荷蘭音譯到西方的「中文外來語」，「O.P.」為橙黃白毫、「F.O.P.」為花橙白毫；其中「Orange」為荷蘭國家代表色橘色之意涵，此標註表茶葉尊貴之意，與柳橙完全無關，而以「Orange」標註的起源，部分說法認為與荷蘭東印度公司行銷茶葉的手法有關。

△薏心看著吉桑前來，笑著給了父親一小片高麗菜。

薏心：小片的比較好吃，也比較省時間。

　　△吉桑接過乾燥高麗菜咬著。

吉桑（不明白）：妳在做什麼？
薏心（實話實說）：克拉克將軍問我，要不要接美軍乾燥高麗菜的單！

　　△吉桑瞪大眼盯著女兒，猶如她是叛徒，直接吐掉口中的高麗菜乾。

吉桑：妳講什麼？
薏心：要不要接高麗菜的單……

　　△吉桑激動。

吉桑：我的茶廠，絕對，不會，落魄到，幫人做高麗菜乾！

　　△薏心聽了無奈，試著說服。

薏心：現在做茶無利可圖了。

　　△吉桑看著薏心，不講話。

薏心：怡和不下單，美軍紅茶也做完了，我們做了茶，沒有單，也賣不出去啊，日
　　　　光必須轉做其他生意。

　　△吉桑皺著眉頭，看著薏心。

薏心（分析）：茶，一年只能做七個月，但是員工每個月工資還是要發，這樣下去，
　　　　　　　日光早晚會倒。

　　△吉桑很失望地看著薏心。

吉桑（感嘆）：才幾天而已，在大坪山的時候，我還期待妳把日光做大，沒想到，
　　　　　　　妳這樣快就放棄茶了？

　　△薏心聽了無奈，安撫吉桑。

薏心：Papa，暫時的，乾燥機放著也是放著，高麗菜加減做一點……（被打斷）

吉桑（氣）：沒有「加減做一點」這回事，我們不是有現金 150 萬，剛好把大坪廠
　　　　　　再蓋起來。

　　△ 蕙心吃驚，呆住了。原來父親在打那 150 萬的主意。

蕙心（有點火大）：臺灣茶已經沒有市場，你還要蓋一座茶廠嗎？
吉桑（不同意）：沒有市場？全世界有百分之八十的人是喝紅茶的，怎麼會沒有市
　　　　　　場！
蕙心（吐嘈）：全世界有百分之八十的人是喝紅茶的，那麼，Papa 的紅茶訂單在哪？
　　　　　　是在倫敦、巴黎，還是阿姆斯特丹？

　　△ 吉桑一時間回答不出來。

蕙心（務實）：美軍高麗菜單就在眼前，有錢為什麼不賺？

　　△ 吉桑講不過蕙心，只好把甲種乾燥機電源關掉。
　　△ 甲種乾燥機像漏氣的汽球，發出呱軋呱軋的聲音，慢慢停止轉動。

吉桑（警告蕙心）：除非我死，否則妳休想用我的機器做高麗菜！

　　△ 吉桑頭也不回大步離去，父女經營理念有了分歧。

36. 夜／內 洋樓 - 餐廳連客廳

　　△ 父女一人一桌，每桌六道菜都是「高麗菜料理」：麻油紅棗高麗菜、高麗
　　　　菜炒蛋、臺式泡菜、汆燙高麗菜沾桔醬和高麗菜封肉，吉桑端起碗筷，看
　　　　著餐廳裡的蕙心。

吉桑：煮這麼多菜，浪費！

　　△ 蕙心滿臉勝算，盯著客廳的父親，她用「高麗菜法」逼父親就範。她看見
　　　　阿榮跟父親報告著什麼，吉桑臉上浮起驚喜，父女對上眼，吉桑一臉得意
　　　　對著上菜的春姨吩咐。

吉桑：貴客臨門哦，點心準備好來！
春姨（上高麗菜肉捲，笑回）：全準備好了。

　　△ 蕙心看著春姨離去，不明白父親約了誰，感到態勢不妙。

△ 剁菜聲咚咚咚咚響著，下人們全在切高麗菜。

順妹：夭壽哦，切了整個禮拜的高麗菜，茶虎在做高麗菜，傳出去很難聽。
團魚：難聽？總比叫妳走路好。

　　　△ 順妹不講話，切著菜。

團魚（切著菜）：社長絕對會把大坪廠蓋起來。
順妹（切著菜）：沒單，蓋十個茶廠也沒用。

　　　△ 這時春姨繫著圍裙走進來。

春姨（向大家喊話）：今天「中國茶葉大王」來訪，大家不要怠慢！
順妹（想了一下）：中國茶葉大王？是有個電影女明星為他自殺的那個人嗎？聽說，
　　　人很風流「尖頭面」（Gentleman）？
團魚（切著菜）：「尖頭面」來我們這做什麼？
春姨（炸著番薯餅）：做生意啦，做什麼！

　　　△ 汽車喇叭聲音傳來。
　　　△ 下人們全放下手邊工作，擠到窗邊爭看「中國茶葉大王」的廬山真面目。

　　　△ 吉桑聽到汽車喇叭聲，立刻放下碗筷出去。
　　　△ 蕙心見狀也跟著出去。

　　　△ 蕙心走出來，看見穿著正式三件式西裝的穆老（穆桂錦，五十四歲，人稱
　　　中國茶葉大王，現為協和洋行買辦業務）下車。
　　　△ 穆老跟著邱議員來拜訪日光，穆老露出自信微笑，跟吉桑握著手，邱議員

5　穆老的原型人物為中國茶葉大王「唐季珊」。唐季珊是 1930 年代中國的「茶葉大王」，他成功打破中國茶葉
　外銷市場長期被洋行壟斷的局面，更至北非開拓新市場，但二戰將唐季珊的廠房炸毀後，他的茶事業一蹶不
　振，最後輾轉來到臺灣，與協和洋行合作，將經營茶葉與製作的技術教予臺灣人，引入「炒菁綠茶」技術，
　行銷北非市場。

介紹著。

邱議員：吉桑，這位就是我之前向你提起過的，中國茶葉大王穆先生，他今天特別
　　　　來拜訪。
吉桑（堆滿笑容）：穆先生，歡迎，歡迎！

　　　△ 蕙心也快步走向他們。

邱議員（笑）：這位是張先生的千金。

　　　△ 穆老將視線轉向蕙心，熱情伸出雙手。

穆老（興致高昂，鄉音）：張小姐，您好！

　　　△ 蕙心禮貌性伸出手。

穆老（笑）：今天特別來過來，拜訪日光張董事長，又能見到把茶賣給美軍的傳奇
　　　　人物，真是我的榮幸！

　　　△ 蕙心一臉不明白，握著穆老的手，眼前紳士來訪目的為何？

（本集終）

第七集

序1　晨／內 民生公園 - 茶棧「文貴沉潛大稻埕」

△ 壺嘴倒出一杯濃茶。
△ 男子（文貴）用濃茶漱口（防蛀牙），同時把茶壺吊起來。
△ 自茶壺上變形的映影，依稀可見文貴對著茶壺梳著頭髮，他把自己打理得很體面。後景是一個小小但收拾乾淨的工寮。

序2　晨／外 枯萎茶園「烏面叔中毒倒下」

△ 烏面叔開心施著肥，他終於用上了化肥。灑著肥，過於激動的他呼吸開始變得急促，流涎。
△ 烏面叔直接用施肥的大手抹去嘴邊流涎，四肢逐漸無力。
△ 他望向四周茶園，無人，好像有人把光關掉一般，眼前一黑。
△ 就在烏面叔快喪失意識時，他斜眼看見遠方打盹的烏子，心中一驚，強忍住暈眩感急著走過去，卻往反方向倒下。
△ 大手抓緊著肥料不放。
△ 烏面叔倒在茶園，不省人事。

---

1. 日／外 洋樓 - 院子「穆老找上全臺最大茶廠，製作北非綠茶」

穆老（鄉音）：張小姐真不簡單，年紀輕輕可以將茶葉賣給只喝咖啡和可樂的美軍！

　　△ 吉桑有點吃味。

吉桑（笑）：幸運而已，美國大兵想換個口味，剛好給小女碰上。
邱議員（笑）：不是哦，吉桑！可以被「中國茶葉大王」稱讚是蕙心真有本事！
穆老（對著邱議員笑）：唉唷，邱議員，什麼「中國茶葉大王」？都是過去的事！

　　△ 蕙心忍不住打量眼前的「中國茶葉大王」。

吉桑（笑）：站著講話做什麼，來，來我辦公室泡茶，順便參觀我的茶廠。

2. 日／內 日光 - 廠房「二大茶人，惺惺相惜」

△ 穆老見一臺大型甲種乾燥機，十分激動走向它。
△ 薏心、吉桑及邱議員三人站在穆老後面，薏心看著穆老伸出雙手摸著機器，感受著轟隆隆的震動聲。
△ 穆老閉上眼睛，一臉很享受，認真聆聽著機器運轉聲，好久沒聽見了。
△ 薏心不明白穆老的反應，她跟吉桑、邱議員站在後面，三人嘀咕著。

吉桑：穆先生還真是性情中人吶！

邱議員（欽佩）：吉桑，穆老是中國最大的華商公司，他一年就可以出口 4300 噸茶葉！

薏心（詫異）：4300 噸？穆先生，一個人就出口全臺一年外銷茶的量[1]啊？

△ 薏心不由得敬佩。父女二人聽邱議員講古。

邱議員（感嘆）：是啊，生意正好時，倒楣，遇到中日戰爭，他的工廠、倉庫、機器全被燒了，（惋惜）茶廠又搬不走，最後，落得一人來到臺灣⋯⋯

△ 吉桑示意不要再講下去，因為前方穆老的手動了，身體稍微抖動著。
△ 穆老緩緩睜開雙眼，眼眶泛紅，手還捨不得離開機器，背對眾人。

穆老（感嘆）：這不是最美好的聲音嗎！

△ 穆老撿起乾燥機裡的一片茶菁，似乎想起當年自己的意氣風發。

穆老：紅茶！就像千面女郎⋯⋯
吉桑（接話）：什麼滋味都有。

△ 穆老轉身看著吉桑，兩大茶人對看著。

穆老：那綠茶，就是小家碧玉⋯⋯
吉桑（接話）：最忠於原味。

△ 兩大茶人對望，笑了。

穆老（嘆）：可惜，一場戰爭，讓味道全變了。

1　1950 年，臺灣過了「茶金」時代，臺茶外銷量銳減，該年度紅茶外銷量為 4,206,922 公斤；據載唐季珊 1925 年的出口量約為 2,500,000 公斤，故其一人產能即可出口近臺茶年銷量六成。（摘自《臺茶輸出百年簡史》）

△蕙心看著穆老，越來越好奇。

3. 日／內 日光 - 辦公室「北非一個全新的市場」

△一行人走入辦公室，吉桑熱情招呼著穆老，辦公桌上已經放上番薯餅及客式甜點。

△吉桑給「三十年茶樹小盆栽」葉面噴點水（葉子長出來了）。

吉桑：蕙心，把最好的紅茶拿出來。

　　△蕙心正要起身，穆老出聲了。

穆老（笑）：喝喝我帶來的茶吧。

　　△穆老拿出一個紅色鐵罐放在桌上。

吉桑：這是什麼茶？

　　△吉桑、蕙心、邱議員看著茶罐。

穆老：這裡面裝的是臺灣茶的未來啊！
蕙心（好奇）：臺灣茶的未來？
穆老（豪情）：北非！一個全新的市場！它將為臺茶帶來新的黃金年代！

　　△吉桑跟蕙心都很好奇。

4. 日／內 濟陽醫院

△KK跟阿榮到醫院探望中毒的烏面跟烏子，二人吊著點滴，烏子已經睡著，張醫生確認點滴，烏面搔著熟睡烏子的背。

KK：你有比較好了？
烏面：有啦！（跟KK道歉）歹勢，我想趕快給我的茶吃肥，不照事來，還麻煩劉經理過來。
KK：應該的，上面很關心您的情況。
烏面：唉唷，不用關心啦，過二天就好了！

　　△大家笑，似乎擔心都是多餘。

326

5. 日／內 日光 - 辦公室「日光紅轉綠的初端」

　　△吉桑熱情泡著茶，以為穆老是來買紅茶，邊泡邊講。

吉桑（推銷著）：穆先生，我日光茶在全臺灣若說是第二，沒人敢講一，我日光茶的品質你放心，喝喝看！

　　△吉桑送上一杯琥珀色的紅茶。

邱議員（與有榮焉）：是啊，日光是全臺灣最大的茶廠！

　　△穆老滿意喝著茶，看著吉桑及蕙心。

穆老（讚）：張先生是個勇於開拓的領導者，日光又有優秀的茶師，是我目前最中意的茶廠！

　　△吉桑得意，表示「好說好說」。

穆老：我就打開天窗說亮話，我今天來是代表協和洋行，我們準備在臺灣優先選出幾家茶廠，教做「北非綠茶」進軍北非市場₂！

　　△面對穆老的邀請，吉桑顯得有點錯愕。

吉桑（不解）：做綠茶？

　　△蕙心聽到「北非綠茶」關鍵字，看著父親跟穆老二人。

吉桑（吃驚）：穆先生，您不是來看我的紅茶嗎？

　　△穆老表情吃驚。

穆老（吃驚）：我是來請您做綠茶的，（望向邱議員）邱議員沒告訴您嗎？

2　1948 年協和洋行在臺設立分行，同時與唐季珊共同引進「炒菁綠茶」技術來臺，在北部找了 12 家茶廠開始傳授炒菁綠茶（珍眉茶及珠茶，在此之前臺灣未曾製產，為新技法），展開臺灣綠茶外銷北非長達 10 多年的黃金時代。次年，1949 年臺灣第一次外銷綠茶，占出口量 8%，1950 年占出口量 9%，到 1952 年占出口量 65%。「北非」係指摩洛哥、利比亞、阿爾及利亞、突尼西亞四國（法屬殖民地），其中 94% 是賣到摩洛哥。（摘自《臺茶輸出百年簡史》）

△邱議員尷尬笑看著二人，自顧自喝著茶沒講話。

吉桑（直言）：穆先生，我日光沒有做綠茶。

　　△這時，邱議員對穆老露出一副「這就是為什麼我不先說明」的表情。

穆老（笑）：臺灣茶，得天獨厚，適合做紅茶，也適合做綠茶，現在韓戰打出了一
　　　　個北非市場，北非人不跟中國買綠茶，日本綠茶的生產能力又還沒恢復，對
　　　　臺灣茶來說，這是個大好機會！
吉桑（笑）：穆先生生意眼光遠大，我很佩服，不過，我還是相信紅茶的潛力。
穆老（點明）：現在臺灣紅茶已經沒有競爭力，只能給人併堆用而已！

　　△蕙心同意穆老觀點，吉桑也讀出女兒心思。不高興紅茶被講成給人併堆而
　　　　已，整理起桌上的「三十年茶樹小盆栽」，又噴點水。

吉桑：穆先生，你有你的看法，我也有我的看法，紅茶市場一直都在，全世界有百
　　　分之八十的人喝紅茶，喝綠茶只有百分之二十而已，我想趁這時候，提升一
　　　下我日光的品質，到時好賣到倫敦、巴黎和阿姆斯特丹去！

　　△吉桑笑看著蕙心，蕙心心知父親這話是講給她聽的，皮笑肉不笑看著父
　　　　親。
　　△邱議員露出尷尬的神情陪笑。

邱議員（幫腔）：吉桑，現在知道北非市場的人沒幾個，要是你是第一家做「北非
　　　　綠茶」，絕對有賺頭！

　　△吉桑笑笑，不是很感興趣。蕙心倒是心動，她看著穆老送的茶罐，心情複
　　　　雜但好奇。

蕙心（請益）：請問穆先生，這個北非市場有多大？

　　△穆老看出吉桑的固執，但第二代倒是有興趣，轉而拉攏蕙心。
　　△穆老站起身，示意蕙心「請過來看」，穆老走向牆上的世界地圖，豪情萬
　　　　丈指著北非。

穆老：摩洛哥、利比亞、阿爾及利亞、突尼西亞，這些法屬殖民地，喝了幾百年的
　　　綠茶，但是現在他們沒茶喝了，對於「綠茶」是求之若渴。今年我們預計出
　　　口180萬磅，之後每年將以倍數成長，（自詡）臺灣要把整個北非市場都拿

下來₃！

　　△ 蕙心眼裡也閃閃發光，地圖上是個廣大的市場。

蕙心（好奇）：若是合作，不知道穆先生可以提供什麼協助呢？

　　△ 吉桑看著穆老跟蕙心二人，站在世界地圖前，像師徒般微妙互動。

穆老（看著蕙心笑）：我將親自教授貴公司全新「炒菁綠茶」的技術，協助日光打
　　　入北非市場，重點是，政府十分重視這個市場……

　　△ 蕙心看著吉桑，蕙心想再發問時，吉桑搶先開口。

吉桑：講到底，穆先生就是想要找一家大茶廠幫你們做代工而已。

　　△ 穆老來訪目的被吉桑點破。穆老跟蕙心二人回頭，看著吉桑悠悠喝著紅
　　　茶。

吉桑（笑）：穆先生，今天你來若是要紅茶，不管多少我都可以做給你，但是，抱歉，
　　　我日光不做綠茶！

　　△ 穆老聽了先是一愣，接著笑了。

穆老：看來，張先生對紅茶是情有獨鍾！

　　△ 吉桑拿起剛剛泡好的紅茶。

吉桑（笑）：臺灣茶的未來不在那個罐子裡，臺灣茶的未來一直在我手裡！

　　△ 說完吉桑一飲而盡。
　　△ 杯子放下，大家看著桌上的紅茶罐，陷入一陣沉默。
　　△ 邱議員露出尷尬的神情陪笑著。

邱議員（看著錶）：唉唷，你看，時間不早了，那我帶穆老去關西那邊走走。

　　△ 蕙心看著穆老把「紅色茶罐」放在紅茶罐旁。

3　1950 年綠茶出口量為 640,112 公斤，即 140 萬磅，1949-1958 間年為臺灣綠茶外銷的黃金時代。（摘自《戰後
　　臺灣綠茶產業之研究 1948-2005》）

穆老（看著蕙心）：人們的口味是一直在變的！製茶是一門藝術，但更是一門生意。

△蕙心把話聽進去了。她看著北非地圖，心想，綠茶或許是門好生意。

6. 日／外 民生公園 - 茶棧「文貴茶猴」

△文貴跟一個老闆模樣的人握手，像是成交。文貴雖過著慘淡的生活，但他把自己打理得不錯，人模人樣，像個貴公子。

文貴（笑）：有空再過來喝茶！

△文貴送客人離開。看見一臺卡車自巷口開來，他很自然地走回木桌，從包裡拿起木梳，把頭髮梳好，再拿出一捲像書衣的東西打開，是一排整齊的湯匙，他仔細挑了一根出來。
△卡車下來三個鄉下年輕人，他們把茶樣擺好，一尊尊茶樣供在卡車上，像神主牌一樣。年輕人對茶樣拜了拜，希望能夠賣出去。走向文貴。
△文貴跟三個年輕人審著茶樣，雜亂的公園，一張木桌上整齊排列著十組不同茶樣及茶渣，跟現場很不搭調。三個年輕人看著文貴幾近挑剔審著茶，年輕人的頭頭球仔開口。

球仔（笑）：文貴，下一季我們要做什麼茶好？

△文貴停下手邊審茶動作，拿起一片茶底，看不出喜怒的把茶底攤放在球仔前面。

文貴：你這黃柑種能做什麼茶，只能給人併堆而已。
球仔（不好意思笑笑）：我有什麼辦法，我總不可能廢園，種新茶種吧！

△文貴不理他們，用湯匙敲了一下第八盤的審茶杯。

文貴：球仔，你這有多少？
球仔（笑）：可以湊到 200 斤。
文貴：行，這個我可以幫你賣。
球仔：謝謝，文貴「師」（強調著）。

△球仔敬文貴一杯茶。

球仔（討好地）：我們在臺北沒公司，賣茶全靠你了。
同鄉年輕人（打蚊子）：哼，球仔你要能在臺北開公司，我們就不必坐在這餵蚊子，

早就到前面巷口去看戲了。

△ 年輕人閒聊著，羨慕看著巷口擠滿了人。

```
┌─────────────────────────────────────────┐
     7. 日／內 永樂戲院「國華公司出場」
└─────────────────────────────────────────┘
```

△ 夏慕雪演出劇目最後一段。
△ 席間掌聲不斷，一群票友叫著「夏老闆」，神情激動。
△ 靳上將在座，望著臺上的夏慕雪，眼神流露著慾望。

```
┌─────────────────────────────────────────┐
     8. 日／外 永樂戲院 - 門口連街道
└─────────────────────────────────────────┘
```

△ 戲院散場，人們來去。
△ 黃董（黃騰飛，約四十歲，國華公司董事長，軍人出身）和詹祕書（詹上
　 賢，二十七歲，國華公司祕書）二人，穿著西裝恭敬地站在一臺黑頭車門
　 外，後車窗半開著，靳上將坐在裡面。（註：即之前出現過的靳元凱上將）
△ 一口菸吐出了車外。

靳上將（鄉音）：反攻大陸就靠韓戰這一波了 4 ！不管你們做什麼，任務就是想辦法
　 把外匯賺進來！
黃董（立正，鄉音）：是！

△ 香菸直接彈出車外，上將手上戴著一枚顯眼的寬版黃金尾戒。
△ 黑頭車開走了。
△ 黃董和詹祕書恭敬目視著黑頭車消失在巷底。

詹祕書（恭敬）：董事長……那我們要用什麼來賺外匯？

△ 黃董看見巷底供著茶樣的卡車，有幾個年輕人（文貴及三個毛茶廠年輕
　 人）在閒聊、泡茶，他瞇著眼起了一個想頭。

4　1950 年，韓戰爆發後，國府訂定「凱旋計劃」，與美國「西方公司」聯手，不斷對中國沿海進行軍事擾動，
　 美方想借此試驗軍火性能，而國府則希望引起第三次世界大戰反攻大陸，外匯需求是為購買軍火武器的備戰
　 需求，1950 年代的軍事國防支出占全年稅收 80-90% 之多，茶為特許經濟作物，每年為國家賺入七百萬美元
　 至一千萬美元不等外匯，故相當受到國府重視。

9. 日／外 日光 - 倉庫到門口

△ 一行人走在倉庫區，穆老看著場邊出貨工具，累積著日光歷史的出貨國的刷嘜、打印標牌，有英國、日本以及美國。
△ 穆老回過身，很紳士地對著蕙心說話。

穆老：可以把紅茶賣給美軍，絕不會是幸運或嘗鮮而已，張小姐，妳天生就是做茶人的命！

△ 蕙心靦腆一笑。

穆老（拉攏蕙心）：一個企業做大、做久，往往是從一個小小的「決定」開始，希望有一天，我們能和日光合作。

△ 吉桑站在一旁笑而不語，嘴裡菸斗從左邊移到右邊。
△ 邱議員尷尬陪笑，連忙帶穆老離去。

蕙心（望著穆老背影）：Papa，穆老很有趣。

△ 吉桑一臉不敢苟同。

10. 昏／內 日光公司 - 辦公室「嗅到商機」

△ 吉桑不語，嘴裡菸斗從左邊移到右邊。看著對面的年輕人，感到有點厭煩，他為「三十年茶樹小盆栽」鋪著青苔。
△ 「國華公司」詹祕書主動找上門，三人喝著茶，感覺上是大家喝了一陣子。蕙心看著桌上放著跟穆老帶來的一模一樣的「紅色茶罐」，有點吃驚，思考著商機。
△ 詹祕書大方為自己換了一泡新茶，邊泡邊說話。

詹祕書：張董事長，這 180 萬磅 5 的北非綠茶，只有你日光才有本事接！

△ 蕙心聽見「180 萬磅」，跟穆老講的一樣。
△ 吉桑不講話，一直在整理他的「三十年茶樹小盆栽」，因為他不想做綠茶。

詹祕書（積極）：張董事長，我們國華是誠心的，不會虧待日光的。

5　180 萬磅數量設定係參考 1950 年臺灣甫開始綠茶出口之年產量：141 萬磅（約 640,112 公斤）。

△詹祕書要為吉桑倒茶，發現杯子還是滿的。

詹祕書：張董事長，怎麼不喝呢？

△蕙心見吉桑不講話，打破沉默。

蕙心：詹祕書，謝謝您，但是我們無法承接貴公司的委託。
詹祕書：為什麼？

△蕙心被詹祕書直接反問，啞口無言，吉桑拿起滿滿一杯綠茶看著。

吉桑（冷冷地）：因為喝不慣。

△詹祕書聽了，忍不住翻了個白眼。
△蕙心看著二人，氣氛很僵。

蕙心（禮貌微笑）：家父有別的計畫……

△吉桑皺了一下眉，看了一眼蕙心表示「我有嗎？」
△詹祕書拿著自己帶來的「紅色茶罐」，搖著。

詹祕書（更積極）：北非綠茶的賣價是紅茶的兩倍，這麼好的價格，不知道張董事
長在猶豫什麼？

△詹祕書生氣放下茶罐，又為自己倒一杯茶，沒打算走。任務沒完成，三人
繼續泡著茶。
△蕙心喚出北非商機，也許日光真的可以贏在「綠茶」起跑點上。
△吉桑則是把玩著他歷經時代滄桑的「三十年茶樹小盆栽」，無動於衷。

---

11. 昏／內 洋樓 - 餐廳

△吉桑看著一桌五道菜，都是高麗菜：麻油紅棗高麗菜、高麗菜炒蛋、高麗
菜肉捲、臺式泡菜、汆燙高麗菜沾桔醬。
△春姨又上了一道高麗菜封肉，吉桑不高興地盯著春姨。

吉桑（不滿）：春姨，這些高麗菜，吃半個月了，還沒吃完嗎？
春姨（笑笑）：蕙心買了整臺車，不消掉，打爽（客語：浪費）！

△ 吉桑看向女兒，薏心倒是一臉自在用餐。

12. 夜／內 日光 - 茶廠揉捻區「日光轉做綠茶」

△ 昏暗的小燈泡，飛蛾繞著。
△ 巨大的茶廠看不見底，吉桑小小身影在偌大的茶廠形成對比。
△ 電壓不穩，燈泡忽明忽暗，吉桑的神情也忽明忽暗，他在猶豫。
△ 薏心走進，看到深夜茶廠裡的吉桑。
△ 吉桑看著薏心走向他，便直接關掉電源。
△ 薏心打開電燈，看著吉桑。

薏心：Papa？
吉桑：……我知道妳要講什麼！

　　　△ 父女並肩站在整排傑克遜揉捻機前。

吉桑：不是我不做綠茶，而是做綠茶對日光而言，是打擊！

　　　△ 薏心不明白。

吉桑（望著揉捻機）：日光從茶師到機器到技術都是做紅茶的規格，做綠茶，這排
　　　機器就等於是廢了……

　　　△ 薏心有些驚訝，從吉桑的觀點，原來有這麼大的不同。
　　　△ 吉桑繼續講著。

吉桑：綠茶，小茶寮就可以做了，不用萎凋的空間，一臺機器、一間茶寮，就可以
　　　生產了。做紅茶，機器跟規格都是高門檻的，我們日光是大廠，何必跟那些
　　　小茶寮拚呢？
薏心：Papa，但這是茶市所趨，我們要轉型。
吉桑（不同意）：轉型？講的輕鬆，轉不過去，不僅日光會倒下，北埔也會垮掉的！

　　　△ 吉桑走到隔壁的茶廠乾燥室，薏心跟上。

吉桑：我做了三十年的紅茶了……
薏心：難道 Papa 真的要日光烘美軍高麗菜？

　　　△ 吉桑盯著薏心，一副「妳又給我提美軍高麗菜」的臉。

薏心（激將法）：還是，Papa 想烘香菇，做蒜頭粉，做鳳梨罐頭？這些我都可以去
　　　　找廠商……（被打斷）
吉桑：妳聽不懂嗎？日光是做紅茶起來的，要是做綠茶，全部要重頭開始！
薏心（安慰）：我知道 Papa 不想做別的，只想做茶，我們重新開始，不就是為了讓
　　　　日光可以繼續做「茶」嗎？

　　　　△ 吉桑看著薏心，無法反駁。

薏心：幾個月來，我們一直找不到單，「北非綠茶」臺灣沒人做，這是個先機，這
　　　　個市場我們是贏在起跑點……

　　　　△ 吉桑猶豫著，打開乾燥機的電源，巨大的轟鳴聲傳來，吉桑摸著乾燥機身
　　　　　思考著，吉桑看見一雙女人的手，也學著他摸著機器，薏心享受著乾燥機
　　　　　傳來的溫度及震動。

薏心：Papa，讓我們一起改變吧！

　　　　△ 薏心學父親摸著機器，聆聽機器運轉聲，如同穆老。

吉桑（感慨）：這些機器跟我一起打過多少仗，難道，紅茶真的是淡而無味了……
薏心：以前 Papa 都是一馬當先，為什麼現在逃避了？

　　　　△ 父女對望許久，二人同時開口。

薏心（同時）：Papa……
吉桑（破釜沉舟）：薏心……現在我們去的地方，是一個完全陌生的世界！

---

13. 日／內 協和洋行「日光第一次接綠茶單」

　　　　△ 本場全英文。
　　　　△ 薏心跟穆老找上美商「協和洋行」麥可（四十歲，美商協和洋行經理），
　　　　　指著合約。

麥可：張小姐，您確認一下，這是日光跟協和洋行 50 萬磅訂單。

　　　　△ 薏心看著合約，阿榮傾身耳語。

阿榮（客）：和榮鐵工廠只收現金。

　　△蕙心想了一下。

蕙心：麥可先生，這一季日光可以產出 150 萬磅的量，我打算全部賣給協和。
麥可：張小姐真是有信心，（笑）但是我們第一次合作，我建議維持原來的量……
蕙心：美軍上千萬磅的訂單，我們都能提前出貨，150 萬磅不是問題。
麥可：綠茶跟紅茶是二個世界。
穆老（幫腔）：麥可，日光是全臺最大毛茶廠，量不會是問題！
麥可（笑）：既然穆老都這麼說了，（伸出手）那我就先把船期定下來了！

　　△二人握手成交。

蕙心（笑）：我們一定如期交貨！

---

14. 日／內 日光 - 審茶室「北非綠茶，眉角多」

　　△審茶臺上已經有一堆茶底及審茶杯，桌上是穆老給的「紅色茶罐」，（註：珠茶）蕙心、吉桑、山妹、林經理像是審了一輪茶了。

吉桑（看著單子）：妳這麼貪心，日光第一次做綠茶，就要了上百萬的訂單？
蕙心：裝機器全要錢，我想用這張單打平來，大家拚一下可以達成的。

　　△蕙心用眼神尋求林經理的同意。

林經理（打著算盤，搖著頭）：主要是交貨時間，這個量怕趕不來，怎麼算，都會少 20 到 40 萬磅 6……
蕙心：啊？

　　△蕙心有點心虛，用眼神尋求山妹支持。
　　△山妹檢查手中黃柑種茶底。

山妹：這罐裝的是黃柑種，北埔這帶是青心大冇種，用青心大冇做綠茶「步留」比黃柑種低很多，不划算。

　　△蕙心聽了慌了。

山妹（聞著）：不只這樣，青心大冇種做出來的珠茶，色澤偏暗，臭菁味也比較重。

6　製作 100 萬磅的「茶」，需進 400 萬磅的「茶菁」，因茶葉製作會蒸散水分與體積，原物料與成本重量約為四比一，並非一比一，此為蕙心誤判，無法達成預定出貨量之原因。

薏心：所以……
山妹：味道不好、賣相不好、步留又低 $_7$，用菁心大有種做北非綠茶很吃虧。
吉桑（不悅）：呿！紅茶，綠茶都搞不清狀況，這張單真的做的出來嗎？

　　　△ 吉桑說完離去。
　　　△ 房內剩下山妹跟薏心，薏心接到單反而被罵，覺得委屈。

薏心：所以要黃柑種 $_8$ 才可能打平跟對上版？

　　　△ 山妹看著審茶盤上散彈大小的「珠茶」，示意「對的」。

山妹（善意）：現在桃竹苗地區最大的黃柑種茶販，是寶山「富記」的范頭家。

　　　△ 薏心聽到「范頭家」三個字，「啊」了一聲，望著山妹。山妹並不清楚薏
　　　　心跟范頭家之前的過節，只是好心提醒。
　　　△ 薏心嘆了一口氣，拿起一顆珠茶，思考該如何做才好。

```
┌─────────────────────────────────────────────┐
  15. 昏／外 日光 - 廊道「商場上沒有永遠的敵人」
└─────────────────────────────────────────────┘
```

　　　△ 薏心抱著茶罐，跟 KK 倚在牆邊看著夕陽，KK 抽著菸，心情也很悶。

薏心（悶）：我接到單了！
KK：那應該要開心啊！
薏心（嘆了一口氣）：嗯，但被罵了。

　　　△ KK 用眼神示意「為什麼？」

薏心：因為可能出不了貨。
KK（看著手中圖表，自嘲）：出不了貨是小事，出了人命就麻煩了……

　　　△ 薏心想了一下。

薏心：烏面叔？
KK：嗯！加強宣導，才能減少再有人中毒的意外，農民習慣用調和肥了，不會使用

7　原料與成品相較之可利用比例為「步留」率，多用於食品製產之成本計算。青心大有種較適合製作紅茶與烏
　　龍茶，但製作成綠茶時，其工序兌成品的產量效益低，故青心大有種較不適合做綠茶，草菁味也較重。
8　「黃柑種」，特性為適應力強，適合粗放，栽種較不費力，故多用茶農茶價低落時甚至任其自生自滅，茶價好
　　轉時則拿來充數，低勞力投入特性使栽種面積高居不下，以桃園及新竹最多，至 1961 年，黃柑種及青心大有
　　二者占全臺栽種面積達 60% 以上。

單質肥……（看見薏心沒在聽）肥料這東西，複雜又無趣吧！

△KK看著苦惱的薏心，他像哥哥一樣給她揉揉後腦勺，眼神滿是鼓勵。

KK（安慰）：茶都還沒做，怎麼知道出不了貨？現在茶不是賣不出去，多找些茶販
　　子就好了。

　　△薏心張著嘴望著KK半晌，這個「摸頭殺」殺傷力十足，想說什麼卻不知
　　如何開口。

薏心：啊……但是，如果你跟這個茶販子有過……（正確形容）不愉快的過去呢？
KK（笑了）：記得，「華盛頓」是所有人的朋友，商場上沒有永遠的敵人！

　　△薏心受到正面鼓勵，心中甜甜的。

薏心（開心）：烏面叔會好起來的……我請春姨燉些補品送過去。

　　△KK衷心表示感謝。
　　△二人一起倚牆看夕陽。

---

16. 日／內 洋樓 - 大廳

　　△薏心下樓，突然停住腳步，看見在門口張望的人就是悔婚的范頭
　　家。范頭家帶著伴手禮，神情有點緊張，薏心看了覺得好笑，走下樓。
　　△范頭家見薏心走來，要問也不是，要走也不是。
　　△二人見面，范頭家尷尬，薏心反而從容先開口。

薏心：范頭家，好久不見。
范頭家（尷尬笑著）：好久不見，好久不見，妳爸叫我來，說有事找我……
薏心：是我找您來的！

　　△范頭家聽了驚訝。
　　△二人坐在桌邊，范頭家狐疑地指著合約，對薏心說話。

范頭家（吃驚）：黃柑種？您確定？

　　△范頭家仔細看著合約，他認為黃柑種都是便宜茶菁，不值這個價。范頭家
　　看不出薏心玩什麼把戲。
　　△薏心看著范頭家，無意識地把玩著折成方塊的一塊美金。

薏心：我確定。范頭家我跟您收一整季，如何？

范頭家（更驚）：一整季？

薏心（客套著）：范頭家不願意嗎？

范頭家（笑笑）：怎麼會不願意？妳沒問題，我就沒問題啊！

　　△ 范頭家爽快簽名，心想今天賺到了。

范頭家（拍馬屁）：張大小姐做事跟吉桑同樣，阿沙力又不計較。

薏心（笑）：生意不分親疏。

　　△ 范頭家點頭如搗蒜，十分贊同。

　　△ 薏心看著手中一塊美金，一切又是一個好的開始。

---

17. 日／內 日光茶廠 - 廠房

　　△ 吉桑拿著一面摩洛哥國旗，看著「和榮鐵工廠」在日光安裝綠茶圓筒式殺
菁機，和榮矮子李老闆忙進忙出，指揮裝機位置。

吉桑：李頭家辛苦了，讓你每天這麼忙。

李頭家（笑）：沒辦法，全臺灣只有我一家在做茶機器。

吉桑：獨占生意，穩賺的！

李頭家（笑）：現在每個人都想自己當頭家，有給現金的才先做。

　　△ 吉桑聽懂暗示，表示「當然，當然」。

---

18. 日／內 日光茶廠 - 辦公室、審茶室、懷特辦公區「國府的警告」

　　△ 審茶室裡，山妹泡著北非綠茶，薏心、嘩嘩哥好奇看著。

山妹（了悟）：北非綠茶是拿來「煮的」，不是「泡的」，還要加這麼多東西！

　　△ 山妹用心聞著茶，品著茶，把這個味道記住。

薏心：好喝，甜甜的。（望著吉桑，要他試試）

　　△ 吉桑勉為其難喝了一小口。

吉桑：太甜膩⋯⋯還是紅茶好。

△懷特辦公區，KK與迪克講著電話。

KK（英）：農會以沒有公文為由，不讓我們賣。
迪克（OS／英）：國府說有人中毒了，要了解情況後才放行。
KK：我去病院探望過了，患者並無大礙。
迪克（語重心長OS）：KK，這事可大可小，不要弄出人命。
KK：我知道，我會想辦法加強宣傳。
迪克（OS）：很好，國府那邊我去溝通。

　　　△KK掛了電話。薏心見KK心煩，端來一杯北非綠茶給KK。
　　　△這時，林經理帶著幾個財政機關公務員與查稅員前來日光公司要查稅，林
　　　　經理一臉窘迫。

林經理：社長，這是財政部的查稅員，說是要來查稅的。

　　　△所有人停下手邊喝茶動作。
　　　△一名忠厚老實的查稅員告知。

查稅員：董事長，歹勢，我是奉上頭的意思來關心一下。

　　　△吉桑覺得自己光明磊落。

吉桑：沒問題，我們都可以配合。

　　　△查稅員坐著喝茶，幾名公務人員查帳。

KK（對薏心）：以前有人來查稅嗎？
薏心：我沒聽過。

---

19. 日／內 國華公司 - 辦公室「文貴進入國華公司」

　　　△文貴恭恭敬敬地站在黃董面前，一副很能幹的樣子，力求表現。
　　　△黃董坐在辦公室後面抽著雪茄，上下打量著文貴。他打開雪茄盒讓文貴挑
　　　　一支，文貴挑了一根拿在手上，背過手去站好。

黃董（鄉音）：我們在找一個「北非綠茶」專員，有人推薦了你。
文貴（笑）：國華是一家茶公司嗎？
黃董（不屑）：茶公司？我們是進出口貿易公司，你想得到的，我們都有在做，（強

調）你想不到的，我們也有做。

　　△ 文貴一聽明白了，收起笑容。

文貴：董事長，30 萬磅的量不算多。

　　△ 黃董盯著站在一旁的詹祕書，詹祕書臉上閃過「無能」二字。

黃董（不耐煩）：本來是一件很簡單的事，180 萬磅的單被搶走 150 萬，只剩 30 萬，
搞得我還得下來跟你們攪和。

　　△ 說完，黃董伸出手，文貴以為要握手，馬上伸出手，黃董卻是直接揮手，
表示文貴可以離開了。
　　△ 文貴尷尬收回手。

文貴（尷尬）：是的，黃董，我一定盡力把事辦好！

　　△ 黃董沒抬頭看文貴，做自己手邊的事。

---

20. 日／內 國華公司 - 門邊

　　△ 文貴走出門口兩步，又轉身回頭，對門內的黃董說。

文貴（有禮建議）：董事長，如果國華公司什麼都可以買，什麼都可以賣，董事長
有沒有想過進口茶機器？

　　△ 黃董自桌前抬起頭來看著文貴，示意「你繼續說」。

文貴（笑）：如果國華也直接進口茶機器，賣給小茶寮，他們就會是國華的下線，
之後，不管您要做 200 萬磅還是 300 萬磅，都沒問題。

　　△ 黃董有點吃驚地看著文貴，看來是找對人了，露出笑容。

---

21. 昏／外 民生公園 - 茶棧「文貴與日光的收購戰，開端」

　　△ 現場很熱鬧，文貴跟三個鄉下年輕人輪流抽著一根雪茄，文貴坐在搖椅
上，把雪茄傳給球仔，每個人吸一口，喝紅露酒。

球仔（接過雪茄）：唷，文貴發財了，今天這麼大方。

△文貴笑而不答，喝著紅露酒。

球仔（好奇）：現在要做什麼茶好？
文貴（試著說服）：做什麼茶，做頭家啊！
球仔：啊？
文貴（一臉難以捉摸）：時來運轉，你們要翻身了。

　△三個年輕人嘲笑文貴，球仔尤其大聲。

球仔：聽起來不錯，但是我們根本沒錢買機器啊！
文貴（笑）：不用錢，我免費幫你們裝，以後，在茶裡面扣就好了。

　△三個年輕人不笑了，聽見「不用錢」，很驚訝而且感興趣，認真盯著文貴。
　　文貴抽著雪茄，試著把機器賣給他們。

文貴：你們做的茶，我保證全部買下，你們（比著三人）全是頭家！
球仔（心動）：夭壽哦，我要做頭家了！來，乾啦！

　△大家向文貴敬酒。
　△文貴笑著，喝著，這個機會他要牢牢捉住，他要離開這個鬼地方和眼前這
　　群人。

22. 日／內 日光 - 門口

　△時間推移，現場炒菁聲轟轟大作。
　△人影來去忙碌，從日到夜，再從夜到日。
　△山妹、嗶嗶哥及莫打三人在收茶菁，范頭家、太田叔、良叔送來大量茶菁，
　　卡車停滿廣場，大家都在忙碌，蕙心站在山妹旁邊。
　△范頭家開心走來，對蕙心說話。

范頭家（笑）：張小姐，我載茶菁來了。

　△蕙心笑對范頭家，同時她看見KK抱著資料出門去了。

23. 日／外 茶園

　△文貴帶著十幾個便當來到茶園，開心吆喝著。
　△文貴跟茶園裡十幾個茶農用便當交陪，其中包括球仔。

24. 日／內 農會 - 教室

△ 門口的陳專員看著教室內，神情難測地離去。

△ 教室內，KK 站在講桌前，臺下坐著十多位「種子農民」（包含小彭、烈伯），黑板上寫著「化學肥料教育運動義務指導員」，每個「種子農民」拿著扇子，爭相舉扇子發言，現場猶如快問快答。

農民一：不施肥反而好，我肥放下去，根頭都變黑。

KK（解釋）：不能直接施肥下去，要堆兩個禮拜才可以用。

烈伯：用了，我皮在癢！

KK：黑肥有刺激性，一定要戴手套，戴口罩。

農民二：這肥，怎麼這麼麻煩！

KK（耐心解釋）：黑肥可以先殺蟲，再變肥，是長效性的氮肥，知道肥性如何轉化，以後就不用看天吃飯！

小彭（眼神發亮）：不用看天吃飯？劉經理，你講是真的嗎？

KK：當然是真的！彭仔，農民有了化肥，大家都是當家的人。

△ KK 耐心解釋著，大家對化肥寄予厚望。

25. 日／內 國華公司

△ 文貴很有自信地把契約交給坐在桌子後面的黃董。

文貴：30 萬磅達標了！

△ 黃董接過單，有點吃驚這麼快。

黃董（鄉音）：很好，你就繼續收。

文貴（不明白）：繼續收？

黃董：你們臺灣人不是講「南糖北茶」，茶是現在最能賺外匯的，我們還要打回大陸去，子彈、大炮樣樣都要錢，這個月公司還有上百萬業績要衝！

文貴（疑惑）：是！但是我們收了，要怎麼處理？

黃董：賣掉，現在日光不是到處在收茶？

9　1950 年代農復會對農民開設宣導之「農事研究班」文宣大多是用圖表或漫畫，因大部分農民不識字。參加農事研究班的農民可增加農業新知識、促進產量，農林廳也會辦理獎勵性質競賽，例如「堆肥競賽」，獎品是肥皂等民生用品。

△ 文貴聽到「日光」，驚訝得說不出話來。

黃董（冷冷）：協和怕日光不能準時交貨，雙方簽定了「賠償條款」。

△ 黃董從抽屜裡拿出一張紙條，把紙條折好。

黃董：沒有人可以跟府搶單，現在我要連本帶利討回來，（把紙條交給文貴）這是
任務！

△ 文貴陷入思考。為了自己未來打算，文貴硬著頭皮接下紙條。

---

26. 夜／內 民生公園 - 茶棧

△ 文貴坐在木板上，叼著雪茄屁股，兩眼發直，打開黃董給的紙條。
△ 上頭寫著「日光 600」。
△ 文貴看著紙條，感嘆莫非命運注定要再相見。
△ 文貴小心翼翼打開一個箱包，裡面是全新的海軍藍西裝禮服。（註：蕙心
帶他去做的那件）

---

27. 日／外 日光茶廠 - 門前「文貴重磅回歸」

△ 茶販子的車來了。
△ 現場炒菁聲轟轟大作。
△ 山妹、嗶嗶哥及莫打三人在收茶，范頭家和其他茶販在下茶菁，各式交通
工具停在門口（三輪車、腳踏車、牛車、推車等），大家都在忙碌。

山妹（對蕙心講）：這個星期的茶菁量跟上個月比起來很不正常，只有一半的量。
林經理（懊惱）：唉唷，越來越少，這樣下去會來不及交貨的。
山妹：那今天的收價？

△ 大家看著蕙心，要她決定價格。

嗶嗶哥（氣憤不平）：那夭壽的「國華」到底是哪裡跑出來的，一直在這一帶跟我
們搶茶菁。
林經理（附和）：這家公司怎麼有這麼大的本事，什麼價都可以收？
嗶嗶哥：「新社長」收價要再提高，不然沒茶可收。
蕙心（面有難色）：我們一提高，對方就多一角，我們真的無法再提高價格了。

△ 這時，太田叔、良叔架著載滿茶菁的牛車與載貨三輪車，來到日光門口。

太田叔（期待）：「新社長」！今日多少收？

　　△ 大家都看著薏心，等她給個答案。

薏心（沉重開口）：2.4。

　　△ 范頭家一聽，心情跌到谷底。
　　△ 一旁太田叔則很高興，正要下貨時，良叔在太田叔耳邊耳語著。
　　△ 太田叔停止手邊動作，看著薏心。

太田叔：歹勢哦！
嘿嘿哥：啊呀呀呀呀呀，太田叔！這麼多年的交情了，為了幾角錢又要走了！
太田叔：沒辦法，你們兩邊這樣喊來喊去，我們跑來跑去也是很累呢！

　　△ 太田叔跟良叔開心開車離去，留下范頭家一臉不高興，因為自己不能跑，
　　　簽了契作，只有他在下整好幾牛車／三輪車的貨。

范頭家（很不情願）：2.4塊收？我當初簽給妳1元，真是傻子！

　　△ 范頭家跟薏心對上眼，薏心看著范頭家今天送的量變少。

薏心：范頭家，我們簽下契作，量也不能越來越少！
范頭家（委屈）：茶家都自己裝機器，自己做茶了，我也收不到茶菁給妳了，現在
　　送來的都是我自家山上種的。

　　△ 這時一臺大卡車載滿茶菁開入。
　　△ 大家看著卡車駛入詫異。

嘿嘿哥（吹了一聲口哨，詫異）：是誰的車，載這麼多茶菁？

　　△ 大家看著文貴下車，十分吃驚。
　　△ 范頭家一臉困惑，看著兒子文貴。
　　△ 文貴穿著得體，看著熟悉的日光門口。
　　△ 文貴從容地拉了拉領口，直直地向大家走去。
　　△ 薏心見到昔日「未婚夫」文貴走向自己，一臉吃驚，二人對望。

文貴（看向薏心）：我送大小姐一車黃柑種茶菁！

△文貴直接走向臺秤，抬了一袋茶上臺秤，熟練地秤著茶菁。

文貴：張小姐，現在茶真的很難做，是不是？

　　△蕙心看著文貴，不知道他要做什麼。

文貴：做生意一定要控制好成本，要是超過 2.5 塊日光就會賠了！

　　△文貴像茶師般秤著茶菁。
　　△蕙心看著文貴不語。

文貴：不過在這個節骨眼上，妳已經顧不了價格了，對吧？

　　△文貴看了山妹、蕙心和牆上月曆。

文貴：下周就要交貨了。

　　△蕙心盯著文貴，不能否認。

蕙心：范先生，請問你來到日光有什麼事？
文貴：來幫妳一個忙！

　　△文貴秤著茶菁，對蕙心下最後通牒。

文貴：這陣子，我為了你們日光日夜趕工，多做了 50 萬磅的毛茶，妳要不要？

　　△蕙心終於明白文貴來意，二人對望著，文貴看出蕙心眼中的渴望。

文貴：若妳有興趣，這 50 萬磅茶我「借」妳，一磅算妳 12 塊，若是妳不想「借」，
　　　我們國華公司就直接賣給協和！

　　△蕙心陷入兩難。
　　△范頭家及大家看著蕙心跟文貴的對峙，現場沒有人講話。這時，吉桑從裡
　　　面笑笑走出來。

吉桑：借！

　　△蕙心看著吉桑，眼神表示「不可以」。

蕙心：一磅 12 塊，50 萬磅，就 600 萬了，我們會……（「慘賠」二字不方便在此

說出口）。

吉桑：做生意，維持信用最重要，對不對，文貴、范頭家？

　　△ 范頭家笑著，驚嚇多於尷尬，不知如何自處。
　　△ 文貴看著很久沒見的吉桑。

吉桑（看著文貴，聽不出褒貶）：真的很有生意頭腦，（伸手幫文貴整理，拉一拉
　　他領口）看起來，你日子過得不錯！

　　△ 文貴的自尊心被吉桑無心的動作刺傷。

文貴（自衛著）：社長您倒是沒變，我的好日子，全是托您的福氣！
吉桑（看著范頭家）：范頭家，看來你家多了一個生意子。

　　△ 范頭家吃驚看著兒子，不能言語。
　　△ 文貴知道自己在張家一向不受歡迎，他回身經過父親身邊，以二人能聽見
　　　的音量輕聲一句。

文貴（小聲）：阿爸，你覺得我現在成材了嗎？

　　△ 范頭家瞪大眼，不確定剛才聽到的話，回看文貴背影。
　　△ 文貴走到卡車前，背影激動，對著工人威風。

文貴：下茶菁！

28. 日／內 國華辦公室

　　△ 現場氣氛熱烈歡快，詹祕書倒著香檳塔，雖然心情不爽，臉上仍堆著笑容，
　　　黃董端起第一杯給文貴。

黃董（得意）：我就知道我沒看錯人，一下就把這個月 600 萬的業績做到了。
文貴（謙虛）：要學習的地方還很多，請大家多多指教。
黃董：客氣了，你這次立下大功，替公司賺進大把鈔票。

　　△ 同事們舉杯，講著好話。

詹祕書（酸）：文貴太厲害了，一手轉入，一手轉出，就達標。
同事一：費用從茶機器中扣除，等於那些茶農為我們製茶。
黃董：來來來，敬文貴。

△ 文貴看著手中的香檳，他沒喝過。淺嘗一口，他笑著，對日光感到有點兒抱歉。

△ 香檳塔淌著金黃液體。

---

29. 日／內 濟陽醫院 - 病房內外「烏面叔，化肥廠最大變數」

△ 點滴淌著點滴液。

△ 烏面叔靜脈輸著液，不斷流涎，烏子已經好了，在旁擦著父親的口水。張醫生在確認點滴。

△ 阿榮帶著甜湯，吉桑、KK 一起去探望烏面叔，烏面慈祥不捨看著孩子，他手裡拿著一張紙。

△ 這時張醫師把 KK 叫到門外。

△ 門外，張醫師拿著一張公文跟 KK 討論。

KK（吃驚）：這麼突然？

張醫師：衛生處處長親自下的命令，等一下，臺大的救護車就會過來載人了。

　　△KK 望著門內，大家有說有笑。

KK：若是可以得到更好的治療，我們樂見其成！

張醫師（吸了一口氣）：以烏面叔現在這個情況，不適合長途移動。

　　△ 張醫師表示烏面叔情況不樂觀，KK 則不能讓烏面叔死。

　　△ 門內吉桑餵烏面喝著甜點補元氣，烏面微喘著氣。

烏面叔（得意）：大家講我的茶最有味，（擦了流涎）就怕沒人再喝到這個茶了……

　　△ 吉桑聽了感到不祥。

　　△ 烏面叔交代遺言般告知烏子，比著自己手繪的茶園地圖。

烏面叔：這片，可以「壓茶秧」，你要把茶園種回來，知嗎？

　　△ 吉桑見到烏子點著頭，他很難過。

吉桑（責備烏面）：這種事情，怎麼能叫一個小孩去做呢？（後來是吉桑帶烏子種下）

　　△ 烏面叔眼神緩緩移向吉桑，二人對上視線。

吉桑：我們不是講好，要讓你的茶園再綠起來嗎？

烏面（苦笑）：歹勢，社長，恐怕我沒辦法了。

　　　　△KK走到床邊。

KK：現在轉去臺北的話，也許有機會。

　　　　△大家看著KK。

KK（實話實說）：烏面，日光化肥廠可不可以做下去，就全要靠你了！

烏面（驚）：啊，什麼意思？我沒有這麼重要啦！

　　　　△烏面叔伸手比著自己，那個人「講的是我嗎」，KK點頭。

KK（安慰，笑）：你要趕快好起來！我還沒喝到你做的茶呢！

烏面（堅強起來）：對！你還沒喝過我的茶！別的本事我沒有，活下去這點本事，
　　　我還行！

　　　　△KK跟吉桑深表示感謝，烏面叔也打算堅持住，望向窗外。
　　　　△窗外一片雲淡風輕，一個未知未來，救護車鳴聲遠遠傳來。

```
┌─────────────────────────────────────────────┐
│      30. 夜／內 日光 - 茶廠「日光趕不出貨」        │
└─────────────────────────────────────────────┘
```

　　　　△廠內機器聲大作。
　　　　△蕙心見阿榮剛好送來宵夜，大家忙得沒有人用餐。
　　　　△蕙心在茶廠巡視督促趕工，林經理跟在旁邊，拿著帳冊焦急報告，林經理
　　　　　看見機器壞掉了，莫打跟嗶嗶哥跪在地上修「炒菁機」，全身油漬。

林經理（急）：我的天公伯啊！怎麼在這個時候壞掉？

莫打（咬著牙修著機器）：二十四小時沒停過，不壞才怪！

　　　　△阿榮放下宵夜趕過去幫忙。

林經理：「新社長」（比著帳冊）再三天就交貨了，能買的都買了，但是我們還有
　　　20萬磅的缺口。

　　　　△蕙心聽了，無言。

林經理（繼續）：我們要有賠款的心理準備。

△ 蕙心停下腳步，一臉擔心。心念一轉，蕙心去找山妹，山妹正在揉捻機旁
　工作。

△ 山妹聽著蕙心講了什麼話，她看著一分鐘四十五轉的望月揉捻機，搖著
　頭。

山妹（思考）：除非……

　　△ 蕙心跟林經理懷抱著希望，看著山妹。

山妹（**看著揉捻機**）：減少揉捻次數，三回變一回，可以省下一些時間。
蕙心（**燃起希望**）：這樣行的通嗎？
山妹：只是茶的形狀會跑掉，賣相不好。
蕙心：現在管不了賣相了。

　　△ 二人似乎取得共識。這時，一個身影走來，是吉桑。

吉桑：絕對不行！

　　△ 吉桑生氣走向二人，瞪著山妹。

吉桑：蕙心不懂做茶，妳做為日光茶師也跟著她一起胡鬧嗎？

　　△ 山妹心虛低下頭。

吉桑：該揉捻三次，就三次，一次也不能少！

　　△ 山妹第一次見吉桑這麼凶，覺得羞愧。

蕙心（**搶話**）：Papa，不這麼做，我們會來不及……
吉桑：第一次合作就偷工，妳的誠信在哪？
蕙心：第一次合作就不能如期交貨，不是也有失誠信？

　　△ 父女對峙，二人都對。

蕙心：Papa，這是不得已的，交不出貨，就沒有下一次了。
吉桑：妳是這樣做生意的嗎？

　　△ 吉桑氣憤又無奈地看著山妹及蕙心。

薏心（一臉哀求地看著吉桑）：Papa……

　　△吉桑也知事態嚴重，又不忍看見女兒求助眼神。

吉桑：三次就三次，一次也不能少！

　　△吉桑丟下話，氣呼呼離開。
　　△薏心難過。看見樓上懷特的燈還亮著。

---

31. 夜／內 日光 - 懷特臨時辦公室

　　△薏心端著一碗綠豆湯上樓，KK 在辦公室裡聽電話。

KK（對著話筒）：謝謝你張醫師！

　　△KK 掛了電話，略為安心，見到薏心前來。
　　△一碗綠豆湯放在桌上。

薏心（聽到尾句）：是烏面叔？

　　△KK 沒理薏心，自顧自整理手邊種子農民「結業式」名牌報表。

KK：嗯，平安送到臺大病院了。
薏心（不明白）：為什麼我們生產的肥料，一定要透過農會賣？
KK（忙著）：因為政府一直想把手伸入日光化肥廠，現行肥料產銷辦法都是內部命令，我相信政府也不會為一家民營公司，另外生出一套配銷辦法，就變成我們的通路必須透過體制內農會販售的怪現象。
薏心：哦……
KK：沒想到，妳對化肥廠這麼關心？

　　△KK 一直忙著手邊工作，一直沒正眼看薏心，這時才抬頭看薏心，卻見她眼眶泛淚，滿腹委屈一湧而上，KK 見狀，慢慢停下手邊動作。

---

32. 夜／內 日光 - 審茶室

薏心（看著茶杯）：我好不容易說服了父親轉做綠茶，結果半路殺出一個文貴，文貴，那個文貴……跟我們搶茶菁，我貼了大筆錢，結果現在又趕不出貨來，想到解決辦法，又被我爸罵，說我沒有信用，不管我怎麼做都是錯的……

△KK看蕙心快崩潰了，把她手中茶杯拿走，換一塊白色方糖給她。
　　△蕙心為自己情緒失控而道歉，吃著方糖。

KK（解釋）：糖，是大腦唯一的燃料，妳越焦慮、心煩意亂，大腦就越需要糖……

　　△蕙心一臉「你可不可以不要再分析化學原理」，KK閉嘴，自己也拿了一顆糖。

KK：其實，我也需要來顆糖！

　　△二人吃著白色方糖，心情稍微平復。

蕙心（吃著方糖，感嘆）：……紅茶轉綠茶真的不容易。
KK（看著煤油燈）：嗯，我們常被小小的亮點沖昏了頭。

　　△蕙心同意KK說法。二人坐著吃方糖，看著煤油燈不斷閃著光，此時無聲勝有聲。

---

33. 日／內 日光 - 茶廠「國府硬的警告，吉桑入獄」

　　△次日，吉桑又照原路走了進來。
　　△蕙心和山妹二人神情疲累，見吉桑前來，二人有點緊張。
　　△吉桑領著五個人進來：一名小官員、二名稽查員、一名農林廳的茶葉檢查員和一名警察。
　　△吉桑直接把總電源關掉。
　　△突然整座茶廠都沒有聲音，大家不明所以。
　　△吉桑硬是擠出笑容，試著安撫大家，大家望著吉桑，氣氛緊張。

小官員：來，封起來。

　　△二名稽查員開始拉起封條動作。
　　△蕙心走到前面。

蕙心：為什麼封？我們犯了什麼法？
小官員：違反「臺灣省肥料配銷辦法」，將未經核可的肥料流入市面。

　　△蕙心很吃驚，但很快恢復鎮定。

蕙心：那是化肥廠的事，為什麼查封茶廠？

小官員：張先生是化肥廠股東，在事情沒弄清楚前，所有東西都要封存。

　　　△ 薏心跟大家聽了傻眼。

茶葉檢查員：為了配合調查，在結果出來之前，日光茶廠將斷電、停工。

　　　△ 薏心覺得這太荒謬了，簡直難以相信。

薏心：化肥廠的事，反倒要茶廠斷電停工？

　　　△ 小官員一時語塞，無法回答。
　　　△ 這時山妹站出來要求。

山妹：不能斷電！
茶葉檢查員：有意見？
山妹：要是斷電，在機器裡的茶都會發酵，這一批茶會全部報銷。
茶葉檢查員（面無表情）：那是你們的問題。

　　　△ 薏心感到手足無措，現在出貨跟父親都有問題，她呆望著吉桑。
　　　△ 二名稽查員開始拉起封條。
　　　△ 吉桑看著大家，想了個辦法。

吉桑：長官，既然是化肥廠的問題，我是合夥人，跟你走沒問題，但日光跟化肥廠
　　　沒有關係，封我茶廠，就太失公道！
薏心：Papa？
吉桑（示意薏心不要插話）：我跟您走就是了，別封我茶廠。

　　　△ 小官員見情勢比人強，任務有達成就好，示意稽查員收起封條。
　　　△ 吉桑想講話安慰薏心，只能擠出一絲笑容。

吉桑（笑面安慰）：不用擔心！

　　　△ 薏心看著父親被警察帶走。

34. 日／內 農會 - 教室

△ 場面盛大。「化學肥料教育運動義務指導員結業式」布幔高掛，KK 在臺上報告，胸前別著「講師」紅色小紙條，十名「種子農民」正襟危坐，臺下四名官員，名牌上寫著農復會、糧食局、農林廳、臺肥公司，陳專員和種子農民（包含小彭、烈伯）以及一群觀禮農民約三十人擠滿教室。
△ 兩名記者其一帶著相機準備拍照。
△ 王瑛川也來採訪，拿著小本子勤做筆記。

KK：每個受訓的種子農友回去後，會向兩個鄰居朋友宣傳 10，如此循環下去，我們的土壤便會一點一滴肥沃起來……

△ 臺下小彭聽著 KK 的致詞，滿腔熱血，不顧旁人眼光，興奮打斷 KK 的致詞，熱情應援。

小彭：劉經理讚啦！大家作伙來當種子農民，自己的田自己顧！
KK：大家積極參與，是我們所樂見的，日光化肥廠樂意做農民的靠山，請農民朋友做土地的靠山……（突然頓住）

△ KK 看到四名警察出現在門口，愣住。
△ 警察看著臺上的 KK。
△ KK 愣著看向門口。
△ 臺下官員及農民順著 KK 視線看去。
△ 臺下瀰漫著一股奇特的氛圍。

糧食局局長：劉經理報告很精采，請繼續！

△ KK 看著臺下，心生不祥的預感，看了王瑛川一眼。

35. 日／內 北埔分局 - 大廳

△ 蕙心跟著林經理帶著大包小包到警察局探望父親，林經理示意蕙心「妳不要開口」。
△ 林經理笑了笑，跟警員攀關係，他拿出一罐茶葉。

---

10 1950 年開始，農復會、糧食局、農林廳、臺肥公司及地方政府協力推動化肥教育活動，「化學肥料教育運動義務指導員」囑咐每位受訓農友向他們的鄰居擴大宣傳，以口傳方式廣傳，減少用肥錯誤導致的中毒意外事件。

林經理：這茶葉送給警察大人喝。

　　　△ 一打開裡面都是錢。

林經理（繼續）：我們只是想給吉桑送點吃的、喝的，大人您方便一下！

　　　△ 警察看著林經理，笑了一下，收下了茶罐。
　　　△ 林經理跟蕙心提著食物要走到裡面，卻被阻止了。

警察：喂，你們不能進去。

　　　△ 蕙心仍往裡走。

林經理（尷尬笑）：門口看一下。

　　　△ 警察急了，動手一把捉住蕙心手臂。

蕙心（盯著捉住她手的警察，怒了）：一切都是栽贓入罪！

　　　△ 林經理翻了個白眼，蕙心最後還是忍不住跟警察講道理。

警察：栽贓什麼？妳爸爸是日光化肥廠的股東？一切都是依法處理……
蕙心（得理不饒人）：依那條法律？

　　　△ 警察其實搞不清楚。

蕙心：「臺灣省肥料配銷辦法」是行政命令，沒有罰則 11，所以你們根本不能抓人。
警察（支支吾吾）：……就算這樣，妳也不能進去。
蕙心：為什麼？
警察（脫口而出）：就是有人要妳爸爸在裡面好好反省反省嘛！

　　　△ 門口一陣人聲，蕙心看去，是 KK 來了。蕙心見 KK 帶著兩名警官狀似風
　　　塵僕僕趕來，她覺得一切都有希望了。

（本集終）

11　1948 年 9 月頒布《臺灣省政府化學肥料配銷辦法》，主要內容是：農家進行耕作所需的化學肥料，必須由稻
　　穀來交換的政策，而不以現金進行交易；農民必須按官訂比率用穀物與政府交換肥料；政府統籌化學肥料配
　　銷。由於化肥是國家獨占事業，對於化肥的生產與發放，全依行政命令頒布，若有違背，官員只能要求臺肥、
　　農會改善，並無法實施罰則。

第八集

序 1　日／內 副院長辦公室

副院長（笑面，鄉音）：希望張先生能考慮考慮？

　　△伯公被國府叫來摸頭，伯公勉強回應。

伯公（笑）：這麼重要的事，當然是聽國家的。
副院長：你放心，相應的補償，都可以討論，國家絕對不會和人民爭利。
伯公：那就好……那就好……

　　△伯公笑著，也只能笑著。

---

1. 日／內 新竹警察局 - 大廳「KK 入獄」

　　△蕙心抱著希望，向 KK 求助。

蕙心：KK 你來了？

　　△KK 苦笑著走向她。
　　△林經理定睛一看，發覺苗頭不對。
　　△兩名警察（警察 A 為河北人，警察 B 為客家人）把 KK 強行領往櫃檯，
　　蕙心看見 KK 衣著與「化學肥料教育運動義務指導員結業式」衣領上的「講
　　師」名牌都未拆，顯然倉促被捕，衣冠整齊的樣子與雙手背在身後的手銬，
　　顯得格格不入。

蕙心（看見手銬，驚）：怎麼回事？
警察 A（搶答）：擅自使用肥料造成他人死亡！
KK（撇過頭，難過）：……烏面叔死了。

　　△蕙心正要追問，被警察打斷。

警察 A：聊天哪，要不幫兩位泡杯茶啊？（吆喝）走啦！

　　△警察 A 領著 KK 在櫃檯前畫押，用黑油押十指指紋。
　　△KK 畫押，望向一臉擔心的蕙心，覺得抱歉。

KK（安慰）：不要擔心，公司知道會來處理的！

　　△蕙心看著KK畫押結束，警察A、B領著他往深處走去，這時蕙心被一個
　　　聲音（阿榮）叫住。

阿榮（急）：小姐！

　　△蕙心見阿榮風塵僕僕趕來，額上都是汗。阿榮看著蕙心及林經理，一臉不
　　　妙。

阿榮（急）：山妹有急事找您！

　　△林經理似乎聽出趕貨困難，感到懊惱。

林經理（焦急）：哎唷，我們日光是招誰惹誰了！

　　△林經理與阿榮快步離去。
　　△蕙心仍站在原地，望著無法見底的拘留室樓梯。

2. 日／內 新竹警察局 - 拘留室連走道「吉桑與KK獄中談心」

警察A（命令）：劉坤凱，手舉高來。

　　△警察A用手搜摸著KK的衣物，確認沒有藏匿危險物品，過程中警察A
　　　不安好心地打量KK行頭，名牌旁有一精美的別針，順手扯下。
　　△KK瞥向警察A，警察A一臉「怎麼了嗎」，把KK推進拘留室裡。
　　△進房內的KK本能環顧四周，牆上印著大大的標語「保密防諜 人人有責」、
　　　「效忠領袖 奉行三民主義」等政治標語。
　　△KK一臉不解，看著另一間房間，有一隻手興奮揮動著，指尖也沾滿黑油。

吉桑（OS）：KK？……KK嗎？

　　△KK突然聽到吉桑聲音，臉上一驚，原來吉桑在隔壁。

KK（走向牆邊，小聲）：吉桑？

　　△吉桑靠著牆揮著手，輕聲「嘿」了一長聲，表示「是我」。

△ 蕙心、林經理和阿榮三人回到茶廠，我們跟著蕙心看見了廠內隆隆機器聲
　　大作，工人們面露倦容苦撐著，春姨和順妹穿梭其間在分送甜點（如番薯
　　餅）給大家，莫打跟嗶嗶哥蹲在地上修理壞掉的圓筒式殺菁機，嗶嗶哥抬
　　著沉重的機身。林經理見了十分激動。

林經理：阿妹唷哦！這臺機器還沒修好！
莫打（趴在地上，伸長手）：嗶嗶哥！你沒吃飯啊，抬高點！
嗶嗶哥（漲紅臉，抬著機器）：喊喊喊！喊屁啊，你來扛！
莫打（快摸到鐵鏈了）：1 公分，賭 1 塊！

△ 賭性堅強的嗶嗶哥聽了，使出渾身力量，像超人般抬高了 3 公分。自抬高
　　的空隙中，看到後景的蕙心、林經理和山妹三人，在商討如何準時交貨。

山妹：我算過了，這機器修不好，怎麼趕量都不夠。

△ 林經理打著算盤，一臉苦惱。

林經理（對著山妹）：山妹，我們沒錢可賠啊！剩下二天，還有 10 萬磅的茶要出，
　　妳快想想辦法！
山妹（看著機器）：辦法是有，只不過……

△ 山妹跟蕙心說了些什麼，但被隆隆機器聲蓋過（觀眾並無聽見）。
△ 蕙心聽了眼睛發亮，彷彿看見了希望。

蕙心：穆老教的方法？那就這麼辦！以「準時交貨」為最高原則！

△ 山妹點頭表示「知道」，林經理也激動表示「這是個好辦法」。
△ 蕙心叫來一旁送甜點的春姨跟順妹，交代著什麼。

△ 蕙心一臉失望地聽著電話。

邱議員（OS）：蕙心，妳爸這件事情，我真的沒辦法。

△ 蕙心仍表示感謝。

邱議員（OS）：這事，妳要找妳伯公出面。
蕙心：伯公？

　　　△ 蕙心不明白。

邱議員（支吾，OS）：還有，千萬不要告訴別人是我跟妳講的。
蕙心：好的，謝謝邱伯伯。

　　　△ 掛了電話，蕙心心情沉重，無意識摸著「三十年茶樹小盆栽」的小葉子、
　　　　文具、鋼筆……看著父親辦公桌上擺放整齊。
　　　△ 說人人到，伯公走上樓進到辦公室。

伯公：妳不要急，這事伯公一定幫！

　　　△ 蕙心看著不請自來的伯公。

---

5. 夜／內 新竹警察局 - 拘留室連走道

　　　△ 一牆之隔，二人看不見彼此，好像討論了一會兒了，二人講話都很輕聲。
　　　△ 吉桑沉痛。

吉桑：原來是烏面啊……
KK（看著另一間拘留室）：烏子我安排烈伯去接了。

　　　△ 吉桑表示了解，他想到自己的女兒。

KK：化肥廠也連累到您，實在抱歉……
吉桑（感慨）：看來，這個「化肥大王」不是這麼好做！
KK（慎重）：我會跟懷特公司通報，彌補您財務上的損失……

　　　△ 接著，KK看著吉桑一隻手伸出鐵門外，揮舞著。

吉桑（OS）：哎，那個沒要緊！你對化肥廠很用心，我很看好你！

　　　△ KK聞言，感動，紅了眼眶，發生這麼多事，吉桑仍看好他。

KK：謝謝吉桑抬舉，我會想辦法讓化肥廠走下去，不讓您和北埔鄉親失望！
吉桑（笑了）：嗯！大家都是為了地方嘛！自從我當上理事長，麻煩事就很多，在
　　　　這兒剛好想些事情……（清了清喉嚨）有件事，不知道「劉坤凱」先生，你

的想法是怎樣？

　　△KK 聽聞吉桑喊自己本名，感到詫異，本能應了一聲「是」，洗耳恭聽。

吉桑（靠著牆，輕聲）：關在這裡，明天會怎樣沒人知……萬一，如果我有萬一，
　　　你可不可以來幫我家的薏心！

　　△KK 愣了一下。

KK（心想幫忙）：啊？好哦！
吉桑（緊坐起，有點活力了）：真的？（笑了）那太好了，我知道你比較洋派……
　　　婚禮要怎麼辦，隨你們年輕人歡喜，要不要入贅，這事我們可以來商量！
KK（詫異）：啊？入贅？

　　△KK 一臉不解，向著下一間房間，看見一隻手高興上下揮動著。
　　△吉桑以為 KK 不願入贅，放低姿態。

吉桑：不入贅也可以，歹勢，在這種場合跟你提這種事……要是我真的出不去，至
　　　少薏心有人照顧……（被打斷）
KK（注意用語）：等一下！等一下！董事長！承蒙您看得起，要我幫忙可以，但是，
　　　（遲疑）但是……我可能配不上薏心！
吉桑（打趣）：哈！哪有誰配得不配不上？我家薏心都被退婚二次了！（乾笑二聲）

　　△慌亂的 KK 開始手足無措地胡謅。

KK：董事長，我……我不適合做家族企業。
吉桑（提醒）：KK，幫美國人做事，永遠是替人打工；如果你願意到日光，就是自
　　　己做頭家呢！
KK：謝謝董事長好意，現在我只想讓化肥廠走上軌道。
吉桑（退一步）：我是說「萬一」，萬一哪天，你不想搞化肥，能不能來我們日光
　　　幫忙？（肯定 KK）你英文通，有做工廠的經驗，也很有商業頭腦，很適合
　　　日光……
KK：董事長，您可能認為我不識抬舉，結婚跟到日光做事，是兩件事情。
吉桑（不明白）：全臺灣哪家公司不是這樣做，一家人同在一起為共同目標奮鬥，
　　　有什麼不對？
KK（解釋自己理念）：以後的世界不是這樣，像美國洛克斐勒、可口可樂，這些大
　　　公司，他們的創辦人並沒有把公司交給他們的後代，而是聘請專業的經理人
　　　來經營……

　　△吉桑開始對東扯西扯的 KK 感到不耐煩。

吉桑：你不用跟我講美國人那套奇奇怪怪的觀念，一句話！你對我們家薏心有沒有意思？

　　　△沉默。
　　　△KK盯著背面的牆，一臉僵硬抱歉。

KK：對不起，董事長，我沒辦法給張小姐幸福⋯⋯

　　　△吉桑「啊」了一聲，很氣惱，盯著背後一堵牆。往後叫他面子要往哪擺！

---

6. 夜／內 橫屋 - 灶下

　　　△一堵牆前，磨米機米漿不斷流出。
　　　△春姨跟順妹磨著糯米漿。

---

7. 夜／內 日光 - 茶廠二樓

　　　△阿榮、團魚吃力地扛著大木桶（糯米漿）推進茶廠。
　　　△山妹跟二個工人將木桶推到望月揉捻機前¹，大家齊心協力，她看著揉捻機好一會兒，做出一個讓「量」快速出來的決定。

---

8. 日／內 新竹警察局 - 地下拘留室

　　　△警察送早餐，一人一顆白饅頭。
　　　△吉桑跟KK二人隔著牆，拿著饅頭背對背坐著。
　　　△吉桑心情似乎有點平復了，坐靠在「保密防諜 人人有責」、「效忠領袖 奉行三民主義」政治標語下方。

吉桑（悵然，掏出心底話）：講了一整夜，其實，我只想日光有人接，我女兒後半生有人疼。

　　　△KK聽吉桑這番話，閉目仰頭，以吉桑聽不見的嘆息。
　　　△吉桑也輕輕將頭靠在身後牆上，兩人隔著一堵牆，背對背坐著。

1　北非綠茶「加料」通常在揉捻第二回時加入糯米漿，糯米粉可使珠茶更容易緊密成形，又可增加重量，再加上北非國家不驗「糯米添加物」，故製作北非綠茶一般都會添加。

吉桑（自嘲）：這種事，女孩子家總是不好開口，我看得出來，蕙心挺喜歡你的，我做父親的，就代她問了……（真心）日光跟蕙心比起來，我更希望蕙心有個好歸宿，我也認為你是一個值得託付的人！

△ 吉桑愛女心切，卻等不到 KK 回應，他回看背後的牆，滿懷期待。

吉桑：……你能不能了解，一個做爸爸對女兒的心情？

△ KK 十分明白這種心情。

KK：……董事長，我只是站在合夥人的角度給張小姐一些建議而已，我沒有其他的意思……

△ KK 必須把這段感情推遠，一臉哀傷。
△ 吉桑聽了很難堪，原來是自己一廂情願。
△ 這時，走道上傳來雜沓腳步聲。

警察 A（語氣異常恭敬）：劉坤凱先生，你太太來保你了！

△ KK 表情有點驚愕「我太太？」
△ 吉桑聽了一臉狐疑，豎耳聆聽女人高跟鞋足音。
△ 吉桑看見女人身影走入，站在 KK 牢房外，他試著看清女人，但看不見女人，吉桑十分吃驚「KK 有老婆？」（註：本場吉桑跟觀眾都沒有看到女人是誰）
△ KK 也十分吃驚看著女人（夏慕雪）。

KK（有點不好意思 OS）：……妳，怎麼來了？
夏慕雪（輕聲 OS）：來接你回家！

△ 吉桑聽鐵門打開的聲音，接著手鐐解開。
△ 吉桑坐在地上，感嘆地微笑，一切了然於心。
△ 走道上離去之際，KK 停下腳步，想對吉桑講點什麼，但此時此刻什麼也不能說。
△ 警察 A 對二人很恭敬，示意「請這邊走」。
△ 吉桑為自己入贅 KK 的想頭感到好笑，又哀傷又氣憤，疲累地用雙手抹著臉，結果畫押的黑油弄髒滿臉。

9. 日／內 新竹警察局 - 大廳

△ 警察 B 講著電話，過程中不時望向伯公。蕙心、林經理和阿榮三人站在伯公旁邊，警察 B 用手摀著嘴，像講祕密，表示知情地點點頭，掛斷電話。
△ 警察 B 向伯公點頭致意。

警察 B（語氣恭敬）：張先生，一切沒問題了。

△ 伯公笑笑表示理解，對著蕙心：

伯公：妳爸可以出來了，快去簽文件！

△ 蕙心鬆了一口氣，感謝伯公。
△ 此時警察 A 恭敬熱情領著保釋的 KK 及夏慕雪走來，正在簽文件的蕙心，見到眼前二人，震驚不已，蕙心一臉錯愕「二人在一起了？」
△ 夏慕雪注意到蕙心疑惑的神情，但只是點個頭，未有機會開口說話。
△ KK 與蕙心錯身的一瞬間，他似乎明白蕙心意會到什麼，但這種場合不能解釋什麼，他只能尷尬點頭示意，二人對望了一會，彷彿一世紀這麼久。

警察 B（冷對蕙心）：簽這裡！

△ 打斷二人對望。
△ KK 看著蕙心及伯公，知道吉桑沒事了，嘴角微微一笑，帶著歉意跟夏慕雪一起離去。
△ 警察 A、B 恭敬地送夏慕雪及 KK 離開，夏慕雪對警察們有禮示意後離去，顯然夏慕雪後臺比伯公還硬。
△ 蕙心把注意力放回櫃檯上文件，好一會兒幾乎失去思考能力，她調整情緒後簽名保出父親。

10. 日／外 新竹警察局 - 門口

△ 伯公與吉桑、阿榮四人在分局外，伯公抽著洋菸，阿榮一旁待命。

伯公：福吉啊！這兩天受罪了，來支菸，精神一下。

△ 說完將一支菸遞給吉桑，吉桑禮貌示意不要。
△ 吉桑看著伯公無預警地放手，洋菸筆直墜地。
△ 吉桑看著伯公扭了扭皮鞋將洋菸踩扁，但面帶微笑。

伯公（笑）：你哦！這個拗脾氣，（看著吉桑臉）滿臉烏油！

△伯公用手帕替吉桑擦臉，拭去臉上黑油。

伯公：還好你有個聰明的女兒……折騰一下就出來了，是吧？

　　△吉桑聽出言外之意，將伯公的手輕推開。

吉桑：我自己來。

　　△吉桑邊為自己擦臉，整整衣襟，邊說話。

吉桑：阿伯，您有什麼話就直說吧。
伯公：你那間小化肥廠最近問題挺多的，是不是考慮不要做了？
吉桑：我做那間化肥廠是為了北埔人的收成，怎樣我也要做下去！
伯公（笑著警告）：你有這個心很好，不過，我們張家不惹麻煩的事！

　　△吉桑擦淨臉，對伯公定定說著。

吉桑（笑笑反諷回去）：我不知什麼「麻煩的事」，我只想把「事」做好。

　　△伯公頓了一下，拍拍吉桑肩膀表示讚許，臉上顯得不耐煩。
　　△此時，填完單據的蕙心與林經理自局裡出來，蕙心望向馬路有一臺漸行漸
　　　遠的汽車（KK 的黑頭車），她深吸一口氣，走向伯公連忙謝過。

蕙心（打從心底感謝）：謝謝伯公幫忙！
伯公（看著吉桑）：自家人謝什麼？

　　△伯公拍拍吉桑的肩膀，示意勉勵。

伯公：交茶順利！

　　△說完便與管家阿清離去。
　　△阿榮奉上菸斗、菸絲，吉桑接過，準備抽菸。

11. 日／外 張家車上

△ 車外鄉村景色不斷往後逝去。
△ 陽光刺眼，副駕的林經理撐著眼皮打瞌睡。
△ 阿榮自後照鏡觀察，後座的蕙心和吉桑父女靜靜坐著，隨著車子晃呀晃。
△ 蕙心看著窗外不斷流逝的景物，吉桑抽著菸斗。
△ 蕙心低落地望著窗外，想著剛才KK與夏慕雪的事。
△ 吉桑轉向蕙心，想跟蕙心說KK有太太的事，卻開不了口，望向窗外。
△ 父女各有心事，隨著車子搖啊搖，聽著音樂。

12. 日／外 王瑛川車上

△ 車外鄉村景色不斷往後逝去。
△ 車內放送輕快的阿哥哥舞曲，王瑛川開車，KK和夏慕雪坐在後座，王瑛川解釋著夏老闆出現原因。

王瑛川（開著車）：我打電話到你們懷特公司，半天找不到一個會說中文的，我這破英語實在無法溝通啊！想起夏老闆人面廣，跟你們公部門打交道這事，多虧夏老闆。

△ KK見夏慕雪盯著自己看，轉過身對夏慕雪擠出了微笑。
△ 夏老闆一副「沒事」的模樣。

夏慕雪（鄉音）：我向朋友打聽了，你的名字上面有人盯著，你做的事，其實很危險。

△ KK將視線轉向窗外。

KK（一副無所謂）：想在化肥廠分一杯羹的人一定不少，可再怎麼說我也是懷特公司的人，美國人在，不會出大亂子。再說，反正我一個人，沒什麼好擔心的！
夏慕雪（輕嘆）：我會呀……

△ 望著車窗外的KK一愣，假裝沒有聽見，沒有回頭。
△ 王瑛川覺得二人很奇怪，好像他們講了什麼話，不讓他明白。
△ 車內只有歡快音樂，沒有人講話，一行人隨著車子晃呀晃。

13. A 昏／內 日光 - 茶廠門口 「吉桑遭全茶廠背叛」

△ 吉桑、林經理、蕙心、阿榮一行人，一下車就聽見茶廠內騷動。

13. B 昏／內日光 - 二樓萎凋區

△一行人聞聲趕緊踏進茶廠萎凋區，映入眼簾的是一團混亂，茶廠員工約三十多人（山妹、莫打、嗶嗶哥、團魚等人）圍住兩名「茶葉檢查員」（A為客家人，B為福建人），嗶嗶哥與檢查員A發生肢體上的推拉。

林經理（見狀立刻清醒）：啊？又來了，這些茶葉檢查員是吃飽沒事幹，一天到晚找碴！

吉桑（步入現場）：又什麼事？

△檢查員A憤怒地推開嗶嗶哥，走向吉桑。

檢查員A：我們接獲檢舉，有人舉報你們的茶裡有不法添加物！

△吉桑聽了，覺得簡直是侮辱人。

吉桑（驚）：不法添加物？（大聲）不可能！我做茶三十多年，向來堅守品質，我以日光誠信保證，絕對沒有！

△檢查員A故作姿態。

檢查員A：不用大小聲，開湯驗茶！

吉桑（滿肚子火）：要驗是嗎？好啊！來啊！你婆太，我開茶廠的時候，你還沒出生呢！

△大家看著火大的吉桑，都不敢出聲，尤其是蕙心跟山妹，她心想完蛋了。
△一小盤飽滿如珠的珠茶，靜靜躺在白色審茶盤上。
△眾人圍著檢查員B，他在一個木箱上謹慎擺起審茶道具：審茶杯、碘酒、滴管。
△蕙心、嗶嗶哥及一班茶工面面相覷，看著檢查員的道具，蕙心擔心被驗出，心虛問道：

蕙心：這怎麼驗呢？

檢查員B（邊動作邊解釋）：很簡單，把茶泡開，再把碘酒滴入茶湯裡面，若是變成藍紫色[2]，就表示茶裡有摻粉！

2　碘酒遇到澱粉之化學變色反應：當碘酒遇到澱粉會變成紫藍色或紫紅色。

△ 眾人聽了，神色略顯不安。

△ 吉桑倒是信心滿滿，抽著菸斗。

△ 大家看著檢查員 B 動作謹慎而緩慢，把審茶杯倒出些茶湯在審茶盤上，接著將碘滴劑滴在茶湯中。

△ 眾人對結果屏息以待。

△ 檢查員 B 看著茶湯，有些激動。

檢查員 B：得了！得了！

吉桑：得了，得了，沒事你快走吧！

△ 檢查員 B 向眾人亮出變色的茶湯，深藍色的茶湯。

△ 吉桑吃驚地張著嘴，看向薏心，現場每個人都低著頭不敢吭聲，原來大家都知情。

△ 吉桑急忙剝開渾圓的珠茶，置於掌上哈氣，用另一手掌壓之，用手指搓搓茶葉，發現有糊狀物附著在指尖上，他試圖釐清怎麼回事。

檢查員 B（酸）：理事長！你的「槍仔茶3」（珠茶）顆顆緊結如珠，可是，金玉其外、敗絮其中！

檢查員 A（宣布）：日光違反「製茶業管理規則4」，現場全部的茶都要扣留，聽候處理，全廠停工，吊銷執照！

△ 員工不知所措面面相覷，山妹突然趨前說話。

山妹：糯米粉是可以加的，這是「炒菁綠茶」的新技法！

△ 眾員工聽聞總茶師山妹解釋，個個點頭如搗蒜。

△ 檢查員 A 對專業知識感到很不耐煩。

檢查員 A（搪塞）：哎，管你新技法、舊技法，「製茶業管理規則」上面寫的清清楚楚，什麼都不能加！

薏心（幫腔）：糯米粉能讓珠茶更加緊固，北非人更愛，政府管理辦法要跟上腳步！

檢查員 A（激動回應）：……就跟妳講都不能加！（看著吉桑）全省最大的茶廠是這樣做茶的啊，一點基本道德都沒有！

△ 林經理笑面，拿出菸，上前安撫官員，希望大事化小，小事化無。

3　「炒菁綠茶」除了被稱為「珠茶」外，因其一粒一粒的形狀與子彈相似的外觀，亦有「槍仔茶」之稱，英文名亦是直譯「Gun Power Tea」。

4　1950 年政府頒布「臺灣省製茶業管理規則」，以維提製茶品質，違反者，除觸犯刑事應移送法院辦理外，視情節輕重有下列處分：1. 予以限期改善或停止營業之處分；2 吊銷許可證及撤銷工廠登記證，同時停止供電。

林經理（客氣）：大人別生氣！來來來，抽根菸。

　　△檢查員A不領情，拍掉菸，開始查封動作。
　　△檢查員B拍照記錄著些什麼。
　　△員工驚訝不已，大家七嘴八舌雜唸著「要吊銷執照？」「查封了，要怎麼趕工！」
　　△吉桑拿起茶葉檢查員B泡的綠茶，盯著這杯茶，驚愕不已，他的茶廠出現這種茶，他開口了。

吉桑（耐著性子，無事般）：……大家……今天大家就去休息吧！

　　△大家聽了有點傻眼。
　　△吉桑拿著杯子，經過蕙心時停了下來，冷冷看了她一眼，滿眼失望與憤怒，她竟聯合全茶廠背叛了他。
　　△蕙心愣愣地杵在原地，父親冷眼神情使她不寒而慄。
　　△員工們望著吉桑離去的背影，大家你看我我看你，躊躇不前。

林經理（幫腔）：沒聽見嗎？全都去休息，要我扛你們不成。

　　△這時，眾人才窸窸窣窣移步。
　　△山妹離去前望向蕙心，蕙心自責立在原地，離去的員工像潮水般將蕙心淹沒。

---

14. 昏／內　日光 - 辦公室連樓梯口

　　△吉桑跟林經理走到辦公室，很吃驚。
　　△吉桑見滿屋凌亂，辦公室被搜得亂七八糟，吉桑把那杯茶放在桌上，撿起掉到地上的「三十年茶樹小盆栽」，破了。
　　△林經理見狀氣憤。

林經理：這幫官員到底是來稽查還是來做土匪，太過分了！

　　△吉桑撿起破了的小盆栽，端詳著塵土與凌亂的根枝。
　　△眾人擠在樓梯口，爭相偷看吉桑、蕙心、山妹與林經理的交談。
　　△蕙心與山妹拿著完美的「珠茶」，試著力挽狂瀾，跟吉桑解釋這沒有問題。

山妹：社長，這茶對人體沒有影響的！
吉桑（直接一句）：山妹妳不用來上班了！

△山妹很吃驚，她被開除了。
　　△薏心跟林經理也很吃驚，尤其是薏心。
　　△吉桑看著山妹及薏心，以平淡口吻說話。

吉桑：薏心不懂茶就算了，妳身為總茶師，跟著她一起胡搞，做出這樣的茶，我很
　　　失望妳在專業上的判斷。
薏心（為山妹講話）：Papa，山妹是幫我解決問題，加糯米粉可以增加點重量，又
　　　節省揉捻時間，一切都是為了趕出貨！
林經理（打圓場）：我們第一次做綠茶，難免有些環節搞不清楚，全是經驗啦……

　　△吉桑不理會眾人求情，清理著破盆的盆栽。

吉桑（不怒而威）：山妹沒聽見我的話嗎？

　　△山妹站在原地看向薏心，薏心做手勢要山妹離去，表示「沒關係我來」，
　　　山妹勉強離去，一臉自責。

薏心（堅持）：北非綠茶沒有驗添加物，出口是沒問題的！

　　△吉桑不理會，弄著小盆栽，盆栽露出了沙土。

吉桑：林經理拿塊布給我！
林經理：啊？

　　△林經理離去。
　　△薏心見父親又在玩盆栽，她耐著性子，試著理性跟父親溝通。

薏心（強調）：Papa，這批貨我們已經慘賠了，我們要跟檢查員證明這批茶沒問題，
　　　如果明天不能準時出貨，我們的損失就會高達 250 萬元！

　　△吉桑視線從盆栽移到薏心臉上，一臉難以置信，盯著薏心。

吉桑（驚）：250 萬？

　　△薏心一臉嚴肅，對父親表示事勢嚴重。

吉桑（沉痛）：……對妳來講，日光跟妳加起來只值 250 萬？

　　△薏心不明白父親怎麼突然講這話，面露困惑。

吉桑（語氣失望）：從小我給妳吃好、用好、穿好、讀最好的學校，妳要的，我這個父親都盡量滿足妳，今天為了 250 萬，妳卻出賣妳自己、出賣了日光的信用！

　　△ 薏心很吃驚父親如此評斷她。
　　△ 吉桑又氣又悔，弄著手邊盆栽。

吉桑（繼續）：早知道今天是這樣的局面，當初就不該順著妳的意做綠茶，我日光三十年的名聲今天就這樣被妳出賣了！
薏心（急著辯解）：Papa，這怎麼會是出賣……
吉桑（盯著薏心）：我的茶廠不需要新技法，我只要踏踏實實地做茶，這樣很難嗎？我做茶三十年，從來沒有被人檢舉過，妳第一次做綠茶，就搞出這麼多事，為了交貨，妳在茶裡「偷工、加料」，還要用日光的名義出貨，這不叫出賣，叫什麼？

　　△ 薏心語塞，不知如何答覆。她急欲解釋，卻用詞失當。

薏心：Papa，時代不一樣了，我們要懂得變通……
吉桑：「偷工、加料」不是變通，是投機！妳僥倖接了幾張單就以為自己很會做生意了？妳是有做生意的頭腦，不過，妳沒做生意的良心！
薏心（著急解釋）：全臺灣的「炒菁綠茶」都是穆老教的，他講糯米粉是可以加的，是合法添加物！
吉桑（真的生氣了，打斷）：還在跟我講「合法」！「合法」會有人來搜查嗎？生意不好，我們可以再想辦法，違背良心的事，妳怎麼做得下去？「茶」要給人喝的！妳在我的日光茶裡面加這麼多東西，把茶做成像狗屎般吃不得，早知道這樣，我寧願我的茶廠幫人烘高麗菜乾！（對薏心憤怒）時代是變了，但是還沒有變到輪妳出頭天！以後公司的事不用妳操心，我沒指望妳擔下日光，女孩子該嫁就嫁，該生子就生子，管什麼事！

　　△ 薏心被全盤否定，頓時覺得飽受委屈，淚水在眼眶打轉。
　　△ 吉桑看見薏心哭喪著臉，意識到自己言重，感到心疼。吉桑不忍看女兒哭，又不知所措，索性趕走薏心。

吉桑（怒）：出去！不要在我這裡哭！

　　△ 薏心忍住淚不流下來，往門口走去。
　　△ 吉桑故作鎮定，這時林經理拿著布回來，吉桑接過布，包住盆栽破口的沙土，但就是包不住，沙土直漏，氣得丟到桌上，雙手插著腰，背對所有人。

吉桑（氣）：林經理，準備賠款，這批茶我們不出了！

△林經理聽到又要賠錢。

林經理（詫異）：啊？

　　△薏心走到樓梯口，止住腳步。

薏心（哽咽）：Papa，我不是敗家子！

　　△吉桑聞言刺心，臉色一沉。
　　△薏心強忍眼淚看著父親，維持大家閨秀的儀態及聲線。

薏心：……Papa說的對，我是有「價碼」的！我之所以有價碼，是因為我在乎！我不像Papa野心這麼大，一心想要為整個北埔人做大事，我只在乎，日光下個月是不是發得出工資、下一季公司是不是還有單？做生意最在乎「誠信」，我們出貨，有失品質的誠信，我們不出貨，也是有失誠信，如何降低日光最大的損失，就是現在我在乎的！

　　△吉桑聽著，但沒有看薏心。

薏心（繼續）：我非常感謝Papa從小就給我最好的，吃的、用的，給我上最好的學校，我知道Papa很在乎日光，只是賣地、貸款，我們不能老是賠錢做事，這樣日光早晚會倒下的！

　　△薏心語畢，頭也不回地離去。
　　△樓梯口一班員工聽著認為有理，一切盡在不言中。
　　△林經理試著打破尷尬沉默，隨手整理凌亂現場，撿著散了一地的洋菸。

林經理（緩頰）：「新社長」也是為公司好啦……（撿著香菸）今日幸好有伯公啊，日光要是沒人做主哦，實在是……

　　△吉桑聽著林經理的話，直勾勾地看著林經理，好像他是外星人。
　　△林經理被瞪到閉上嘴。
　　△吉桑看著地上洋菸，撿起了一根，伯公來過這裡？他突然意識到原來一切是伯公搞的鬼，想了想，離去。

---

15. 夜／外 橫屋 - 過道

　　△吉桑邊走邊點起洋菸，大口抽著，穿過橫屋過道，打算去質問伯公。

16. 夜／外 伯公家 - 天井

△ 吉桑跟伯公二人面對面，二人都抽著伯公愛抽的洋菸，吉桑故意秀了手上的菸，有點挑釁地朝伯公臉上噴了一口。

吉桑：這菸味很重呢，大伯，今天到我茶廠什麼事？

△ 伯公皮笑肉不笑。

伯公：交茶不順嗎？
吉桑（不爽）：大伯為什麼插手我茶廠的事？

△ 吉桑看著伯公看了自己一眼，接著他就為盆栽澆水。

伯公：你看，肥料是一門好生意，看到那麼大廠，可以請 1500 人，我心底是替你歡喜！
吉桑（酸）：真的嗎？
伯公（真誠）：真的！
吉桑（質疑，笑了）：……不過？

△ 吉桑看著伯公仰望星空，古老天井上方是一片窄窄的星空，猶如張家。

伯公（仰嘆）：在北埔，我張家最大！不過，張家再大，也沒有國家大……

△ 吉桑盯著伯公，不語。

伯公（真誠）：今日你的肥料不交出來，你茶廠就沒得做了，你把肥料放下，國家就不會找我們張家的麻煩，你的茶廠就沒有那麼多麻煩事，你是個做老闆的人，你自己想想？

△ 伯公講出了自己的為難與擔憂，吉桑聽明白是國府出手了。
△ 二人同望著盆栽沉默，各自憂心，抽著菸，一個想如何保日光，一個想如何保張家。
△ 古老天井上方，是一片窄窄的星空。

17. 夜／內 日光 - 辦公室

△ 現場凌亂不堪。
△ 辦公桌上「三十年茶樹小盆栽」用一塊布隨意包著，一雙纖細的手（蕙心）

打開包布，植物體尚完好。
△一雙纖細的手（薏心）將小盆栽捧起帶走。

---

18. 夜／內 日光 - 茶廠

△吉桑走在中央道上，他生平第一次被查封的茶廠，他的身影對比偌大的空間顯得渺小而寂寥，跟著吉桑，我們看見機具都靜止著，機具、存貨、原料、生產線，視線可及之處都被貼上封條，上頭有「臺灣省政府農林廳檢驗局」字樣。

△月光自高處小窗透入，吉桑聽見什麼回望，佇立在月光下，看不清他的表情。

△吉桑看著封條上的字，下了一個決定，隨手扯下封條。

---

19. 日／內 日光 - 茶廠

△檢查員B拿著卷宗，遞給檢查員A。

△吉桑抽著菸斗，面無表情，他領著一班員工聆聽宣讀，山妹、薏心跟大家一樣焦急。

檢查員A：剛剛接到上面的通報，經查證，本批茶葉對人體健康沒有影響，為維持我國國際信用，准予放行！

　　△員工一陣歡呼。
　　△吉桑臉上沒有太多喜悅，接過卷宗。
　　△薏心覺得事有轉機，她仍希望完成這張單，於是她鼓起勇氣走向父親。
　　△眾人看著父女二人，怕他們又吵起來。

薏心（有點緊張，謹慎）：Papa，這張單，我們必須如期出貨！

　　△員工們緊張地看著吉桑，吉桑直直望著女兒，薏心以為父親又要責備她，吉桑走向山妹，鄭重交代。

吉桑：山妹，準時交貨！不過不能用摻粉的！
山妹（詫異）：是……（為難地思考著）
吉桑（對薏心，警告）：這批茶做完，沒我同意，妳不准再接單！

　　△薏心聽了這張單可以出了，感到又欣喜又難過，心中百感交集。

薏心（大聲回答）：是！

△ 蕙心看著吉桑離去的背影，不明白父親的轉變。
△ 大家看著站在原地的總茶師山妹。

山妹（憂心）：重做？（望向蕙心）一定來不及！

△ 所有人都看著蕙心。
△ 蕙心看出工人的猶豫，這確實是不可能的任務。她見不遠處莫打跟嗶嗶哥
　又在修壞掉的圓筒式炒菁機。
△ 蕙心直接走過去，幫忙推抬機器，蕙心沒想到機器如此沉重。
△ 嗶嗶哥漲紅臉抬著機器，驚愕看著「新社長」出手幫忙，害他差點岔了氣。
△ 阿榮和五、六名工人見狀，也一起幫忙抬起炒菁機。
△ 蕙心用盡全力抬高機身，她什麼都想不了，盯著地上，誠心祈求上天保佑
　撐過這一關，一滴淚不爭氣掉了下來。
△ 躺在地上修理機器的莫打看見了，他加快手腳，就不信修不好。
△ 嗶嗶哥也看見地上一滴眼淚，他咬緊牙關，使出渾身力氣抬高機器。

嗶嗶哥（像超人般）：你！婆！才！好！這臺機器專門跟我作對啊，看我今天怎樣
　修理你！

△ 自抬高的空隙中，看見後面工人紛紛拆掉封條。
△ 機器聲再度響起，發出火車般隆隆響聲，茶廠又運作起來。
△ 春姨和順妹穿梭其間，分送點心。
△ 大家齊心，似乎一切又有希望了。

---

20. 夜／外 日光 - 茶廠外

△ 空景，明月當空，茶廠二十四小時通宵趕工。

---

21. 晨／內 餐廳連客廳「有退貨危機」

△ 吉桑跟蕙心兩人，一人一桌六道菜，父女穿著都很正式，吉桑穿得很正式，
　像是待會要出席重要場合。
△ 蕙心在桌邊認真看著跟協和的英文合約，春姨端出長壽麵，見蕙心沒動
　筷。

春姨：自昨天就沒吃飯了，這樣身體會壞掉！
蕙心（從文件中抬起頭）：我待會再吃。
春姨：茶趕出來了，不用愁了！

蕙心（這時才露出笑容）：嗯！

　　△春姨把長壽麵端到客廳，給吉桑去霉運。
　　△吉桑拿起筷子準備吃。

春姨（為蕙心美言）：社長，這兩天您辛苦了，這兩天，蕙心也沒閒著……

　　△另一個房間的蕙心，聽到自己名字，迴避不想聽，她拿著文件離開現場，
　　春姨見蕙心離去，試著為父女緩頰。

春姨：為了保社長出來，她四處奔波，到處拜託人幫忙，真是難為她一個女孩子要
　　　擔起這麼大的責任……

　　△吉桑聽出了春姨對蕙心的維護心切。

吉桑（打斷）：春桃！妳不要再護著她了，她就是這樣被妳寵壞的……

　　△春姨聽出吉桑仍在生蕙心的氣。
　　△吉桑看著桌上的長壽麵，放下筷子不吃了。

---

22. 晨／內 橫屋 - 灶下

順妹（邊放柴邊唸）：夭壽唷，這批茶絕對會被退貨！
團魚：檢查員不是講「准予放行」嗎？
順妹：「放行」是政府這關，客戶那還有一關！這批茶，有文貴做的，有我們日光
　　　做的，同一批茶，茶大小顆差這麼多（手比劃著），對方一句「不對版」，
　　　你就準備賠到脫褲了！
團魚（憂）：這筆單已經了了很多錢，要是再被退貨，怎麼辦啊？
順妹（扭著脖子，累）：退回來，剛好自己喝啊，大家拚生、拚死，「賺洨」（客語，
　　　好玩）而已！

---

23. 昏／內 日光 - 辦公室「父女和解」

　　△林經理焦急地走來走去，盯著牆上的時鐘，下午5點了。
　　△交完貨的蕙心提著一個包包（註：裝的是「三十年茶樹小盆栽」）回到辦公室，
　　林經理緊張追問結果。

林經理（急）：「新社長」可回來了！您是到哪交貨了？

△吉桑看了一眼，忙手邊工作，用日式炭爐燒開水。

△蕙心將「三十年茶樹小盆栽」換了一個很古樸的粗瓦盆，送給父親，算是
　賠禮。

△吉桑見了有點感動。

吉桑（看著盆栽，突然意識到什麼）：貨沒交成？打算用個盆栽打發我？

　　　△蕙心沒回答，從包裡拿出單子給父親。

　　　△吉桑看了皺著眉，一副「真的假的」樣。

　　　△林經理見狀，以為交貨被拒了，整個人快虛脫了。

蕙心：協和洋行還要我們再幫它做 200 萬磅的綠茶！

　　　△林經理聽了，整個人又活過來，心想怎麼可能。

吉桑（驚）：不用「對版」嗎？

蕙心（搖著頭）：協和說，茶雖然有點參差不齊，但能接受。

吉桑（思索著）：難道是……文貴賣給我們的茶，平衡了我們的品質？

　　　△蕙心表示「也許吧」，她示意林經理「問」吉桑要不要接這張單，林經理
　　　接到暗示。

林經理（很識相）：社長，這張單……我們要接嗎？

　　　△吉桑瞪著女兒。

吉桑：再裝就不像了！

蕙心（無辜）：我沒有啊！

　　　△父女小鬥嘴，但二人是有默契的。

吉桑：機器都買了，不做，妳要賠錢嗎？「新社長」？

　　　△吉桑給女兒臺階下，蕙心笑笑，吉桑滿意地看著新「盆栽」，擺放了起來，
　　　蕙心換的瓦盆確實有品味。

　　　△被揶揄的蕙心，愧疚地向父親坦承錯誤。

蕙心：是我太魯莽，才給日光帶來這麼多麻煩。

　　　△吉桑整理桌面，要來泡茶了，拿出自家做的珠茶看著。

吉桑（自嘲）：做了三十年的茶，我也沒想過，我會做茶做到坐牢、做出摻粉的茶呢……

　　△ 蕙心感到無地自容，吉桑看著蕙心，蕙心低著頭不敢看父親。

吉桑（鼓勵）：……做生意嘛，哪個生意人沒有跌倒過，跌倒並不丟臉，丟臉的是，妳沒能再站起來。

　　△ 蕙心從父親的言詞之間聽到一絲希望，不可置信地抬頭看父親。

蕙心：……

吉桑：妳要是倒在這，別人記得的就這件事，妳要是能學習教訓，我賠掉的那些錢，才算有價值！

蕙心（一臉難以置信）：Papa，您是說我能繼續做茶？

吉桑（看著盆栽，輕笑）：盆打碎了，換個盆，又是一個新局。

　　△ 蕙心受教。這時水開了，她看著吉桑把珠茶丟入鐵壺中，手皮卻被燙到。

吉桑（時不我予之感）：唉，這茶，燒滾滾，一下子「泡茶」就變「煮茶」，連對版都不用了，（嘆）……綠茶跟紅茶確實是不同世界……

　　△ 蕙心望著父親的無力感，父親親自給她倒杯茶，這是父親第一次倒茶給她，吉桑專注倒著茶，沒看蕙心。

吉桑（期許）：不過，妳有這個能耐！

　　△ 說完，吉桑拿起茶杯敬蕙心。
　　△ 蕙心驚愣父親如此期許她，她恭敬喝茶。
　　△ 這時蕙心才看見手中杯子是「新竹五廠」的紀念杯，她略為吃驚，視線移向懷特公司辦公室，房內東西已淨空大半了。

- -

24. 日／內 化肥廠 -A 處「日光化肥廠回到國營體系」

　　△ 吉桑來到開幕會上，各方人馬交錯而來，會場冠蓋雲集，喜氣洋洋。易主後的開幕場面，明顯較上次試車典禮盛大許多。

25. 日／內 化肥廠 -B 處

△ 吉桑仰望著半空中吊著大紅布條，上頭寫著「恭賀 臺灣肥料公司 新竹化肥廠 開幕典禮 WELCOME」。

△ 視線下移，紅布下方是一公尺高的舞臺，臺上正中間擺著一張主講桌，現場鎂光燈閃個不停，雙方締約，美方領事 John 跟國府副院長兩人合拿著《肥料供應合約》₅ 面向前方微笑，背後掛著美國國旗跟中華民國國旗和中美合作國旗（配置試車典禮）。

△ 臺上迪克面無表情地看著雙方簽約，看了臺下一眼。

△ KK、吉桑在臺下。

△ 副院長致詞配下列畫面：

副院長（開心致詞，鄉音）：感謝懷特公司為我們規劃興建了臺灣省第一座化肥廠，肥料發了，農民就發了，為慶祝「國營新竹五廠」正式開幕，我們決定免費配發 1000 公斤的肥料，給新竹所有的茶農試用……（漸成背景聲）

△ 中美化肥廠回到臺肥體系，臺下第一排坐的是臺肥、糧食局高官們，個個西裝筆挺，意氣風發，伯公跟陳專員坐在吉桑前一排。

△ 吉桑跟 KK 二人，心情複雜看著手中的「開幕茶杯贈品」（一個茶杯上面印著一面中華民國國旗下面寫著「臺灣肥料公司新竹化肥廠開幕敬贈」紅字），二人尷尬，不知要說什麼，KK 先開口。

KK（小聲）：董事長為化肥廠出錢出力，您之前投入的的土地跟資金，我……

吉桑（小聲）：政府給我一堆不知道什麼股票，換走了化肥廠所有股份了（看著杯子笑笑，轉念）美國為跟國民政府搞好關係，有意換人做，我們也沒辦法……

△ KK 一臉無奈。

吉桑（安慰）：沒要緊，事情有人做就好了！

△ KK 被吉桑同理安慰，尷尬笑笑。

△ 坐在前排的伯公聽見了，回望吉桑一眼，表示「你做的是對的決定」。

△ 吉桑望著伯公，收起笑容，無語。

△ 臺上副院長講完話了，臺下一陣熱烈掌聲，KK 和吉桑也跟著鼓掌陪笑著，吉桑瞄了 KK 一眼，上下打量著 KK，心想著如何開口才好。

5　1950 年 12 月 20 日，臺灣省政府與美國經濟合作總署臺灣分署署長卜蘭德簽訂《肥料供應合約》。

吉桑（尷尬）：失禮！認識你這麼久，竟然都看不出來你有家室了（自嘲）。

　　　△KK「啊？」了一聲，想解釋吉桑誤會了，但也是事實，就不講了。

吉桑：還跟你提蕙心的事，真的是失禮。

　　　△KK 表情尷尬無奈，保持風度微笑。

KK：是我比較失禮！

　　　△二人點著頭，頓時無話可講，繼續把玩著手中紀念杯。

吉桑（莞爾）：我們「化肥大王」沒做成，至少有留一個杯子！

　　　△KK 看著手中紀念杯，感慨萬千，他輕嘆了一聲，仰望著廠房，知道時代
　　　　並不會因為自己改變什麼。

---

26. 昏／外 烏面 - 枯萎茶園

　　　△KK 跟吉桑二人，扛著二包黑肥，喘著氣自地平面走來。
　　　△天陰陰，茶園仍是一片枯黃，KK 把二包肥料放入大樹旁的小「工寮」裡，
　　　　再提了一桶水出來。他走到茶行間，見吉桑、烏子、馬桑（烏面伯的弟弟
　　　　船商）三人坐在地上，馬桑蹲在一旁看。
　　　△吉桑教烏子如何「插茶秧」，邊示範邊講。

吉桑：「壓茶秧」就是將枝條彎壓下來，埋在土裡，土要全蓋住哦，上面壓個竹片，
　　　這樣，過幾個月，枝會生根，就有一株跟母株同樣的茶苗。

　　　△烏子眼神保有一貫的倔強，認真學著。
　　　△吉桑與烏子兩人乍看像一對父子。

吉桑：馬桑，你哥的事，我很歹勢……
馬桑（嘆氣）：死於併發症那也沒辦法，吉桑跟經理一直照顧我哥一家人，我才要
　　　謝謝你們。

　　　△吉桑看著烏子手拿著烏面伯臨終繪製的地圖，認真插茶秧，心中滿是不
　　　捨。

吉桑：馬桑，我是真的想要收養這個小孩！

馬桑（堅持）：我哥交代，這個小孩跟我住，吉桑您願意買下我哥這片茶園，我已經很感謝了。

吉桑（望著枯黃茶園，苦笑）：應該的！應該的！我跟烏面有約定，要讓這片茶園再綠起來！

　　△ 吉桑和 KK 二人對看，這是他們曾經承諾烏面叔的事，二人很感慨，KK 抓了地上一把土。

KK：這邊土質是好的，只是坡度太大，留不住水，也留不住肥！

　　△ 吉桑手裡拿著枝條，也很感慨。

吉桑（喟嘆）：現在，這個茶種不值錢了……

　　△ 吉桑看著認真在插茶秧的烏子。

吉桑：烏子啊，阿伯幫你改種黃柑種，好嗎？

烏子（直接回）：不要！

吉桑：怎麼不要？現在黃柑種很搶手！

烏子（天真）：……我爸說，這「青心大冇種」是最好的，可以做紅茶、做綠茶、做包種、做烏龍、做鐵觀音、做香片，尤其是做日光的「鋪面茶」全是最好的！

　　△ 大勢已去的茶種，被烏子充滿信心般地說著，吉桑感到欣慰。

吉桑（眼眶泛淚，有點激動）：好哦，好哦，那阿伯就幫你種回青心大冇種！

　　△ 吉桑看著認真烏子，再望向北埔茶園，有風吹來，涼快。

---

27. 夜／內 日光 - 懷特辦公室「KK 離開北埔」

　　△ 一盞昏黃的燈泡在頭上。

　　△ 風光不再的 KK 收拾著辦公室物品，不見昔日氣派的辦公室，只有幾只皮箱與大行李。

　　△ KK 拿下牆上美國國旗和中華民國國旗，一起捲好，連同皮箱搬到門外，突然停下手邊動作，因為他看見蕙心站在門外。

　　△ 蕙心端了一碗綠豆湯走來。

KK：算一算，我的一塊美金到底換了多少碗綠豆湯……該是賺了吧？

△蕙心想問他跟夏慕雪的事。

蕙心：那個……

　　　△KK 安靜仔細聆聽著。

蕙心（改變心意）：化肥廠被收走了，你……
KK：嗯，懷特公司早有安排了。
蕙心（語氣哀愁）：嗯。
KK（祝福）：祝妳把茶賣到全世界去，（舉起手中國旗）牆上掛滿各國國旗！
蕙心（想起）：美國那面旗，你幫忙很多。

　　　△二人相視而笑，想到美軍那張單。

KK（眼神善意帶著憂鬱）：很高興幫上忙，以後若是需要幫忙，可以來找我。

　　　△KK 主動開口，蕙心很感動，但她知道自己不會去的。

蕙心：……謝謝。

　　　△二人笑笑，笑得苦澀。世界這麼大，二人相遇了，也要分開了。

---

28. 日／內 張家洋樓

△吉桑一人在書桌前看報。
△報紙標題「中美聯合計畫成果斐然 臺灣肥料公司新竹化肥廠正式營運」。
△吉桑放下報紙，抽起菸斗。

---

29. 昏／內 KK 租屋處 「民主掛接風宴」

△空鏡，臺北市的天際線，夕陽西下。

大家（乾杯）：歡迎回到臺北！

　　　△民主思潮掛（徐主編、王瑛川、夏慕雪）為 KK 接風洗塵，矮木桌上滿滿
　　　的小菜，有醃漬蜆仔、花生米、嘴邊肉、牛肉餡餅、珍珠丸子、上海煨蝦、
　　　無錫排骨、涼菜……

KK：謝謝！

△ KK 看著自己設計的「日光化肥廠」紀念杯。

KK（無奈）：董事長說的對，化肥廠，最後只剩下一個杯子。

　　△ 大家聽出 KK 的失落及失去目標，夏慕雪優雅地品一口茶。

夏慕雪（安慰，鄉音）：這個杯子裡有溫度，有滋味……
KK（聽出語氣未完，接話）：還有……

　　△ 夏慕雪矜持地移開視線。

夏慕雪：還有，遠離化肥廠是件好事……

　　△ KK 不認同，視線自夏慕雪身上移到杯子上，上面是一個三角形，找話題。

KK（苦笑）：是啊！一個人不會改變什麼！
徐主編（鼓勵，鄉音）：哎，誰說不會改變？文字是把刀，「思想」才是最厲害的！
王瑛川（附和）：對對對，文字是滴水穿石，現在您回來了，不用管化肥廠的
　　　　　　　事，剛好可以為我們雜誌多寫些文章！
夏慕雪：唉，先休息一下吧！

　　△ 三人你一言我一語，一臉善意望著 KK，KK 此時一無所有，卻看見三個
　　　朋友。

30. 昏／內 永樂戲院「蕙心初識茶郊，電報單起點」

　　△ 開演前，現場鬧烘烘，蕙心盛裝站在穆老旁邊，有禮貌地笑著，穆老很紳
　　　士地為蕙心介紹新朋友，「茶郊」四人組（本劇「茶郊」就這四人代表，鄭
　　　經理為廣東佬，其餘三位皆為閩南福佬人，四人皆會華語與英文），大家看上去
　　　一團和氣，站在第一排走道，旁邊人群進進出出。

穆老（比著，鄉音）：這是「水陸茶行」吳老闆，「古春茶莊」陳老闆，「太古洋行」
　　　　　　　　　鄭經理，「天天茶行」李老闆。

　　△ 蕙心對大家點頭示意。

吳老闆（脫口而出）：唷，穆老豔福不淺，每次身邊的女伴都不一樣。

△ 蕙心覺得受辱，卻只能保持禮貌，穆老有點尷尬，立刻澄清。

穆老（連忙解釋）：什麼女伴！這是日光公司的千金，張小姐！

　　△ 茶郊大老打量二十歲出頭的小女孩，連手都沒有伸出來，認為她只是穆老
　　　帶出來的「新歡」而已，一副不感興趣的樣子。

穆老（意有所指）：現在我們就指望日光了！

　　△ 蕙心聽不明白，茶郊大老們則不以為然。

吳老闆（笑）：穆老你們專攻北非，我做的是美國市場，不能混為一談！
穆老（強調）：國華這個月，手伸進我北非市場，下個月，說不定是你美國市場！
吳老闆：聽說，國華黨政軍關係特好。
鄭經理（小抱怨，廣東腔）：這個政府的結匯辦法一直在變，現在至少有九種結匯
　　　方式，搞得我都不知道如何出口了……

　　△ 鄭經理突然不講話了，看著入口，報以微笑。
　　△ 原來是五名國府高官（註：可同化肥廠人員）走入，包括文貴、黃董和上將。
　　△ 蕙心看見文貴，文貴也看見蕙心，二人再度見面，很驚訝。
　　△ 二人擦身而過，視線沒有交集。
　　△ 蕙心、穆老跟茶郊一行人坐在第七排，蕙心坐在穆老旁邊，她看著文貴背
　　　影，他坐在第五排，和旁邊權貴有說有笑。文貴偶爾回頭看後排的蕙心，
　　　二人對上視線，尷尬移開。

穆老（跟蕙心解釋）：前面五排是專門留給國民黨高官，（意有所指）近水樓臺用的！
　　　只有看戲的時候，大家才會在一起。

　　△ 穆老附耳跟蕙心講，但眼睛看著文貴。

穆老（示意前方）：聽說國華公司已經報價了，這家國華的野心很大，打算用低價
　　　搶標，吃下整個北非市場，只要妳比國華低，妳有機會可以搶到單！

　　△ 蕙心好奇地看著穆老，突然丟下一個震撼彈給她。

蕙心（笑）：穆老為什麼不去搶？
穆老（笑）：國華那套玩法，只有妳日光才玩得動。

　　△ 蕙心不明白，望著穆老。

穆老（解釋）：「茶」分產、製、銷，原本是有條線在的，現在被國華這樣一扯都糊了。我們是貿易商，沒有自己的下線，要等下游的量出來才能回覆電報，日光本來就是大廠，單來了，妳馬上就可以回覆，而且，成本可以壓得更低！

　　△蕙心看著穆老，不明他為何要告知這個小道消息。
　　△穆老讀出蕙心的疑惑，道出企圖。

穆老（拉攏著，笑）：國華打算繞過我們直接出口，踩到我們的線，妳有全臺最大的茶廠，我有足夠的國際訊息……

　　△蕙心聽出穆老「結盟」的弦外之音。

穆老（加碼）：這張單可是張大單，直接撬開北非大門！

　　△蕙心想到父親對自己的期許。

蕙心（揣測）：那國華的報價是多少？

　　△穆老笑得開懷，蕙心有興趣了。

穆老：唷！商場如戰場，這得靠妳自己去挖了（看著蕙心）。

　　△二人對望，存在一種商業合作的默契。
　　△一旁茶郊大老們示意二人交頭接耳的，對蕙心投以輕視的眼神。
　　△蕙心瞅見了，但她依舊面帶微笑坐在穆老旁邊。
　　△臺下突然歡聲雷動，尤其是前五排的高級外省官員，戲開演了。蕙心望著戲臺，望著文貴背影，看戲。

------

31. 夜／外 永樂戲院 - 門口「文貴受國華賞識」

　　△散場，門口停了數臺黑頭車。
　　△人群中，阿榮抽著菸等蕙心出來。阿榮看見文貴，他連忙躲在柱子後打量他們。
　　△黃董和文貴二人恭敬地站在一臺黑頭車門邊，黑頭車裡坐著靳上將，他把香菸丟出窗外。

黃董（恭敬）：您放心，我早辦好了！

　　△黑頭車開走了。

△一名年輕男子（詹祕書）小跑步跟黃董報備。

詹祕書（滿身是汗）：黃董，您吩附的北非電報我打出去了。

　　△詹祕書把電報交給黃董，躲在柱子後的阿榮全看到了。
　　△黃董看著紙條。

黃董：上面交代，要開展北非綠茶業務，這件事嘛……

　　△詹祕書積極，和黃董同時講話：

詹祕書（伸手，笑，同時）：黃董，我來！
黃董（把手中文件傳給文貴，同時）：交給你！

　　△詹祕書話音未落，就被打槍，尷尬笑了一下，斜眼看了文貴一眼。
　　△文貴接下訂單。他受到老闆的重視，地位上升。

黃董（看著文貴）：這筆單要是成了，你就去一趟法國，跟廠商見個面，男人總要
　　　見點世面！

　　△文貴點頭。這時文貴剛好看見蕙心走來，蕙心再次遇到文貴。
　　△蕙心從容經過文貴身邊，文貴盯著蕙心離去的背影。
　　△這時宵禁「蜂鳴聲」響起，人群一哄而散。

32. 夜／內 洋樓大廳

　　△蕙心沒有回來，吉桑拿著菸斗著急地走來走去。

吉桑（著急）：怎樣？
春姨（掛了電話）：講臺北宵禁了，蕙心今天回不來了。
吉桑（略為釋懷）：她人在臺北總公司？
春姨（一臉擔心）：……沒有。
吉桑（憂心）：沒？她沒帶身分證，又沒在總公司，人又跑去哪？

　　△吉桑叨唸著，擔心全寫在臉上。

33. 夜／內外 國華門口 - 車內「偷電報」

　　△宵禁蜂鳴聲響遍整座臺北城，街上沒有人車。

△ 一臺沒有開車燈的轎車，滑停在一棟房子前。
△ 蕙心和阿榮同時仰望著車窗外高樓。
△ 「國華貿易公司」的招牌高掛在三樓。
△ 蕙心看著阿榮一直在跳，想沿著外牆水管爬上三樓，但就是上不去。
△ 蕙心索性直接往一旁樓梯走上去。

34. 夜／內連外 國華公司

△ 阿榮爬到全身是汗，遇到難題，窗戶鎖住了進不去。這時他吃驚看著蕙心已經在辦公室裡面，她如進入自己辦公室般，把燈打開，再將窗戶打開。
△ 阿榮站在窗外的突出物上，看著明亮的辦公室。

阿榮（緊張提醒）：大小姐，我們是來偷東西的！

△ 阿榮爬進來，立刻關掉所有的燈，拿出手電筒，四處照著。

蕙心：問題來了，（比著四周檔案櫃）哪張才是綠茶單？

△ 二人試著找單，簡直無從找起，苦惱之際，阿榮突然拉住蕙心，因為他聽見走道上的腳步聲，蕙心也聽見了，還有宵禁警報聲。
△ 文貴開門，摸黑走了進來，辦公室內並無異樣。
△ 文貴站在一張辦公桌前，看著手中電報，皺起了眉頭。
△ 蕙心和阿榮掛在窗外突出物上，她輕輕調整窗戶角度。
△ 窗戶反影裡，蕙心看見文貴拿著一張單。
△ 文貴好像看見窗戶動了，斜眼瞄著反影上是……蕙心？（出射角等於入射角）他不太確定，腦中快速思考著，若是有單，他可以去法國接單，若沒單呢？他在國華地位是升還是降呢？
△ 蕙心跟阿榮透過窗戶反影，看著文貴的一舉一動。
△ 文貴不動聲色，像隨手把單放進抽屜。
△ 窗戶反影裡，蕙心看見文貴把報價單放在抽屜後離去。
△ 文貴離去，瞄了一眼半掩的窗，輕輕帶上門，蕙心起心動念，將牽動他的命運。
△ 蕙心跟阿榮爬進窗內。
△ 蕙心打開抽屜，拿起電報單看，眉頭一皺。

35. 夜／外 KK 家門口

△ 一臺沒有開車燈的轎車，緩慢移動著。
△ 整條馬路一片漆黑，蕙心跟阿榮憑著月光認真看著路邊門牌。

薏心（輕聲）：你確定嗎？
阿榮（張望著）：國華電報已經發出去了，我們也要趕快把電報打出去才行，（停好車，對薏心）我在車上等！

△ 二人看著一條黑巷，薏心帶著電報單下車時，一臺軍車呼嘯而過。
△ 阿榮滑到車座底下。
△ 薏心趴在車邊草叢。
△ 待軍車過去，確定街上沒有人車後，薏心小跑步到巷子裡一間房，敲了門，驚恐站在黑巷裡。
△ 時間彷彿過去了一世紀那麼久，門內沒有動靜，薏心又輕輕敲了門。
△ 門打開了，薏心安心了，但前來應門的人竟是「夏老闆」！

（本集終）

第九集

△ 無人夜街，阿榮在車裡觀望外面呼嘯而過的警車、軍車，找地方掩護自己。

1. 夜／內 KK 家「民主思潮宵夜」

△ 客廳窗戶緊閉，窗布遮得整整密密，沒有一絲光線透出。
△ 感覺是大家都介紹過了，徐主編和王瑛川在餐桌喝酒等開飯，桌上擺滿小菜，蕙心被看得不自在，對兩人笑笑。

蕙心：這麼晚，還這麼熱鬧？
KK（笑）：我學生王瑛川，說了好幾次要來家裡吃飯，今天真的來了，自己帶菜不說，還帶了一大幫人。
王瑛川（熱情）：張小姐，不知道您晚飯用了沒？不嫌棄的話，一起吃點？
蕙心：我不餓……

　　△ 蕙心話還沒說完，夏慕雪轉身從後頭廚房裡端出了一盤剛出籠的小吃。

夏慕雪（笑意盈盈）：來！「刺毛團」，「珍珠丸子」，大家嘗嘗看！
徐主編（上海話）：唷唷唷，夏老闆親自下廚！大家有口福了。張小姐，機會難得，今個碰巧遇上了，千萬別客氣！

　　△ 雖說心裡焦急著要 KK 翻譯電報，蕙心還是只得大方落座。

蕙心：能遇上夏老闆下廚，實在難得，我就打擾了。
夏慕雪：您不嫌棄就好，一起熱鬧熱鬧。

　　△ 夏慕雪笑說著，轉往後門。

夏慕雪（上海話）：月婷，洗手吃飯哩，竹蜻蜓放下。

　　△ 月婷開門進，把手上的竹蜻蜓遞給 KK。

月婷：幫我保護。
KK（哄著月婷）：好，我幫妳保護，快去洗手。

△ 這是蕙心初見月婷。這一瞬間，蕙心覺得KK越發地疏遠了。
△ 外面的警車聲呼嘯而過，大家聽著，又轉移話題。

王瑛川：今天為什麼又要宵禁？抓誰呢？
徐主編（挾了一個珍珠丸子）：他們負責抓匪諜，我們負責好好吃飯！

　　　△ 大家笑。這時一聲槍響，打斷歡快氣氛。
　　　△ 空氣中頓時瀰漫著一股莫名的恐懼，彼此眼神交流，沒人講話。
　　　△ KK立刻把桌上燭火吹熄，就在吹熄前，KK看到蕙心臉上一閃而過的焦慮。
　　　△ 黑暗中。

KK：看來今天晚上要委屈各位，在寒舍待一晚，宵禁結束後再離開了……

　　　△ 蕙心心裡慌張，她的電報還沒翻譯，阿榮還在外面等她。

╌╌╌╌╌╌╌╌╌╌╌╌╌╌╌╌╌╌╌╌╌╌╌╌╌╌╌╌╌╌╌╌╌
2. 夜／外 街道 - 張家車內
╌╌╌╌╌╌╌╌╌╌╌╌╌╌╌╌╌╌╌╌╌╌╌╌╌╌╌╌╌╌╌╌╌

　　　△ 阿榮躲在車子後座下方，巡邏警察拿手電筒往車裡照，察看有沒有人。

╌╌╌╌╌╌╌╌╌╌╌╌╌╌╌╌╌╌╌╌╌╌╌╌╌╌╌╌╌╌╌╌╌
3. 夜／內 KK家「蕙心跟月婷建立關係／二人暗號」
╌╌╌╌╌╌╌╌╌╌╌╌╌╌╌╌╌╌╌╌╌╌╌╌╌╌╌╌╌╌╌╌╌

　　　△ 王瑛川和徐主編在KK的書房打地鋪，二人就著微弱的燈火，還在小酌聊著。

王瑛川：主編，再這樣下去，臺灣會成什麼樣？
徐主編：再過兩年，我們肯定能打回去！我相信民主自由終將是文明前進的方向。再過兩年，就可以回家了……

　　　△ 夏慕雪在KK房裡整理著床，準備就寢，聽著徐主編的話，若有所思。
　　　△ 蕙心跟KK兩人並坐靠在後門窗邊，利用月光翻譯電報¹，KK直接將摩斯密碼譯成英文字母。

蕙心（好奇）：怎麼看呢？
KK（教）：很簡單，摩斯密碼就是「滴」（dit）跟「答」（dah）組成，滴就是短聲，答就是長聲……（指著一個字母）像這個「i」就是二聲「滴滴」。

───────────────
1　電報使用「摩斯密碼」作為文字訊息通信方式。

△蕙心還是聽不明白。

△月婷拿著竹蜻蜓，看見兩人神祕兮兮，好奇繞過來。

△KK為兩人介紹。

KK（笑）：這是月婷，夏老闆的女兒；這是蕙心（思考用字）阿姨？

蕙心（不滿）：明明就是姐姐好嗎？

　　　　△KK笑了，繼續為蕙心翻譯密碼。沒事做的蕙心試著跟小女孩互動，她眨了二次眼睛，跟月婷打摩斯密碼。

　　　　△月婷呆愣，冷漠以對，轉著手中的竹蜻蜓。

　　　　△蕙心發現對方不感興趣，自己猛眨眼，像白癡一樣。

蕙心（自嘲）：妹妹啊，這個是「i」（愛）（眨二次眼睛）是我們之間的密碼！

　　　　△月婷以為那真是「愛」的暗號，直勾勾看著蕙心，自此月婷就沒把蕙心當成長輩，而是當成同輩看待。

KK（把紙條給蕙心）：翻好了。

　　　　△蕙心開心看著條子，試著唸出上面的英文單字。

蕙心（認真）：「1000萬磅綠茶，每磅單價0.32塊美金[2]，二年期」。

　　　　△唸完之後，蕙心對數量的龐大及低價感到驚訝與失望。

　　　　△KK看見蕙心臉上的神情不對。

　　　　△月婷則對電報單上有秩序的「點跟線」很感興趣。

月婷（好奇對KK）：這個，點點可以代表所有的意思？

　　　　△KK吃驚看著月婷，這是月婷第一次主動問他，KK溫暖回應。

KK（笑）：可以，但只能用英文。

月婷（拿出竹蜻蜓）：那這個……怎麼說？

KK（笑）：bamboo dragonfly。

月婷（重覆）：……幫浦……bamboo dragonfly……

KK（有點吃驚）：Very good ！

2　一千萬磅訂貨量與每磅0.32元單價，係參考1950年臺茶外銷粗茶9645,385公斤（約2,126萬磅），賺外滙2,962,664美元，年平均單價：0.432美元／公斤（約0.2美元／磅）做設定。（參考來源：《臺灣茶葉貿易史》）

月婷：飛呢？

KK：FLY！

月婷（好奇）：用這個點點呢？

KK（彈著舌）：..-. .-.. -.—

　　△ 窗邊映著月光，蕙心提不勁，這底價太低了，忍不住唉聲嘆氣。KK 跟月
　　　婷倒是熱絡，二人不斷傳出笑聲，及小女孩「為什麼？為什麼？」的疑問。
　　△ 另外一個房間裡的夏慕雪，背對三人側躺，但她也徹夜未眠。

----

4. 晨／內 臺北街頭

　　△ 空景，天際漸漸魚肚白。

----

5. 晨／外 車內

　　△ 阿榮一副剛睡醒的樣子，開著車，他敲著腦袋讓自己清醒。
　　△ 蕙心在後座愁容滿面，看著電報單打了一個哈欠，徹夜沒睡，還要裝得一
　　　副大家閨秀模樣，頗累。

----

6. 晨／內 KK 家「KK 對『家』的想像」

　　△ 一夜沒睡的 KK 獨坐在客廳抽著菸，看著天色漸光，夏慕雪醒來，來到客
　　　廳。

夏慕雪：抱歉，占了你的床。

KK（客氣）：別這麼說，其實委屈妳們了。

　　△ 夏慕雪拿出菸點上。
　　△ KK 看到放在桌上的菸，「菲利浦」（Philip Morris），和自己抽的一樣。
　　△ 兩包「菲利浦」Philip Morris 香菸，並排放在桌上。

KK：不會太嗆嗎？

夏慕雪：……習慣了。

　　△ 兩人抽菸，有些曖昧的靜默。
　　△ 徐主編和王瑛川還在隔壁睡著。

夏慕雪：月婷很喜歡這裡。

KK（笑）：歡迎她常來。

夏慕雪（笑）：……她來，我也會來哦！

KK：……歡迎。

　　△ 兩人頗有默契地笑了，晨光裡，煙霧纏繞成一片。

7. 晨／內 臺北總公司「父女決定以低價搶標」

　　△ 蕙心打電話給吉桑報告。

蕙心：Papa，我拿到一張出口的兩年的大單，但是價錢很低，幾乎沒有利潤……

　　△ 湯經理坐在蕙心對面打著算盤，猛點頭。

8. 晨／內 臺北總公司、洋樓「父女決定以低價搶標」

　　△ 吉桑穿著睡袍，揉著眼睛聽著話筒。

吉桑（打哈欠）：妳打算怎麼做？

　　△ 以下，臺北總公司和洋樓，二邊平行剪接。

蕙心：這次要先有萬全準備，才來接！

吉桑（不以為然）：準備好才能做生意？根本沒這回事！哪個人是百分之百準備好
　　　了，才來接單？全是邊走邊整隊，這單可以照顧鄉親二年，我們要接！

　　△ 蕙心著急起來，心想父親的大頭症又發作了。蕙心想起之前接單的慘痛教
　　　訓，玩著手中一塊美金，攤開華盛頓頭像，講出擔憂。

蕙心：Papa，這次不同，不但價錢低，而且量還很大，我怕我們沒賺頭，量又做不
　　　來……

吉桑（老神在在）：利潤，不是用「算」的，是用「賺」的！「量」出不來就給別
　　　人幫我們做啊！量的事好講，我來組衛星工廠！

　　△ 蕙心第一次聽到「衛星工廠」這名詞，感到好奇。

蕙心：衛星工廠？

吉桑（胸有成竹）：文貴之前不是賣了一堆機器給一堆小茶廠嗎？如果國華沒拿到
　　　訂單，這些小茶廠恐怕得跟著喝西北風，要是單在我們手上，我們就可以轉

出去給他們做，線這樣拉起來，除了我們日光自己的生產線，我們還可以把線擴大到桃園龍潭、關西那邊，到時，連同協和的 200 萬磅的單也一起轉轉出去。

　　△ 蕙心恍然大悟。

蕙心：有道理！
吉桑（得意）：哼，妳以為妳爸我真的是「紙糊」的？我茶虎呢！以前桃竹苗的茶全是我收，這次我再把它全收下來！（信心滿滿）
父女二人（同時）：先搶下來再講！

　　△ 吉桑聽了蕙心講出跟自己一樣的話，會心一笑，真的是（賭性堅強的）一家人。
　　△ 蕙心有信心了。

蕙心（笑）：那我去打電報！

　　△ 她望看向牆上時鐘，快七點了。

蕙心：我們跟法國有六小時時差，希望在他們回覆國華前接到我們的電報！

　　△ 二人達成共識。蕙心一掛電話，湯經理興奮地拍著馬屁。

湯經理：新社長太厲害了，二年 1000 萬磅就這樣到手了！

　　△ 二人喜悅不已，準備擬電報文。湯經理看著 KK 寫的紙條，質疑。

湯經理：不過，新社長怎麼會有國華的底價……
蕙心（心虛）：偷看到的……
湯經理（不明白）：有這麼容易就能偷看得到？

　　△ 蕙心沒有回答，同時她也疑惑，這二年 1000 萬磅的單確實來得太容易了。蕙心看著手中稿紙（寫好收件人及內文，官方稿紙）猶豫起來。

---

9. 晨／內 北門電報局

　　△ 局裡人員忙碌，無人講話，只有「滴滴答答」電報聲。
　　△ 蕙心、林經理和阿榮擠在櫃檯前打電報，另有十多個人擠在櫃檯搶快打單，蕙心看著手中稿紙猶豫著，莫非被穆老和文貴設計了？

△ 櫃臺人員用手指敲了敲桌面，把蕙心拉回現實。櫃檯人員手比著「拿來」。
△ 櫃檯人員看著稿紙皺起眉。
△ 蕙心以為有問題，忍不住踮起腳尖看著櫃檯內。

櫃檯人員（鄉音）：打這麼長，妳寫作文呢？每七個字就算一段錢，改短不？
蕙心（決定）：……不！請您照打！

△ 電報員面無表情按著電報鈕，摩斯密碼猶如蕙心的心跳，一緊一弛地拍送著（持續到下一場）。

---

10. A 晨轉夜，再轉晨／內，外 雜景 法商辦公室＋北門電報局

△ 以下三線，平行進行：
△ （晨）時間推進：這張單，經由電報鈕，變成電路。
△ （晨轉夜）經過電線輸送了出去。
△ （夜）經過一個老外的手。
△ （夜）電路變成電報，變成一長條狀電報單，放入信封。
△ （夜轉晨）信封被放在一張高檔柚木辦公桌上。
△ （日）一隻老外的手，拿起二封信封，其中一條是無比長的電報，比價中。
△ （日）老外的手，回了電報。
△ （日）北門電報局收到電路，變成一條狀電報單，放入信封。
△ （日）信封被交到送報生手上。
△ （日／外）送報生騎著自行車，快速如風。

---

10. B 日／內 國華公司

△ 文貴緩緩打開抽屜，確認電報單被拿走，他慢慢闔上抽屜，不動聲色地看著志得意滿的黃董，心中略為忐忑。
△ 文貴跟同事（約十名包括詹祕書）疊著香檳塔，氣氛歡欣。
△ 黃董一副勢在必得的樣子，拍了拍文貴肩頭，文貴心虛了一下。

黃董（鄉音）：小子，這張單子要是吃下來，我升你當特助，跟著我，保證你吃香喝辣！

△ 文貴笑著，有禮地倒著香檳。

黃董（得意）：快點快點，我要看到滿滿的香檳流下來！

△ 現場一陣歡呼，恭喜黃董。

10. C 日／內 臺北總公司

　　△ 薏心焦慮走來走去，看著牆上時鐘，等著電報。

湯經理：法國那邊應該上班了！若有，早該回電報了！
薏心（確認）：有電報來，就表示得標，沒有電報，就表示沒有得標？
湯經理：通常是這樣，看對方誠意。

　　△ 薏心更焦慮地來回走動，現場氣氛凝重。
　　△ 湯經理盯著時間，應是沒戲了，焦急安慰薏心。

湯經理（苦笑）：沒接到，也不是什麼壞事，那個底價實在低得離譜！
阿榮（幫腔）：對啦，接到反而壞事！

　　△ 二人唱雙簧。

湯經理：時間長，量又大，根本不可能做出來！
阿榮：對啦，這張單不優！

　　△ 薏心同意，一臉中與不中也都好，情緒複雜。

電報送報員（門外嚷著）：電報！電報！

　　△ 三人立刻迎向門口。
　　△ 薏心接過信封。
　　△ 大家不可思議地看著薏心。
　　△ 薏心打開信封看著長條電報只有一行字：「--- -.-」（OK）她吃驚的表情，
　　　中了，但這張單不知是福是禍？

11. 日／內 國華公司 - 辦公室

　　△ 慶功宴變成找戰犯。透過高疊的香檳塔，看見門內煙霧裊裊，靳上將坐在
　　　椅子上，背對著我們。一隻戴了黃金尾戒的手以特殊的方式彈著菸屁股，
　　　還有兩個隨侍，相當派頭。
　　△ 黃董被上將叫進門內，黃董神情緊張，手心都是汗。
　　△ 詹祕書和文貴站在門外待命。

黃董（跟靳上將解釋，鄉音）：我們報 0.32，就有人報了 0.31，這種價，還有誰可

以吃得下來……

　　△文貴站在門口，冷眼看著黃董的緊張及室內的權力關係。

黃董（憤慨）：他奶奶的，一定是有人在背後搞我們！（被打斷）
上將（冷漠）：「人」不可能事事順心，這點我理解……

　　△上將抖抖菸，菸屑與小光火掉落在黃董高級木桌上。
　　△黃董趕緊拿了桌上菸灰缸，接住菸灰，上將看了一眼黃董動作。

上將：但，你事事不讓我順心，這點我就不明白了！

　　△上將說完，故意把菸灰抖在菸灰缸外。

黃董（乞求）：長官，請您再給我一次機會…
上將：再給你一次機會？戰場上，每個人只能死一次！（怒）既然你不能為國家賺
　　　取外匯，就馬上給我滾！

　　△說完，上將直接把菸屁股彈到黃董臉上。
　　△菸屁股彈跳在地上。
　　△黃董捂著臉狼狽走出來，門外的文貴對黃董表示同情，黃董黯然離去。
　　△上將氣得直接站起來找新的菸。
　　△文貴看著黃董離去，他知道他的機會來了。他梳理著情緒，順了一下頭髮。
　　△文貴踏進門，像軍人般立正站好。

文貴：報告長官！北非綠茶，確實是可以為國家賺取外匯的好地方！

　　△上將背對著我們，點了一支新菸，本來想打發他走，卻緩緩坐下，吐了一
　　　陣白煙在空中，示意「講來聽聽」。

文貴（看見機會）：我有辦法減少公司虧損，同時為國家賺進大筆外匯！

　　△上將這時才正眼瞄了一下年輕人。

12.A 午／內 臺灣銀行 外匯部「日光開外匯戶頭」

　　△日光公司大印蓋上銀行文件。
　　△負責人印鑑：張福吉，代理人印鑑：張蕙心。
　　△湯經理和蕙心正在臺銀總行辦文書手續。

△ 臺灣銀行邱經理拿了文件檢查。

邱經理（鄉音）：辦好了，日光公司可以透過本行開始進行外匯業務，祝生意興隆。

△ 蕙心雀躍拿著新存摺，滿足的成就感。

12.B 午／外 臺灣銀行外 - 騎樓柱道「KK 變成小編譯」

△ 蕙心心仰望著門口多立克柱（Doric Order）式建築的巨柱，柱頭上飾有威嚴的獸頭裝飾，朗朗晴空下可見對面的「美援聯合大樓」。

蕙心：湯經理，你先回公司，我有點事去對面找朋友。
湯經理：好的。

△ 湯經理離開。
△ 蕙心今天精心打扮，看起來典雅成熟，她開心走了過去。

13. 昏／內 懷特公司 - 三樓辦公室

KK：技術上，我們懷特公司建議，利用臺碱公司₃（華語音同「簡」）生產過剩的氯氣來製造 PVC，這樣可以大幅降低製造成本，臺灣正在工業化，需要大量的塑膠製品。

△ KK 給過二片塑膠樣片，他跟一位小個頭耳朵很大的王老闆（註：王永慶，
　　1953 年，時三十六歲）講話。
△ 蕙心走入辦公室，幾個老外三三兩兩，她看見了歐文，揮手。
△ 歐文走來，對最裡面的 KK 叫著。

歐文（笑）：KK！有人找你！

△ KK 送王老闆離去，二人走在辦公室裡，KK 手上抱著一堆資料，王老闆
　　很感謝地握了 KK 的手。

王老闆：劉先生，您解釋的太清楚了，現在我終於懂什麼叫 PVC 了（看著手中二片塑膠樣片）。

3　在美援的支持背景下，臺塑前身—「福懋塑膠公司」誕生，並以臺碱公司燒碱產生的多餘的氯氣作為生產
　　PVC 的原物料。

KK（笑）：聽說王老闆家中是種茶的？

王老闆：哎，種茶辛苦！茶山是無根底的，終究成為石頭山，（恭敬）下個禮拜再
　　　　來跟您報告進度。

KK（笑）：不急，一個月回報一次就好了！

王老闆（強調）：不不不！下禮拜一定再來請教劉先生！

　　　△二人笑著，KK 送王老闆到門邊，看見門口來者是蕙心，有點尷尬。KK
　　　　順手把資料放在門口的一張桌上。
　　　△蕙心看見桌上名牌，寫著「KK LIU 通譯」。
　　　△原來 KK 現在只是懷特公司一名坐在門口的小翻譯，兩人有點尷尬。KK
　　　　轉移話題，看著王老闆離去背影。

KK（半開玩笑）：那個王老闆，也許，有一天會變成「塑膠大王」！

　　　△二人尷尬一笑，KK 低頭整理著桌面。

KK（輕聲）：下次要過來，先打聲招呼……

┌───┐
│ **14. 昏／外 懷特公司 - 頂樓露臺「KK 拒絕為蕙心工作」** │
└───┘

　　　△巨大夕陽鑲著金邊，天空黃橙橙一片，給人浪漫溫暖的想像。
　　　△蕙心和 KK 看著夕陽，蕙心深呼吸微笑，得了一張大單，又見到想見的人，
　　　　心情很好。
　　　△KK 看著夕陽，卻總是憂鬱。

KK：Crimson……（血腥）

蕙心（好奇）：夕陽這麼美，為什麼你總要說它是血腥的呢？

　　　△KK 看向夕陽，用平靜的口吻訴說自己的往事。

KK：我父親是一名英文老師，小時候他教我夕陽的顏色是 CRIMSON ！

　　　△蕙心有點吃驚看著 KK，終於知道 CRIMSON 對 KK 是什麼意義了。

KK：我爸爸是一個很喜歡「聊天」的人（比著天空）。

　　　△蕙心會意笑了。

KK：我爸寫信，第一句，一定是從天氣開始，今天烏雲滿布，今天秋高氣爽……最

後一句，一定是「坤凱，全家在等你回家吃飯」……沒想到，全家在臺北大空襲中都死了……

　　△看著眼前平靜沐浴在夕陽裡的臺北，KK 和蕙心卻彷彿看見了……
　　△（動畫）1945 年 5 月 31 日，警報響徹城市的那天，轟炸機飛越天空，投下一顆又一顆炸彈，將一切瞬間摧毀。遠方的教堂與民宅，眼前的總督府，下方的街道，都在戰火裡燃燒著……

KK：……這裡是我長大的城市，但回憶裡的一切都不在了……（陷入回憶）我其實不想回臺灣，我沒有國，沒有家，沒有親人，永遠都是一個人，連女兒的屍體都沒有……

　　△KK 仰望著天空，蕙心不知道該如何安慰 KK。

KK：但我還是回來了……他們說也許她還活著，也許還找得到……（苦笑）其實，除了照片，我根本不知道現在的她長什麼樣子，要怎麼找？

　　△KK 看著夕陽，悲傷地說著，最終還是只留下自嘲與無奈。
　　△蕙心聽了一陣心酸，KK 看著原本開心的蕙心也被他搞到愁容滿面。

KK：對不起，回到臺北，我的話題，老是死氣沉沉……

　　△KK 試著樂觀以對。

KK（自嘲）：換個角度想，至少可以準時上下班！

　　△蕙心突然有個絕妙的想法，試著趕走悲傷氣氛，也給 KK 新的想法。

蕙心：如果你喜歡準時上下班，你要不要來為我工作？

　　△KK 看著開心的蕙心，有點驚愕。

KK（愣）：妳……要雇用我？
蕙心（覺得這是好點子）：謝謝你的翻譯，我接到單了，直接出口擴展業務需要一個可靠的外語人才，我覺得你很適合，你來我日光上班吧！

　　△KK 覺得自尊心受損。他算是蕙心的商業啟蒙師，他的學徒現在竟然要雇用他，頓時心情複雜。

KK（低著頭）：……我，還沒想到那！

薏心（打趣）：我可以付你高薪！

　　△ 二人再度相視而笑，薏心以為他答應了。

KK（笑）：謝謝妳，我不可能替妳工作的！

　　△ 薏心一臉失望地看著KK。

薏心（不明白）：為什麼不願意為我工作？
KK：我不能成為化肥大王，但我還是有我的方法為肥料做貢獻！這裡還有我想做的
　　事，也是我該做的事（遠望夕陽）。

　　△ 薏心並不能完全理解，但是尊重。

薏心（突然冒出一句，誠心）：我相信你會找到她的！說不定有一天，她突然就回
　　家了！

　　△ KK驚訝望著薏心，並衷心表示感謝，心中燃起一線希望，二人望著夕陽。
　　△ 屋頂上，二個小小人影，後景是總統府。

---

15. 日／外 民生公園 - 茶棧「文貴開始布局把單吃回來」

　　△ 以下三場為蒙太奇段落
　　△ 文貴笑著為三個年輕人（球仔為首）倒香檳酒，三人吃驚看著香檳流淌而
　　　下，雖然很洋派、很浮誇，但年輕人很吃這一套。

文貴：來！敬各位！合作愉快！

　　△ 大家歡騰地互相敬酒，似乎達成某種共識。

---

16. 日／外 茶園空景「梅雨季節來臨」

　　△ 綿綿細雨中，小蝸牛安靜伏在濕潤的茶株葉片上，葉片微顫。

---

17. 日／內 日光 - 後門出貨區

　　△ 時間推進，日光忙碌景象。
　　△ 山妹、嘩嘩哥、莫打都在操作著半月揉捻機。

△ 茶葉揉捻滾動。
△ 茶葉包裝、裝箱、封箱，工人在一個個木箱上刷上「摩洛哥」。
△ 卡車進出上貨。

---

18. 日／內 日光茶廠／辦公室

△ 蕙心在自己座位上對著報表資料，核對著打算盤。
△ 林經理在一旁看著，一臉擔憂。

林經理：怎麼樣？
蕙心：連同那些小茶廠可以供給的都加上去了，可是怎麼算，量都不夠⋯⋯

　　　△ 蕙心愁眉苦臉地想著辦法。

蕙心：先讓廠裡的人加班趕製，也跟配合的茶農講，茶菁有多少我們都收⋯⋯我去
　　　一趟臺北。

---

19. 夜／內 永樂戲院

△ 蕙心風塵僕僕找到穆老，穆老身邊有著一位女伴，蕙心上前打招呼，找穆
　　老合作。

蕙心：穆老前輩，好久不見。

　　　△ 穆老「唉唷」了一聲，示意這邊坐下。

蕙心（笑）：我們需要協和幫忙，「借」點「量」出來。

　　　△ 穆老略為詫異盯著蕙心。

穆老（鄉音）：這種價格，應該沒有人會「借」量給妳！

　　　△ 蕙心不明白。

穆老（有點責備）：妳破壞了行情！
蕙心（詫異）：可是是您要我搶單⋯⋯合作的⋯⋯

　　　△ 穆老忍不住看了一旁四位茶郊大老，他們都不正眼看二人，故意雜唸給二
　　　人聽：「打壞行情這種價也出」「洋行的打工仔攪和呢」「小妮子真有本

事」「臺灣國際茶市都被這張單搞臭了」云云。

△ 穆老和薏心都聽見了，二人對望，二人都難堪。

穆老（安慰）：這回妳真的當家了，自己搞出口，也算是洋行了。

薏心（誠心）：出口事多，需要穆老多多指教。

穆老（苦笑）：指教不敢！其實，我也只是洋行的打工仔，愛莫能助。

△ 薏心不明穆老何以口出此言。

穆老（語重心長）：想當年，我在上海也想聯合徽州茶廠、上海銀行家，以為自己可以吃下整個市場，最後弄得一敗塗地，時局啊，政治啊，我們玩不贏這些，生意人有道看不見的天險！

薏心（驚）：穆老您就這樣撇清了？

穆老（笑笑）：妳很有勇氣，但自求多福！

△ 說完，燈暗，鑼鼓點起，穆老準備看戲，不再搭理薏心。
（註：穆老退場）

△ 薏心有點傻了，這時前排文貴回望了薏心，他再看看前排的靳上將，他盤算接下來要如何登上國華的舞臺。

△ 靳上將看著夏慕雪出場亮相，激動叫好。

---

20. 夜／內 永樂座後臺

△ 夏慕雪正卸妝，身後的門被敲響，夏慕雪沒回頭看。

夏慕雪：進來，再等我一會，今晚想吃什麼？

△ 門打開靳上將走進夏慕雪休息室坐下。

上將：……有約了？

△ 夏慕雪這才發現進來的人是上將。
△ 夏慕雪沒回話，手頓了一下，若無其事地繼續卸妝。

上將：……誰啊？

夏慕雪：夜深了，靳將軍不早點回家陪夫人？

上將（道出來意）：她答應了，讓我納二房。……妳說呢？

夏慕雪：……元凱，你還存這心思呢？先不說我肯不肯，你就不怕和我好了，仕途可就完了。

上將：我幫國家打仗打了一輩子，現在還拚死拚活地幫他們賺外匯，我找個喜歡的女人在一起，誰敢說話？誰敢？

　　△夏慕雪轉身面對上將。

夏慕雪：你喜歡的是戲臺上的那個夏老闆，下了戲的戲子，也只是個凡人。
上將：……卸下肩膀上的星星，我也就是個凡人。

　　△這時，外頭傳來月婷的聲音。

月婷：姆媽！

　　△月婷蹦蹦跳跳地拉住 KK 的手進到夏慕雪的休息室，月婷見到上將在場，怕生地後退。

KK（驚）：靳將軍？

　　△KK 不清楚上將的來意，也不清楚兩人關係，沉默不語。

月婷：姆媽，我餓。

　　△夏慕雪看著月婷，笑了。

夏慕雪：姆媽也餓，我們去廟口吃麵吧。

　　△夏慕雪搭了外套，拿包過去牽起月婷的手，和 KK 站在一起。
　　△上將見三人像一家人般，他悻悻然地瞪著 KK。
　　△夏慕雪、KK 和月婷三人正要離去，才見到後臺遠遠地站了一位身著中山裝的陰沉男子（少爺的隨侍）。

隨侍（鄉音）：夏老闆，少爺備了宵夜，請您賞光！

　　△夏慕雪無奈苦笑，她回望上將。

夏慕雪：元凱，當年的上海我們都回不去了……說到底，我只是個做不了主的戲子，而你有家，回家吧。

　　△夏慕雪將月婷託付 KK，一臉歉意。

夏慕雪：不好意思，可否幫我照顧月婷，我……去去就回。

△KK 和上將目送夏慕雪跟著中山裝男子離去。

21. 日／內 國華公司 - 總經理辦公室

△文貴盯著一張黑色皮椅好一陣子（黃董的辦公桌椅），他小心坐了上去，
　感受著權力的魅力。
△室內煙霧裊裊，文貴戴著寬版黃金尾戒，模仿著靳上將特殊的方式彈著菸
　屁股，學著如何當人上人。
△菸屁股掉到高級桌面上弄髒了，文貴馬上小心掃進菸灰缸裡。
△抬頭看見黑板上外匯業績表，結算出還有 900 萬美金的缺口。
△文貴起身把「900」這數字再劃了一圈，看著數字思考著。
△他撥了一通電話。

22. 日／內 國華公司 - 門口連辦公室

△范頭家被詹祕書帶入國華公司，范頭家看著氣派的辦公室，有點傻了，詹
　祕書看著掛著「總經理」門牌的房門，不太情願地敲門打開。
△范頭家透過門縫看見一個男人坐在椅子上，背對著我們，只見一隻手拿著
　菸，在煙霧裊裊中講著電話。
△范頭家很鄉下人樣的謝過詹祕書，恭敬走進去，吃驚地看著椅子上的人是
　文貴！
△文貴看著父親講著電話。

文貴（對著話筒，笑）：到時，再麻煩邱經理了！

　　△文貴掛了電話，收起笑容，父子對望一陣，沉默。
　　△文貴專注為父親倒著香檳酒，沒看父親。

文貴：這杯，敬阿爸！從今天開始，「富記」不用再當日光的下線，阿爸可以開始
　　做出自己的名聲了！

　　△文貴舉杯敬酒，范頭家想著兒子的提議，父子乾著香檳和解。

23. 日／外 桃園 - 家庭茶寮「吉桑去找衛星工廠」

△吉桑跟一個茶農泡著功夫茶，吉桑找下游合作，跟年約五十的老茶農搏感
　情。

老茶農（笑容樸實）：那幾年茶市實在好，夭壽，怎麼做，就怎麼出（貨），沒日沒夜，拼拼碰碰！

　　△ 二人似乎聊起過去茶金時代的榮景，吉桑信心滿滿。

吉桑（豪情）：一家獨大，不如萬箭齊發！我們大家再聯手起來，把這個市場做起來！

　　△ 老茶農喝了一口茶。

老茶農：吉桑你不早點來，上星期，我今年的量全簽給「富記」了！

　　△ 吉桑的豪情僵在臉上，這回尷尬了。

吉桑：富記？
老茶農：寶山姓范的啊，以前是你的茶販子，記得嗎？
吉桑（故作鎮定，笑）：記得！怎麼不記得！范有義那家嗎？

　　△ 老茶農點頭表示「對的」，二人笑對，默默喝著老人茶。

老茶農（又補一槍）：桃園這邊，吉桑你不用問了，就我知道的，全被范頭家包走了！

　　△ 吉桑笑著，這茶有點喝不下去了，望著丘陵茶園美景。
　　△ 悶雷響，吉桑看天。

老茶農：落雨囉……

```
........................................................................
              24. ／內 日光 - 茶廠二樓萎凋區
........................................................................
```

　　△ 窗外細雨。
　　△ 山妹與一班長工翻攪著茶，她檢查著一堆又一堆的茶，大家一臉疲累。

嗶嗶哥：怎麼這麼多都是落水茶？
莫打：茶農聽說我們要大量收茶，下雨打濕的茶都拿來充數……這茶一摘下來就發酵了，遇到水，發酵更快。
嗶嗶哥：只能丟了，真浪費。

　　△ 山妹看著滿地落水茶。

山妹：控制在 5% 以下的發酵程度，也不是不可能做成綠茶……

嗶嗶哥：做不得，落水茶步留低又難飲，從前還可以做紅茶，現在做綠茶太勉強了吧？

　　△ 山妹看著不遠處正在分派宵夜的蕙心。

山妹：試試吧，現在量不夠，能多做一點就是一點。

　　△ 嗶嗶和莫打雖然為難，但看到留著一起熬夜的頭家蕙心，也只好同意勉力一試。

嗶嗶哥：這批還做得，快烘乾！

　　△ 馬達吹起熱風，隆隆作響，又吵又熱，暑汗逼人。

山妹：這批可以了，快殺青。

　　△ 嗶嗶哥、莫打與一班長工忙著將一批批茶菁搬到另一側去殺青。
　　△ 山妹繼續處理下一堆茶。
　　△ 蕙心、順妹、圍魚、猴進搬來宵夜，一碗碗綠豆湯盛出來。
　　△ 蕙心正要端一碗綠豆湯給山妹時，旁邊工人拿過來茶菁給山妹過目，山妹除了要幫忙烘茶，還得負責檢查每一批茶的狀況，是雙倍的工作量。

山妹：……受潮過度發酵，做不了，扔了。

　　△ 工人應聲而去處理，這一堆的後面，還有一堆，看得出來這是無止盡的工作量。
　　△ 蕙心看著眼前忙碌的人們，有些揪心。
　　△ 空鏡，深夜細雨中，挑燈夜戰的茶廠。

---

25. 日／內 日光茶廠 - 辦公室

　　△ 晨光中，蕙心睡在前懷特辦公室裡 KK 的行軍床上，她看起來是陪大家奮戰到天亮的樣子，連衣服也沒換。

林經理：（對 KK）要不要叫醒她？

KK：不用了，就是順道回來看看，沒什麼事。看你們都累的，讓她休息吧。

林經理：她說要陪著廠裡大夥一起熬著，到天亮撐不住了，才剛睡下。

△ KK 帶著憐惜看了眼熟睡的蕙心。

KK（笑）：農會還有事，先走了。

△ KK 下樓離開了，蕙心睡得太熟，二人又錯過了。

---

26. 日 內／農會 教室「KK 幫農民上化肥課，被拍照」

△ 陳專員對種子農民發放領肥換肥規範和宣導傳單，農民們看著傳單不悅抗議著。

陳專員（鄉音）：方法都寫在上面了！還有什麼問題嗎？
農民 A：又是文件、又是公告！老是給我們這些沒用的紙！
烈伯：我上回要肥，都過了時節，才送肥，農會是不是不想給！
陳專員：別亂講！是你不按規矩才晚拿！農會出肥、換肥一切按主管機關之規定！
小彭（激動）：出的肥又不是我們要的，我們還要去黑市換！
陳專員（糾正）：黑市是違法的，你還敢講啊！你們有意見就去跟上頭反映，跟我講也沒用！

　　△ 大家吵成一團時，KK 自門外出現，帶著許多用心自製的海報教材進來，大家一擁而上。

小彭：劉經理，你終於來了！
KK（解釋）：我不是經理，現在叫我「劉講師」！有不懂的盡量問，我會盡我所能回答大家！
烈伯：那個配肥，還是看不懂，不知農會在做什麼？

　　△ 大家圍著 KK，七嘴八舌表達不滿，抗議「農會不給肥！」「農會不照顧農民！」KK 見狀，登高一呼。

KK：大家有話好說，我把問題匯集起來，再替各位一併反應！

　　△ 這時 KK 被偷拍了，看起來像帶頭的抗議者。

---

27. 日／外 范頭家家 - 稻埕

　　△ 吉桑為了茶廠忍辱找富記范頭家，兩人關係已不可同日而語。

范頭家（笑笑）：這我自己做的，喝喝看！

△ 范頭家「泡」著珠茶，吉桑捉起一把珠茶。

吉桑：你這個「珠茶」漂亮哦，小粒又緊固！

△ 吉桑不動聲色，用手指壓扁一顆渾圓珠茶，搓搓茶葉檢查，沒有摻粉。

范頭家（笑了）：我這沒摻粉啦！

△ 吉桑被發現了，有點尷尬，看著范頭家給他倒茶。

吉桑（直言）：珠茶是用煮的，不是用泡的，還要加方糖跟薄荷，這樣喝起來才對味！

△ 換范頭家有點尷尬，好似自己沒見識般，手僵在空中。

范頭家（笑）：是啦……喝茶、做茶這事，還要跟吉桑多多學習！
吉桑（緩頰）：好講好講，你看，你富記做這麼大間，現在全桃園跟臺北的茶都被你收起來了，（探問）范頭家你收這麼多茶，自己賣嗎？
范頭家：沒賣！
吉桑（吃驚）：沒賣？
范頭家：我是為國華公司收茶。
吉桑（明白了）：文貴？

△ 范頭家父以子貴，得意得很。

范頭家：我文貴現在事業做得哦，在「阿山」（客語：外省人）的公司做總經理呢！
吉桑（笑）：當初我就是看文貴有前途，寶山第一個大學生呢！頭腦轉得快，真的做得，做得哦！

△ 二人默默喝著茶，吉桑心中不勝唏噓。

---

28. 日／內 日光 - 茶廠倉庫「山妹倒下」

△ 一箱箱茶葉封箱包裝，刷上摩洛哥的字樣，大家都累翻。
△ 林經理拿著算盤記錄盤點，一片忙亂，山妹和嘩嘩、莫打推著剛做好的一批茶來到倉庫。

山妹：還差多少？
林經理：第一批湊一湊勉強達標，下午就可以出貨了，妳辛苦了。

山妹（欣慰）：還好，有趕上就好。
林經理（打著算盤）：哎……這批過關了，可是下期出貨的量是兩倍……這怎麼來
　　得及呦！
山妹：我再趕緊做。

　　△ 山妹臉色蒼白，輕吐了一口氣，頓時感到一陣天旋地轉。
　　△ 在山妹失去意識前，她只聽見一陣腳步聲飛奔向她。

---

29. 昏／內 濟陽醫院

　　△ 山妹臉色慘白，靠躺在病床上，蕙心、吉桑憂心看著山妹，張醫師檢查，
　　蕙心、吉桑退出病房。

張醫師：（對山妹）操勞過度，營養不良，妳都沒有吃飯嗎？
山妹：我……
張醫師：好了，不要講話，妳休息！（看著她）妳要吃什麼，我去幫妳買！

　　△ 父女在走廊上，吉桑有點責備蕙心。

吉桑：做到茶師都倒了，我們日光已經失去兩個茶師，我們日光還有多少茶師可以
　　損失？
蕙心：……富記的茶可以借？
吉桑：……范頭家說他們的茶都簽給國華了。
蕙心（驚）：文貴？

　　△ 吉桑點頭，蕙心自責。

吉桑：離交下一批茶還有時間，我再去苗栗那邊借看看。

　　△ 吉桑說完便離開，蕙心看著父親離去的背影和病房內的山妹，覺得自己又
　　做錯了事。

---

30. 日／內 橫屋 - 灶下「蕙心為山妹下廚」

春姨（很堅持）：我來！

　　△ 春姨跟蕙心有點互不相讓，順妹和阿榮為春姨幫腔：「小姐這種事我們來
　　就好了」「妳出去坐著」，吉桑見狀：

吉桑（命令）：讓她做！

　　△大家停止了爭吵，看著吉桑。

吉桑：良心過不去，就讓她做！
蕙心（拿著食譜，堅定）：請你們出去吧！

　　△吉桑第一個走出去，春姨、阿榮、順妹面有難色地離去，尤其是春姨。
　　△蕙心關上門，打開食譜：仙草雞。
　　△蕙心視線掃過灶上一排備好食材：仙草乾一把、紅棗、黑棗、枸杞、一瓶
　　　米酒，一隻活雞盯著她。
　　△門外，一幫下人，阿榮跟春姨、順妹聽見裡頭不斷傳來雞啼聲及振翅聲。
　　△吉桑叼著菸斗走來，下人見狀紛紛離開。
　　△吉桑在門口踱著步，見四下無人，他把耳朵附在門板上，聽見雞還在叫，
　　　伴隨杯盤落地的聲音，吉桑不可置否的把菸斗從左邊咬到右邊，這隻雞到
　　　底什麼時候才會死啊？

---

31. 昏／內 濟陽醫院

　　△蕙心裝了一碗雞湯，充滿成就感。

蕙心：來，我親自做的！

　　△山妹聽了，感動大小姐為她親自下廚，連忙坐好接下湯碗，張醫師正在一
　　　旁為山妹檢查病情。

蕙心（對張醫師，笑）：堂哥要不要也來一碗？
張醫師（看著一碗黑黑的雞湯）：妳之前有做過？
蕙心（得意）：第一次做！

　　△張醫師一臉嚴肅擔心，看著山妹。

張醫師（冷冷）：山妹情況才剛好轉，不太適合吃「陰間的」料理！

　　△蕙心臉上三條線。
　　△山妹端著雞湯，疑惑著這湯不能吃？望著蕙心跟張醫師。

32. 日／內 迪克 - 辦公室「KK 被拍照」

　　△ 本場全英文。
　　△ KK 敲敲門，熟悉地進到迪克辦公室。
　　△ 迪克給了一份文件夾給 KK，示意 KK 坐下，自己也回到座位。

迪克：生管會剛送來的工業案。

　　△ KK 打開文件看了，表示「沒問題」。

KK：是的，先生！
迪克（意有所指）：還有，以後你只管做好你翻譯的工作，其他事就別管了！

　　△ KK 不明所以。
　　△ 迪克丟了一張照片在桌上。

迪克：有人檢舉你帶頭滋事。

　　△ KK 皺眉看照片。
　　△ 黑白照片，農民在教室中向陳專員反映，KK 調停但被拍得像帶頭抗議的
　　　場面。

KK（不明白）：先生！我只是在幫農民向農會反映意見！
迪克：KK，烏面那件事情，我好不容易才搞定，我費了很大的勁才把你調回到懷特
　　　公司，別再給我惹麻煩了，現在化肥廠已經是國府的財產！
KK（爭取）：就是因為這樣，所以我要幫助農民。
迪克：該死的，KK！您應該很清楚化肥的利益很複雜，尤其是在臺灣！
KK（據理力爭）：是的！先生！但是，農民要有人教啊！
迪克（上火了）：你以為沒有你，農民就學不會嗎？你沒有你想像中的偉大！

　　△ KK 一臉驚愕，他所有的付出都被否定。

KK：先生……
迪克（激動站起身）：士兵！我以長官的身分命令你，不准你再插手任何化肥的事！
　　　從今天開始，做好你他媽的翻譯的工作就好了！

　　△ KK 氣憤不語，手裡拿著文件轉頭要離開，開門前迪克叫住了 KK。

迪克（態度有點軟化）：KK！我很遺憾，你這麼辛苦建起來的化肥廠就這樣被拿

走了⋯⋯

　　　　△KK 停下腳步。

迪克：要是，臺灣要是被共產黨「解放」，美國在亞洲的戰果將全部喪失⋯⋯

　　　　△KK 回過身，看著長官迪克。

KK（理性溝通）：先生，你要我假裝這一切都沒有發生過？
迪克（堅定）：我恐怕是的！

　　　　△KK 難以置信地看著迪克。

迪克（好意）：⋯⋯我以朋友的身分求你了，放手吧！

　　　　△KK 聽懂迪克的憂心，捏著手中的文件夾，輕輕帶上門。
　　　　△KK 呆坐在位子上，後景洋人同事開心聊天工作著，一切都與他無關。

┌───┐
　　　　33. 日／內 日光 - 辦公室「信用狀無法兌換風波」
└───┘

　　　　△林經理一臉期待，吉桑則是假裝弄著「三十年茶樹小盆栽」，其實二個人
　　　　　都在偷看蕙心。
　　　　△蕙心專注查英文字典，並對照著文件。

吉桑（忍不住）：到底說什麼？
蕙心（查英文字典）：這是第一批綠茶的付款信用狀，由摩洛哥國家銀行發過來 4 的。

　　　　△吉桑點頭表示理解。

吉桑（期待）：付款時間是什麼時候？
蕙心（翻譯著）：摩洛哥的國家銀行保證付款，付款日是一年後⋯⋯
林經理（臉色鐵青）：什麼？付款日是一年以後？
蕙心（氣定神閒）：對方是國家銀行不會賴帳的。
林經理（焦急）：我們現在就需要現金，茶販、工資還有利息，條條都是錢！我們
　　　　等不到一年，「新社長」！

──────────────────────

4　信用狀為國際貿易中一種結算的方式，以購銷合約為基礎，付款人（此處指摩洛哥）向銀行申請後，銀行便
　　會開具信用狀向受益人（此處指日光公司）付款。

△林經理頭疼，吉桑耐住不悅，轉著「三十年茶樹小盆栽」。

吉桑：現在妳是打算拿那張紙去付茶菁錢嗎？
薏心（收好信用狀）：這些信用狀可以去向銀行借錢，我已經和臺灣銀行國外部邱
　　　經理約好要談貸款的事情。
林經理（嘆）：又是借錢？

---

34. 日／內 臺灣銀行 外匯部

△現場氣氛很僵，好像剛吵過一輪，薏心把一疊信用狀推給邱經理。

薏心：你再看清楚一點！

△邱經理嘆了一口氣，看了一眼信用狀。

邱經理（鄉音）：張小姐，我說了十幾遍了，這些信用狀有瑕疵，本行不接受這些
　　　信用狀為借款的擔保品。
薏心：法國巴黎銀行₅開的信用狀有瑕疵？
邱經理：摩洛哥的外匯極為短缺，它的信用狀，我行無法接受。
薏心：我之前就賣過綠茶給摩洛哥，收款都沒什麼問題。
邱經理：那是透過洋行，日光公司只是一間茶廠，不論是規模、信用還是實力，都
　　　比不上國外洋行，抱歉，張小姐，本行愛莫能助。
薏心（激動）：愛莫能助？全臺灣，只有你們一家臺灣銀行辦理國外信用狀借款，
　　　我還有其他家銀行可以換嗎？
邱經理（老實回答）：沒有！
薏心（激動）：沒有，政府要我們去開拓北非綠茶市場，又不讓我們換匯，這不是
　　　擺明刁難我們商人嗎？

△邱經理還是一副愛莫能助的模樣。

薏心（很激動）：所以，邱經理您是要告訴我，我這近百萬美金的信用狀都是廢紙嗎？

△邱經理定定看著憤怒的薏心。

邱經理（鄉音）：妳可以等一年之後再來兌現……

△薏心強忍住內心的激動，試著理性溝通。

5　由於摩洛哥在 1950 年仍為法屬殖民地，故開具信用狀的付款銀行為法國巴黎銀行。

蕙心：邱經理，有什麼辦法或管道，可以使貴銀行接受這些信用狀？
邱經理（一口回絕）：沒有！

　　△ 蕙心看著邱經理把一疊信用狀推回自己面前，六神無主。

邱經理（想了一下）：除非……

　　△ 蕙心又有了希望。

蕙心（試著不要表現的太急切）：除非什麼？
邱經理：除非，國內有公司願意買你的結匯證，你可以去國華公司問問看……

　　△ 頓時，蕙心全明白了，一切都是文貴設的局。

---

35. 昏／外 臺灣銀行外 - 騎樓柱道

　　△ 蕙心抱著一堆信用狀，不知所措走出臺灣銀行，心有不甘。
　　△ 蕙心一臉難過，仰望著天空，朗朗晴空下可見對面的中美聯合大樓。
　　△ 蕙心看見頂樓有個人影，蕙心定睛一看，是 KK，兩人正巧互望。

---

36. 昏／外 懷特公司 - 頂樓「蕙心換不了信用狀，KK 安慰」

　　△ 蕙心和 KK 二人站在牆邊，望著遠方夕陽，自己被文貴設計了，心中充滿著委屈，一股挫敗感襲來。

蕙心：你還記得你幫我翻譯的那張電報單？
KK（不明白）：這張單有什麼問題？
蕙心：信用狀有瑕疵，臺灣銀行不接受！
KK：是外匯卡單的問題？聽說有家國華公司很有辦法，什麼單都收得了……
蕙心：我知道！
KK：……知道，那妳已經有選擇了啊！
蕙心：只是我討厭這選擇。
KK（苦笑）：至少妳還有選擇……

6　結匯證是出口商在出口貨物後，收款時向銀行結匯時向銀行提交的履行貿易合約證明單據，也是進口方的付
　款依據。

△KK嘆口氣坐了下來，蕙心見他一臉憂愁，也坐了下來。

蕙心：你呢？是發生什麼事。

　　△KK不想講，他的心情也不好，剛被剝奪了奮鬥的目標卻無能為力的感覺，讓他有些隱隱的憤怒。但他知道蕙心心情不好，他能做的也就只是陪伴蕙心，看著天空找話講。

蕙心：打仗那時候，我在讀高等女學校，每次空襲警報響了，躲進防空洞，時間就好像靜止了……我們什麼都不能做，但外面一切的吵鬧，也都和我沒有關係，躲著就好。

　　△KK望著蕙心，同意她的話。

KK：是啊，想躲就躲吧，其實這世界沒有了我們，還是可以正常轉動的。

　　△KK勸著蕙心，其實KK也是在和自己對話。

KK：有時候，妳會不會覺得，不管妳再努力，到頭來都是徒勞無功……

　　△蕙心表示同意。二人坐在頂樓牆腳，一牆隔成兩個世界，牆後面是重慶南路，是臺灣銀行總行和總統府，下班時刻，人車雜沓。

蕙心：是啊，如果一切可以重頭來過，我就嫁人了……日光根本不關我的事。

　　△蕙心臉上閃過一抹笑容，思緒跑得很遠。KK像個忠實的聽眾，一副「妳說我聽」的臉，蕙心卸下面具宣洩著。

蕙心：那時候，你沒事告訴我，誰跟誰掉到水底，要我自己學會游泳，但沒告訴我要游多久、多遠？游到今天，我好累……
KK（又心疼又驕傲）：可是妳做得很好！

　　△KK遙想當時榮景。

KK：妳一個人就改變了茶廠的士氣，每一個人都激動對妳喊著「新社長」、「新社長」……我永遠記得妳那天的笑容！（佩服）妳改變了日光的命運！這很了不起！

　　△蕙心被安慰了，呆望著KK半晌，知道接下來她該怎麼做了，但KK反而迷失了。

△ 陽光射入室內，KK 正在修理月婷的竹蜻蜓，月婷伏在一旁吃著餅乾，專心盯著 KK 的手。

月婷（好奇）：為什麼竹蜻蜓可以飛起來？
KK（修理著竹蜻蜓）：因為（竹片的）角度，升力大於重力，就會飛起來。

△ KK 把修好的竹蜻蜓還給月婷，月婷把竹蜻蜓放在自己頭頂上。

月婷（好奇）：人也可以嗎？

△ KK 偏頭思考了一下，表示「是的」，而這句話有點意思。
△ 月婷帶著竹蜻蜓滿屋子跑，自得其樂打著密碼。

月婷：「..-. .-.. -.--」（摩斯密碼：FLY）。

△ KK 看著月婷的自得其樂。這時，夏慕雪來接月婷回家。

夏慕雪（笑對月婷）：月婷回家囉……（對 KK，誠心誠意）謝謝你照顧月婷。
KK：是我們挺有緣的。
夏慕雪（意有所指）：……你不問為什麼嗎？
KK（搖著頭）：每個人都有自己的難處，沒什麼好問的。
夏慕雪（感激）：謝謝。

△ KK 和夏慕雪看著月婷收拾著書包，她開心要回家了。

△ 文貴小心擺放著二個茶杯，像茶席般計較地喬了喬角度。
△ 他滿意地看著四周，一下坐這邊看看，一下換邊坐看看，看得出他很看重待會兒上門的人。
△ 文貴對著「鏡面鐘」整理著服裝儀容，他算準蕙心會回來找他，他看著鏡中的自己。

文貴：貴客，終於臨門了！

△「國華貿易公司」招牌高掛牆上。
△ 蕙心仰望著國華公司招牌，深呼吸，做好心理準備，為了信用狀及量，她只能回來國華，她往一旁樓梯走去。

40. 昏／內 國華辦公室

△ 蕙心回到上次偷電報的辦公室，她前面放著一個茶杯，她面不改色地看著文貴。
△ 衣著體面的文貴有意無意在蕙心面前將抽屜開開關關，蕙心覺得文貴很故意，但她面露笑容，文貴盯著蕙心有點紅的眼睛，好似哭過，但在完美妝容下，他不確定。

文貴（笑笑）：日光的事，就是我的事嘛！大小姐都親自開口了，我當然幫忙！

　　　　△ 蕙心定定看著面露得意笑容的文貴。

蕙心（笑面）：邱經理拒絕核貸，是你出的主意吧？

　　　　△ 文貴笑容僵在臉上，被識破了。

蕙心（開門見山）：說吧，你國華有什麼條件？

　　　　△ 文貴拿出抽屜裡的文件。
　　　　△ 文貴跟蕙心對坐，指著桌上合約。

文貴：妳只要把北非綠茶交給我們國華旗下的茶廠代工，每磅代工費用2毛錢，我就幫您搞定臺銀的貸款。

　　　　△ 蕙心沒有回答。如此一來，這張單幾乎沒有利潤。

文貴（說服）：桃園、苗栗的茶廠大都和我有契約關係，都是黃柑種，還可以平衡一下妳新竹的品質！

　　　　△ 文貴以為蕙心不同意，使出殺手鐧。

文貴：我查過了！你們日光沒多少現金周轉，你們，很需要錢。

△ 薏心聽了默不作聲，覺得自己好像被人脫光一般，琢磨如何扳回一城。

薏心：你要分我的單也行，我也有個條件……

　　△ 文貴好奇望著薏心，條件為何？

薏心：往後，我所有北非的信用狀貸款你都幫我搞定，這張單就交給你代工。

　　△ 文貴感到困惑，想了一下，接著笑了開來，瞭解到薏心的深層想法。他瞄
　　了一眼黑板上「900萬」的數字，至少他停損了電報單，今年業績達標了。

文貴：行！就這麼說定！

　　△ 薏心主動伸手，二人握手成交，這是二人第一次有肢體上接觸，二人笑著，
　　但心中盤算的是如何咬住對方往上爬。

---

41. 夜／內 日光 - 辦公室

　　△ 吉桑把茶放在桌上，一臉無奈又難過地看著薏心。

吉桑：這種條件我們很吃虧，借錢風險是我們日光在擔，那個文貴平白無故就賺走
　　了一半利潤。
薏心：合作也是個方法……

　　△ 薏心試著安慰爸爸，但吉桑無法立刻轉念。

吉桑：沒想到，日光會變成一家賺取微薄利潤的茶猴仔。

　　△ 薏心走向世界地圖前面。

薏心：Papa，不是茶猴仔，是您講的衛星工廠成形了！

　　△ 吉桑不明白。

薏心（務實）：我們有新竹，國華有桃園、苗栗，現在全臺灣400多家茶廠，我們
　　二家就占了一半。
吉桑（不認同）：沒利，占100%，也是沒用，本來想，茶的毛利在出口這邊，走到
　　出口端了，結果，活生生被人扒掉一層皮，還要擔一堆風險。

△蕙心把一根圖釘釘住臺灣，想到了什麼。

蕙心（信心滿滿）：那表示，要換一種玩法！

（本集終）

第十集

序1　日／內 國華 - 總經理辦公室

　　△ 文貴看著戴著尾戒的上將把菸屁股彈在他的高檔桌上，文貴臉上看不出喜怒，恭敬站在靳上將面前。

靳上將（鄉音）：今年的業績一次達標，這一手很漂亮。

　　△ 上將拿出公文。

靳上將（交代，鄉音）：這個利比亞緊急採購₁……事關外交跟外匯，別搞砸了！

　　△ 文貴接過公文打開看，驚訝。

文貴（略驚）：這麼大量？
靳上將：怎麼，有問題嗎？
文貴：……沒有！

　　△ 文貴一副「使命必達」的態度，上將一副「拭目以待，但別耍我」的表情。

1. 日／內 洋樓 - 大廳「文貴上門利益交換」

　　△ 父女二人同時喝茶，又放下，看著前方，試著不要表現出太吃驚。
　　△ 文貴坐在二人對面，笑得真誠。

文貴：頭先那張「電報單」我也是不得已，公司高層也是有壓力。

　　△ 吉桑仍不開心，文貴把一張紙條遞給吉桑，一臉示好。

文貴：這是政府直接下的指示，利比亞這張單，利潤好，「我」讓一半給日光，算是陪罪！

　　△ 文貴指著吉桑手中紙條。

1　利比亞向國府緊急採購330萬公斤綠茶（730萬磅），為此，經濟部特許並指示成立「群華公司」，群華與81家中下游毛茶廠併堆出口承攬採購案。

文貴（笑）：吉桑，上面的數字是純利潤，以表示我合作的誠意。

  △ 吉桑看了一下手中金額，有點釋然，心想文貴真會做生意。
  △ 二個男人笑笑，似乎達成某種默契。蕙心詫異文貴願意讓如此大量的單給
   日光，持保留態度。

蕙心（看著文貴）：一半的量是多少？
文貴：730 萬磅，日光跟國華，一人一半。
蕙心（質疑）：多久要出貨呢？
文貴笑：二周！
蕙心（聽了，也笑了）：沒有一家公司，可以在二周內完成 730 萬磅的量。
文貴（笑笑）：這二周麻煩日光先把量「借」給我，到時，我再全力支持日光的
   量。

  △ 原來文貴還是為自己。蕙心笑而不答，文貴也看出蕙心知道他的盤算。

文貴（暗示）：現在市場上很多茶廠願削價搶單，（示好）我可以把這個單轉給任
   何一家茶廠，但我更想跟日光合作！（笑得很有誠意）

  △ 吉桑看著手中紙條，利潤確實好。
  △ 蕙心心想，這個文貴還真咬著日光不放，她思考該如何翻轉情勢。

蕙心（笑）：是啊，現在大家砍得刀刀見骨，實在不好，如果，你可以跟你的高層
   溝通一下，取得綠茶的「議價權」，那我們日光願意跟國華一起合作這張單！

  △ 吉桑吃驚，女兒確實進階了。
  △ 文貴也理解蕙心話中意涵，那會是個合作方向。

文貴（思考）：當然！讓日光和國華一起走向世界！

  △ 二人各自盤算，自此雙方明確合作關係。

---

2. 日／內 副院長辦公室 - 小廳「政治力介入北非綠茶₂」

  △ 靳上將和經濟部方部長（方國仲，五十二歲），蕙心和文貴二個年紀相仿
   的年輕人，合力把一式三杯北非綠茶（桌上有三瓶大玻璃瓶）放到自己面

前，部長不明白他們在搞什麼鬼，看著好友靳上將。
△上將現在對文貴刮目相看，明顯是來當說客。

靳上將（鄉音）：來，方部長，請用茶！

　　△部長和上將品茶。

文貴（笑）：長官，您覺得哪一杯最差？

　　△部長和上將二人看著彼此笑笑。
　　△蕙心表示明白。

蕙心（笑）：壞的，不好說，哪一杯最好呢？

　　△方部長和靳上將推出的不是第一杯就是第二杯，二人笑笑，像是怎麼這麼
　　　沒默契。
　　△蕙心比向第三杯。

蕙心：大家覺得最差的這杯，是臺灣的，這樣的綠茶，要如何與（比向一、二）日
本跟大陸的綠茶競爭呢 ₃？

　　△部長和上將好奇看著蕙心，蕙心和文貴二人為了共同利益，聯手唱雙簧，
　　　二人很有默契。

蕙心：低價！
文貴（搭腔）：低價，是臺灣綠茶在國際茶市上唯一的優勢，偏偏我們的「茶」，
　　　就是外匯！

　　△部長明白意思了。
　　△上將以慈愛眼神看著二個年輕人，真是國家未來棟梁啊！

蕙心：沒有底價訂定的規則，部長您手中那杯「臺灣綠茶」將會更難喝！
文貴：不設聯合出口，在量上，我們將無法應付北非國家級的訂單。
蕙心：為了讓茶業政策更明確！

2　「北非綠茶史，是臺灣綠茶業發展過程中最複雜的階段，其與國民黨在中國失勢相關：從政府鼓勵措施、製
　　茶管理辦法制定、透過民間業者以綠茶換取磷礦石，到成立聯合出口公司，政治力干預綠茶產製銷關係在此
　　表現的最錯綜，也最明顯。」（摘自論文《戰後臺灣綠茶產業之研究 1948-2005》）。上述顯示綠茶外銷北非
　　市場的過程一直是受政治干預的。
3　戰後臺茶肩負著臺灣經濟恢復與發展的使命量，1954 年開始連續兩年為國家賺進 4000 萬美元，外銷第一，茶
　　商必須組成聯合出口公司，靠大量、低價，與中國綠茶纏鬥。（摘自茶葉公會理事長黃正敏訪談內容）

文貴：為了讓政府管理更方便，臺灣需要「綠茶聯合小組」[4]！

  △ 二人笑對國府官員。
  △ 方經濟部長聽完，只喝了一口臺灣綠茶，沒有回應。

---

3. 日／內 副院長辦公室 - 長長走道

  △ 長長的走道裡，蕙心和文貴二人快步走著。
  △ 二人越走越快，越走越快。
  △ 最後二人忍不住笑出聲來，像興奮的小孩，大叫了出來。

文貴（笑開懷）：誰說政治人物難搞？
蕙心（笑開懷）：我們做到了！

  △ 二人十分激動，簡直要擁抱對方了，但不行，於是文貴雙手舉高，拍著手
   寫公文，激動唸給蕙心聽。

文貴（口齒清晰）：責成，日光公司，與國華公司，組成「臺灣綠茶聯合小組」！
   妳知道這是什麼意思嗎？妳知道嗎……
蕙心（激動）：我知道！我知道！

  △ 二人相視而笑，他們一起打了美好的一仗，這是二人最接近的時候。文貴
   第一次看見蕙心笑得如此開懷，他更確認了她是他要的人生伴侶。
  △ 蕙心感受到文貴過於熱情的眼神，她裝做沒有看見，收起笑容。

蕙心（冷淡）：那，就這樣了！

  △ 文貴一愣，也收起笑容，表示同意。
  △ 二人尷尬對望了二秒鐘，分別走向二臺車。
  △ 上車前，文貴回望蕙心背影，他笑得很幸福。

---

4. A 夜／內 永樂戲院

  △ 下列四場為蒙太奇過程。
  △ 坐在第七排的茶郊大老們交頭接耳，示意看看坐在第五排的文貴跟蕙心。

---

4 臺商為爭取訂單不顧生產成本，紛紛以最大量、最佳樣品、最低報價，爭取訂單，削價競爭，促使 1965 年經
濟部責成立「臺灣綠茶產製聯合小組」，管控價格。

△ 文貴跟蕙心二人交換著文件，彼此都詳細檢查對方文件，以防對方坑了自己。尤其是蕙心，她吃過文貴太多虧了。

蕙心（認真檢查）：利比亞單出去了，現在你的下游工廠要全力協助我出貨！
文貴（認真檢查）：嗯！

4.B 日／內外 外銷茶的進程 - 雜景

△（日光包裝區）多名茶工忙著裝箱、刷嘜、出貨。
△ 茶箱上貨車開走。
△（日光辦公室）吉桑抽著菸斗，一臉得意，指揮林經理跟阿榮在牆上掛上摩洛哥、阿爾及利亞、突尼西亞、布吉納法索、馬利、蘇俄、阿富汗、土耳其、俄國、伊朗等國國旗。

4.C 日夜／內外 KK 看到家的樣子 - 雜景

△（聯合大樓 - 懷特公司）KK 在辦公翻譯。
△（街角麵攤）KK 一個人午餐，孤獨感。
△（聯合大樓 - 懷特公司）夜，KK 最後一個離開辦公室。
△（KK 家門前）KK 疲憊地走在回家路上，驚訝看見門口有人，夏慕雪和月婷。
△（KK 家）夏慕雪煮宵夜，月婷給他看自己畫的藍圖，這是家的感覺。

4.D 夜／內 永樂戲院

△ 坐在第七排的茶郊大老們，看著坐在第三排的文貴跟蕙心，大老們很吃味，繃著臉，感到利益被剝奪，在二人背後竊竊私語。

鄭經理（酸）：再這樣下去，那個小妮子的「日光公司」和國華公司，就變成臺灣最大的茶葉貿易商了。
吳老闆：比黨政關係，在座哪一個人會輸給日光？
鄭經理（一語道破）：各位，有好到可以到直接坐在第三排嗎？

△ 鄭經理望向坐在同排的大老們，吳老闆閉嘴，大家閉嘴。

鄭經理：主要是那個「綠茶小組」，名義上是大家有底價可循，實際上是沒他們同意，你就不能報價布樣，底價都被看穿了，玩什麼國際標？說穿了，就由他們壟斷了北非市場。

△大老們不悅地望著坐在第三排二人的背影。

蕙心：（對旁邊的文貴）這是這一季我們必須承製數量，要是沒問題，請簽上大名。

　　　△感覺上兩人合作已成常態，文件交換來交換去，防小人般檢查著，挺有默
　　　　契的。

文貴（細算了數字，吃驚）：哇，依這種生產數量，今年臺灣綠茶出口就要超過紅
　　　茶了₅。

　　　△蕙心笑笑，表示「是的」。

文貴（講著場面話）：「茶虎之女」果然不假，出口量幾乎拉回到茶金時代的水
　　　平₆！
蕙心（虛應微笑）：這都要感謝國華公司的幫忙。

　　　△蕙心再將一個茶樣交給文貴。

蕙心：請你的下線務必按這個茶樣製作。

　　　△文貴接過茶樣，打開查看品質。

文貴（看著茶樣）：合作這麼久，不知道大小姐覺得如何？
蕙心：挺好的。

　　　△文貴愣了一下，視線由茶樣拉回到蕙心身上。

文貴（真誠）：真的？
蕙心：嗯！

　　　△蕙心檢查手中文件，認真的女人最美，文貴停下手邊動作看著她。
　　　△場黑，鑼鼓點響起。
　　　△黑暗中，二人並坐，沒有講話，文貴默默望著蕙心，不敢讓她瞅見。
　　　△蕙心則安靜看著戲臺上的夏慕雪。

5　1952 年，臺灣綠茶出口 615 萬公斤，首度超越了其他紅茶，綠茶在 1949 到 1952 年間大幅增加。
6　臺灣茶葉外銷在 1950 年代以前，以紅茶為首，直至 1953 年度綠茶出口 480 萬公斤（1058 萬磅，占 46%）、
　　上紅茶 130 萬公斤（12%）、再與其他茶類加總，總計共出口 1043 萬公斤，茶葉總出口量幾乎回到 1949 年
　　茶金時代產值（1460 萬公斤）。（摘自論文《戰後臺灣茶業的發展與變遷》）

△夏老闆亮相，不露痕跡地看著觀眾席裡的蕙心。

5. 夜／外 永樂戲院外

△現場人來人往，一群票友群情激動（約三十人）喊著：「夏老闆！」「夏
　老闆！」「夏老闆！」
△蕙心跟文貴走去要坐車，見 KK 帶月婷來。

月婷：姐姐？
蕙心：月婷！

△蕙心和 KK 二人有點尷尬，蕙心吃驚 KK 跟夏老闆已經這麼熟了？幫她帶
　小孩了？
△文貴故意插進來，對小女孩友善笑著，心想你這該死的 KK。
△蕙心看著站在自己旁邊的文貴，不自覺想跟 KK 解釋為何她會跟文貴在一
　起。才想開口，素顏的夏慕雪悄然走來。

月婷（開心）：姆媽！

△四個大人有禮笑著，彼此不方便講什麼，也真不知要講什麼，雙雙從二個
　方向各自離去。

6. 夜／外 文貴車上

△蕙心車行經過走路的 KK 和夏慕雪一行人，透過車窗望著 KK、夏老闆和
　月婷三人散步離去背影，感到一股失落。
△文貴看著蕙心神情，心裡也挺不是滋味。

文貴（紳士有禮）：心情不好？要不要去吃個夜宵？

△蕙心望著窗外，嘆了一口氣，表示「隨便！」

7. 夜／外 臺北街頭 - 檢查哨

△KK、夏老闆和月婷三人散步，文貴車經過 KK 目送車走。

夏老闆（探問）：張家小姐好漂亮。
KK：……年輕就是漂亮。

夏老闆：講得好像自己已經七老八十了。

　　　△KK莞爾笑笑。

夏老闆：國華公司的范經理和日光的大小姐，真是登對。
KK（承認）：⋯⋯是啊。

　　　△二人同時發現路口有二臺警車築成檢查哨，路上只有他們三人，三人退不
　　　　得，只好故做鎮定，硬著頭皮往前走，提起戒心。
　　　△一名大叔警察，臺灣國語零零落落。

大叔警察：身分證拿出來！

　　　△二人給過。大叔警察檢查，見KK是臺灣省。

大叔警察（講起臺語）：大半夜亂亂蛇，去哪？

　　　△二人講起了臺語。

KK：吃宵夜。

　　　△大叔警察看著沒有身分證的小孩。

大叔警察：小孩是誰的？

　　　△夏老闆雖聽不懂臺語，但意識到警察把注意力放在小孩身上，身為母親的
　　　　她主動牽起月婷小手，KK也同時牽起月婷的手。

KK（保護）：我的！

　　　△大叔警察質疑看著三人。
　　　△三人緊緊握著手，怕一不小心就出事了，時間彷彿過了一世紀這麼久。

大叔警察（對KK）：小孩都這麼大了，要讀書了，戶口辦一辦，不要怕家裡人知啦！

　　　△大叔警察把夏慕雪當成KK小妾了。

KK（愣了一下）：是！

　　　△三人離開檢查哨，夏慕雪不明白，示意剛才警察講了什麼。

KK（一臉安慰）：月婷要辦戶口了。

　　△夏慕雪鬆了一口氣，輕笑著，突然又想到了什麼。

夏慕雪：你女兒找的如何？

　　△KK看著月婷，心情複雜。

KK：怕找不到，也怕找到……

　　△夏慕雪不明白。

KK：怕她不喜歡我，怕她怨我不要她。
夏慕雪：那都是幻想，有了月婷，我的生活才踏實起來！

　　△月婷開心拉著KK和姆媽的手，就像一家三口，漫步在夏夜微風中。

夏慕雪（探問）：你覺得「家」是什麼樣子？
KK（思考走著）：……就是回家的時候有盞燈在等，吃飯的時候有人可以說話。

　　△三人默默散步，KK跟夏慕雪意識到他們現在做的就是「家人」的事，他
　　　對夏慕雪尷尬一笑，表示不是故意占她便宜，希望她不要誤會。

夏慕雪（笑嘆）：唱戲的都這樣，臺上熱鬧，但沒有人陪的夜宵，就是寂寥，謝謝
　　　你今天陪我吃飯。
KK（笑）：我的榮幸！

　　△KK默默走著，他牽著月婷的小手，突然意識到一件事：若他有女兒，他
　　　會是什麼樣的父親？

8. 日／內 洋樓 - 大廳「文貴再度提親」

　　△現場氣氛很僵，吉桑、蕙心跟范頭家和文貴二家人一左一右坐著，如同當
　　　年悔婚座位，文貴穿的是當年為婚禮訂做的「海軍藍西裝」大禮服。
　　△蕙心看著「海軍藍西裝」，有不祥預感。
　　△文貴示意父親開口，但范頭家實在開不了口，又拗不過兒子。

范頭家（笑得過於客氣）：今天過來，有件事想跟您商量……

△吉桑跟蕙心聽著，卻沒有下文，因為范頭家沒臉說下去。大家面面相覷，
　不明白是什麼事，范頭家直接推給文貴。

范頭家：（比著兒子）文貴啦，文貴有事要跟你們商量！

　　△大家把焦點放在文貴身上，文貴沒想到父親會來這一招。

文貴（異常恭敬）：吉桑……

　　△吉桑「嗯」了一聲，不明白范頭家父子所為何來，文貴突然站起來。

文貴（鼓起勇氣）：這次親自造訪，是希望您同意我跟大小姐交往！

　　△蕙心很吃驚地看著文貴，不明白他怎麼會提出這種要求。
　　△吉桑見狀也心中一驚，笑得很尷尬。

吉桑（不明白）：嗯，怎麼，這麼突然囉……
文貴（摸著西服）：當初大小姐帶我去做這件衣服的時候，我跟大小姐說的話，我
　到現在都沒忘記。

　　△蕙心突然愣住，她看著穿著禮服的文貴，二人互望，蕙心覺得文貴在設計
　　她。
　　△吉桑發現二人互動有點奇怪。

文貴：現在我事業小有成就，也會盡我能力幫助日光做的更大，打開全球的市場……

　　△吉桑知道對方來意，揮手示意文貴不要再講了。

吉桑（笑）：文貴啊，你有這種心我很感心，不過我不嫁女兒，我要招贅的……
文貴（望著吉桑，真誠）：我願意啊！

　　△吉桑對文貴的一口答應相當驚訝。
　　△范頭家閉上眼，拗不過死心眼的兒子。
　　△下人們聽了彼此互瞄，文貴又要入贅張家了。
　　△全場最吃驚的莫過於蕙心，現在是什麼情況，她又要娶文貴了？

文貴（注視著蕙心）：這次綠茶合作，大家「合作愉快」，如果大家真的是「一家
　人」，未來合作一定會更順利的！

△原來是為了生意。蕙心大器微笑回應，不同於十九歲的靦腆羞澀，想著如何拆招。

蕙心（笑面，強調）：范先生！合作以「信任」為基礎，只要你我彼此信任，有沒有婚姻關係應該不是問題。

△文貴一臉皮笑肉不笑，范家父子碰了個軟釘子。
△吉桑知道「這次合作」根本就是國華在占日光便宜，同意蕙心看法。

吉桑（幫腔）：感謝文貴這麼有心，不過做生意，我看還是公歸公、私歸私比較好，（笑）以後，還要麻煩范頭家和文貴牽成！

△吉桑和蕙心父女笑對文貴范頭家父子。
△文貴被拒有點失落，但也更激起他的鬥志，范頭家對張家父女唱著雙簧很不是滋味。

范頭家（酸）：吉桑這話反了吧？我們才要請大小姐「牽成」，張小姐在外頭八面玲瓏，不但獲穆先生賞識，跟懷特公司的劉先生往來愉快，張小姐在茶郊、美軍都如魚得水……

△吉桑默默喝著茶，聽出范頭家話中有話。

范頭家（頓了一下）：不過，說也奇怪了，張小姐才貌兼備，怎麼沒人上門提親……

△吉桑聽出范頭家的暗示，憤怒拍桌。

吉桑（生氣，打斷）：范有義你什麼意思？你是說我女兒怎麼樣嗎？

△女兒名聲被侮辱，吉桑憤怒拍桌。
△蕙心看著父親為維護自己名聲如此失態，有些驚訝。
△范頭家被吉桑震懾而噤聲，文貴瞄一眼父親，要他閉嘴，顯然現在是文貴當家。

文貴：阿爸，這話，你講錯了！怎麼沒人提親，我們不就來了兩次嗎？（轉對吉桑）社長，我爸的意思是說，大小姐一個女孩子為了日光，四處奔波應酬實在辛苦……

△文貴看著蕙心。
△蕙心一臉默然。心想，文貴想藉著聯姻吞下日光，將她一軍。文貴看著蕙心，眼裡閃著愛慕，忽然來個九十度鞠躬。

文貴（彎著腰）：雖說「公歸公，私歸私」，不過，張小姐一直是我中意的人，為了配上張小姐我一直很努力，我是真心誠意想跟你們一起打拚，希望您能明白我的心意！

　　　△ 蕙心開始懷疑人生，難道是她錯怪了文貴？她第一次被男人這麼赤裸告白，有點不知所措，文貴是在演哪一齣？

吉桑：文貴，你坐！

　　　△ 文貴還是九十度鞠躬，吉桑感受到其誠意，怒氣稍平。

吉桑：婚姻是大事，我們再商量……

　　　△ 文貴聽出婉拒之意，恭敬坐下。文貴不開心斜瞄著父親，沒事你出什麼聲，壞了好事。
　　　△ 四人無語，很尷尬喝著茶。
　　　△ 蕙心發現不妙，因為父親打量著一臉誠意的文貴，帶著笑意。

---

9. 日／外 洋樓 - 車寄

　　　△ 父女二人目送文貴范頭家離去。
　　　△ 吉桑抽菸斗。看著年紀不小的女兒。她知父親要跟她談婚事，她想逃避話題，準備走人，父女二人同時講話。

蕙心（喚了阿榮，同時）：阿榮，備車！
吉桑（同時）：妳會大，我會老，我不可能一輩子跟妳做茶……
蕙心（望著父親，無奈）：Papa……
吉桑（語重心長）：文貴對妳很有心，會做生意，又願入贅，現在想想，是一個理想的女婿……
蕙心：Papa 你說婚事可以隨我自己的意思。

　　　△ 吉桑抽著菸斗，才想唸她，發現蕙心眉宇從憂愁瞬間轉為喜悅。
　　　△ 父女二人往外望去，KK 帶著一包文件急忙走來。

吉桑（看著蕙心）：他不適合日光，也不適合妳！

---

10. 日／外 洋樓 - 大廳

△ 大家又坐回大廳，KK 打開文件，注意到現場大小禮品成堆，好奇看了蕙
　　　心一眼，蕙心看著文貴送來的大小禮品，收起笑意，臉上看不出表情。
　　△ 吉桑看見二人微妙互動。

吉桑（不悅）：今天是什麼日子？洋樓變廚房了，大家都來走一趟？
KK（嚴肅）：吉桑，買回大坪山時您有弄清楚抵押權嗎？
蕙心：抵押？發生什麼事了？

　　　△ 蕙心聽到抵押，很緊張，父女倆一頭霧水。KK 拿出報紙與文件（報紙標題：
　　　　聚源貿易行老闆──萬頭家過世）解釋來龍去脈。

KK：我翻譯到一張美軍木材訂單，在釐清產權的時候發現萬頭家已經死了，所以伯
　　公才會去法院申明債權，董事長你們必須去找伯公解決債權問題……

　　　△ 吉桑聽不下去，也藏不住脾氣，拍了桌子，起身離去。

> **11. 日／內 日光 - 辦公室「吉桑開 100 張支票買回大坪山」**

　　　△ 吉桑跟伯公喝茶，風雨欲來。一個抽著菸斗，一個吸著洋菸，林經理與伯
　　　　公家的幾個下人，緊張地隨侍在側。

吉桑（吐了一口菸）：今日若不是 KK 跟我講，恐怕我永遠不會知道我的大坪山抵
　　押給阿伯了？

　　　△ 伯公見 KK 愣了一下，笑笑。

伯公：福吉啊，阿伯雖老了，不過這大坪山怎麼算也不是你的喲，這座山是我們張
　　　家的開宗祖山！
吉桑（笑）：唔，這座山在我三房名下，後來是蕙心買回來的，我要留給她做嫁妝。
伯公（一愣）：我張家開宗祖山，你要拿來給你女兒做嫁妝？（笑）既然這麼疼女兒，
　　　算你四年，四百萬，給你慢慢還！
林經理（驚）：四百萬？伯公你會不會太吃人了！

　　　△ 林經理一開口就後悔，這裡其實沒他講話的分。吉桑盯著一臉委屈的林經
　　　　理，抽一口菸斗，呼出一口氣。

吉桑：阿伯，要不然這樣，250 萬，一年！

　　　△ 林經理同樣驚訝，但他不吭聲。

△ 伯公笑笑，吉桑也笑笑，二人達成共識。

吉桑（豪氣）：林經理，開100張支票給阿伯！

△ 林經理顫抖開著2萬5千元支票，一張又一張，整整100張支票排滿桌面。

---

12. 昏／外 張家車上（新竹站火車站）「生離別，二人句點」

△ 一路向後退去的街景。

△ 阿榮開車，薏心和KK二人坐在後座，隨車身左右晃動，薏心送KK去火車站。

薏心：感謝你特地過來，告訴我們大坪山的事。

△ 薏心沒再講話，想著大坪山的事，憂愁。

KK：對不起，給妳一個不好的消息，但這事一定要處理。（一臉關心）

△ 薏心失神「嗯」了一聲，想著文貴及提親的事，憂愁。

KK：希望下次我帶來的是好消息……

薏心（嘆了一口氣）：剛才，文貴來我家提親了，我父親認為文貴是不錯的對象……

△ KK認真聽著。

薏心（掏出心底話）：從小我就知道，有一天，我父親會找個男人進來打點日光……

△ KK看著薏心，鼓勵她講出來。

薏心：我以為我是撐起日光，沒想到，在外人眼裡，我只是個拋頭露面讓父親顏面盡失的女兒……

△ 薏心看著KK，有點無助。

薏心（誠心）：你覺得我們該怎麼做呢？

△ KK沉思了一會，給出中肯的建議。

KK（天人交戰）：文貴……是不錯的選擇！

△ 蕙心詫異地看著KK，不太確定自己聽見的。

KK（笑著）：文貴能爬上外省人公司的高層，受到賞識，一定是有能力的人。為了證明自己默默打拚，再來提親，一個男人能跟同一個女人提了二次親，一定是很喜歡吧！（灑脫一笑）

　　△ 蕙心詫異又痛心地看著KK，看他還能說出什麼話來。KK瞥見蕙心的臉，住口不語。

蕙心（心痛又失望）：這是你真心的建議嗎？
KK（溫暖笑了）：是的！文貴適合妳！（像是說服自己）

　　△ 蕙心看著KK對著窗外抽了一口菸，又吐了一口菸，蕙心試著釋懷一笑卻很難，原來一切都是自作多情？

蕙心（望著窗外）：夏老闆適合你嗎？

　　△ KK一愣，似乎在這個當下被提起了自己一直忽視的問題。

KK：……我們……蠻好的。

　　△ 蕙心聽了沉默不語，試著笑意盈盈，聲音卻是苦楚。

蕙心：你的投資……拿回去吧！

　　△ 蕙心拿出一直帶在身上的一塊美金「華盛頓」，KK看著蕙心笑得苦楚，但他知這是最好的結局，接過美金，祝福彼此。

蕙心（笑面帶著悲傷與傲驕）：我絕對會比任何人都幸福！（笑對KK）請你也要幸福！

　　△ 車子來到火車站前，車停了。
　　△ 二人笑對彼此，想給對方自己最美的笑容，但都心如刀割。
　　△ 以下，二邊不斷切換：
　　△ 蕙心坐在車上呈弧線離去，後車窗裡是KK的身影，她知道KK在背後看著她，她要自己一直笑下去，但就是不爭氣，臉上笑容逐漸成一片淚海。
　　△ KK站在火車站前，以為自己會追上去叫住蕙心，但他沒有，只是望著車子漸行漸遠，目送蕙心離開他的生命。
　　△ KK默默轉身，走向火車站。

△ 車上的蕙心忍不住回望，卻發現 KK 根本沒在看她，情何以堪。
△ 血色的夕陽映在車窗上。

---

13. 昏／外 火車上「KK 情緒」

△ 回臺北的火車上，KK 擠在座位裡，看著窗外。
△ 窗外是美麗夕陽。
△ KK 手捏著一塊美金，望著窗外夕陽發呆。

---

14. 日／內 照相館

△ 字幕：三年後。
△ 照相館攝影布景前，KK、夏慕雪與月婷三人在拍全家福。

攝影師：來，看這邊！妹妹別動，幫我再靠近一點！很好。攔來咱們拍爸爸媽媽……

△ 夏慕雪與 KK 相視微笑再看鏡頭，快門閃動。
△ 徐主編在一旁看著，為朋友開心，同時也感到不安。

徐主編（上海話）：你們這照片一刊出，戲迷要是知道了，準得亂上一陣子，真的不低調點？
夏老闆（上海話）：低調反而有問題！這婚本來就是結給那些人看的，想過上安靜的日子，一定得過這關。

△ 攝影師拍完照，邊捲片邊說。

攝影師笑：好了，下禮拜來拿，這是要做頭條的，一定讓你們滿意。

△ 徐主編無奈，他對王瑛川使眼色，王瑛川會意。

王瑛川（對 KK）：老師，有命令下來了，《民主思潮》的下一期要作「暢言專刊」[7]，讓作者暢所欲言。上頭的人想聽「真話」！這可是難得的機會。
徐主編：KK，我已經邀請了許多名家共襄盛舉，你一定要替我們寫篇文章！

7　1956 年 10 月，適逢蔣介石七十歲大壽，總統府函知各機關「切望全國報章雜誌，爭請海內外同胞，直率抒陳所見，俾政府動陳輿情，集納眾議，虛心研討，分別緩急，採擇實施。」故劇中《民主思潮》之原型雜誌《自由中國》特別發行「祝壽專號」，公開批評蔣介石以及中華民國政府的缺失，造成該雜誌破十三刷搶購紀錄；此事件即劇中「暢言專刊」原型。

△KK 想了想，爽快答應。

KK：好，但我只寫我想寫的題目。

　　△KK 爽快回答，讓兩人喜出望外，但也疑惑不解。

王瑛川（笑）：怎麼……今天這麼好說話？
KK：養家活口啊，絕世名伶可不好養……

　　△KK 難得開玩笑，徐主編和王瑛川調侃著KK，眾人一團和樂。

---

15. 昏／外 KK 家「KK 的小家庭」

　　△KK 穿著居家服，嘴裡叼著菸，面對桌上的稿紙。
　　△KK 用鋼筆在稿紙上寫下標題：「『暢言專號』以肥換穀：隱形的賦稅、
　　　失去價值的作物」一行字。
　　△一支竹蜻蜓飛過窗戶，月婷追著跑過。
　　△KK 看著窗外在後院玩的月婷。
　　△這時門開，夏慕雪拿著一個精緻的包裹回來。

夏慕雪：相片出來了。

　　△相片有好幾張，有的是三人，有的是兩人，一家人的排列組合。

夏慕雪（確認）：照片刊出之後，可沒得後悔。
KK：……我們是家人了。

　　△看著全家福，夏慕雪和KK 心裡感到踏實。月婷靠近，透著窗偷偷對KK
　　　眨了二下眼睛，並發出滴滴二聲。（摩斯密碼）

KK（笑回）：……滴滴……
夏慕雪：你們二個成天這樣滴滴答答的，究竟在說什麼？
月婷：是我們之間的祕密！

　　△KK 忍不住笑了，真是人小鬼大。

---

16. 昏／外 劉家墓地

　　△KK 跟月婷、夏慕雪點香祭拜。

KK（看著霞光滿天）：阿爸！今天天氣晴！我帶我女兒來見你！

　　△KK把月婷帶到墓前，正式介紹給父親。

KK：她叫月婷，今年十歲，我會教她讀書識字，教她我會的一切，就像當初您教我
　　一樣，您在天上要庇佑我們一家平安！（想到了什麼）我找不到愛子⋯⋯是！
　　我相信她還活著，會有人照顧她的，就像我照顧月婷一樣⋯⋯

　　△夏慕雪低頭看著墓碑上被塗銷的「劉坤凱」，KK在墓前看了半晌，風吹
　　過墳上白色的草。

---

17. 日／外 洋樓 - 車寄

　　△蕙心準備出門，阿榮忙著把一箱箱蘋果搬上車。
　　△蕙心把「茶樣」交代給吉桑。

蕙心：Papa，這是土耳其的，這是法國的茶樣，別搞混了，請公會依點數製作！

　　△吉桑接下二個茶樣，表示「交給我」。林經理趁空檔插入，給上一堆信用
　　狀。

林經理：「新社長」這是這個月收到的信用狀，還有，這是阿姆斯特丹來的電報。

　　△蕙心接文件，拿著公事包與信用狀和文件，上車。
　　△吉桑抱著二個茶樣目送車子離去，對女兒揮手道別，但蕙心並沒有看見。
　　吉桑為女兒一天到晚如此奔波感到不捨與歉疚，是該找個男人來分攤她的
　　工作。
　　△車子駛離車寄。

---

18. 日／內 臺灣銀行外匯部

　　△邱經理把一疊信用狀抱在自己面前，看都不看便開始蓋著臺銀印章。
　　△蕙心跟文貴坐在對面，二人並坐，視線沒有交集，蕙心故意講給在座的文
　　貴跟邱經理聽。

蕙心：邱經理不檢查一下，這些信用狀是否有瑕疵？

　　△邱經理跟文貴面面相覷，邱經理蓋著臺銀印章。

邱經理（客氣）：張小姐的日光公司是全臺灣最大的綠茶出口商，為國家賺了大量外匯，本行（看了蕙心一眼）一定核貸！

△ 蕙心有禮笑笑，文貴一旁喝著茶，小尷尬。

19. A 日／外 車內

△ 車行駛在臺北的路上。蕙心看完貸款文件，放回公事包，順手拿起後座的報紙。
△ 報紙上登著夏慕雪與 KK 的照片，斗大標題「京劇名伶夏慕雪結婚」。
△ 蕙心看著照片，心中百感交集。

19. B 日／外 永樂座門口書報攤

△ 夏慕雪的戲迷們（販夫走卒皆有）震驚地看著報紙。

19. C 日／外 國府會議室

△ 袁副院長、方經濟部長和靳上將等六、七名官員開會。

袁副院長：上面的意思是匯兌的黑市交易必須取締，外匯市場必須回歸國家的正常管制。
方經濟部長：是……外匯是我們現下發展工業最需要的籌碼，強力執行美元兌換的統一訂價策略刻不容緩……

△ 會議的討論，在座的靳上將充耳不聞，看著手中刊有夏慕雪及 KK 婚訊的報紙。

20. 日／外 教會 - 院子「回到初遇地，截然不同的新生活」

△ 本場全日文。
△ 蕙心來跟圓仔敘舊，圓仔已是兩個孩子的媽了，兩人感嘆今非昔比的生活。後景是阿榮和文貴忙著發蘋果，小朋友搶著要。

圓仔（不明白）：信用狀？那是什麼東西？
蕙心（嘆）：麻煩的東西！

圓仔（生無可戀）：天底下沒有比小孩更麻煩的東西！

　　　　△ 二人相視而笑。

薏心／圓仔（同時）：妳啊妳，對自己的生活不滿足！
圓仔（笑）：這樣不行哦！
薏心（同意，笑）：那時要是結婚，我也可能是兩個小孩子的媽了。

　　　　△ 薏心眼神飄向發放蘋果的文貴，忽然意識到那時候那個人就是文貴。她看
　　　　　著文貴跟小朋友打成一片，忍不住打了一個冷顫。

圓仔（探問）：薏心醬有喜歡的人嗎？

　　　　△ 薏心不語。

圓仔：啊！我知道這個表情的意思，就是還沒找到願意吃虧的人！

　　　　△ 薏心心頭一驚，真心想知道。

薏心：跟我在一起的人，真的吃虧嗎？

　　　　△ 圓仔安慰一臉正經的薏心同學。

圓仔：是啊，吃虧就是占便宜！要不然，為什麼一個堂堂的總經理放著正事不
　　　幹，來這跟妳發令果（蘋果）！

　　　　△ 薏心哀嘆了一聲，不想再跟文貴有關連。她望向第一次遇見KK的屋頂，
　　　　　感慨萬千。霞光滿天。

```
┌─────────────────────────────────────────────────────────────────┐
:     21. 日／內 洋樓 - 大廳（1955. 春）「大衛來找茶，新局」      :
└─────────────────────────────────────────────────────────────────┘
```

　　　　△ 本場全英文。
　　　　△ 吉桑、薏心大衛三人在大廳熱絡交陪，大家笑得開心。大衛熱情獻上二箱
　　　　　XO。

大衛（笑，英國腔）：「英國倫敦茶藝博覽會」四年才一次，全世界最頂尖的茶都
　　　　　　　　　　在那裡！
吉桑：我有聽過！
大衛：我過來特別鄭重地要委託您做今年的「參展茶」！

吉桑（豪情）：那有什麼問題！很久沒做紅茶了！一定給你很有面子！來，喝茶去！

　　△ 二個紅茶掛男人如回到茶金時代，一提到紅茶，吉桑開心像個大孩子。

22. 日／內 日光 - 審茶室「大衛設計參展茶」

　　△ 本場全英文。
　　△ 計時沙漏漏完，五分鐘到了。

吉桑：來，嘗嘗我們總茶師（看向山妹）做的茶。

　　△ 大衛品著茶，吸得歎歎叫。坐陪的還有山妹、嘩嘩哥、莫打和蕙心。
　　△ 大衛讚嘆看著山妹。

大衛：溫順又香醇！新鮮又節制！

　　△ 大衛又細心品了一口，笑看吉桑。

大衛：我的老友，日光絕對不只是這樣，能更好一點嗎？

　　△ 山妹有點失落，但仍面帶笑容。
　　△ 吉桑想了想，對山妹說：

吉桑：石頭之前做的三井「比賽茶」拿出來。

　　△ 計時沙漏漏完，五分鐘到了。
　　△ 男人們審茶，吸得歎歎叫。

大衛（很滿意）：太棒了！我可以感到茶在我舌頭上跳舞！但是，吉桑，你還有沒有更好的茶？

　　△ 大家沒招了。這樣喝下去，何時到頭？蕙心直接問。

蕙心：大衛叔叔想找什麼茶？
大衛（笑）：合作這麼多年，我總覺得日光茶有一種特別的味道，那個味道阿土師做的尤其好，（笑）阿土師不是曾為日本天皇做過一批茶，不知道可不可以嘗嘗？

　　△ 這句話猶如一道雷劈下來，吉桑聽了臉色大變。

△ 山妹、嗶嗶哥跟莫打很驚訝：師祖的茶？
△ 大衛一臉精明看著眾人。

吉桑（一口回絕）：你不用想！

┌───┐
│   23. 日／外 日光 - 門口「大衛說服薏心合作」   │
└───┘

△ 本場全英文。

薏心：（對大衛）我很抱歉……

　　　△ 大衛被掃地出門，薏心感到抱歉，不明父親何以如此盛怒。大衛神情錯愕，
　　　　這時才說明來意。

大衛：我要離開怡和洋行₈了。
薏心（驚）：咦？！
大衛：臺茶生意不好做了，茶市都被你們壟斷。

　　　△ 薏心聽了有點不好意思，大衛反而笑了。

大衛：妳做的很好，商場上就是如此，（笑）我也要自立門戶，「英國倫敦茶葉博
　　　覽會」是一個很好的起點，所以我來要茶，日光是我最信任的茶廠……

　　　△ 薏心表示感謝，但實在無能為力。大衛試著說服薏心。

大衛：臺茶在全球只占百分之一的量，就算增產一倍，也只是百分之二而已！
薏心（深表同意）：「量」永遠是個問題……
大衛（意味深長）：但是，假如妳以百分之一的量，打入全球百分之一的高端市場，
　　　那就是另一個故事！

　　　△ 薏心專心聽著。

大衛（笑）：「新社長」，「被看見」是很重要的！我有通路，妳有茶，這是難得
　　　的機會！

　　　△ 薏心被大衛說服，她知道是一個好機會，她也想挑戰，對「參展茶」有點
　　　　起心動念了。

8　英國怡和洋行在 1950 年代退出中國，轉移到英殖香港，並於 1965 年退出臺茶市場。

△ 這時，文貴親自押車，送國華茶來日光。

△ 文貴跳下車，見到蕙心和大衛，他好奇大衛何以親自拜訪日光，三人對望笑笑。

---

24. 昏／內 洋樓 - 大廳連餐廳「吉桑跟文貴同一陣線」

△ 文貴特意當著吉桑面把文件給蕙心，後景是順妹及團魚進進出出準備餐桌。

文貴：下星期，要抽驗的茶箱號全在這，只要這 150 箱對上版就可以了！

△ 蕙心接過。上菜的順妹聽見，讚嘆笑著。

順妹：這是要抽驗的茶箱號？連公證行都搞得定？文貴好厲害！
團魚（幫腔）：范董幫我們搞定所有出口的事！

△ 文貴吹噓自己如何幫同業解決問題。

文貴（笑）：幾個號碼，小事而已。前兩天有家茶廠，上千個箱茶被刁在海關，我一通電話去就放行了！

△ 吉桑看著「三十年茶樹小盆栽」，自沉思裡抬頭，似乎想到什麼。

吉桑：你說的是龍潭那間嗎？
文貴：是啊！
吉桑：李理事有打電話給我，請公會出面，沒想到，（笑）文貴這麼會了哦！

△ 吉桑對文貴愈看愈滿意。
△ 文貴見地上有二箱 XO，故意問吉桑。

文貴（探問）：大衛叔叔又送來二箱 XO？

△ 吉桑一臉不開心，玩著盆栽。

吉桑：他想要阿土師的「天皇茶」……
文貴（一臉憤慨）：阿土師的「天皇茶」？絕對不行，喝掉就沒了！

△ 吉桑同意文貴說法，但蕙心不同意。

蕙心：如果我們參與倫敦的博覽會，之後就有機會打進歐洲市場了！
文貴：打進去有什麼用？就算是天皇茶，歐洲人也不一定會喝！

　　△吉桑同意，二人交談了起來。文貴今天來就是要讓老人家開心，只要吉桑
　　　中意他，蕙心就沒有話語權。

吉桑：是啊，我們東方人喝茶，講究的是原味回甘，歐洲人習慣加糖加奶，口味差
　　　太多了！
文貴（拍馬屁）：主要是，不懂阿土師的茶啊！
吉桑（中意聽）：對！
文貴：再講，展覽會上有多少茶？
吉桑：聽說全世界的茶都會去。
文貴：成千上萬的茶在一起，臺灣茶想一次上位，要是沒得獎，阿土師的茶就白白
　　　被喝掉了！

　　△吉桑十分同意，文貴太知心了。蕙心看著兩個男人一搭一唱，不是滋味。

蕙心：Papa，我們要讓全世界看見臺灣茶可以是獨一無二而尊貴的！
文貴（笑）：尊貴？

　　△文貴叫住正在上菜的順妹。

文貴：順妹！

　　△順妹莫名其妙被文貴點名。大家看著順妹。

文貴：（對順妹）請問一下，張家的「茶」放在哪裡？
順妹：茶？放廚房啊！
文貴：（對著蕙心）柴米油鹽醬醋茶，（比著尾指）「茶」是放在最後一位的，如
　　　果茶真的那麼珍貴，為什麼它不是放在客廳明顯的酒櫃上，而是放在廚房裡
　　　呢？

　　△吉桑覺得文貴講的太有道理了，看著自己的 XO 華麗酒櫃，突然也無言以
　　　對，好像自己也被文貴叮了一下。
　　△蕙心擺明被文貴和吉桑壓著打，她不語，她要證明自己，她要被看見。她
　　　想到茶樣，她不是沒有希望，現在談勝負還太早。
　　△文貴見到蕙心臉上神情轉變，顯然她是想到什麼點子了。他輕嘆一聲，心
　　　愛的人不認輸，看來還有硬仗要打。
　　△二張桌擺好，吉桑歡迎同一陣線的文貴留下一起用餐。
　　△三人各帶心思慢慢走向兩張餐桌，三人入席吃飯。（註：男女分桌吃）

25. 夜／內 洋樓 - 神明廳「蕙心尋找出路，自創品牌」

△四下無人，一隻手拿下神明桌上的水滴型茶樣。
△穿著睡袍的蕙心，想在阿土師水滴型茶樣裡拿出茶來，不料茶樣是兩層玻璃真空密封，找不到洞口。
△吉桑站在她身後。

吉桑：在研究什麼？

　　　△蕙心嚇了一大跳。

蕙心（誠實以告）：我想做「參展茶」。

　　　△吉桑拿回茶樣擦乾淨，氣女兒亂動。
　　　△蕙心相信這是一個好機會。

蕙心：通路有，產品有，為什麼不做？
吉桑：你以為我沒試過？阿土師做「天皇茶」時，我就試過了，想要打敗立頓，做世界「難巴萬」（第一），做到毛蟹過河壩，七手八腳，淒淒慘慘，結果茶樣全送光了，就剩下這罐而已，現在的時局更難，我們不了解市場、對手、國際動向……不是這麼容易的事。
蕙心：綠茶大訂單是很誘人，不過全是幾分幾角在賺，真正賺錢的是品牌，臺灣還沒有自己的品牌！
吉桑：我剛才不是講了，做品牌沒五年、十年做不起來的！
蕙心（堅定）：我可以等！

　　　△吉桑看見女兒的決心。

蕙心：我們只差一個名字，難道日光要永遠幫人做代工？我不要日光只是個「姜」的身分（其實是講自己），有車有房，不求名分，小日子過得去就好了。
吉桑（不悅）：……喝杯茶而已，什麼姜不姜的？
蕙心：阿土師就是你的姜！

　　　△吉桑不解地看著女兒。

蕙心：做天皇茶的人，你把他關著，不給人聞，不給人看，他被關在一個小小的瓶子裡面不是很可憐嗎？把他供在神壇上，世界上的人再也喝不到他的茶，這是阿土師跟 Papa 一起打下日光江山的初衷嗎？

△吉桑動搖了，薏心繼續說服吉桑。

薏心：Papa，我們要讓阿土師活過來！

　　△吉桑思考著，還是不願打破茶樣。

吉桑（陳述困境）：臺灣茶在量只占全球百分之一而已，做不出品牌的！
薏心（反駁）：英國連一片茶葉也沒生產，卻做出立頓、FM、唐寧這些百年大牌，
　　您又怎麼說呢？

　　△吉桑無言。猶記起當年想用手中茶樣打敗立頓的豪情壯志，他默默把水滴
　　型茶樣放回神壇，茶樣在黑暗中閃著光。

26. 日／內 KK 家

　　△KK 的單身宿舍有了女人跟小孩的生活痕跡，看上去多了人味。
　　△KK 在拿著稿紙、書本，教月婷認字。

月婷：認字好無聊！我想學你跟瑛川叔叔說的話！
KK：好啊！
月婷：爸爸怎麼講？
KK：爸爸是「阿爸」！
月婷：阿爸！阿爸！

　　△KK 聽見月婷用臺語喊自己爸爸，五味雜陳，十分感動，此時夏慕雪端菜
　　到飯桌。

月婷：那姆媽呢？姆媽怎麼講？
KK：姆媽是「阿母」，「姆媽，吃飯了」就是「阿母，呷飯囉」。
月婷：呷飯！呷飯！
夏慕雪（不妙）：唉呀？駕崩？

　　△KK 會心一笑，覺得夏慕雪很可愛。

27. 日／內 洋樓 - 神明廳

　　△本場全英文。
　　△神桌上水滴型茶樣閃著光。

△ 吉桑看著神壇，懷疑自己的決定是對是錯。一旁大衛倒是十分激動，盯著水滴型茶樣。蕙心給大衛一支香。

蕙心：大衛叔叔您有一炷香的時間考慮……條件是「參展茶」必須用「日光茶」的商標。

　　　△ 大家（山妹、嘩嘩哥、莫打、林經理和下人們共十多人）你看我看你，眼神交流著，質疑哪來「日光茶」商標。
　　　△ 大衛看著香頭燃燒，現在是看得到吃不到，他腦中快速權衡得失，對蕙心笑了。

大衛：我只聽過沒喝過，怎麼考慮？

　　　△ 大衛把球丟回給日光。
　　　△ 蕙心望著吉桑，吉桑望著茶樣，神情難以言喻。他想讓阿土師自由，又想留住他，那小小的茶樣是他們最後的連結，他該如何決定？
　　　△ 吉桑率眾人祭拜阿土茶樣。
　　　△ 吉桑審慎拿小鐵錘敲破茶樣，外層玻璃「鏘」地一聲，他的心也碎了。

---

28. 日／內 日光 - 審茶室

　　　△ 本場全英文。
　　　△ 計時沙漏，沙漏完了，時間到了。
　　　△ 大家審著「天皇茶」，大衛一臉難以置信。

大衛：太神奇了！泡了十泡，還這麼有味！

　　　△ 大衛又品了一口，吸得簌簌叫。

大衛（一臉享受）：令人溫暖的圓潤醇厚，令人愉悅的蜂蜜香味，這杯茶可以「感動」歐洲人的舌頭，（真誠望著蕙心）只要參展的「日光茶」是這種等級的茶湯和味道，我答應妳的條件！

　　　△ 蕙心開心天皇茶果然功力非凡，這回她一定要成功。
　　　△ 山妹用心喝，細觀阿土師一心二葉的茶底。

9　指「沖泡次數」：有著蜒、品質良好的白毫的「東方美人茶」可泡十次以上還有味道，第一泡一分鐘；第二～四泡：三十秒；第五～十泡則每回以三十秒為起始增加十秒。是否可以多泡與茶葉型態有關，如條型茶與球型茶可回泡多次，碎型茶就不耐泡，通常僅能泡一回。

△蕙心看著吉桑品茶，但他沒有吸得簌簌叫，吉桑第一次如此「審茶」，默默喝著熟悉的味道，無限感慨。

29. 夜／內 洋樓 - 琴房

△蕙心認真翻著三十多本剪貼簿在找什麼，她找到了 1939 年父親跟阿土師為日本天皇做茶的文章，她翻著前後幾頁，笑了。

△她看見「日光 HOPPO 茶」的廣告，「日光天皇萬歲茶年節送禮最高級」，上面有個很模糊的 LOGO。

30. 昏／外 永樂戲院外 - 書報攤「暢言專刊，引起迴響」

△KK 牽著月婷去等夏老闆下戲，KK 感覺是幸福的。

△KK 行經書報攤，十多名男性在搶購《民主思潮》，「暢言專刊」引起旋風，從知識分子、農民至販夫走卒，不是在買就是在看，一個做小生意的商人擠了進來。

小商人：老闆，這期的「暢言專刊」還有嗎？
小商人（友人不屑）：社論有什麼好看？
小商人：真話當然好看！從教育正常化，軍隊國家化，到農業化肥，大家暢所欲言！
小商人（友人好奇）：我來一本！
KK（也上前）：我也買一本！

△KK 翻到自己寫的文章給月婷看，月婷好奇讀著。
△有人在對街拍照，觀景窗中所有買雜誌的人都一一被拍下。
△KK 一副慈父眼神看著月婷，被拍照了，危機來臨，他們卻渾然不知。

31. 昏／內 永樂戲院後臺

△休息室內，夏慕雪正在準備，聽見敲門聲，夏慕雪以為是李管事來催。

夏慕雪：老李，觀眾都還沒坐滿你催什麼催，就快好了哩！

△門開外頭站的是之前看過的中山裝傳令男子（少爺隨侍）。

隨侍：夏老闆，少爺想請您今兒個晚上，永福樓宵夜。

△一陣沉默。

夏慕雪（打定主意）：勞煩給少爺帶口信，我夏慕雪結了婚，家裡有先生、有小孩
　　　得照顧，從今而後，宵夜這事兒，我戒了！

　　　△ 沉默的傳令隨侍，與一臉慍出去的夏慕雪。

（本集終）

第十一集

序1 日／內 國華公司

△ 閃光燈此起彼落。

△ 蕙心與文貴分別代表國華跟日光接受茶業出口商聯訪，明顯看出男記者對
　名媛女商人蕙心比較感興趣。

男記者（問）：綠茶成了出口掛帥，一連三年獨占臺灣外銷的第一把交椅……

△ 文貴第一次受訪，顯得興奮也有點緊張，力求表現，張口要回話時，記者
　話鋒一轉。

男記者（繼續）：但業界說是靠著壟斷達成的繁榮面，你們怎麼說？

△ 文貴聽完問題張口無聲，轉為一笑，一旁蕙心表現落落大方，回答尖銳問
　題。

蕙心：我們現在外銷茶銷售四十二個國家，其中北非市場就占了二分之一，就因為
　量大，所以才能逼使日本跟中國退出北非，由我們臺灣茶取代，這波潮流改
　變了臺灣茶業的經營理念跟體質。

△ 蕙心注視著男記者，男記者表示同意這種說法。

蕙心（繼續）：外銷茶的品質我們要控管，出口檢驗規範嚴格，不合格的就不能出口，
　底價訂定是一種保障，是讓競爭者有底線可循。

△ 文貴看著笑面蕙心，她還真的是臉不紅氣不喘，能把壟斷說成優勢，而他
　就是喜歡她遇挫反擊的態度。

蕙心（笑面繼續）：現在茶區家家戶戶都忙著做茶，（笑）業界當然也獲利，更重
　要是有了國際貿易觀，這點可以從外匯數字上反映出來，現在可以說是臺茶
　最活絡的時候！

△ 文貴也求表現，笑著插入話題。

文貴（附和，笑）：像上一季，我們有過一次外銷的高量紀錄，我們銷售摩洛哥
　12600公噸的茶！這個量是大家齊心合力堆出來的，沒有合作，我們根本接

不了這張單，（笑，拍政府馬屁）當然，這也歸功於政府茶業政策的明確規範和輔導，才能讓外銷茶展現靈活的一面，還有，我們沒有壟斷，業者還是有選擇的權利。（笑）

　　△ 男記者笑笑表示「有嗎？」不理文貴，直接問筆記本上的下一個題目。

男記者：（對著薏心）聽說日光想做臺灣第一家茶品牌？

　　△ 薏心見狀，不放過宣傳機會，眼底閃著光。

薏心（把握機會）：品牌這件事，不是從我開始，我父親那個年代就在想了[1]，臺茶潛力十足，我們不應該只滿足在農產品加工業上，應該讓世界更多人看到臺灣茶亮眼的成績。
男記者（好奇）：日光是想做世界第一嗎？
薏心（謙虛一笑）：我們沒想過要做「世界第一」，我們只想做「世界的唯一」！

　　△ 男記者聽了佩服，把這句記在筆記本上。文貴見記者老是問薏心，頗不是滋味，但臉上還是堆滿笑容。

文貴（笑對記者）：日光公司總是很有理想性，臺茶只占全球百分之一而已，撼動不了市場，也很難建立起品牌！
薏心（對記者）：做品牌沒有標準答案，我們可以從其他國家知名品牌中得到一些靈感。

　　△ 男記者聽出兩人有點不對盤，看著二位受訪人一來一往互損。

文貴：「茶」最大的問題在於，它不像酒有標準可循，每個人泡茶的時間長短跟量都不一樣，你很難保證每杯茶喝起來都一樣，當你不能夠提供相同質量的產品時，這就是致命傷。
薏心：這事值得做，總得試！
文貴（笑）：可是妳還沒試出來啊！

　　△ 薏心笑面，這是事實，她不想再跟文貴爭辯。文貴見薏心不講話，又把球丟回給她。

文貴（笑）：我同意終究要走向品牌，但不是現在！不是嗎？
薏心（笑）：我們做茶的人，為世人們提供一杯好茶不是職責所在嗎？

1　《茶業簡訊》1958 年報載：〈永光公司好紅茶享譽美國東南亞〉報導指姜阿新有遠大眼光，不受環境影響改變，貨真價實去推銷他的「嘜頭」（Marking），「北埔紅茶」小包裝，在倫敦紐約及東南亞市場已有良好聲譽。

文貴（笑）：當然！那當然！

△二人同時笑對男記者，但視線完全沒有交集。

序2 日／外 北埔茶園

△茶園一片綠意盎然。
△一隻小綠葉蟬在茶葉上面，跳走，茶葉微微震動了一下。蝴蝶效應。

---

1. 昏／內 日光 - 辦公室

△黑板上罩著一塊紅布，林經理招集主要幹部，嗶嗶哥、莫打、山妹都在列，約二十人。

林經理（吆喝著）：大家圍來，「新社長」要公布「日光茶」的商標了！

△蕙心站在黑板前，興奮地要公布她設計的日光「商標」，吉桑抽著菸斗跟文貴一起走來，吉桑在文貴面前端起一家之主的姿態。

吉桑：日光茶的商標？這麼重要的事，妳怎麼不先跟我商量一下？
蕙心（笑對吉桑）：Papa，畫個圖難不倒我的！
吉桑（難以苟同）：以後我們的茶罐，都會標上這個圖案，一定要美！
蕙心：我知啦！

△父女二人鬥嘴，蕙心示意林經理拉開紅布條。
△大家引頸期盼，接著表情一沉，紛紛皺著臉孔，奮力解讀著面前這幅商標。
△黑板上出現像「太陽」的東西，概念基本上就是拷貝日本國旗加上日東的商標，毫無「設計」可言。
△文貴看著難以名狀的 LOGO，瞄了蕙心一眼，沒想到她畫的圖挺差的。
△眾人看著 LOGO 沉默了一會。

莫打：天皇國旗？
嗶嗶哥（直接吐嘈）：新社長，改朝換代了啦，妳要畫十二道光芒才對。

△一幫員工耳語夾雜，林經理尷尬擦汗，反應不如預期，但蕙心卻不為所動。
△蕙心見吉桑只是張嘴看著 LOGO，說不出話，這是他當年為天皇茶畫的 LOGO。

莫打：社長你也出個聲……

△ 吉桑沒出聲，依舊張著嘴，吃驚於眼前所見。

蕙心（笑）：這是社長當年為日本「天皇茶」所設計的商標，現在它也將是日光 HOPPO 的商標！

　　△ 大家明白了，原來是當年社長畫的！大家一改之前態度，紛紛讚美「好啊」、「日本時代就有商標了？先進哦」，都開心日光有商標了。
　　△ 蕙心笑對吉桑，吉桑很感動，但還是倔強。

吉桑：商標是一樣的，但是茶的味道能不能一樣好？

　　△ 吉桑說完轉身離開，蕙心也倔強對吉桑的背影說。

蕙心：這個罐子裡一定會裝進我們日光最好的茶！

　　△ 吉桑走了。蕙心以為父親還在為她打破茶樣而生氣。
　　△ 遠遠地傳來蟬鳴聲。

2. 日／外 北埔茶園「全世界最難收藏的茶」

　　△ 蟬聲起落。
　　△ 下午兩點，茶園一塊紅一塊綠的。
　　△ 茶園裡有數名茶農正在採茶，蕙心、林經理、山妹一行人走在茶園中。
　　△ 山妹走來，採下一片「著蟓茶菁」給蕙心看。

山妹：被浮塵子叮咬的嫩芽，叫「著蟓」，著蟓後，茶芽會蜷曲縮小，這是做膨風茶唯一的茶菁！
蕙心：如果是這樣，為何不多養一點浮塵子？
林經理（聽不下去了）：妳以為浮塵子跟妳一樣，天不怕地不怕？浮塵子，怕南風，怕北風，怕肥，怕農藥，什麼都怕。
山妹（同意）：滿山著蟓，其實令茶農很害怕，本來可以收 200 斤的茶園，可能只剩下十幾斤茶而已，來不及摘就枯掉了。

　　△ 蕙心聽了很吃驚，端詳手中茶菁，看起來乾枯細小。

蕙心：那為什麼不早點摘下來？
山妹：太早摘，味道就不香了，膨風茶是「質與量」的取捨。
林經理：就是因為這麼難，才是獨一無二的膨風茶！

△ 山妹看著天色，臉上起了擔憂。

山妹：雲轉東了，等一下不是水就是風，雨一下，風一吹，什麼都沒有了。
林經理（看著天空）：大家手腳俐落些，趕緊！

　　△ 大家忙著搶收，跟時間賽跑。

---

3. 日／外 另處茶園 A、B

△ （蒙太奇）
△ 茶園 A，是莫打與太田叔帶著茶農採茶。

太田叔（喊）：大家看仔細摘啊！日光這批可是要去英國比賽的茶！

　　△ 茶園 B，是嗶嗶哥與良叔。
　　△ 嗶嗶哥看著天色。

嗶嗶哥：起風了！快點！快點！

---

4. 日／內 張家洋樓 - 二樓

△ 吉桑做了一杯茶放在神壇上，取代原本水滴型茶樣的位子，望著空空的位
　子很感慨。前景桌上擺著一份報紙，看著是剛剛閱讀過的樣子，展開頁面，
　是蕙心與文貴的訪談報導標題「日光茶不做世界第一，要做世界唯一」。
△ 遠處傳來悶雷聲。

---

5. 日／內 張家老宅 - 廚房

△ 雨終於落了下來。
△ 廚房裡阿榮和順妹、團魚看報紙閒聊，報紙上標題「日光茶不做世界第一，
　要做世界唯一」。

阿榮（唸）：日光茶不做世界第一，要做世界唯一。
順妹（問）：「第一」和「唯一」有什麼分別？
團魚：社長都沒本事弄品牌，小姐敢有這本事？
阿榮（替蕙心講話）：現在是好機會……阿土師的茶當年可是得到天皇賞。
團魚：哼……拿天皇茶當墊腳石！

阿榮：要做「日光茶」，當然是用日光最好的茶！

順妹：茶的季節性很強，茶師手路也不一樣，就怕現在沒人做得出阿土師的味道！

阿榮：可是，那個鉤鼻的（大衛）只要那個味道！

團魚：真的是搬石頭砸自己的招牌，反正端午 ₂ 一切就見分明了！

順妹（看著窗外的雨）：這雨下得真不得時……

　　　△ 三人看著外頭的雨。

---

6. 日／內 日光 - 茶廠二樓萎凋區

　　　△ 外頭下著雨，茶菁在茶披上靜置著。

山妹（拍掉身上的雨珠）：好在有收到，雨一來，著蝝茶全落了，今年的膨風茶可能只有這批而已！

薏心：只是奇怪……就算下大雨，今年的著蝝茶菁也太少了……

山妹：聽烈伯說，今年開始好多茶農都開始噴農藥……難道是因為這樣，所以小綠葉蟬也少了？

　　　△ 薏心無奈，但還是感恩大家一起及時搶收茶菁。

薏心（鼓勵）：那這批一定要成功！

山妹：嗯！

　　　△ 畫面一轉，山妹帶著嗶嗶哥、莫打認真小心做茶，山妹聞茶葉，沒有菁味，開始「浪茶 ₃」，竹披一甩，茶就集中，再甩，茶又散滿竹披之中。之後用手的溫度讓茶發酵均勻。每個人都很專注，因為這批茶不能有任何閃失。

---

7. 夜／內 KK 家

　　　△ 窗外下著雨，屋裡有燈，傳出 KK 和月婷笑鬧的聲音。

KK（閩南語）：月婷，卡緊洗手吃飯了！

2　膨風茶的採收在「芒種」至「大暑」期間，即端午前後十天，故有「端午節」採的膨風茶，才是極品之說。

3　即「浪菁」。在茶葉萎凋過程中的發酵狀態下，翻攪茶菁的製程，目的是激發茶香味，透過茶葉與竹披（客語「簸箕」）之間的摩擦，以及茶葉觸碰手的溫度、手攪拌茶葉，使茶發酵至紅褐色並產生果香，此一攪拌的製程約五至六小時，攪拌一次叫「一手」，共要「五手」，依照溫度與濕度調整，後再發酵三小時、再炒菁、再以布包輕輕揉捻，再靜置回潤。

月婷（用戲曲腔調，閩南語）：厚，我來了！

　　△ 開門，夏慕雪回來了，聽見尾句莞爾一笑。

夏慕雪（學月婷口吻）：我回來了！
月婷（開心，閩南語）：阿母，呷飯啊！

　　△ 透過窗，看見一家三口和樂融融地準備吃飯（這個角度被偷窺拍下了照
　　　片）。

```
┌─────────────────────────────────────────────────────────────┐
  8. 夜／內 日光 - 茶廠二樓萎凋區「薏心與山妹夜宿茶廠」
└─────────────────────────────────────────────────────────────┘
```

　　△ 夜裡的茶廠，外頭下著雨。

山妹（專注）：膨風茶最特別就是要「悶」！

　　△ 山妹把剛炒好的熱茶菁用濕布包起來，用內力揉著茶4，山妹夜宿茶廠做
　　　茶，薏心作陪，後景是一頂小帳篷。

薏心（主動學習）：怎麼知道悶好了？
山妹（揉著，笑）：石頭哥教的，葉緣變軟就可以了。

　　△ 山妹放下布包靜置，臉上掛著憂心，又不方便說破，薏心看出山妹的猶豫。

薏心：怎麼了？

　　△ 山妹看著雙手，感受著空氣濕度，到處濕濕的。

山妹（實話）：這種天氣……不是做膨風茶的好時機。
薏心：我們有選擇嗎？

　　△ 山妹表示沒有。

薏心：摘下，就要做了，接下來就是一整個製程，我們只能一路到天亮了！

　　△ 山妹同意。

4　揉捻是為了讓茶葉破碎，讓沖泡時更能釋放香氣，但由於東方美人茶的芽葉細小不能破損，故揉捻力道需輕
　柔，故較著重力度平均而非揉捻力道。（參考自行政院農業委員會 Youtube 頻道之《東方美人茶五部曲》影片）

△ 偌大的茶廠只有二人，二人坐在帳篷中等待，蕙心憶起兒時。

蕙心：以前我爸跟阿土師也常這樣夜宿茶廠，阿土師在的時候，我爸常常去茶廠就整夜沒有回來……

9. 夜／內 大坪廠「吉桑的日光茶大夢，LOGO 來由」

△（回憶場）
△ 山林裡滿天星斗。
△ 十多年前的大坪廠，年約 30 的年輕吉桑與年輕阿土師一起做膨風茶（同前場山妹與蕙心的相對位置）。偌大的茶廠，二個男人並肩研究著什麼，原來是在畫圖。

吉桑（雄心壯志）：土生啊，我打算要搭天皇茶，做出「日光茶」的品牌，我的日光茶要賣到日本、歐洲，打敗立頓，變成世界的「難巴萬」！
阿土師（看了圖）：畫這麼醜，真的是「難巴萬」了！
吉桑（搢上了）：唷，這麼會，那你來？！（丟筆）

△ 阿土師把 LOGO 倒過來看了又看，接著在上面畫著什麼，邊講著。

阿土師：傻子才做世界的「難巴萬」，「第一名」一堆人在爭，是沒盡頭的，我絕對讓你的「日光茶」做到世界的唯一，這樣，才不會被人取代！

△ 吉桑思考這句話，有點哲理。
△ 阿土師給過畫紙，二人看著光芒四射的 LOGO 笑了，但這是二人合力的作品，也是二人的願景，也就是現在日光的 LOGO。

10. 夜／內 洋樓 - 大廳

△（回到現實）
△ 吉桑望著窗外落雨，擔心蕙心夜宿茶廠。

吉桑（叼唸）：不待在家裡，又亂亂跑！
春姨：她去臺北你擔心，去茶廠你也擔心，社長到底要蕙心怎樣呢？

△ 吉桑被唸，望著窗外落雨，閉上嘴。

　　△ 外頭大雨稀哩嘩啦下著。

　　△ 山妹打開濕布包，進行「解塊」動作，把結塊的茶葉鬆開，此時可見「白毫」香氣四溢 5，蕙心幫忙解塊，臉上洋溢著開心。

山妹（聞）：蜂蜜的香味出來了！

　　△ 蕙心深呼吸，也很高興成功了。

蕙心：聽說全世界只有大吉嶺跟膨風茶有這種天然的蜜香味！

　　△ 山妹點頭。她將鬆開的茶葉又裝入包布，放在地上，用內力揉著，蕙心看著山妹認真而專注的神態。

蕙心（好奇）：妳要做一輩子茶嗎？

　　△ 山妹沒有太多遲疑地回答。

山妹（揉著布包）：我也不會別的，這輩子，我就做茶了。

　　△ 蕙心笑，其實很羨慕這樣職人精神的篤定。

山妹（反問）：……妳要管一輩子茶廠嗎？
蕙心（一愣，笑）：……我爸另有打算，你也看到了，文貴最近……很常來。
山妹：妳喜歡他嗎？

　　△ 山妹問得直接，但蕙心沒法直接回答。

蕙心（反問，笑）：那妳喜歡我堂哥嗎？
山妹：喜歡啊，張醫師對我很好。

　　△ 蕙心沒想到山妹對於感情也是這麼直接且堅定。

山妹（繼續）：只是……我們是不可能的啊，他可是大醫院的醫師。

5　膨風茶的蜜香是一般烏龍茶的二至十倍，香氣成分為芳樟醇衍生物，茶樹在被小綠葉蟬叮咬後，會自然分泌這種物質，誘發小綠葉蟬的天敵白斑獵蛛前來救駕，而「青心大有種」求救得最賣力，故分泌最旺盛，也因此成為全球極品特色茶。

△ 蕙心給山妹和自己各倒一杯茶。提起自己的感情與事業，蕙心一陣感慨。
蕙心喝著茶。

蕙心（笑嘆）：找一個人，喝一輩子茶，看似容易，其實很難！（對山妹）遇到了
就不要輕易放過⋯⋯

△ 講著講著，蕙心便無意識地抬頭望向以前 KK 的辦公室⋯⋯

---

12. 日／內 農會 - 教室「KK 的文章引起行動／吉桑感到跟不上時局」

△ 雨過天晴。
△ 一群農民用雜誌敲著桌子，群情激動，鼓噪高喊「1 比 1！1 比 1！1 比
1！」
△ 臺前的吉桑、邱議員跟陳專員三人，看著臺下二十多名農民（包括 KK 培
訓的「種子農民」小彭、烈伯等人）要求糧食局降低「以肥換穀」比例，
人手一本《民主思潮》「暢言專刊」，拍著桌激動叫囂著，其中烈伯翻開
雜誌，指給吉桑看。

烈伯：大字我不認得幾個，不過，這個「全世界最昂貴的肥在臺灣」，這個我懂！
你還記得烏面嗎？為了一包肥料，要了半年都要不到⋯⋯

△ 講到烏面，吉桑心中一揪。
△ 帶頭的年輕農夫小彭氣憤激動。

小彭（激動）：一個小小的糧食局，總預算竟然比省政府高十倍，憑什麼？不就是
憑這個「以肥換穀」6 在搞鬼，吉桑你要替我們爭取權利！

△ 吉桑見陳專員和邱議員不講話，陳專員一副「政策又不是我訂的」態度。

吉桑（緩頰）：比例一下降這麼多，糧食局不會讓我們過的！
邱議員（笑面附議）：「糧食局」直通總統府！我們這樣提案，上面的人絕對不高興。
小彭（驚，氣憤）：吉桑你現在站哪一邊？

△ 吉桑望著臺下鄉親，他沒想到竟會被鄉親質疑。

6　臺灣自 1946 年 4 月開始施實「以肥換穀」制度，直到 1972 年才廢止，肥料換穀是一套運作複雜而具高度爭
議的制度。（陳兆勇《肥料換穀與租佃制度：統治的技藝和農民的理性》論文）。

小彭（開嗆）：以前敢做「化肥大王」的人，現在變這麼無膽、計較了？

吉桑：不是……我們兩邊先各退一步，比較有機會……

　　　△ 小彭不讓他講話。

小彭（激動）：肥跟米的比例全由政府決定，可以看高，怎麼不可以降低？因為政府就是把「肥」看的比「人」重要！

　　　△ 鄉親同意小彭看法，大家又是一陣鼓噪。小彭再度帶領著大家，用雜誌敲著桌子，高喊：「1 比 1！1 比 1！1 比 1！」
　　　△ 吉桑看著現場年輕人的激情與憤慨，用命在衝撞體制，他有點嚇到。站在臺前的他，就像站在時代潮流的對立面。

---

13. 昏／內 KK 家「民主掛最後一場戲，慶十刷」

　　　△ 王瑛川開心地順手丟下報紙。
　　　△ 報紙上斗大標題：「各種肥料換穀比例 糧食局決予分別降低 [7]」。

王瑛川（激昂）：天大地大的糧食局，撼動不了的肥料比例終於降了，（又拿起報紙）當新聞變成事實就是希望的開始，我們真的改變社會了！

　　　△ KK 開心看著二個得意的朋友，徐主編翻著桌上的《民主思潮》。

徐主編（感動，鄉音）：（對 KK）我們的理念，真的引起行動了！

KK（略驚）：原本以為沒人要看，沒想到還刷了十刷！

徐主編（開懷）：今天是一個值得喝一杯的日子！

　　　△ 三個男人舉杯慶十刷。
　　　△ KK 望向一旁月婷，示意要不要一起來點梅酒。月婷不要，大家笑了。
　　　△ 徐主編開心，KK 與月婷互動真的是一家人了。他看向院子，綠意滿園，想到了什麼。

徐主編（張望屋內）：怎麼最近很少見到夏老闆？

KK：劇團忙著彩排，都沒時間回來。

徐主編：夏老闆的新戲終於要上演了，改天找個時間一塊兒去捧場！

王瑛川（一臉期待）：（對 KK）好啊！劇目是什麼？

KK（笑）：《六月雪》。

7　1948 年肥料換穀比例為 1:1.5，到 1950-1960 為 1:1，直到 1967 年才調降為 1:0.8，也就是說肥料一直比米還貴。

14. 夜／內 永樂戲院「夏老闆被請走／夏老闆退場」

△臺下，叫好聲不斷。
△臺上，夏老闆演著竇娥臨終發下的三毒誓。

夏慕雪：若是我竇娥委實冤枉，血濺白綾、六月飛雪、大旱三年！
監斬官：一派胡言，斬了！

△臺上，竇娥被斬殺那刻，無數白紙自天棚降下，如大雪紛落。竇娥的血濺
　到白練上。
△臺下，觀眾叫好不斷，感動地看著舞臺效果。
△臺上，劊子手感到不寒而慄，放下屠刀跪拜。
△臺下，坐第一排的靳上將看了，臉色一沉。

15. 夜／內 永樂戲院後臺

△紛亂的後臺，走進兩名憲兵，原本嘈雜的戲班子紛紛噤聲。

李管事（上前詢問）：⋯⋯這是幹啥呢？

△李管事阻攔未果，憲兵敲響房門。
△夏慕雪素衣，戲妝未卸，見兩名憲兵站在門口，她一臉愕然，隨即猜到自
　己唱的戲有問題了。

憲兵：夏老闆，麻煩您跟我們走一趟。

△夏慕雪端起名伶之姿，微偏頭無事貌，告知身後李管事和戲班。

夏慕雪（上海話）：莫擔心，我去去就回！

△夏慕雪跟著憲兵離開。一旁李管事聽了擔心，轉身就走。

16. 夜／外 永樂戲院門口

△李管事跑到街上，攔著靳上將的黑頭車，李管事湊到車窗裡，把後臺的事
　急忙告訴上將。
△靳上將聽了大驚，對駕駛說：

靳上將：去保安司令部！

　　△黑頭車走後，留下一臉無助的李管事

---

17. 夜／內 永樂戲院

　　△夏老闆領著二名憲兵從舞臺正中央走下臺階，舞臺上滿是碎白紙屑（稍早的白雪）。
　　△戲班眾人眼睜睜看著夏老闆走過觀眾席中央走道，她一身傲骨，晃悠悠地走出了門外。夏老闆的小嗓成為絕響，永樂戲院的繁華也隨她一起落幕。

---

18. 夜／內 KK 家

　　△月婷睡了，KK 看著月婷的睡臉，幫她蓋好被子。
　　△KK 一個人坐在客廳，等夏幕雪回家。後景時鐘指向夜深，夏幕雪並沒有回來。

---

19. 夜／內 保安司令部

　　△靳上將坐在桌前，冷傲質問的神情，對面坐著副總司令（汪仕戎，保安司令部副總司令，文人貌），副總司令一副為難的模樣。

靳上將：永樂戲院第一排正中間有一個位置，那個位置是我的，不管我在或不在，那個位置就是我的。你把戲臺上的人給我帶走了，我坐在那……看啥？
副總司令：……孫將軍才剛犯了事，在這個時機……夏老闆唱這戲委實敏感了些，上頭說了得調查，你跟我在這裡乾耗也沒有用啊！再說了（盯著上將）戲臺前的位置是你的，可這臺上的人，是你的嗎？

　　△靳上將無言以對。

副總司令（意有所指）：這盤棋，你和我都只是棋子，咱們就別和下這盤棋的人過不去了。

---

20. 昏／內 永樂戲院 - 後臺「夏老闆不見了」

　　△後臺人去樓空，一片散亂，各式道具散落在地上，被翻動過的痕跡。

△月婷哀傷地抱著鳳冠，瑟縮在角落一排戲服下方，她想母親。
△KK 進來，在一排戲服下方找到了月婷，他蹲下勸說。

KK：這裡很危險，跟爸爸回家，好不好？
月婷（緊抱小鳳冠）：我要等姆媽。
KK（安慰，笑）：我們去吃夜宵，說不定，吃完了姆媽就回來了。
月婷（不信）：你昨天也這麼說。

△KK 沒講話，陪月婷坐在戲服下方，二人看著空蕩蕩的前臺。

---

21. 日／內 懷特 - 迪克辦公室

△本場全英文。
△KK 與迪克對望，KK 請迪克幫忙找夏慕雪。迪克開門見山。

迪克：夏老闆……你就當她死了吧！

△KK 一臉難以置信。接著迪克丟出一包牛皮紙袋在桌上。

迪克（看著 KK）：你被跟蹤了。

△KK 不明所以地拿起牛皮紙袋，看到厚厚一疊黑白照片，上面是被偷拍的
　　KK 和夏慕雪、月婷、徐主編、王瑛川……

KK（看著照片）：先生！我沒惹事！
迪克：我知道，但是現在你不惹麻煩，麻煩也會找上你。

△KK 無言。

迪克：我現在能做的只有這個了……

△迪克再遞出一個紙袋。

迪克：證件我都幫你處理好了，飛往紐約的飛機是月底！（難過）再見，我最好的
　　朋友！

△迪克說完走人。
△KK 拿起紙袋，裡面是美簽申請表，上面美國邀請者欄位都已經簽好名了，
　　就剩 KK 的個人資料填寫。

22. 日／內 國華公司「文貴高升董事長，二人理念不合」

△六層香檳塔流淌。

△現場很熱鬧，一堆官媒，辦公室內喜氣洋洋，有上將及國府高層人士。後景是一排花圈、花籃，寫著「恭賀 范文貴榮升國華公司董事長 事業長紅」，連署的大都是黨政軍單位。

男記者（同序場記者）：恭喜范董事長！

文貴：謝謝。

男記者（對薏心）：再聊。

　　△薏心點頭。男記者與照相師走後，薏心與文貴二人站在原地。

薏心（恭喜）：上回採訪完，你就升官了。

文貴（笑）：所以，「被看見」是很重要的！

　　△文貴看看滿室花圈花籃，對於自己的身分定位被肯定，十分自豪。一位外省官員樣貌的中年男人走過，寒暄：「范董事長，恭喜……」

　　△薏心看著旁邊的花圈，上頭寫著「恭賀 范文貴榮升國華公司董事長 中華綠茶公司董事長 雙喜臨門」，她保持著禮貌微笑。

薏心：雙喜臨門！您不僅升了董事長，還組了一家中華綠茶出口公司。

　　△文貴有點尷尬，笑了。對來來往往的高官點頭示意。

文貴（以二人能聽見的聲音）：總要讓業者有選擇的機會，別讓人說我們一家壟斷。

薏心（道出實話）：這樣下去，我們只是走向更大型的割喉戰而已！

　　△文貴笑而不答。

薏心（看著恭賀花圈）：請問范董事長，您覺得，茶是什麼？

文貴：茶是外匯！

薏心（直言）：茶會變成狗屎！

　　△二人忍著怒氣，各自喝著香檳，笑看場面。

文貴（打破沉默）：還在想妳的品牌？

薏心：臺灣茶必須做出自己的特色，才能真正走入國際。

文貴（看向薏心）：自己的特色？

薏心：烏龍茶！

△ 文貴笑了，搖著手中香檳氣泡。

文貴：全球，百分之八十是紅茶市場，妳不要；百分之十五是綠茶市場，妳不要；妳要一個不到百分之二的烏龍茶市場？

△ 文貴透過香檳杯的泡泡看著蕙心。

文貴：妳賣的是「茶葉」，我賣的是「貨幣」！
蕙心：要是我們願意試試看改變臺灣體質，我們就不用低價搶單，現在摩洛哥滿街都是臺灣茶，但我們的茶卻被當地人說像狗屎一樣，第一泡人家是不喝的。

△ 蕙心發現自己言重了。

文貴（倒是笑了）：妳越來越像吉桑了！我必須集合臺茶所有的量，走向量大、低價，才能賺取更多外匯，絕不是往什麼特色茶走。

△ 蕙心感到失望，她跟文貴的理念是如此不同。她看著歡快場面。

蕙心（感嘆）：我們對事情的看法真的很不同。
文貴（以主人的身分）：妳必須承認，我是對的！

△ 蕙心聽出文貴的言下之意，他才是有決定權的人。

23. 昏／外 洋樓 - 車寄

△ 黑頭車停住，蕙心和文貴二人僵著臉下車，文貴送蕙心回家，不知情的吉桑恭喜文貴。

吉桑（笑）：文貴啊，以後要喊你董事長了！以後合作要請你多幫忙啊！

△ 蕙心聽了整個人超不爽。

蕙心（留下一句）：要合作，你們二個去合作。

△ 蕙心說完直接走人。
△ 文貴一臉尷尬陪笑，吉桑莫名奇妙，不知小倆口又怎麼了。

24. 昏／內 洋樓 - 琴房「吉桑希望蕙心考慮文貴」

△吉桑走入，看見鋼琴上的全家福照片，拿起來瞧了瞧。

吉桑：每次見面回來就氣嘟嘟。
蕙心（慍怒）：他說我越來越像你了！
吉桑（愣）：……像我不好嗎？
蕙心（翻了一個白眼）：我不是這個意思。
吉桑（直話直說）：文貴對妳挺好的！

△蕙心不想談這事，打算走人。

吉桑（強調）：明知道妳生氣，還願意送妳回來，沒放妳一個人在生悶氣。
蕙心（求饒）：Papa……

△蕙心知道父親又要重提婚事，看向父親。

蕙心：你說婚事隨我決定。
吉桑：是啊，這麼多年過去了，也不見妳找一個對象。
蕙心：我的事，你不用擔心。
吉桑：妳還沒嫁之前，就是我的事。

△蕙心無奈。吉桑看著全家福照片裡，年輕的自己。

吉桑（嘆）：四十歲以前，我事業小有成就，不過，自阿土師死後，很多事就不同了，「茶」像變了另一個世界般……這次去農會開會，無可奈何的感覺更重了，什麼政策、現實、局勢，全不是我的時代了。

△蕙心沉默看著父親。

吉桑（笑嘆）：人真的不能不服老，是交棒的時候！（看向蕙心）我要是走了，沒人照顧妳，叫我怎麼走得開呢！

△二人沒有講話。吉桑默默放回全家福照片，離開。
△蕙心坐在鋼琴前，心思煩亂，打開琴蓋想彈，才下一個音就闔上。
△蕙心一臉未知看向窗外。

25. 日／內 日光茶 - 審茶室「自創品牌失敗」

△山妹準備審茶。她打開茶罐，將製作好的膨風茶倒出一勺三公克，放入審
　　　茶杯，沖入熱水。
　　△山妹專注地沖泡，一遍又一遍，反覆沖泡了十杯茶。
　　△吉桑看著山妹的動作，蕙心和林經理、嗶嗶哥、莫打和茶廠眾人皆在，大
　　　家都期待「日光茶」的開湯品嘗。

山妹：請社長品茶。

　　△吉桑拿起品茶的湯匙，自第一杯起逐一品茶。
　　△吉桑的表情看不出喜好。
　　△第一杯，第二杯，第三杯。
　　△眾人看著，期待著能一路挺進第十杯。
　　△但到了第八杯，吉桑停下了。
　　△吉桑檢查茶底，搖著頭。

吉桑：山妹，這就是妳最好的茶？

　　△山妹自知敗陣。

吉桑：知道問題在哪？
山妹：著蝝不足、風雨潮濕……

　　△吉桑聽了點點頭，打算走人，但蕙心不同意，略顯激動。

蕙心（對父親）：確定不行嗎？真的是淡而無味嗎？

　　△但吉桑好像早就知道這種結局。

吉桑（笑笑）：沒有人可以做出阿土師的「天皇茶」！連阿土師自己也做不到！

　　△蕙心吃驚，所有人都很驚愕，連阿土師自己都做不出來？

吉桑：「茶」是看天吃飯的！要天時地利人和，才能做出那種茶來，做天皇茶那天，
　　　茶園滿山滿谷紅紅一片，像著火一樣，我這輩子只看過一次那樣的景象。

　　△吉桑說出當年火紅盛況的傳說，眾人嚮往。

吉桑：山妹，妳做的很好，但這不是「天皇茶」，不能拿去英國參展。
蕙心（納悶）：早知「天皇茶」不能複製，那 Papa 又為何願意打破茶樣呢？
吉桑（看著蕙心）：因為妳是我女兒！

△薏心聽了，頓時心酸又激動，她一直以為父親是不支持她的。

吉桑（笑）：妳這麼想做一個跟別人不一樣的事業，不要講一罐茶，做阿爸的我能幫的一定幫！

　　　　△薏心感動，強忍著眼中淚水。吉桑看著滿桌的審茶杯，很欣慰。

吉桑：而且，土生要是在，一定會說，「茶」是拿來喝的，看（藏，客語同音）什麼看？下一代還不知道是喝什麼樣的茶呢！

　　　　△吉桑說完離去。眾人感到失望，看著薏心，薏心對大家信心喊話。

薏心：這回參展茶失敗了，但我不想認輸，這次不行，我們就再做一次！再不行，再重來！

　　　　△大家看著新社長。

薏心（信心喊話）：總有一天，我們一定能做出十泡還可以回甘的茶，那才是我們的日光茶！

　　　　△大家被新社長鼓勵。此時電話響起，林經理走去接電話。

嗶嗶哥：新社長！下回換我來做！
莫打（搶話）：你排後面啦，我先來！

　　　　△薏心欣慰地看著意氣風發的日光茶師們。山妹緊握著第八泡茶，她的茶只能泡八泡，但她想著如何讓味道長久進入，她不信做不出來十泡的茶。

林經理（驚恐，對吉桑）：社長！出事了！

---

26. 日／內 張家車內（北埔往臺北路上）「外匯風暴」

　　　　△阿榮開著車快速前進，吉桑跟薏心坐在後座，左右搖晃，林經理在副駕。

吉桑：怎麼會這樣？
薏心：那拿結匯證去錢莊換錢呢？
林經理：現在結匯證到處換不到錢！沒時間了！我們要趕緊帶現金去臺銀，否則會跳票的！

薏心（驚）：跳票？
吉桑（看著手錶，擔憂）：阿榮，快點，關門前一定要趕上。

　　△ 車子快速疾馳而過，太陽慢慢西下。

---

27. 昏／外 臺灣銀行 - 門口

　　△ 薏心與吉桑焦急飛奔，林經理提著兩個皮箱跑進銀行。

---

28. 昏／內 臺灣銀行 - 外匯部

　　△ 邱經理拿著算盤撥弄，桌上有打開的皮箱與文書權狀，吉桑、薏心、林經
　　　理三人盯著邱經理的一舉一動，氣氛凝滯。

邱經理：你們帶來的動產與不動產今天算過關了，這是餘款。

　　△ 林經理不可以思議地盯著空蕩蕩的「皮箱」，只換得眼前幾張「零頭鈔
　　　票」。

林經理（不流利的國語）：……剩這些？是怎麼換的？
邱經理：按規矩換！從今天開始，美元按官價，一塊兌 7 塊半臺幣。
林經理（驚訝）：7 塊半？市價不是 15 塊錢嗎？我們出口商用 15 塊錢的匯率去接
　　　單做生意，你們一紙命令就要我們只能換回 7 塊半……我們光在匯率就慘賠
　　　四分之一啊！
薏心（沉住氣）：林經理先別著急，依之前的規矩，我們兩成照公價換，但剩下八
　　　成應該能換「結匯證」，不是嗎？
吉桑：是啊！邱經理，反正臺灣現在到處缺美金，不然就讓我們跟以前一樣拿「結
　　　匯證」去衡陽路的銀樓用一美元兌 15 塊的市價換成新臺幣，然後再把換到的
　　　新臺幣還你們銀行信用狀借款，這樣就不會「跳票」吧？
邱經理：到昨天為止，你們的確能這麼做，但，今天開始不一樣了，政府開始辦銀樓、
　　　炒錢莊，地下匯兌沒人敢玩了，現在外面根本不敢有人收「結匯證」。
吉桑：政府又來這一套，以前是四萬換一塊，現在就來洗劫民間的外匯，這不是要
　　　我們做出口的人去死嗎？

　　△ 邱經理直接亮出一紙公文給吉桑和薏心看。

吉桑（唸公文）：擾亂金融者，最高死罪。
邱經理（放下公文）：所以，現在外頭沒人敢收結匯證了！

△ 蕙心聽了臉色很差。

邱經理（繼續）：至少你們今天帶來的資產保住了信用，日光明天可以**繼續開門做生意**，但接下來就說不準了！（遞出單據）這是未來八個月的借款契約。
蕙心（看著單據，驚訝）：1300 萬美金的信用狀，一共借了 1.3 億新臺幣。
邱經理（拿出統計表單）：是！簡單地說，你們的信用狀抵押品還倒欠我們臺銀 3 千多萬新臺幣。
蕙心（愕然）：3 千多萬？
林經理（氣急敗壞）：我要賣多少茶才能賺 3 千多萬？你們怎麼能這麼做事？
吉桑（問邱經理）：有沒有什麼其他方法，可以讓債務延一下……（被打斷）
邱經理（冷眼）：你們跟我吵也沒用，政策也不是我訂的！你們還是快點回去周轉，你們下周還有票到期！
蕙心（慍火）：這擺明是政府在打劫我們作外銷的生意人！

△ 邱經理立刻拍桌給了個警告。

邱經理（繃著臉）：張小姐！擾亂金融是唯一死罪！現在亂講話也是有罪的！

---

29. 昏／內 日光臺北總公司

湯經理（驚訝，激動）：只剩 7 塊半可以換？直接少一半？
林經理：就是這樣啦！今天的票勉強過關了，但還有下周、下下周……只要「跳一張票」就無法做生意了！總公司現金呢？
湯經理：全在這了……
林經理：沒現金了……

△ 兩位經理苦惱著，後方是抽著菸斗的吉桑與沉默的蕙心。

吉桑（無奈感嘆）：我張福吉做茶 30 多年，做人做事最重「信用」，沒想到走到今天，竟然會栽在這個白紙黑字的「信用」狀上。
林經理（跟湯經理繼續吵）：這種難關，誰有辦法過啊？政府怎麼可以這樣做事……

△ 眾人焦頭爛額，帶著日光走向今天的蕙心心情複雜，她思考著要如何渡過眼前難關。

---

30. 昏／內 國華公司 - 總經理辦公室

△ 文貴在大座椅上疲累而苦惱，對面客座的是蕙心。

文貴（直言）：這個洞，神仙也難救！

　　　△文貴比著身後高掛的國旗。

文貴：現在時局動盪，政府掌控外匯也是時勢所需。
蕙心：不能老是犧牲出口商啊，化肥、茶葉、農作物……只要國家有外匯需求，所
　　　有東西一夕之間都可以變成犧牲品……
文貴：抱歉，這件事我愛莫能助！

　　　△二人氣氛有點僵。

蕙心（緩解氣氛）：國華雖然不是銀行，但你們進出口都做，你的工作也是左手給
　　　右手，你能不能幫日光過了眼前這一關？
文貴（看著蕙心）：就算是「左手到右手」也沒妳想像中這麼容易，現在一紙公文「擾
　　　亂金融外匯」，就是唯一死刑。

　　　△文貴想到了什麼，倒杯茶給蕙心。

文貴：茶菁的事我找了，桃竹苗的菁心大有種「著蝝茶」今年的量少得可憐，全被
　　　大雨打掉了。
蕙心（吃驚）：你還記得這件事？
文貴（誠懇）：日光的事，我全記得！

　　　△蕙心看著文貴，腦中思考著一件事卻很難啟齒，她深呼吸。

蕙心（維持住聲線）：如果……如果……

　　　△文貴看著蕙心，不明白她又想什麼鬼點子，他又得接招了。

蕙心（冷淡）：如果，你能幫日光度過這次危機，我就嫁給你。

　　　△只見文貴難以置信地放下茶杯，他多年的夢想終於成真了，但他卻拿不下
　　　來，十分懊惱，心情複雜。

文貴（一臉狐疑，又激動）：妳當真？

　　　△蕙心喝著熱茶，避開眼神默認。

31. 夜／內 永樂戲院

△ 夜裡，KK 獨自一人來到永樂戲院，看見靳上將坐在老位置，兩人望著空蕩蕩的舞臺。

△ 上將眼神直勾勾望著空蕩蕩的舞臺。

靳上將：慕雪……她一直想當個平凡的女人，可是，從上海來到臺灣，她就只能在臺上不停地轉呀轉著……

△ 上將起身離去。經過 KK 旁邊時，說了一句幾乎聽不見的話。

靳上將：……對不起。

△ 上將說完離去。KK 聽了難過不已，他望著空空的戲臺，知道夏慕雪凶多吉少了。

32. 夜／內 洋樓 - 二樓「日光宣布破產」

△ 樓上只有吉桑、蕙心、林經理三個人，像開祕密會議般圍坐著，林經理撥算盤的聲音，蕙心焦心看著林經理與父親。

林經理（難以啟齒）：社長，你能動用的所有財產總值是 1000 萬。
吉桑（難以置信）：是對還是不對？你再算一次。
林經理（面有難色）：社長，我已經算三遍了。
吉桑：我拋出全部財產還不夠還？
林經理：社長，我把您名下的動產、不動產，全部都調動了，林林總總全加起來，社長負債 4300 萬……這次真的沒辦法了！
蕙心（憂心）：按照這種匯率下去，等於我們日光，每一周都要賠一棟臺北總公司！
林經理（沉痛）：賠個三棟、五棟，我們還撐得過去，但是接下來連續 23 周都要賠一棟臺北總公司，我們真的無法支撐……

△ 林經理難過地看著二個主人。

林經理（誠心建議）：日光，必須宣布破產！

△ 蕙心跟林經理都很驚訝，但心知這是最好的辦法，氣氛更凝滯了。

吉桑（抽著菸斗）：還沒到哪！

△ 大家以為有希望。

吉桑：我要先籌點錢出來！
林經理（大驚）：社長，你要脫產？
薏心（驚愕）：Papa 要捲款潛逃？

---

33. 夜／內 洋樓 - 大廳

△ 一群下人神情焦慮張望著樓上。

團魚（好奇問阿榮）：臺北是出了什麼事？

△「噓！」阿榮要大家小聲點。

---

34. 夜／內 洋樓 - 二樓「先脫產，再破產」

△ 現場氣氛凝滯。
△ 吉桑拿過桌上的財產、地契，他抽出了二張地契交給林經理。

吉桑：林經理，這筆土地偷偷過戶出去，還有，（對薏心）這張洋樓拿去土地銀行
　　　借錢出來！這二天一定要把錢借出來！

△ 林經理驚愕，接過地契。

林經理（不同意）：董事長！這是脫產行為，做不得的！
吉桑（盯著林經理）：都要破產，還管什麼做得、做不得！要破，我自己一個人破，
　　　不用整個北埔鄉親陪著我破產！

△ 二人不明白看著吉桑抽著菸斗，吉桑在琢磨著什麼？

吉桑（繼續）：民間的錢一定要先還掉，三萬、五萬對有些人來說是會死人的，反正，
　　　我……欠這麼多了，不差那三萬、五萬了。

△ 林經理明白了，但還是不能認同。吉桑看著手邊厚厚一疊資料，沉痛的心
　　情。

吉桑（嘴唇在發抖）：我能為北埔人做的最後一件事……就是這件事了！

△ 說完，吉桑以一種「希望妳能理解」的神情看著薏心，眼眶忍不住泛紅。

蕙心了解父親的心意，不再說服。

蕙心：……那，我們不能聲張，風聲要是傳出去，就不能抵押了。

　　△林經理吃驚「啊」了一聲，現在這對父女是什麼情況？

蕙心：最先到的票子是誰？
林經理（**翻著一疊資料**）：是伯公大坪山的支票！

　　△林經理提點二位主人。

林經理：只要跳一張票，法院就會查封，就……（沒能講下去的慘況）

　　△父女對望，吉桑心情無比沉痛，他成了名副其實的「敗家子」。

吉桑（**哽咽**）：明天開始，我們將是北埔人流言蜚語的對象！

（本集終）

第十二集

△ 本場全英文。
△ 蕙心專心泡著茶。

蕙心：從一片茶葉到一杯茶路途遙遙，不過只要一分鐘，就知這杯茶好不好喝！
KK／蕙心（交錯，偶爾同時）：茶是大自然的禮物，天冷了，茶可以給你溫暖；天熱了，茶可以給你清涼；茶永遠陪著你去看世界的大山大海，打開眼界，直到你找到自己為止……我們都是自己等待的人，散發著獨特的味道……就跟這杯茶一樣……

△ 有十多名老外坐在木桌前，專注聽蕙心講解這杯茶，連大衛都放下手邊工作，看著蕙心泡茶。蕙心奉茶。

蕙心（笑）：來，請品嘗它！

1. 夜／內 KK 家

△ KK 看著迪克交給他的黑白照片。
△ 照片是 KK 跟徐主編和王瑛川的合照，下方則詳細標註了日期、時間、地點。
△ 另一張照片，街角書報攤前是 KK 與月婷，下方一樣詳細標註了日期、時間、地點。
△ KK 見下一張，神情驚愕，這時睡不著的月婷走過來，她一臉不開心。

月婷（擔心）：姆媽還是沒回來……她到底去了哪裡？

△ 眼看又要哭出來的月婷，KK 安慰。

KK（心念一轉）：姆媽去美國了。
月婷（難以置信）：……真的？
KK（笑）：她去表演，她讓我們也去，妳想去嗎？

△ 月婷知道母親還在，開心了。

月婷（笑）：好啊……我要去！明天就去嗎？

KK：明天可沒辦法……這個月底去。
月婷（好奇）：美國很遠嗎？坐車能到嗎？
KK：坐車到不了。
月婷（興奮）：那要坐船，還是坐飛機？
KK（揮動著雙手）：用飛的！我們坐飛機去美國。

　　△月婷因為知道要搭飛機去找媽媽而興奮不已。
　　△KK手中的照片是與月婷、夏慕雪三人在家吃飯的照片，下方詳細標註了
　　　日期、時間、地點。

2. 夜／內 國華公司 - 文貴董事辦公室「文貴試著挽回局勢」

　　△一盞孤燈，四下無人，文貴埋首文書，桌上一堆公文、卷宗、帳冊、報表、
　　　數據……他研究如何做帳，但顯然遇到了困難。

文貴：可惡！（小聲）一定有辦法，一定有辦法的！

　　△這時，桌上電話響了，他嚇了一跳，接起電話。

文貴（謹慎小心）：……喂？

　　△對方沒人回答，文貴有點緊張，以為自己違法行為被發現。

薏心（話筒裡OS）：是我……

　　△文貴鬆了一口氣，確定四下無人，他摀住話筒小聲回話。

文貴（小聲）：再給我二天……

　　△文貴聽著，表情漸變。

3. 夜／內 洋樓 - 大廳

　　△薏心同樣摀住話筒，確定四下無人，但不知如何開口。

薏心（小聲）：不用了，我父親找到辦法了。（但沒講明是什麼辦法）

　　△以下，「文貴董事辦公室」和「洋樓大廳」平行剪接：

文貴（對著話筒，吃驚）：那⋯⋯
蕙心（對著話筒，歉意）：謝謝⋯⋯

　　△蕙心暗示交易取消。

文貴（愕）：啊⋯⋯有解決辦法就好⋯⋯
蕙心（有禮）：你先掛，我再掛。

　　△文貴望著滿桌公文卷宗，腦中一片空白。文貴掛上電話後奮力推倒桌上公
　　　文卷宗，看著電話，心中五味雜陳。
　　△蕙心慢慢掛了話筒，深吸了一口氣，起身面對破產事實。

┌─────────────────────────────────────┐
│　　　　　　　　4. 雜景「一路脫產」　　　　　　　　│
└─────────────────────────────────────┘

　　△（日／內 土地銀行）
　　△蕙心笑面喝著茶，看行員拚命點現鈔，她內心比上墳還沉。
　　△（日／內北埔鄉公所）
　　△林經理用印，裝做沒事，笑著更改地契名字（換成山妹名字）。

┌─────────────────────────────────────┐
│　　　　　　　　5. 日／內 洋樓一樓、二樓　　　　　　　│
└─────────────────────────────────────┘

　　△洋樓外異常安靜，阿榮送一位茶農走出洋樓。

茶農（小聲）：謝謝社長⋯⋯
阿榮（小聲）：不要聲張，快走吧！

　　△阿榮目送茶農，關門。一樓現場約三十多人排成長排，每個人手上拿著結
　　　清款條，有茶販子、茶農、鄉親及茶工、家僕等，阿榮維持秩序，大家默
　　　契很好，小聲且低調，順著春姨的指揮往二樓走。

春姨（小聲）：下一位。

　　△洋樓二樓，烈伯經過管門的團魚進去，一桌林經理拿著帳冊比對款項，一
　　　桌吉桑上頭擺滿現金。烈伯來到吉桑面前，臉上掛著依依不捨與心酸。
　　△蕙心手中拿著一疊厚厚紅包（註：裡面裝錢）遞給吉桑。
　　△吉桑把一包紅包給了烈伯。
　　△烈伯很感動，要跟吉桑握手致謝。

林經理（見狀，氣音）：阿烈叔啊！要握手改日再來，領了錢，快點走！

△烈伯拿著紅包離開。接下來上前的是山妹。
　　△吉桑給她兩張紙，山妹見了紙，一臉驚愕。

山妹（小聲）：這個我不能收！

吉桑（小聲）：第一次見面，我們就約定好了，妳要是來我日光當茶師，妳屋前面
　　　　那片小茶園我就送給妳。

山妹（直言）：太貴重了！

吉桑（有點責備）：沒有自己茶園，做什麼茶師！

　　　△吉桑硬把地契交給她，山妹勉強收下。

吉桑（笑著，期待著）：可以為北埔留下一個好茶師，是我的福氣！

　　　△現場人們聽了很感慨，山妹接收到吉桑期許。一旁蕙心手中拿著厚厚一疊
　　　紅包，為山妹感到開心。

---

6. 日／外 橫屋 - 過道

　　△伯公聽到脫產風聲，他一身白衣白褲白皮鞋，帶著七十多張支票前來興師
　　問罪。

---

7. 日／內 洋樓 - 二樓

　　　△阿榮站在桌子面前。

吉桑（對阿榮）：你要去化肥廠，還是別間茶廠上班？我來幫你安排！

　　　△阿榮站在桌子面前，表示都不要。

吉桑（疑惑）：全不要！那你要去哪裡？

阿榮：我要跟著社長！

　　　△吉桑很吃驚，蕙心也是，二人看著阿榮。

阿榮（樸實笑著）：我無父無母，從小就在張家長大，我是張家人，社長你去哪，
　　　我就去哪！

　　　△阿榮很堅定，吉桑笑得感慨。

吉桑：那，你去請伯公過來。

　　　△阿榮帶著伯公進入房內，正好看見吉桑在竹梯上拿下盛文公的「風神」墨
　　　　寶，蕙心在下方扶著竹梯。

伯公（酸）：怎樣？可以拆的東西，全要拿走了！

　　　△吉桑跟蕙心回望伯公。
　　　△伯公把支票成扇打開，放在桌上，意味你欠我很多錢，一臉瞧不起吉桑。

伯公：這些票，你拿回去。
吉桑（難以置信）：……真的？
伯公：你大坪山過戶給我，我們債務就一筆勾銷。

　　　△吉桑笑了，果然是一家人，想講的事都一樣。他看著墨寶及上面被蓋滿私
　　　　人章的小字（「莫賣祖宗田，莫忘祖宗言，若忘祖宗言，吃虧在眼前，知嗎」）。

吉桑：有時，我也在想，阿公怎麼會把祖傳的大坪山傳給我爸？

　　　△伯公笑看著吉桑，示意他「講來聽聽」。

吉桑：因為我爸「聽話」！阿公要他「掌屋」（客語「看家」意），他就哪都沒去，
　　　　就守著這間屋……

　　　△吉桑望著屋內那道光束。

吉桑（感慨）：從小，我就看著我阿爸，每天就是嘴開開，吞雲吐霧……我爸也要
　　　　我吃鴉片，他講，這就是張家要我們做的本分事，「吃鴉片的人，不會玩，
　　　　不會賭，不會喝，又不會走，不是很好嗎？」這是做大戶人家螟蛉子的命……

　　　△蕙心聽了很感慨，忍不住紅了眼眶。
　　　△伯公臉上看不出情緒。

吉桑（笑得苦楚）：不過，我就是沒「聽話」，不認命……大家來比一下，看到底
　　　　誰可以對北埔庄的人做比較多事……幾十年來，我帶著北埔庄的人，一起衝，
　　　　一起拚，那麼大的事業在我手裡建起來，也在我手裡收起來，'（哽咽）我

478

爸⋯⋯他最怕我做了張家的「敗家子」（突然悲從中來）⋯⋯至少，我試過了，螟蛉子也可以替北埔人做些事⋯⋯

　△吉桑說不下去，不講了，但他不流淚，絕不讓伯公看見自己的眼淚，他試著轉移情緒，看見墨寶。

吉桑：⋯⋯我會把張家祖山轉回給大伯，還請大伯你替張家「掌著」！（客語：守住）

　△伯公聽著，不語。
　△伯公當著吉桑面撕了所有支票，輕放在盛文公的太師椅上，吉桑和蕙心都略驚伯公行為。
　△伯公離去前回望陰暗斗室，那道光束及光區下的二個人吉桑和蕙心，伯公無法想像暗室裡（螟蛉子）生活。

---

9. 日／內 日光茶廠－二樓萎凋區

　△茶廠已空。
　△蕙心獨自一人走在昔日忙碌的萎凋區，成排的綠茶機器就此塵封。
　△樓下傳來傑克遜揉捻機器的聲音。

---

10. 日／內 日光茶廠－一樓揉捻區

　△吉桑親手關閉電源，傑克遜揉捻機慢慢地停了下來。
　△吉桑摸著紅茶機器，感受它紮實冰冷的鐵身，跟機器告別。
　△蕙心、山妹、阿榮、嗶嗶哥及莫打眾人站在一旁，這時林經理拿著條子匆匆走來。

林經理：大衛來電報了！大衛問今年的博覽會我們要參加嗎？

　△大家彼此張望，心知日光無計可施，怎麼參展？吉桑看著空空茶廠，認了。

吉桑：林經理，請你回覆大衛，謝謝他看得起，不過，你告訴他日光倒了，我們永遠去不了⋯⋯
嗶嗶哥（哀傷）：北埔茶，跟日光一起死去了。

　△蕙心跟大家望著吉桑感慨不已。

11. 日／外 峨眉湖畔茶園 - 車內

△一派風光明媚的茶園。
△阿榮開車，車子經過茶園，蕙心與文貴坐在後座。

文貴（意有所指）：我還以為是什麼好辦法，結果是……（「破產」二字沒講出口）
蕙心（笑笑）：我爸相信，（日語）「飛鳥要起飛時，不會把水弄髒。」（中譯：
　　人過留名，雁過留聲）

　　△文貴笑笑，一臉不置可否。

12. 日／外 峨眉湖畔茶園

　　△車來到茶園邊停下。
　　△吉桑在茶園邊和兩名茶農殷殷話別。
　　△吉桑見蕙心和文貴到來。

吉桑：文貴，你來報到的時候，我告訴你，你看得到的茶全是我收的，記得嗎？

　　△三人憶起這是當年文貴初來乍到，吉桑領著看茶園的同一個地方。

文貴：記得啊，董事長的茶園，大到鳥飛三天三夜也巡不完。

　　△吉桑表示「是的」，但笑得很感慨。

吉桑：鳥還是飛三天三夜也巡不完……

　　△文貴一臉不明白地看著吉桑，吉桑一臉鄭重託請。

吉桑正式（託請）：以後這些茶農……要麻煩你照顧了！

　　△文貴這時才正眼看著吉桑，原來吉桑是請他接手日光下線，他在思考要不
　　要接這個爛攤子。
　　△蕙心看見文貴的猶豫。

蕙心（意有所指）：現在是打群架的世界……

　　△文貴看了蕙心一眼，表示「所以？」

薏心（誠心）：你很適合當領頭狼！

　　△ 文貴聽不出褒貶，皮笑肉不笑的。
　　△ 湖畔茶農和摘茶婦們見到吉桑等人熱情揮手，吉桑笑著揮手，文貴也跟著
　　　揮手後，才發現自己在揮什麼，他還沒決定收下呢，文貴發現剛才舉動被
　　　薏心笑了，有點懊惱。
　　△ 這時，烈伯遠遠跑來，氣喘吁吁。

烈伯：社長……社長！烏面……快去烏面的茶園看啊！

　　△ 眾人不解，烈伯喘了口氣。

烈伯（激動）：著蝝……滿山紅火啊！

---

13. 昏／外 烏面茶園

　　△ 薏心、吉桑、文貴走入茶園，大家一臉難以置信，山妹、嗶嗶哥、莫打、
　　　林經理、阿榮等一行人，也陸續來到烏面茶園。
　　△ 山谷茶園一片褐、一片紅、一片青的，在斜陽的照射下像著火般閃著紅光。
　　△ 每個人都驚愕眼前所見，從未見過這種景象，吉桑十分激動。

吉桑：……當年，採天皇茶也是這麼紅！
嗶嗶哥（吹了一聲讚賞口哨）：原來，傳說中天皇茶是真的！
莫打：今年著蝝茶產量都不好，烏面死後這片茶園沒人打理，怎麼能如此紅火？
阿榮：誰說沒人打理，這些年社長都有特地請人來澆水，除草啊！
嗶嗶哥：那也沒法解釋只有這塊地這麼火紅啊？

　　△ 山妹摘下一把茶葉細看。

山妹：難道是……這片沒人管的茶園，沒有用藥，因此小綠葉蟬特別多？
嗶嗶哥：大概是吧！不管了，時機正好，快採收吧！這批著蝝茶一定可以做出去英
　　國參展的好茶！

　　△ 嗶嗶哥拉著莫打、山妹、阿榮立刻上前採茶，重新燃起了希望。林經理卻
　　　一語道破。

林經理：就算做好，寄去，也來不及。
薏心（堅定）：誰說來不及？我親自送去就來得及！
林經理：送去英國？

△ 薏心點點頭，直接往火紅天光走去。這是她最後一搏，她下到茶園一起採
　茶。

薏心（對文貴）：文貴，別發呆，下來幫忙！

　△ 文貴笑了笑，挽起袖子，下去茶園。

14. 夜／內 橫屋 - 灶下

　△「擊炭」聲四起。
　△ 薏心、吉桑、嘩嘩哥、莫打、阿榮及張家下人全員到齊，全都認真「擊炭」，
　　氣氛熱絡。

吉桑：傳統炭焙法，山妹最拿手了！

　△ 大家笑。薏心認真「擊炭」，她不在乎他人閒談內容，此刻她最關心的，
　　就是爭取時間把「參展茶」做出來。

薏心（問山妹）：我們沒有多少時間，用電火不是比較快？
山妹：炭火焙茶，是比較費工耗時，但是用炭火焙的茶，味道才會永久進入！

　△ 薏心表示理解，更認真「擊炭」。
　△「擊炭」聲猶如天籟般敲打著，大家邊做邊講起洋樓過去的種種繁華。

團魚：以前大小姐也常常像這樣在彈琴……

　△ 順妹示範，敲出幾個音階。

順妹：每天晚上都可以聽到那個「啾碰」（蕭邦）……
團魚（狐疑）：啥？
順妹（一臉自信）：「啾碰！」
吉桑：放炮嗎？

　△ 大家不明白，盯著順妹看。

順妹（試著發音正確）：「啾！碰！」
薏心（聽明白了）：蕭邦？

△ 大家笑順妹不懂裝懂，還「咻！碰！」呢。

順妹：笑什麼，很久沒聽到，不記得也是應該的！

　　△ 大家同意，笑語中山妹開始在木炭上覆蓋稻殼。
　　△ 點火。
　　△（時序過場）
　　△ 稻殼轉白了。
　　△ 入茶於籠。
　　△ 焙茶。
　　△ 蕙心坐在山妹旁，把其他人拋在身後，她見山妹用手心手背來回摸著茶籠，蕙心有樣學樣，但她不明白是何用意。

蕙心：翻來翻去是……
山妹（解釋）：控制溫度！手心、手背感受到的溫度是不同的，要是能控制好溫度，再拉高焙火次數，茶可以更耐泡！

　　△ 蕙心表示了解，學著雙手控溫。後景一幫下人用眼神交流，表示「現在是好時機」。
　　△ 春姨為代表，在圍裙裡拿出一個紅包給吉桑。

春姨（笑面）：社長，我們大家（比著所有人）包了一個紅包，給蕙心當旅費！

　　△ 吉桑坐在矮椅上本想抽菸斗，聽了一臉尷尬。
　　△ 蕙心背著大家，她也聽見了，頓時愣住，雙手僵在茶籠上不敢動，這時她才認真聽著大家講話。
　　△ 下人們你一句我一句的。

順妹：是啊，董事長你照顧我們這麼多年了
團魚：我在這學到很多，小姐結婚時要叫我們啊！
順妹：小姐結婚我也要參加！
春姨：英國很遠，多帶點錢，以防萬一

　　△ 父女尷尬。他們從未接受過下人資助，一幫下人圍住吉桑，一臉期待董事長接下。

春姨（笑）：英國這麼遠，我們去不了，為了日光茶，我們也想出一份力，一點心意！
　　（硬塞給紅包）
吉桑（收下紅包，帶著感慨）：……是大家的心意，那一定要收！

△ 蕙心背著大家，身子微微顫抖，她無法待在原地，起身離去。
△ 大家看著蕙心突然離去，不知發生什麼事，現場氣氛突然沉重，再也沒有
　　人講話，只有炭火嗶嗶剝剝聲。
△ 吉桑抬頭盯著天花板，他聽見了鋼琴聲。
△ 大家聽著琴聲，放下手邊工作，琴聲裡透露著濃濃離別哀愁。

15. 夜／內 洋樓雜景「最後一夜」

△（洋樓-琴房）
△ 指尖彈著蕭邦（註：跟「退婚」同一首），蕙心眼裡帶著淚光，把激動情緒
　　全化為音樂，這回她自己享受著，也毫無保留讓整屋人都聽見她的心事。

△（洋樓-大廳）
△ 吉桑拿著紅包，一個人呆坐，心情難以平復，久久沒動。

△（橫屋-灶下）
△ 山妹領著眾人焙茶，聽著蕙心毫無保留的感謝與琴聲。
△ 現場沒有人講話，深怕一開口就哭了。

△（古宅-盛文公房）
△ 空空如也，陳設依舊。

△（北埔-山城）
△ 琴聲傳遍北埔山城上空，滿天星斗。

16. 日／內 日光-審茶室「日光茶 重出江湖」

△ 審茶臺上十個杯子。

大家（激動）：來了！來了！第十泡了！

△ 蕙心跟所有人如賭徒般睜大眼，看著第十杯倒扣的杯子，流淌著茶湯，審
　　茶臺上排著十個審茶杯，茶湯呈二段式，前七杯是同一色，八跟九是同色。
△ 大家充滿期待等待開盤，尤其是蕙心更為激動，來到第十泡了，嗶嗶哥把
　　倒扣茶杯拿起來。
△ 眾人往杯內一看。
△ 茶湯呈琥珀色。
△ 大家笑了，茶湯有到位。
△ 吉桑拿著湯匙審茶。

△ 吉桑審了一口，不語。
　　△ 大家心情一縮。
　　△ 蕙心見父親不語，以為第十泡失敗了。
　　△ 吉桑放下手中湯匙。

吉桑：……這不是阿土師的天皇茶。

　　△ 大家失望了。但吉桑臉上表情複雜，緊握著第十泡茶，像哭又像笑，大家
　　　　猜不透其意，心情緊繃。

吉桑：這是日光最好的茶！（對山妹）山妹，阿土師傅的「天皇茶」已經過去了，
　　　永遠不會再有，這是妳獨一無二的「日光茶」！

　　△ 眾人歡呼：「日光茶做出來了」、「萬歲」、「成功了」……
　　△ 山妹開心到連拍手都忘了，只是指尖對指尖輕碰了二下，看上去倒比較像
　　　　「合十」，但她心底是開心的。
　　△ 蕙心感到一切有了希望，簡直不敢相信。日光茶做出來了，她如釋重負。

---

17. 昏／外 洋樓 - 車寄「感謝彼此」

山妹：謝謝社長的栽培，我會好好做茶！

　　△ 山妹收好行囊（註：同當初來到日光工作的包包）與蕙心、吉桑道別，蕙心
　　　　與山妹擁抱。

蕙心：保重。
山妹：妳也是。

　　△ 這時，張醫師風塵僕僕地趕來。

張醫師（略激動）：山妹，妳真心要去日本學做茶？

　　△ 山妹點點頭，心意已決。

張醫師（語無倫次）：還是……妳去臺北學做茶，或者……我打聽看看有什麼厲害
　　的茶師……
蕙心：堂哥！全臺灣最厲害的茶師現在站在你面前啦！

　　△ 張醫師發覺自己犯傻了，只得接受事實，祝福山妹。

張醫師：保重……
山妹：你也保重！

　　　△ 山妹禮貌地點頭離去，張醫師與蕙心等人不捨地目送山妹離去，山妹走沒
　　　　幾步回頭了。

山妹：張醫師，謝謝你的照顧，我會回來！繼續為北埔做茶！

　　　△ 張醫師聞言欣喜，吉桑與蕙心聽見山妹的話更開心，感覺與有榮焉。

---

18. 昏／內 洋樓一樓

　　　△ 吉桑和蕙心父女倆環視著屋內，下人來來去去忙著搬家，阿榮將「風神」
　　　　字畫和小盆栽搬到外頭，嘩嘩哥、莫打、團魚合力搬著拆開來的「實心大
　　　　眠床」大部件，搬放到院子裡，蕙心看出是床。

蕙心（不明白）：Papa，你要帶這張眠床走？
吉桑（看著外頭眠床，一副理所當然）：要不然晚上睡哪？

　　　△ 蕙心聽了很無奈。

吉桑（回看蕙心）：這張眠床是特別訂做的，妳母親說要留給妳當嫁妝，妳結婚之
　　　前，我一定帶在身邊。

　　　△ 蕙心不語。

吉桑（一臉抱歉）：除了這張床，什麼也沒留給妳了，真是罪過罪過！

　　　△ 吉桑一臉歉意，簡直沒臉見女兒。蕙心卻蹲在父親面前，誠心誠意。

蕙心：承蒙你！

　　　△ 吉桑不明白看著女兒。

蕙心（笑）：承蒙你，給我一個機會，經歷一個很不同的人生！

　　　△ 吉桑看著蕙心。

蕙心：這些年，發生好多事，確實是把我放在火上烤……

△吉桑聽女兒這樣講，簡直不知道要望向何處了。

蕙心（笑）：但能烤出味道，烤出能耐，我比誰都幸福，不是嗎？（起身，恭敬一鞠躬）多謝社長這些年的栽培！

　　△吉桑聽了心中一驚，看著蕙心，他起身回禮。

吉桑（鄭重）：這些年來，辛苦妳了（強調）「新社長」！

　　△蕙心聽見父親的認可，忍不住紅了眼眶。父女二人相對躬身，感謝彼此成就。

---

19. 昏／外 洋樓 - 門口

　　△吉桑見洋樓映著滿天紅霞，他一手建起的家，但再也回不來了。吉桑依依不捨地帶上洋樓大門。

---

20. 日／內 國華公司 - 文貴辦公室

　　△《臺灣新生報》斗大標題：「全臺最大茶廠日光公司破產 張福吉拋售所有財產還債」」。
　　△文貴坐在董事長椅子上看報紙，心中感慨萬千，他放下報紙起身。

---

21. 日／內 國華公司 - 會議室「文貴接下日光／文貴退場」

　　△文貴把報紙丟到桌上，臉上看不出情緒。

文貴：我想大家都知道日光公司的消息。

　　△現場沒人講話，連一根針掉在地上都聽得見。會議桌右邊坐著以子為貴的范頭家，穿著花俏正式，一邊坐滿日光公司下線茶廠老闆與茶販子、茶農（烈伯、良叔等），大家明顯不安。
　　△文貴看著一桌子日光下線。

---

1 1965 年姜阿新拋售 5 間茶廠，北埔街上建地 3000 坪，造林地 500 百甲，地上杉林 60 萬株，洋樓一棟，總值 1000 萬，以上用以支付負債銀行、民間貸款、未付原料和員工薪水等合計約 900 多萬。

文貴：從今天開始，國華公司將跟各位一起合作。

　　　△下線茶廠老闆聽後，才敢開始小聲發問。

下線老闆1：真的要合作？
下線老闆2：吉桑說，董事長會幫我們找單？
下線老闆3：真的是外匯拖垮了日光？
文貴：某種程度算是的，但各位放心，我國華公司與軍政關係密切，一定可以保證
　　　大家的利益。

　　　△日光下線老闆顯得有點安心。

文貴：各位，日光先退場了，以後臺茶出口就靠我們了！

　　　△文貴打開天窗說亮話，直接簡報，指著世界地圖上的日本。

文貴（豪情）：我們不能把出口全放在一個北非市場，我為大家報告另一個新興的
　　　市場，日本蒸菁綠茶 2……

```
┌─────────────────────────────────────────────────────┐
│              22.A 日／外 KK 家 - 門口                 │
└─────────────────────────────────────────────────────┘
```

　　　△慈心來到 KK 家敲門。
　　　△月婷來門開，見到慈心很開心。

月婷：姐姐？阿爸，張姐姐來了！

　　　△聽到月婷用臺語叫「阿爸」，慈心覺得很有趣。
　　　△正在整理行李的 KK，起身望向門口，家裡擺放了數個行李箱，一望可知
　　　　就要搬家。
　　　△數年不見的兩人，隔著一道門，一時之間不知道該說什麼才好。

```
┌─────────────────────────────────────────────────────┐
│            22.B 昏／內 KK 家「二人最後相處」           │
└─────────────────────────────────────────────────────┘
```

　　　△桌上一罐迷你茶罐，正是「日光茶」，三人喝著茶（註：我們第一次看見日
　　　　光茶全貌，上頭有吉桑設計的 LOGO 及英文名 HOPPO SUN TEA）。

_____

2　1960 年代後，日本經濟已自戰後復甦崛起，綠茶產量不敷內需使用，遂向臺灣輸入「蒸菁綠茶」，也就是臺
　灣蒸菁綠茶的起點（在此之前的綠茶，是「炒菁綠茶」）。

KK（關心）：還好嗎？

蕙心（從容一笑）：都好，只是住得比較小，我父親搬了一張大眠床，就把屋子塞滿了一半。

KK（不明）：那為什麼還要放大眠床呢？

蕙心：……

　　△蕙心想到那是她的「嫁妝」，輕嘆一聲，轉移話題。見地上的行李箱和後景空蕩蕩的房子。

蕙心：你還好嗎？夏老闆……

　　△蕙心用眼神詢問KK，KK避開視線，一副別讓月婷知道的神情。蕙心心知不祥，二人默默喝著茶，氣氛凝重。月婷好奇研究著桌上「日光茶」，指著茶杯（印著藍色三角形「日光化肥廠 敬贈」紀念杯）上的「日光」和茶罐上的「日光」。

月婷：一樣的「日」、「光」？

　　△蕙心拿起杯子，對月婷笑著。

蕙心：妳好厲害，這麼小就設計商標了！

　　△月婷聽不明白。

蕙心（指著茶杯）：妳知不知道，這是三角形是妳畫的！

　　△月婷吃驚，想起了那天在藍圖上塗鴉，看著KK。
　　△KK的心意被發現了，月婷一口氣把茶喝完。

月婷（開心）：這個杯子我要帶去美國！

　　△蕙心聽見「美國」二字，心中隱隱抽痛，知道彼此難再相見。二人笑看月婷試著把茶杯塞入小行李箱內。

KK（先發問）：妳什麼時候去？

蕙心：下周出發，當年你送我一塊美金，回來我帶一塊英磅送你！

　　△KK笑而不答，看著行李箱。

KK：可能來不及了，月底我們就去美國了。

  △二人默默著喝茶，知道可能不會再見面了。
  △薏心拿出一份手寫的英文講稿。

薏心：哦，可以幫我看看？

  △KK笑著點頭接過。
  △手稿標題寫著「受傷的茶葉」。
  △這時空中響起宵禁蜂鳴聲。
  △二人想起了那夜翻譯摩斯密碼的情景，那段被辜負的時光。薏心笑對KK
   表示，要宵禁了，她該離開。她揮了揮手中的翻譯稿，對KK說了最後一
   句話。

薏心：摩斯密碼「謝謝」怎麼說？
KK（用摩斯密碼，彈著舌）：- .... .- -. -.-（thank）

  △薏心笑了，KK臉上露出溫暖微笑，二人試著留給彼此最美的笑臉。

---

23. 日／外 吉桑臺北租屋處 - 頂樓

  △吉桑穿著居家服，拿著三炷香問阿榮。

吉桑：看這麼久。英國到底是在哪邊？

  △阿榮拿著世界地圖轉了又轉，最後指著十點鐘方向。
  △吉桑朝倫敦誠心三拜，保佑女兒平安。
  △一架飛機飛過天空。

24.A 日／外 街道 - 英國計程車

  △本場全英文。
  △薏心坐在倫敦的計程車裡，好奇地看著窗外的街景。

司機（看著東方女子）：妳是來參加倫敦茶葉博覽會的？

  △薏心點頭。

司機（熱情）：我們英國有一句話，到了下午四點鐘，全世界都會因為一杯茶而停止，

這是我們的傳統！

　△蕙心看著手中的參展茶。

╭┈┈┈┈┈┈┈┈┈┈┈┈┈┈┈┈┈┈┈┈┈┈┈┈┈┈┈┈┈╮
24.B 日／內 倫敦茶葉博覽會 - 會場
╰┈┈┈┈┈┈┈┈┈┈┈┈┈┈┈┈┈┈┈┈┈┈┈┈┈┈┈┈┈╯

　△本場全英文。
　△自「倫敦茶葉博覽會」看板下移，現場人山人海，各色人種聚集。
　△大衛在人群中看到蕙心，兩人異地重逢很開心。
　△蕙心把包裝好的日光參展茶交給大衛，大衛珍重而感傷地接下。

大衛：我很高興妳做到了！這茶將會驚豔世界！

　△大衛帶著茶樣往臺前交給比賽單位。
　△人群中孤獨的蕙心，看著四周來往的人群。
　△畫面一轉，蕙心泡著功夫茶。茶席風格簡雅，一道光影折射，產生如詩似
　　畫的美景，桌前坐著三、四個外國客人。

一名英國女人（喝一口）：這個茶，有一種特別柔和的蜜香味，是天生的嗎？
蕙心（泡著茶）：是的，Oriental Beauty Tea（膨風茶）是被蟲咬過的茶，它天生是
　　受過傷的茶！

　△外國客人都點吃驚。

英國女人：所以這不是完美的茶？
蕙心（笑）：不是！但是，正是因為這個傷口，讓它變成最獨特的茶！

　△蕙心這樣介紹反而引起女客人好奇，她想多了解，其他客人也慢慢圍了過
　　來。

╭┈┈┈┈┈┈┈┈┈┈┈┈┈┈┈┈┈┈┈┈┈┈┈┈┈┈┈┈┈╮
25. 昏／內 KK 家
╰┈┈┈┈┈┈┈┈┈┈┈┈┈┈┈┈┈┈┈┈┈┈┈┈┈┈┈┈┈╯

　△（閃回）
　△KK 看著蕙心的手稿，走到桌邊。

KK（不明白）：為什麼受傷？
蕙心（解釋）：膨風茶是被浮塵子咬過的茶，它是有缺陷的茶。受過傷，卻因此讓
　　香氣跟味道特別好！

△（回到現實）
△本場全英文。
△現場有十多名老外坐在木桌前，蕙心神情專注泡著茶，陷入沉思，想起 KK 教她英文的情景。

蕙心（泡著功夫茶）：茶跟人一樣，傷口，可以讓人脆弱，也可以讓人堅強，但正是「傷口」，讓你變得跟別人不同……

△連大衛都放下手邊工作，看著蕙心泡茶，蕙心邊奉茶邊講。

蕙心（笑）：我們來自臺灣，日光茶所有的輝煌全在這杯茶裡，東方美人茶是全世界最貴、最難掌握、最難控制，也最難收藏的滋味！今天我們來到您的面前，請品嘗它！

△因為蕙心這一席話，客人安靜品嘗茶中滋味。

△KK 急忙拉著行李箱，催促月婷出門趕飛機。
△敲門聲，KK 以為是計程車到了，出去應門。

KK：稍等一下！

△開門，兩個憲兵站在眼前。

憲兵 A：劉先生，請你跟我們走一趟。

△KK 一臉驚愕，但他知道他走不了了，那月婷怎麼辦？

KK（對憲兵）：可以讓我寫封信嗎？

△KK 寫信，月婷不安看著屋內一群憲兵。
△KK 安慰月婷，對她眨了二下眼睛，發出滴滴二聲。月婷也回了二聲，這是二人「i」（愛）的密碼。
△KK 被憲兵帶走。臨走前他回望這個「家」，這裡有人，有牽絆，他不再失根漂泊，卻再也回不來了。他對月婷笑了，要她別擔心，恨之前沒有多說一些愛她，KK 對著月婷忍不住又眨了二下眼睛。

△ 辦公室外，一群憲兵急敲門。

憲兵： 開門！開門！

　　△ 徐主編啞然，卻依然保持著知識分子的姿態，不卑不亢。王瑛川眼眶泛紅，
　　感到害怕。

徐主編（對王瑛川）： 別哭，給他們看到太丟人了。

　　△ 王瑛川試著笑，但他笑得比哭還難看。

28. 日／內 英國倫敦茶業博覽會場

　　△ 本場全英文。
　　△ 會場人聲雜沓。
　　△ 一位白髮蒼蒼的英國紳士走上主席臺。
　　△ 主席臺上，白髮蒼蒼的英國紳士敲了敲槌子。
　　△ 現場所有人屏息以待。
　　△ 蕙心不明白，看向大衛，大衛跟蕙心解釋。

大衛： 槌子一下，我們就會知道，哪一家的茶，是今年博覽會的金牌！

　　△ 主席槌用力敲下。

大會主席（宣布）： 今年的金牌，印度大吉嶺！

　　△ 頓時，大吉嶺茶區的參賽團隊興奮歡呼著，大家恭喜莊主。
　　△ 蕙心和大衛都失望了，尤其是蕙心，但仍有風度鼓掌表示慶賀。她千里迢
　　迢到了這裡，心血卻落空。
　　△ 主席再用力一槌。
　　△ 眾人吃驚。

主席（宣布，笑）： 今年還有一個金牌，那就是福爾摩沙「日光茶」，「日光茶」
　　與大吉嶺同列金牌！

　　△ 蕙心和大衛二人由失望轉為興奮，難以置信，如做夢般開心跳起來，蕙心

一戰成名。

△ 眾人恭喜他們，現場歡聲雷動。

29. 日／內 KK 家

△ 門板上有光影變化，KK 家門被推開，蕙心走入，後頭跟著阿榮。阿榮輕手輕腳，行事小心，搬著行李與月婷物品。

△ 蕙心隨手翻看 KK 行李箱中的物品，有全家福照片、《民主思潮》。

△ 蕙心看見了行李箱中的一塊美金，她拿起一塊美金，思緒跑得很遠。

蕙心（喃喃，說服自己）：我知道，你一定是去美國了……

△ 但蕙心心底知道其實 KK 是死了，她握著一塊美金，悲慟不能自己……

30. 日／外 北埔宗祠

△ 時間：一年後。

△ 伯公身著長黑布衫，有著不容侵犯的威嚴及眼袋，他身後是各房子嗣約六十人，各年齡層皆有，衣著優雅，彼此耳語：「住的比較遠晚點到也可以理解」「聽講人家在臺北做大事業呢！」「祭祖怎麼能遲到，時辰也不顧，到底是不是張家人啊」……

阿新桑（無奈）：這個吉桑，又不知跑哪了！
司儀：三房應該不會來了！
伯公（對司儀）：再等等吧！

△ 伯公回過身，見三人走來。

△ 吉桑、蕙心和月婷三人自堂口走向牌位前，三人一襲白服走在一片深色祭祖服裝中，相當顯眼，像是自陽光處走入一片深海黑流。

△ 伯公睞著眼，見吉桑前來，嘴角微微揚起，鬆了口氣。吉桑還是一樣招搖。

△ 兩旁子嗣看著三人經過，彼此耳語：「小孩是誰？」「蕙心結婚了？」

△ 吉桑走到堂前，跟伯公對上眼。

伯公（笑）：福吉，你又來晚了！
吉桑（笑）：來得早不如來得巧！

△ 伯公給過三人香火，特別看了看月婷，特別點了一支香給月婷。

△ 月婷見大人們好奇盯著她看，感到有點害羞且不明所以。

月婷：姐姐？

　　△蕙心牽著月婷的小手，笑笑示意不要怕，月婷看著蕙心，她不知道要做什麼。

蕙心：妳就跟我拜。
司儀（宣布）：第三房，向前祭拜！

　　△吉桑、蕙心和月婷三人，拿著香站在光區裡，對著祖宗牌位三拜。後景是眾人旁觀。
　　△伯公接過三人香火。
　　△三根香火被插入爐中。
　　△六十多根香火中，其中三支新香顯得特別高，香火頭在幽暗祖宗牌位前顯得格外亮眼，我們離香火越來越遠。

---

31. 日／外 洋樓 - 門口連街道

　　△吉桑一家坐在計程車上，吉桑、月婷，和蕙心坐在後座，計程車經過洋樓門前。
　　△吉桑忍不住回望自己的家。
　　△被查封了的洋樓，門窗緊閉。
　　△蕙心和父親心中感慨萬千。

蕙心：Papa！

　　△吉桑回過神來。

蕙心（笑）：我們回家喝茶。
吉桑：好啊！

　　△計程車駛過洋樓，洋樓之上是朗朗晴空，雲淡風輕。

---

32. 日／外 烏面伯 - 茶園

　　△壓枝的茶發出了新芽，在風中迎著光，迎著一片欣欣向榮！

（全劇終）

工作人員名單

領銜主演

張蕙心	連俞涵
張福吉	郭子乾
劉坤凱	溫昇豪
范文貴	薛仕凌
羅山妹	許安植
靳元凱	黃健瑋
夏慕雪	李杏

主演

伯公	唐川
盛文公	夏靖庭
副院長	劉士民
林經理	童毅軍
萬頭家	洪都拉斯
范頭家	溫吉興

共同演出

阿土師	朱陸豪
大衛	唐博訥
迪克	Brandon Nevins
邱議員	尹昭德
阿榮	洪毓璟
嗶嗶哥	劉國劭
石頭	徐灝翔
圓子	林玉書
阿旺叔	林志儒
春姨	黃舒湄
穆老	張復建
烏面	陳家逵
陳專員	邱德洋
古老闆	游安順
張醫師	張書偉
徐主編	劉承恩
王瑛川	安德森
武雄	曾少宗
邱經理	黃鐙輝
湯經理	范姜泰基

特別演出

檢察官	朱德剛

演出

順妹	馮容潔
團魚	彭昇茂
阿清	謝章穎
莫打	李辰翔
猴進	鍾凱文
太田叔	羅能良
烈伯	羅思琦
良叔	黃連勝
黃董	劉明勳
詹祕書	胡釋安
李管事	陳慶昇
小月婷	張玉涵
大月婷	賴雨霏
王永慶	吳政迪
阿新桑	張春泉
烏子	楊易儒
烏面哥	郭耀仁
捲毛	溫慶禹
大餅頭	莊岳
石頭嫂	彭若萱
球仔	何宥滕
小彭	楊哲維
經濟部長	林鴻翔
外交部司長	葉子彥
歐文	賈斯汀
約翰領事	Will Harris Mounger III
克拉克將軍	CRAWFORD CRAIG THOMAS
協和洋行麥可	OBRIEN OWEN EDWARD

其他演員

徐兆泉	李玲齡	吳連發	楊雪如	許軒睿
鄭美雪	陳為	李霽霞	胡海平	林明森
李國禎	曹國明	張秉宏	張金吉	王帥
牛振瑋	張崇銘	斉藤伸一	楊明正	吳培基
邵欣	徐智澗	張忠瑞	李振忠	劉宇昕
成錚	歐橘	白仕弘	何婕瑜	余佩純
黃瀚德	余皓	余耀祖	鍾振盛	何裕天
張真誠	林文龍	王竣民	張子揚	涂承凱
宋之傑	侯昌辰	季頌勳	卓彥欣	邱銘宸
陳偉豪	洪偉恩	李安文	魏家瑞	沈柏岑

佩德羅　鮑　伯　鄭宇軒　陳政翔　羅濟豪
林義欽　湯昇榮　陳銀貴　廖富啟　陳坤泉
郭英育　周健瑜　張柏謙　曾彭財　張堂彬
劉家豪　嚴昱翰　鄭閔文　葉哲瑋　吳尚儒
張達明　邱佳軒　許永明　陳瑞杰　陳振家
黃予婕　謝昀蓉　陳凱暄　范姜冠燊　薛祖杰
高有倫　劉昌翰　趙聖爵　馮友廷　侯永利
巫宗翰　胡皓翔　葉俞卉　徐青雲
Brian Smith
Gujarathi Swapnil Chandrakant
Gujarathi Vivaan Swapnil
Shah Urmi Bipin
El
Kormendy Zsolt
Rich Newman
ARNDT ANDRÉ OLAF PAUL
Musslin William
Bernard Michel
GAGAEVA GALINA
ROGOVA VALERHIA
Paul Joshua Edbrooke

出品人	陳郁秀	楊長鎮		
聯合出品人	曾瀚賢	沈東昇	林孝信	林家齊
監　製	蘇義雄			
督　導	彭玉賢			

主創團隊

製作人	徐青雲	湯昇榮			
共同製作人	羅亦娌				
故事原創	徐青雲	湯昇榮	羅亦娌	徐彥萍	黃國華
	林君陽	張可菱			
編　劇	徐彥萍	黃國華			
協力編劇	邱　平				
編劇助理	張可菱				
導　演	林君陽				
製片統籌	蘇國興				
攝影師	簡佑陶				
燈光師	李志生				
美術指導	賴勇坤				
造型指導	姚　君				
選角指導	童筠婷				
剪輯師	林姿嫻				
特效總監	林奇鋒				

調光師	馮鈞稜			
配　樂	柯智豪			
混　音	鄭元凱			

製片組

前期製片	蔡依芸	楊顏昌	
執行製片	宋知庭		
現場執行	馬士婷		
外聯製片	李佳燕		
生活製片	鍾佳霖		
生活助理	曾瀅萱	林柔昀	
製片助理	鄭宇軒	傅盈潔	余　皓
製片實習生	駱禹彤	卓小寒	

導演組

副導演	胡欣怡	林芷穎
助理導演	邱　平	陳人岳
場　記	李宛儒	

錄音組

現場收音	吉米音樂
收音師	王華譽
Boom OP.	吳尚儒

燈光組

燈光助理	謝岦宏	谷文祥	林瑋晟	黃　恩
電　工	何政達			

攝影組

跟焦師	廖學緯			
攝影助理	葉哲瑋	廖世航	朱祥寧	
B 機攝影師	裴佶緯	高子皓	衛子揚	邱筱昌　莊育麟
B 機攝影助理	龔奕瑀	郭仲翔	蔡孟橋	呂柏霖　汪詩堯
	張書齊	黃士瑋	郭俊佐	林浥郎　陳有豪
	簡陳文			

空拍組

空拍師	葉凭鑫	何文欽	何振櫟

場務組

場務領班	李健群	王信智		
場務助理	李紹邦	侯宇綸	洪文偉	黃譽綸

美術組						造型組				
美術設計	尤稚儀					造型執行	莊靜雯	李宛璿		
美術執行	吳正瀚					服裝管理	莊千雅	郭湘琴	李佩芸	
陳設組長	蘇　璜	涂紫甯				服裝支援	方藝臻	林千茹	簡卉汝	
陳設助理	游喬茵	葉芷菱	沈昌緯	羅郁婷	姚瀞茹	服裝組實習生	廖若瑄	劉彥佐		
陳設組支援	黃詩尉	江靜玉	陳家蓁	徐享均	游淳茜	服裝卡車	吳逸群	蔡武助		
	張郡蘋	王宥翔	何景意	好友貨運		服裝道具管理	邱國維	劉燕萍	殷復民	吳睿杰　廖俊超
美術平面設計	朱玉蕙									
道具師	魏明源					梳化組				
道具助理	李宛欣	黃鈺甯	徐培紜			化妝師	杜美玲			
美術現場執行	柯苡均					化妝大助	郭珈君			
美術現場助理	吳彥睿	陳如意				化妝小助	吳昕玫			
美術行政會計	邱怡樺	陳雅渝				化妝師支援	徐淑娟	陳語彤		
美術組實習生	王亭方	藍　萱	胡家齊			髮型師	李欣儒			
						髮型大助	林芳如			
質感組	法蘭克質感創作有限公司					髮型小助	梁弘諼			
質感總監	陳新發					髮型師支援	徐永年	練懷濃	林紘濬	蘇翊晴　張耀勻
質感統籌	林佩蓁						藍茂峰	黃怡萍		
質感執行	許毓娟	陳欣慧								
質感專員	謝忠恕	郭佳好	吳妍樺	翁弋涵	陳靖恩	海報設計	行影映畫			
	陳孟晴	翁薏婷				視覺總監	曹凱評			
						海報設計師	莊少橙			
木工組	阿榮影業股份有限公司					劇照師	曹凱評	邱于恆	莊少橙	
工程經理	張簡廉弘									
工程副理	陳冠志					特化組				
工程主任	林世昌					特化師	王嘉瑩			
工程資深技師	李清陽	林旭東	李正烊	張簡義峯		特化助理	徐永青			
	蔡乾福	許敏樂	李彥澄	李清棋	黃嘉緯					
	林俊吉	蘇天益	劉溢洲	黃冠燁	黃正安	現場視效技術				
	李瑀哲	李瑀紳	丁將南			特效總監	林奇鋒			
						特效師	林妍伶	朱俊昇		
工程油漆技師	陳家榮	鄭慶堂	褚秋和	曾阿木		夢想動畫虛擬攝影棚	王信翔	黃永杰	趙俊宇	曾于槙
工程會計	陳翠屏						王文凡			
美術場務						花架製作	真視視覺有限公司			
緯盛工作室	許裕成	邱宥翔	林家豪	李宗庭	陳政翰	側拍師	林劭軒	陳彥宇		
光圈映像	陳茂榮	陳宗錦	溫左丞	呂彥霆	李佳杰	剪輯師	蔡定洋	董俊傑	李筑恩	
	廖秦慶	任奕嘉	李明雄	張維展	朱義楨					
						攝影 / 燈光器材	大川大立數位影音股份有限公司			
選角組							租賃銀行＆藏鏡頭			
選角執行	楊咇雅	潘穎柔								
選角實習生	徐禾馨					道具車	臺南宏明工業股份有限公司			
選角組支援	林沂孝	謝毅霖	謝伯鑫				臺灣經典老車協會			

國立臺灣戲曲學院京劇團

團　長　　梁月嫚

劇務組長　　臧其亮

演　員　　顏雅娟　余育杰　葉時銘　陳玉白
奈諾．伊安

文武場　　黃建華　李友誠　王文財　梁珪華　梁瓊文
張豐岳　劉堯淵

容　妝　　邢源琳

箱　管　　吳德福

京劇戲曲身段、唱腔指導　郭敏芳

夏慕雪代唱、替身　顏雅娟

國立臺灣戲曲學院青年團

行政總監　　梁月嫚

導　演　　李文勳

演　員　　王銘洋　林郁玲　葉晏瑜　廖育靚　吳思瑩
陳冠君　徐浚家　陶佑安　張仲翔

文武場　　劉忻龍　陳亭羽　張家碩

容　妝　　邢源琳

箱　管　　陳品宏　白明輝

現場樂手

茶廠慶功樂手

吉他手　　方鏡興

風琴手　　林呈擎

鼓　手　　林果徹

美軍俱樂部樂團

鼓　手　　賴勝品

吉他手　　吳采勳

低音大提琴手　劉大任

後期團隊

後期製片　　羅乙心

公視調光　　楊怡群

劇本英文翻譯　杜政儒　楊偉湘　Paul Joshua Edbrooke

聽　打　　徐薏雯

英文對白翻譯　蘇瑞琴

字　幕　　黃盈瑄

指定字型　　蘭陽明體

客語指導　　徐兆泉　張春泉

預告剪輯師　林姿嫺　李建一　鄭惠璟　范子琦

後期製作　　捌零後媒體製作股份有限公司

專案經理　　林嵐雨　黃麒融

剪接助理　　黃智德　何宇宸　李易凌　馬悅家

調光支援　　邱程勇　林虹君

調光助理　　陳語謙

顧問

日語顧問　　湯向榮

上海話顧問　徐春鶯

英文顧問　　Lane Rundle

茶業顧問　　許月娘　徐智淵　劉家龍　劉慶鈞

客家山歌顧問　徐世慧

視覺特效　　夢想動畫有限公司

後期總監　　李走狗

後期監製　　傅琬婷

製作協調　　陳乃惠

特效總監　　林奇鋒

CG 總監　　陳俊霖　鄭惠姍　溫兆銘

專案負責人　林妍伶　盧冠松

空拍師　　林坤靜

美術設計　　李柏權　鍾語桐　張家綺　陳冠儒　王建盛
林于庭　黃翊婷

數位繪景　　陳麗月

動畫師　　林廷穎　鄭力源　李亞蕙　王建傑　任永耀
羅　方　朱家靚　周敏雯　林佳盈　林宛儀
鍾依蓉　陳彥臻　郭柔均　盧冠松　李哲誠
陳函君　胡宏愈　童浩毓　蔡立民　呂佳懋
鐘昀麗　王鈞威　張亦德　張斌祺　黃于庭
劉昱廷　文永翔　李紫晴　杜綉靖　安良啟
許博翔　鍾孟穎

特效動畫師　林木清　林致遠　陳俊良　梁世勳　馮佳華
游勝凱

追　蹤　　朱俊昇　高志豪

修圖技術指導　彭詩貽

合成師　　林妍伶　邱莉雯　林佩潔　張嘉容　張暐明
蔡幸霖　李淑娟　余如晨　彭詩貽　廖勁傑
崔家禎　陳彥均　張鈞雁　陳羿綺　曹　曦
林韋如　李嘉欣　吳健誌　許芳瑜　林冠綸
呂宜靜　蘇御賢　黃御峰　陳亭宇　董泓逸
金書巧　邱元貞　姚　珮　王韻翎　胡佩君
陳　葳

片頭製作	沸騰了映像有限公司
特效製作人	魏如涵
特效指導	涂維廷
特效協調	王懷玉
財務	傅君瑜
腳本設計	張智發　席九榮　涂維廷　卓靖
腳本協力	閻卓堯　王俊淇　李啟恩
模型師	黃奕　陳涵維
材質繪圖師	侯佩軒
骨架綁定師	陳洧桓
動畫師	陳洧桓
特效師	卓靖　鄧巧聆　王欣民
燈光師	沈佩君
合成師	袁長壽　林宛柔　胡凱傑　許雅涵
片尾設計	黃智筠
配樂	柯智豪音樂工作室
監製	柯智豪
統籌	許智敏
音樂總監	柯智豪
管弦統籌	蔡志驤　鄭琬儒
弦樂	永樂廳弦樂團
管樂	DCT Wind Ensemble
鋼琴 / 合成器	柯智豪
手風琴	柯智豪
打擊 / 鼓	Alex Chen
電 / 木吉他	柯智豪
貝斯	山下昌宏
後期監督 / 錄音師	許智敏
混音 / 後製	柯智豪音樂工作室
執行製作	鄭琬儒
行政經理	貓塔眉
譜務	楊千嵩
錄音室	佳聲錄音室　橋頭錄音室
聲音後期	步步音像製作股份有限公司
混音	鄭元凱　高勤倫
對白 ADR 剪輯	陳冠妤　黃懿梅
音效剪輯	陳奕瑾　吳侑庭　陳佳妤
FOLEY 錄音室	步步音像製作股份有限公司

FOLEY 錄音師	黃懿梅
FOLEY 擬音師	高勤倫
FOLEY 錄音室	Big Foot Foley Incorporated (Canada)
FOLEY 錄音師	Emmanuel Gayosso
FOLEY 擬音師	Mauricio Nicoli
聲音演出	林彩翎　楊正濃　許國　邱垂忠　張春泉
	彭成君　許瑞琪　范群宏　羅應展　徐榮駿
	羅文裕　麥宸豪　劉品和　邱廉欽　宋明光
	張柏謙
片尾曲	查有此人
演唱	魏如萱
製作人	陳建騏
作詞	葛大為
作曲	陳建騏
編曲	孔書亞
客語改編詞	饒瑞軍
鋼琴	孔書亞
吉他	葉賀璞
鼓	陳柏州
弦樂監製	蔡曜宇
弦樂	曜爆甘音樂工作室
第一小提琴	沈羿彣　朱奕寧　陳奕勇
第二小提琴	駱思云　黃雨柔　黃瑾諍
中提琴	甘威鵬　牟啟東
大提琴	劉涵（隱分子）　葉欲新
錄音師	陳以霖　楊敏奇（大米音樂）
助理錄音師	張閔翔　朱品豪
錄音室	大小眼錄音室　強力錄音室
混音師	Simon Li
混音錄音室	nOiz
插曲	You're Breaking My Hreat
演唱	王若琳
詞 / 曲	PAT GENASO　SUNNY SKYLAR
客語改編詞	饒瑞軍
編曲及製作	Pessi Levanto
採譜	Tristan Jakob-Hoff
製譜及錄音準備	Vili Robert Ollila
管弦樂團、合唱團、豎琴	Budapest Scoring Orchestra
管弦樂團統籌	Balint Sapszon

曼陀鈴	Timo Kämäräinen
手風琴	Harri Kuusijärvi
混音工程師	Miikka Huttunen
母帶後期工程師	Finnvox Studios
OP	SCREEN GEMS-EMI MUSIC INC.
SP	EMI MUSIC PUBLISHING(S.E.ASIA)
	LTD.,TAIWAN BRANCH

插　曲	金金
演　唱	春麵樂隊
作　詞	賴予喬
作　曲	賴予喬
編　曲	春麵樂隊　陳品先

製作人、錄　音、混　音、母帶後期製作　陳品先 @ 三十而立

執行製作	孟欣亞
主　唱	賴予喬
木吉他	葉超
單簧管、鋼　琴	楊蕙瑄
低音單簧管	高承胤
錄音室	三十而立　佳聲錄音室　荒原錄音室

劇本田調受訪者（依姓氏筆畫排列）

臺北有記茶行	王連源
新竹縣北埔水井茶堂	古武南
臺灣茶葉改良場研究員兼秘書	吳聲舜
文史工作者	林炳炎
文史工作者	姜信淇
新竹縣北埔茶工廠負責人	姜炫正
新竹縣北埔茶米二十二	徐智淵
高雄科學工藝館研究員	黃俊夫博士
惠美壽茶業有限公司董事長	黃正敏
新竹縣光君茶葉有限公司董事長	彭乾道
新竹縣北埔劉家龍茶園	劉家龍
臺北科技大學文化發展系副教授	簡文彬
明新科技大學教授	魏文彬
臺灣紅茶公司董事長	羅慶士
國立交通大學人文社會學系教授	羅烈師

瀚草行銷團隊

行銷統籌	卓庭宇
行銷專員	黃炳瑞　林佑璇

行政製作人	周增晟
財　務	李玲齡
會　計	吳純如　施美如
行　政	簡慶嵐

公視行銷團隊

行政管理	萬美華				
行銷總監	胡心平				
公關宣傳	徐家敏	高美娟	徐翌全	謝幸如	陳慶昇
	林彥佑	劉佩盈			
節目發行	施悅文	吳岱穎	童雅琴	蘇慧真	鄭博文
	林佳樺				
公眾行銷	杜宜芬	陳金德	陳純蘭		
行銷推廣	池文騫	劉育民	范志豪	黎佳嘉	
數位行銷	廖宸語	李彤	張毓茹	陳珊珊	朱予安
	鄭文欣				
視覺宣傳	莊幼圭	蔡家銘	蘇惠玲	林怡慧	
宣傳剪接師	陳雲雁				

協助拍攝

臺北市政府
臺北市政府文化局
臺北市文化基金會
臺北市電影委員會
新北市政府
新北市政府文化局
新北市協拍中心
臺中市政府
臺中市政府新聞局
臺中市文化資產處
財團法人臺中市影視發展基金會
客家電視臺
中央廣播電臺
富邦藝旅
三軍總醫院北投分院

特別感謝

廖運潘　姜麗芝
吳錫斌　姜蒂玉　黃雍熙　廖惠慶
財團法人姜阿新教育基金會

感謝

文化部

文化部部長　李永得

文化部　周馥儀　黃冠博

文化部影視及流行音樂局局長　徐宜君

文化部影視及流行音樂局組長　陳淑滿

文化部文創司　曾薰誼

客家委員會藝文傳播處 處長　廖美玲

客家委員會藝文傳播處 副處長　黃綠琬

客家委員會藝文傳播處 簡任視察　劉慧萍

客家委員會藝文傳播處 科長　周彥瑜

客家委員會藝文傳播處　林欣怡　李建興

客家電視臺 臺長　張壯謀

國立臺灣大學 總務長　葛宇甯

臺北市中山堂管理所

臺灣新文化運動紀念館

外交部臺北賓館

新竹縣政府

姜阿新洋樓

臺灣農林股份有限公司

大溪老茶廠

日月老茶廠

中影股份有限公司

福源茶業股份有限公司

剝皮寮歷史街區西側

臺北市政府警察局中正第一分局

福來許生活企業股份有限公司

新北市立淡水古蹟博物館

臺中菸葉廠

鹿港鎮公所

新竹縣北埔鄉公所

宜蘭五結鄉公所

義春茶園

若山茶堂

大義山莊

曦之谷茶軒

彰化永靖餘三館

晨曦農業休閒民宿

錦泰茶業股份有限公司

峨眉茶莊

謝春梅醫師家

石岡扶輪社 陳瑞昇社長

飛揚租車

臺灣電影文化城

屏東佳冬蕭家祖屋

臺灣經典老車協會

國立臺灣大學

國立臺灣大學社會科學院

2021 老梅的家

臺灣銀行

范欽全公派下宗親會

財團法人大二結文化基金會

財團法人紀念殷海光先生學術基金會

殷海光故居

臺東縣鹿野鄉龍田村龍芳茶園

臺灣農林公司　劉玲珠　高力川　鄧志明

中央廣播電臺

中央廣播電臺　總臺長 張正

龍芳竹妹採茶班

三軍總醫院北投分院

八斤所 8Jin café

鹿鳴溫泉酒店

葉晉發本厝藝文空間

臺東縣鹿野地區農會

白圈牆地中海景觀咖啡

國立臺東生活美學館

花蓮文化創意產業園區

新竹縣北埔慈天宮管理委員會

新竹縣關西天主教堂

瑞舞丹大戲院

至懋國際股份有限公司（大院子餐廳）

楊曼麗工作室

行政院農業委員會茶業改良場

行政院農業委員會林務局新竹林區管理處

浪草茶文化美學總監 許月娘

六星集集團董事長 江慶鐘

臺中市石岡區公所區長 劉素幸

臺北市大安區龍坡里里長 黃世詮

新竹縣北埔茶工廠 姜炫正

新竹縣獅山茶 鄧新常

臺灣新住民發展協會理事長 徐春鶯

紅花鐵馬映像所

沉默老兵電影工作室

國軍軍事顧問團

新竹縣北埔劉家龍茶園

國立臺灣戲曲學院校長 劉晉立

花蓮縣客家愛樂協會理事長 賴勝品

客家音樂創作人 徐世慧

臺東縣影音紀錄學會理事長 韓筆鋒

瑞穗鄉民代表 鍾湧春

國防部

國防部第二作戰區

富邦文教基金會

王俊淇 井瑞迎 方文淇 冷　彬 李英宏 李懿文 李進良 李宗鴻
李秋霞 李建一 李元嶽 吳昆儒 吳慧馨 吳慷仁 呂傑華 呂美莉
呂政璋 汪燕華 邱　昀 邱榮舉 林彥輝 林曉蓓 林鈺婷 林曉宣
姜心源 郝柏翔 洪祖玲 柳源芷 范群宏 陳美珊 陳文政 陳信元
陳先進 陳宜妏 陳筧凱 陳淑雯 陳雪林 陳廷宇 陳　皜 涂美娘
張德蕙 曹文傑 徐正翰 徐壽年 徐義章 徐淑娟 徐永年 徐雲慶
徐彩霞 許英光 許惟援 許肇任 梁月嬰 游進忠 程瓊瑤 曾美玲
曾吉賢 彭玉賢 黃淑君 黃志堅 黃偉嘉 黃桂慧 黃介筠 黃鴻儒
黃俊彥 黃子軒 董昱彥 詹媛喆 楊鴻志 楊鈺崑 溫佳琦 葉凭鑫
廖大賢 劉秀俐 潘玉玲 蔣絜安 蔣偉文 閻卓堯 蔡明易 蕭鸞飛
鍾佳濱 戴大益 謝翠玉 謝其晃 謝宇威 謝淯羽 魏家瑞 羅智育
羅盛達 羅夢凡 羅詩苓 饒瑞軍 龔心怡

出品

聯合出品

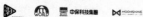

製作公司

文學叢書　670

茶金創作全紀錄
劇本‧影像‧訪談

故 事 原 創	徐青雲　湯昇榮　羅亦娌　徐彥萍　黃國華　林君陽　張可菱
編　　　劇	徐彥萍
田調資料編修	邱 平
出　　　品	公共電視　客家委員會
總 編 輯	初安民
責 任 編 輯	孫家琦　陳健瑜
美 術 編 輯	陳淑美　賴維明
校　　　對	孫家琦　陳健瑜　徐彥萍

發 行 人	張書銘
出　　　版	**INK** 印刻文學生活雜誌出版股份有限公司
	新北市中和區建一路249號8樓
	電話：02-22281626
	傳真：02-22281598
	e-mail:ink.book@msa.hinet.net
網　　　址	舒讀網 http://www.inksudu.com.tw

法 律 顧 問	巨鼎博達法律事務所
	施竣中律師
總 代 理	成陽出版股份有限公司
	電話：03-3589000（代表號）
	傳真：03-3556521
郵 政 劃 撥	19785090 印刻文學生活雜誌出版股份有限公司
印　　　刷	海王印刷事業股份有限公司

港澳總經銷	泛華發行代理有限公司
地　　　址	香港新界將軍澳工業邨駿昌街7號2樓
電　　　話	852-2798-2220
傳　　　真	852-2796-5471
網　　　址	www.gccd.com.hk

出 版 日 期	2021 年 12 月　　初版
ISBN	978-986-387-512-3
定　　　價	**699**元

Copyright © 2021 by Taiwan Public Television Service Foundation
Published by INK Literary Monthly Publishing Co., Ltd.
All Rights Reserved
Printed in Taiwan

國家圖書館出版品預行編目(CIP)資料

茶金創作全紀錄：劇本.影像.訪談 ＝ Gold Leaf/徐彥萍編劇.
　--初版. --新北市中和區：INK印刻文學 , 2021. 12
　面；17 × 23公分. --（文學叢書；670）
　ISBN 978-986-387-512-3（平裝）

854.8　　　　　　　　　　　　　110020537

舒讀網